BRUXA
DA VERDADE

SUSAN DENNARD

BRUXA DA VERDADE

Tradução Patrícia Benvenuti

Copyright © 2015 Susan Dennard
Título original: Truthwitch
Tradução para Língua Portuguesa © 2023 Patrícia Benvenuti.
Todos os direitos reservados à Astral Cultural e protegidos pela Lei 9.610, de 19.2.1998.
É proibida a reprodução total ou parcial sem a expressa anuência da editora.
Este livro foi revisado segundo o Novo Acordo Ortográfico da Língua Portuguesa.

Editora Natália Ortega
Editora de arte Tâmizi Ribeiro
Produção editorial Ana Laura Padovan, Andressa Ciniciato e Brendha Rodrigues
Preparação de texto Pedro Siqueira
Revisão Alexandre Magalhães, Carlos César da Silva e César Carvalho
Capa Scott Grimando   **Adaptação de capa** Tâmizi Ribeiro
Foto autora arquivo pessoal

Dados Internacionais de Catalogação na Publicação (CIP)
Angélica Ilacqua CRB-8/7057

D46b

    Dennard, Susan
       Bruxa da verdade / Susan Dennard ; tradução de Patrícia Benvenuti.
    – Bauru, SP : Astral Cultural, 2023.
       400 p.

       ISBN 978-65-5566-426-3
       Título original: Truthwitch

       1. Ficção norte-americana 2. Literatura fantástica I. Título II. Benvenuti,
    Patrícia

23-5361

CDD 813

Índice para catálogo sistemático:
1. Ficção norte-americana

BAURU
Rua Joaquim Anacleto
Bueno 1-20
Jardim Contorno
CEP 17047-181
Telefone: (14) 3879-3877

SÃO PAULO
Rua Major Quedinho, 111
Cj. 1910, 19º andar
Centro Histórico
CEP 01050-904
Telefone: (11) 3048-2900

E-mail: contato@astralcultural.com.br

Para minha irmã de ligação, Sarah

1

Tudo tinha dado muito errado.

Nenhum dos planos apressadamente definidos por Safiya fon Hasstrel para aquele roubo estava se desenrolando como deveria.

Primeiro, a carruagem preta com o estandarte dourado não *era* o alvo que Safi e Iseult estavam esperando. Pior, aquela carruagem maldita estava acompanhada por oito fileiras de guardas, que piscavam contra o sol do meio-dia.

Segundo, não havia nenhum lugar para onde Safi e Iseult pudessem ir. De cima do afloramento de calcário, a estrada poeirenta abaixo era o único caminho para a cidade de Veñaza. E, assim como aquela sobreposição de pedra cinza se erguia sobre a estrada, a estrada se erguia sobre um oceano turquesa infinito, e nada além. Eram vinte e um metros de despenhadeiro, encurralado por ondas agitadas e ventos ainda mais agitados.

E terceiro, o verdadeiro soco no estômago, era que, assim que os guardas marchassem sobre a armadilha subterrânea das garotas e os explosivos detonassem... Bem, aqueles guardas estariam vasculhando cada centímetro do precipício.

— Que inferno, Iz. — Safi baixou a luneta com rapidez. — Tem quatro guardas em cada fileira. Oito vezes quatro é... — Ela franziu o rosto. *Quinze, dezesseis, dezessete...*

— Trinta e dois — Iseult disse, suavemente.

— Trinta e dois guardas com trinta e duas balestras.

Iseult apenas balançou a cabeça e tirou o capuz, parte de sua capa marrom. O sol iluminou seu rosto. Ela era o contraste perfeito da amiga: cabelo escuro como a meia-noite contra cabelos cor de trigo; pele pálida contra pele bronzeada; e olhos cor de avelã contra os azuis de Safi.

Olhos cor de avelã que agora se desviavam para Safi enquanto Iseult agarrava a luneta.

— Odeio dizer "eu avisei"...

— Então não diga.

— Mas — Iseult continuou — tudo que ele disse a você na noite passada era mentira. Ele, com certeza, *não* estava interessado em um simples jogo de cartas. — Ela levantou dois dedos enluvados. — Ele *não* deixou a cidade hoje de manhã pela estrada do norte. E eu aposto — um terceiro dedo se ergueu — que o nome dele nem era Caden.

Caden. Se... não, *quando* Safi encontrasse aquele Traidor Atraente, ela quebraria cada osso daquele rosto inflexível e perfeito.

Safi deu um gemido e bateu a cabeça na pedra. Ela tinha perdido todo o seu dinheiro para ele. Não apenas um pouco, mas *todo*.

A noite anterior não tinha sido a primeira vez que Safi apostara todas as suas economias — e as de Iseult — em um jogo de cartas. Não era como se ela já tivesse perdido, pois, como dizia o ditado, *não se pode enganar uma Bruxa da Verdade*.

Além disso, os prêmios de *apenas uma rodada* do jogo de tarô de maior aposta da cidade de Veñaza teriam comprado uma casa para elas. Iseult não precisaria mais morar em um sótão, nem Safi no quarto de visitas abafado do mestre da guilda.

Mas quis a Senhora Destino que Iseult não conseguisse se juntar a Safi no jogo — sua origem a banira da estalagem erudita onde o jogo fora realizado. E sem sua irmã de ligação ao lado, Safi estava suscetível a... *erros*.

Em especial, erros do tipo com maxilar forte e palavras sarcásticas, que persuadiram Safi com elogios que, de alguma forma, escaparam de sua bruxaria da verdade. Aliás, ela não havia detectado um único osso mentiroso no corpo do Traidor Atraente quando foi buscar seus prêmios no banco... ou quando ele enganchou o braço no dela e a guiou pela noite quente... ou quando ele se inclinou para um beijo puro, porém extremamente arrebatador, na bochecha.

Nunca mais vou apostar, ela jurou, o calcanhar batucando no calcário. *E nunca mais vou flertar.*

— Se vamos escapar — Iseult disse, interrompendo os pensamentos de Safi —, precisamos agir rápido, antes que os guardas alcancem nossa armadilha.

— *Não diga.* — Safi a encarou, enquanto observava com a luneta os guardas se aproximando. O vento sacudia o cabelo escuro de Iseult, levantando as pontas finas que haviam se soltado da trança. Uma gaivota distante gritou seu *ihhh* detestável... *ihhh, ihhh!*

Safi odiava gaivotas; elas sempre cagavam na cabeça dela.

— Mais guardas — Iseult murmurou, as ondas quase afogando suas palavras. Mas então disse, elevando a voz: — Mais vinte guardas vindo do norte.

Por um breve momento, a respiração de Safi se interrompeu. Agora, mesmo que ela e Iseult pudessem, de alguma maneira, encarar os trinta e dois guardas que acompanhavam a carruagem, os outros vinte estariam em cima delas antes que pudessem escapar.

Os pulmões de Safi voltaram à vida com sede de vingança. Cada maldição que ela já aprendera se desenrolou de sua língua.

— Temos duas opções — Iseult interrompeu, correndo de volta para o lado de Safi. — Ou nos entregamos...

— Só por cima do cadáver apodrecido da minha avó — Safi cuspiu.

— ... ou tentamos alcançar os guardas antes que eles acionem a armadilha. Depois, tudo o que precisamos fazer é encarar o restante do caminho.

Safi olhou para Iseult. Como sempre, o rosto de sua irmã de ligação estava impassivo. Vazio. A única parte dela que mostrava tensão era seu nariz comprido, que tremia a cada poucos segundos.

— Assim que atravessarmos — Iseult acrescentou, puxando o capuz de volta para o lugar e lançando seu rosto na escuridão —, vamos seguir o plano de sempre. Agora se apresse.

Safi não precisava de ordens — *é óbvio* que ela se apressaria —, mas não respondeu nada. Iseult estava, de novo, salvando a pele delas.

Além disso, se Safi tivesse que ouvir mais um "eu avisei", ela estrangularia a outra e deixaria sua carcaça para os caranguejos-eremitas.

Os pés de Iseult tocaram a estrada arenosa e, enquanto a amiga descia ligeiramente ao seu lado, a poeira se ergueu ao redor das botas de Safi — e a inspiração ocorreu.

— Espere, Iz.

Safi tirou a capa. Em seguida, com um movimento rápido de sua adaga, cortou o capuz.

— Saia e lenço. Vamos parecer menos ameaçadoras como camponesas.

Os olhos de Iseult se estreitaram antes de ela voltar-se para a estrada.

— Mas aí nossos rostos vão ficar mais à mostra. Esfregue o máximo de sujeira que conseguir.

Enquanto Iseult esfregava o rosto, tornando-o um enlameado marrom, Safi serpenteou o capuz sobre o cabelo e amarrou a capa ao redor da cintura. Assim que prendeu a capa marrom no cinto, cuidando para esconder as bainhas, ela também besuntou as bochechas de sujeira e lama.

Em menos de um minuto, ambas estavam prontas. Safi deu um olhar rápido, minucioso, para Iseult... mas o disfarce era bom. Bom o *bastante*. Ela parecia uma camponesa desesperada por um banho.

Com Iseult logo atrás, Safi deu um pulo rápido ao redor da beirada de calcário, prendendo a respiração... Então expirou prontamente, sem diminuir a velocidade. Os guardas ainda estavam a trinta passos dos explosivos enterrados.

Safi deu um aceno desastrado para um guarda de bigode à frente. Ele ergueu a mão, e os outros guardas ficaram, de súbito, imóveis. Uma por uma, a balestra de cada guarda se alinhou à altura das garotas.

Safi fingiu não notar e, quando alcançou a pilha de pedras cinza que sinalizava a armadilha, escapou com um pulo discreto. Atrás dela, Iseult deu o mesmo pulo quase imperceptível.

Em seguida, o homem de bigode — obviamente o líder — levantou a própria arma.

— Paradas.

Safi obedeceu, permitindo que seus pés parassem — ao mesmo tempo, avançando o máximo possível.

— *Onga?* — ela perguntou, a palavra arithuana para *sim*. Afinal, se elas iam ser camponesas, poderiam muito bem ser camponesas *imigrantes*.

— Vocês falam dalmotti? — o líder perguntou, olhando primeiro para Safi. Depois para Iseult.

Iseult parou, desajeitada, ao lado de Safiya.

— Nós *falemos*. Um *pouquito*. — Era de longe a pior tentativa de um sotaque arithuano que Safiya já tinha ouvido sair da boca da irmã.

— Nós estamos... em apuros? — Safi levantou as mãos em um gesto universal de submissão. — Só estamos indo para Veñaza.

Iseult deu uma tossida dramática, e Safi quis esganá-la. Não era à toa que Iz sempre era a ladra, e Safi, a distração. Sua irmã de ligação era uma *péssima* atriz.

— Procuramos um curandeiro da cidade — Safi se apressou em dizer, antes que Iseult tossisse mais uma vez. — Caso ela esteja com a peste. Foi o que matou nossa mãe, sabe, e *ahhh*, como ela tossiu nos seus últimos dias! Tinha tanto sangue...

— Peste? — o guarda interrompeu.

— Ah, sim. — Safi assentiu, com sabedoria. — Minha irmã está muito doente.

Iseult forçou mais uma tossida — mas essa foi tão convincente que Safi até recuou, antes de mancar até ela.

— Ah, você precisa de um curandeiro. Vem cá, vem cá. Deixe a sua irmã ajudar.

O guarda se voltou para os homens, já dispensando as garotas e gritando ordens: "De volta à formação! Recomecem a marchar!".

O cascalho foi esmagado; os passos tamborilaram. As garotas seguiram em frente devagar, passando pelos guardas, que torciam o nariz. Ao que parecia, ninguém queria a "peste" de Iseult.

Safi puxava a amiga diante da carruagem preta quando a porta se escancarou. Um velhote flácido inclinou o torso vestido em vermelho-escarlate para fora. Suas rugas tremiam ao vento.

Era o líder da Guilda do Ouro, um homem chamado Yotiluzzi, alguém que Safi tinha visto à distância — no estabelecimento da noite anterior, veja só.

Contudo, o mestre da guilda claramente não reconheceu Safi e, após uma olhadela superficial, ergueu sua voz desagradável.

— Aeduan! Afaste essa imundice estrangeira de mim!

Uma figura de branco contornou, confiante, a roda traseira da carruagem. A capa dele esvoaçou e, embora seu rosto estivesse sombreado pelo capuz, não havia como esconder o talabarte em torno do seu peito ou a espada em sua cintura.

Ele era um monge de Carawen: um mercenário treinado para matar desde a infância.

Safi congelou e, sem pensar, afastou o braço que enlaçava Iseult, que se virou silenciosamente atrás dela. Os guardas alcançariam a armadilha das garotas a qualquer momento, e era assim que elas ficavam a postos: *Iniciar. Concluir.*

— Arithuanas — o monge disse. A voz dele era rouca, não pela idade, mas pela falta de uso. — De qual vilarejo? — Ele deu um único passo em direção a Safi.

Ela teve de lutar contra a vontade de se acovardar. Sua bruxaria da verdade estava, de repente, transbordando de desconforto — uma sensação dolorosa, como se a pele estivesse sendo arrancada de seu pescoço.

E não foram as palavras dele que enfureceram a magia de Safi. Foi a presença. O monge era jovem; ainda assim, havia alguma coisa estranha nele. Uma coisa impiedosa demais — perigosa demais — para se confiar.

Ele puxou o capuz para trás, revelando um rosto pálido e cabelos castanhos cortados rente à cabeça. Então, quando o monge inspirou próximo à cabeça de Safi, espirais vermelhas surgiram em suas pupilas.

O estômago de Safi virou pedra.

Um Bruxo de Sangue.

Aquele monge era um Bruxo de Sangue inflexível. Uma criatura mitológica, um ser capaz de farejar o sangue de uma pessoa — farejar a magia dela — e rastreá-la através de continentes inteiros. Se ele tivesse se conectado com o cheiro de Safi ou Iseult, elas estariam em sério, *sério...*

Pop-pop-pop!

Pólvora estourou dentro dos explosivos. Os guardas tinham caído na armadilha.

Safi agiu de imediato — assim como o monge. A espada dele assobiou da bainha; a adaga dela se ergueu. Ela acertou o fio da lâmina dele, empurrando-a para o lado.

Ele se recuperou e arremeteu. Safi deu uma guinada para trás. As panturrilhas dela acertaram Iseult, mas, em um movimento único e fluido, Iseult se ajoelhou e Safi rolou de uma extremidade à outra sobre as costas dela.

Iniciar. Concluir. Era como as garotas lutavam. Como elas viviam.

Safi recobrou a postura depois do salto e recuou a espada ao mesmo tempo que as foices em forma de lua de Iseult se libertaram com um tilintar. Atrás deles, ao longe, mais explosões trovejavam. Gritos se elevavam, os cavalos davam coices e guinchavam.

Iseult se virou para o peito do monge. Ele pulou para trás e saltou para a roda da carruagem. Entretanto, quando Safi esperava um momento de distração, ela apenas conseguiu com que o monge mergulhasse em cima dela.

Ele era bom. O melhor guerreiro que ela já tinha enfrentado.

Mas Safi e Iseult eram melhores.

Safi deslizou para fora de alcance assim que Iseult se virou em direção ao monge. Em um borrão de aço girando, suas foices o cortaram: braços, peito, barriga — e então, como um tornado, ela terminou.

E Safi estava esperando. Observando uma coisa que não podia ser real e, ainda assim, claramente era: cada corte no corpo do monge estava se curando diante dos olhos dela.

Não havia dúvidas agora — aquele monge era um maldito Bruxo de Sangue, saído diretamente dos pesadelos mais sombrios de Safi. Portanto, ela fez a única coisa que conseguia fazer: atirou sua adaga no peito dele.

A adaga acertou com um baque a caixa torácica e se cravou profundamente no coração do bruxo. Ele cambaleou para a frente, caindo de joelhos, e seus olhos vermelhos se fixaram nos de Safi. Ele crispou os lábios para baixo. Com um rosnado, arrancou a adaga do peito. A ferida jorrou...

E começou a cicatrizar.

Mas Safi não tinha tempo para mais um golpe. Os guardas estavam retornando. O mestre da guilda gritava de dentro da carruagem, e os cavalos avançavam em um galope frenético.

Iseult disparou à frente de Safi, com as foices voando rapidamente e abatendo duas flechas no ar. Em seguida, por um breve momento, a carruagem bloqueou as garotas contra os guardas. Apenas o Bruxo de Sangue podia vê-las e, embora ele tivesse se espichado até as adagas, estava lento demais. Esgotado pela magia da cura.

Mesmo assim, ele sorria — *sorria* — como se soubesse uma coisa que Safi desconhecia. Como se ele pudesse e *fosse* caçá-la para fazê-la pagar por aquilo.

— Vamos! — Iseult puxou o braço de Safi, arrastando-a até o precipício.

Pelo menos aquilo fazia parte do plano. Pelo menos aquilo elas tinham praticado tantas vezes que poderiam fazer de olhos fechados.

Quando os primeiros virotes de balestra dispararam em direção a elas, as garotas alcançaram uma rocha da altura de sua cintura na margem que dava para o mar.

Elas devolveram as lâminas para as bainhas. Em dois saltos, Safi estava em cima da rocha, e Iseult também. Do outro lado, o despenhadeiro descia direto para ondas brancas estrondosas.

Duas cordas aguardavam, fixadas em uma estaca enterrada profundamente na terra. Com velocidade e força além do planejado para aquela fuga, Safi agarrou a própria corda, enganchou o pé no laço da ponta, segurou o nó na altura da cabeça...

E pulou.

2

O ar passou zumbindo pelos ouvidos e pelo nariz de Safi quando ela saltou... para baixo em direção às ondas brancas... para longe dos vinte e um metros de despenhadeiro...

Até que ela alcançou o fim da corda. Com um puxão brusco que sacudiu seu corpo e machucou suas mãos, ela voou até o precipício coberto de cracas.

Aquilo ia doer.

Ela bateu com um estrondo, os dentes pressionando a língua. A dor chiou por todo o corpo. O calcário cortou seus braços, seu rosto, suas pernas. Ela esticou as mãos para se agarrar ao despenhadeiro — no mesmo instante em que Iseult se chocou nas rochas ao seu lado.

— Incendiar — Safi grunhiu. A palavra que acionava a magia da corda se perdeu no barulho das ondas do mar, mas o comando foi bem-sucedido. Em um lampejo de labaredas brancas, que dispararam mais rápido do que os olhos podiam acompanhar, as cordas se incendiaram...

E se desintegraram. Cinzas sutis se afastaram com o vento. Algumas manchas se fixaram nos lenços das garotas, posicionados nos ombros delas.

— Flechas! — Iseult bradou, colando o corpo à rocha enquanto virotes voavam com rapidez. Alguns deslizaram sobre as rochas, outros mergulharam nas ondas.

Um cortou a saia de Safi. Ela, então, conseguiu cavar fendas com os dedos dos pés, agarrar-se a apoios e mover-se para o lado. Os músculos tremeram e tensionaram até que, por fim, ela e Iseult haviam se escondido atrás de uma leve saliência. Até que, *por fim*, elas podiam dar um tempo e deixar que as flechas caíssem ao redor, inofensivas.

As rochas estavam molhadas, as cracas perigosas, e a água se chocava no tornozelo das garotas. Gotas salgadas as atingiam. Até que, finalmente, as flechas pararam de cair.

— Eles estão vindo? — Safi perguntou a Iseult, a voz áspera.

Iseult balançou a cabeça.

— Ainda estão lá. Consigo sentir seus fios esperando.

Safi piscou, tentando tirar o sal dos olhos.

— Vamos ter que nadar, não é? — Ela esfregou o rosto no ombro; não ajudou. — Você acha que consegue chegar ao farol? — Ambas eram boas nadadoras, mas isso não tinha a menor importância em ondas que poderiam esmurrar um golfinho.

— Não temos escolha — Iseult disse. Ela olhou de relance para a irmã com uma intensidade que sempre fazia Safi se sentir mais forte. — Podemos jogar nossas saias para a esquerda e, enquanto os guardas atiram nelas, mergulhamos para a direita.

Safi concordou e, com uma careta, inclinou-se para que pudesse tirar a saia. Assim que as duas estavam livres das saias marrons, Iseult esticou o braço.

— Pronta? — ela perguntou.

— Pronta. — Safi arremessou sua saia, que voou de trás da saliência, a de Iseult logo atrás.

Em seguida, as garotas se afastaram da parte dianteira da rocha e mergulharam nas ondas.

———

Quando Iseult det Midenzi se libertou da túnica, das botas, da calça e, finalmente, das roupas íntimas — todas encharcadas de água do mar —, tudo doía. Cada camada retirada revelava dez novos cortes do calcário e das cracas, e cada rajada que trazia a maresia a deixava consciente de mais dez.

Aquele farol antigo e caindo aos pedaços era eficiente como esconderijo, mas inescapável até que a maré baixasse. Por ora, a água no lado de fora estava bem acima do peito de Iseult e, com sorte, aquela profundidade

— bem como as ondas quebrando entre o farol e a costa alagadiça — impediriam o Bruxo de Sangue de segui-las.

O interior do farol não era maior que o quarto de Iseult no sótão do café de Mathew. A luz do sol resplandecia pelas janelas grudentas de algas, e o vento empurrava espuma marinha pela porta arqueada.

— Me desculpa — Safi disse, a voz abafada enquanto ela se contorcia para fora da túnica encharcada. Logo, ela estava completamente livre da camisa, atirando-a pelo peitoril de uma janela. A pele de Safi, geralmente bronzeada, estava branca embaixo das sardas.

— Não peça desculpas. — Iseult recolheu suas roupas. — Para começar, fui eu que te contei sobre o jogo de cartas.

— Isso é verdade — Safi respondeu, a voz trêmula, pulando em um pé e tentando tirar a calça, ainda de botas. Ela sempre fazia aquilo, e Iseult ficava surpresa que uma garota de dezoito anos ainda fosse tão impaciente para se despir sozinha de forma adequada. — Mas — Safi acrescentou — fui eu que quis quartos melhores. Se tivéssemos comprado aquele lugar duas semanas atrás...

— Nossos colegas de quarto seriam ratos — Iseult interrompeu. Ela se moveu para a parte do chão mais próxima que estava seca e banhada pela luz do sol. — Você estava certa em querer um lugar diferente. É mais caro, mas teria valido a pena.

— *Teria valido.* — Com um grunhido alto, Safi enfim terminou a luta com a calça. — Não vamos ter mais um lugar só nosso, Iz. Aposto que cada guarda em Veñaza está nos procurando. Isso sem contar que... — Por um momento, Safi encarou as botas. Então, em um movimento agitado, tirou a do pé direito. — O Bruxo de Sangue também.

Bruxo. Sangue. Bruxo. Sangue. Iseult sentiu as palavras pulsando em sincronia com seu coração. Em sincronia com seu sangue.

Ela nunca tinha visto um Bruxo de Sangue... ou qualquer um com uma magia ligada ao vazio. Afinal, Bruxos do Vazio eram apenas histórias de terror — não eram *reais*. Eles não protegiam mestres da guilda, nem tentavam matá-la com espadas.

Depois de torcer e alisar cada vinco de sua calça no parapeito de uma janela, Iseult caminhou até uma mochila de couro nos fundos do farol. Ela e Safi sempre guardavam um kit de emergências ali antes de um roubo, só para o *caso* de o pior acontecer.

Não que elas tivessem realizado muitos roubos antes. Apenas de vez em quando contra os marginais que mereciam.

Como aqueles dois aprendizes que estragaram uma das remessas de seda do mestre da guilda Alix e tentaram culpar Safi.

Ou aqueles bandidos que entraram na loja de Mathew quando ele não estava e roubaram seus talheres de prata.

E então houve aquelas quatro situações em que os jogos de tarô de Safi terminaram em brigas e moedas perdidas. A justiça era necessária, é claro — sem mencionar a recuperação dos itens roubados.

Aquela vez, porém, era a primeira em que a mochila de emergências era realmente necessária.

Após vistoriar as roupas extras e uma bolsa de água, Iseult encontrou dois trapos e um tubo de lanolina. Ela arrastou as armas de ambas e caminhou com dificuldade até Safi.

— Vamos limpar nossas lâminas e pensar em um plano. Precisamos voltar para a cidade de algum jeito.

Safi descalçou a segunda bota antes de aceitar sua espada e sua adaga. As duas garotas sentaram de pernas cruzadas no chão bruto, e Iseult mergulhou no cheiro familiar de celeiro vindo da graxa. Nos movimentos cuidadosos da limpeza de suas foices.

— Como eram os fios do Bruxo de Sangue? — Safi perguntou, baixinho.

— Não vi — Iseult murmurou. — Tudo aconteceu tão rápido. — Ela esfregou o aço com mais força, protegendo suas lindas lâminas marstoks (um presente do fio afetivo de Mathew, Habim) da ferrugem.

Um silêncio se estendeu pelas ruínas de pedra. Os únicos sons eram o rangido do tecido no aço, e o estrondo eterno das ondas do Jadansi.

Iseult sabia que parecia tranquila enquanto limpava, mas tinha certeza absoluta de que seus fios se assemelhavam aos de Safi, com as mesmas sombras assustadas.

Mas Iseult era uma Bruxa dos Fios, o que significava que ela não conseguia enxergar seus próprios fios — ou os de qualquer outro desses bruxos.

Quando sua bruxaria se manifestou, aos nove anos de idade, parecia que o coração de Iseult bateria até virar pó. Ela estava desmoronando embaixo do peso de um milhão de fios, e nenhum deles era dela. Para todo lugar que olhava, via os fios que construíam, os fios que uniam e os fios que rompiam. Ainda assim, nunca conseguia ver seus próprios fios, ou como *ela* se tecia ao mundo.

Então, assim como toda Bruxa dos Fios nomatsi, Iseult aprendeu a manter seu corpo frio quando deveria estar quente. A manter seus dedos parados quando deveriam estar tremendo. A ignorar as emoções que impulsionavam todos os outros.

— Eu acho — Safi disse, dispersando os pensamentos de Iseult — que o Bruxo de Sangue sabe que eu sou uma Bruxa da Verdade.

Iseult parou de esfregar.

— Por que — a voz dela estava uniforme como o aço em suas mãos — você acha isso?

— Por causa de como ele sorriu para mim. — Safi se arrepiou. — Ele farejou a minha magia, exatamente como as lendas dizem, e agora ele pode me caçar.

— O que significa que ele pode estar nos rastreando agora mesmo. — Um frio desceu pela espinha de Iseult, sacudindo seus ombros. Ela esfregou a lâmina com ainda mais força.

Normalmente, limpar a ajudava a encontrar equilíbrio. A acalmar seus pensamentos, e a ajudava a aguçar seu instinto prático. Ela era uma estrategista nata, enquanto Safi era aquela com as primeiras fagulhas de uma ideia.

Iniciar. Concluir.

Exceto que Iseult não conseguia pensar em nenhuma solução naquele momento. Ela e Safi poderiam se manter fora de vista e evitar os guardas por algumas semanas, mas não poderiam se esconder de um Bruxo de Sangue.

Ainda mais se aquele Bruxo de Sangue soubesse o que Safi era — e pudesse vendê-la para quem fizesse a proposta mais alta.

Quando alguém parava bem em frente a Safi, ela podia diferenciar verdade de mentira, realidade de falsidade. E, até onde Iseult tinha aprendido em suas sessões com Mathew, a última Bruxa da Verdade de que se tinha registro morrera um século atrás — decapitada por um imperador marstok por se aliar a uma rainha cartorrana.

Se a magia de Safi algum dia se tornasse de conhecimento público, ela seria usada como ferramenta política...

Ou eliminada como uma ameaça política.

O poder de Safi era valioso *e* raro a esse ponto. E era por isso que, por toda a vida, ela manteve sua magia em segredo. Como Iseult, ela era uma herege: uma bruxa sem registros. O dorso da mão direita de Safi não tinha adornos, e nenhuma tatuagem da Marca Bruxa proclamava seus poderes. Ainda assim, mais cedo ou mais tarde, alguém que não fosse uma das amigas mais próximas de Safi descobriria o que ela era, e quando esse dia chegasse, soldados invadiriam o quarto de visitas do mestre da Guilda da Seda e arrastariam Safi para longe, acorrentada.

Logo, as lâminas das garotas estavam limpas e embainhadas, e Safi encarava Iseult com um de seus olhares mais duros e contemplativos.

— Para com isso — Iseult pediu.

— A gente talvez tenha que fugir da cidade, Iz. Deixar o Império Dalmotti de vez.

Iseult roçou os lábios salgados um contra o outro, tentando não fazer uma careta. Tentando não sentir.

Só de pensar em abandonar Veñaza... Iseult não podia fazer aquilo. A capital do Império Dalmotti era sua *casa*. As pessoas no Distrito do Embarcadouro Norte tinham parado de notar sua pele nomatsi pálida ou seus olhos nomatsis angulares.

E ela tinha levado seis anos e meio para conseguir isso.

— Por enquanto — Iseult disse, baixinho —, vamos nos preocupar em entrar na cidade sem sermos vistas. E vamos rezar, também, para que o Bruxo de Sangue não tenha mesmo farejado o seu sangue. — *Ou a sua magia.*

Safi bufou, dando um suspiro cansado, e se aninhou em um feixe de luz do sol. Aquilo fez com que sua pele brilhasse, e seu cabelo ficasse luminescente.

— Para quem eu devo rezar?

Iseult coçou o nariz, grata pela mudança de assunto.

— Quase fomos mortas por um monge de Carawen, então por que não rezar para os Poços Originários?

Safi tremeu de leve.

— Se *aquela* pessoa reza para os Poços Originários, então eu não quero. Que tal aquele deus nubrevno? Qual é o nome dele?

— Noden.

— Esse mesmo. — Safi uniu as mãos junto ao peito e encarou o teto. — Noden, deus das ondas de Nubrevna...

— Acho que é de *todas* as ondas, Safi. E de todo o resto também.

Safi revirou os olhos.

— Deus de *todas* as ondas e de todo o resto também, você pode, por favor, garantir que ninguém venha atrás da gente? Especialmente... *ele*. Só deixa ele bem longe. E se você puder manter os guardas de Veñaza longe também, seria bom.

— Essa é, de longe, a pior oração que eu já ouvi — Iseult disse.

— Mas que xixi de fuinha, Iz. Eu ainda não terminei. — Safi deixou escapar um suspiro pelo nariz e terminou a oração: — Por favor, me devolva todo o nosso dinheiro antes que ele ou o Habim voltem de viagem. E... é só isso. Muito obrigada, ó sagrado Noden. — Então, ela acrescentou apressada: — Ah, e, por favor, garanta que aquele Traidor Atraente receba exatamente o que merece.

Iseult quase deu um riso abafado com aquele último pedido — mas uma onda quebrou no farol, brusca e repentina, contra a pedra. Água respingou no rosto de Iseult. Ela o secou, agitada. Quente em vez de fria.

— Por favor, Noden — ela sussurrou, tirando a névoa marinha da testa. — Por favor, só nos tire dessa vivas.

3

Alcançar o café de Mathew, onde Iseult morava, se provou mais difícil do que Safi tinha previsto. Elas estavam exaustas, famintas e machucadas à beça, então até caminhar fazia Safi querer gemer. Ou sentar. Ou, pelo menos, aliviar suas dores com um banho quente e doces.

Mas banhos e doces ainda iriam demorar. Guardas estavam em *todos os lugares* de Veñaza, e quando as duas começaram a vagar pelo Distrito do Embarcadouro Norte, já estava quase amanhecendo. Elas tinham passado metade da noite caminhando cansadas do farol até a capital, e a outra metade se esgueirando por becos e escalando hortas.

Cada vislumbre de branco — roupa pendurada, lona de vela rasgada ou cortinas esfarrapadas — tinha sido um soco no estômago de Safi. Nenhuma das vezes era o Bruxo de Sangue, graças aos deuses, e, assim que a noite começou a se dissipar, a placa do café de Mathew apareceu. Ela despontava de uma estrada estreita ramificada da avenida principal ao lado do embarcadouro.

O VERDADEIRO CAFÉ MARSTOK
O MELHOR DE VEÑAZA

Não era, na realidade, café marstok verdadeiro — Mathew nem mesmo era do Império Marstok. Em vez disso, o café era fraco e filtrado, e abastecia, como Habim sempre dizia, "paladares ocidentais sem graça".

O café de Mathew também não era o melhor da cidade. Mesmo Mathew admitia que as pocilgas no Distrito do Embarcadouro Sul tinham cafés muito melhores. Mas ali em cima, na ponta setentrional da capital, as pessoas não iam atrás de café. Elas chegavam para negócios.

O tipo de negócio em que Bruxos da Palavra como Mathew se destacavam — o comércio de rumores e segredos, o planejamento de roubos e golpes. Ele administrava cafés por toda a Terra das Bruxa, e era sempre o primeiro a saber qualquer notícia sobre *qualquer coisa*.

Foi sua bruxaria das palavras que tornou Mathew a melhor escolha para guiar Safi, já que permitia que ele falasse todas as línguas.

Mais importante, porém, o fio afetivo de Mathew, Habim, trabalhara para o tio de Safi por toda a vida dela — como homem de armas e um mestre em constante desagrado. Assim, quando Safi foi mandada para o sul, fizera sentido para Mathew assumir de onde Habim havia parado.

Não que Habim tivesse abandonado o treinamento de Safi por completo. Ele visitava com frequência seu fio afetivo em Veñaza — e continuava a fazer a vida de Safi um pesadelo com horas extras de treinos de velocidade ou estratégias de batalha centenárias.

Safi alcançou o café primeiro e, depois de pular uma poça de esgoto assustadoramente laranja, começou a tatear a fechadura enfeitiçada na porta da frente — uma instalação recente desde o incidente dos talheres roubados. Habim podia reclamar para Mathew quanto quisesse sobre o custo de uma fechadura enfeitiçada com éter, mas, até onde Safi podia ver, ela valia o dinheiro investido. Veñaza tinha um índice criminal elevado — primeiro porque era um porto, e segundo porque mestres da guilda endinheirados eram *muito* atraentes para criminosos famintos por piestras.

É claro que esses mesmos mestres da guilda eleitos também pagavam por um extenso e, aparentemente interminável, corpo de guardas — dos quais um estava parado bem na entrada do beco. Ele olhou na direção contrária, examinando os navios atracados do Distrito do Embarcadouro Norte.

— Mais rápido — Iseult resmungou, cutucando as costas de Safi. — O guarda está se virando... virando...

A porta se abriu amplamente, Iseult empurrou, e Safi caiu na loja escura.

— Como assim? — ela silvou, circulando Iseult. — Os guardas nos *conhecem* aqui!

— Exatamente — Iseult replicou, fechando a porta e colocando o trinco nas fechaduras. — Mas, à distância, parecemos duas camponesas invadindo um café fechado.

Safi resmungou um "bem pensado" a contragosto, enquanto Iseult avançava e sussurrava "acender".

Em uníssono, vinte e seis pavios encantados se iluminaram, revelando padrões marstoks vivos e anelados nas paredes, no teto, no chão. Era exagerado — tapetes demais com estampas conflituosas saltaram aos olhos de Safi —, mas, como o café, os ocidentais tinham uma certa ideia de como um estabelecimento marstok deveria parecer.

Com o suspiro de alguém que, por fim, podia respirar, Iseult andou em direção à escada espiral no canto dos fundos. Safi a seguiu. Subiram primeiro para o segundo andar, onde Mathew e Habim moravam. Depois, para o sótão de teto inclinado que Iseult chamava de lar, um espaço estreito ocupado por duas camas de armar e um guarda-roupa.

Por seis anos e meio, Iseult já morava, estudava e trabalhava ali. Depois de ter abandonado sua tribo, Mathew tinha sido o único empregador disposto a contratar e abrigar uma nomatsi.

Desde então, Iseult não tinha se mudado — não por falta de vontade. *Um lugar só meu.*

Safi devia ter ouvido sua irmã de ligação dizer aquilo mil vezes. *Cem mil vezes.* E talvez, se Safi tivesse crescido dividindo uma cama com a mãe em uma cabana de um só quarto, como Iseult, ela iria querer um espaço mais amplo, mais privado, mais *pessoal* também.

Contudo... Safi tinha arruinado todos os planos de Iseult. Cada piestra economizada já era, e todos os guardas de Veñaza estavam caçando as duas. Era o pior cenário possível, e nenhum kit de emergência ou esconderijo em um farol as tiraria daquela confusão.

Engolindo a náusea, Safi cambaleou até a janela do outro lado do quarto estreito e a abriu. Uma baforada de ar quente, saturado de peixe, entrou, familiar e relaxante. Com o sol nascendo ao leste, os telhados de barro de Veñaza brilhavam como labaredas laranja.

Era bonito, tranquilo, e, pelos deuses, Safi *amava* aquela vista. Tendo crescido em ruínas ventosas no meio das Montanhas Orhin — tendo sido enclausurada no flanco oriental sempre que o tio Eron estava mal-humorado, a vida de Safi no castelo Hasstrel tinha sido repleta de janelas quebradas e neve infiltrada. De ventos congelantes e mofo úmido e escorregadio. Para todo lugar que olhasse, seus olhos aterrissavam em entalhes, pinturas ou tapeçarias do morcego-da-montanha Hasstrel. Uma criatura grotesca, parecida com um dragão, com o lema "Amor e medo" deslizando de suas garras.

Mas as pontes e os canais de Veñaza estavam sempre queimados de sol e com um cheiro maravilhoso de peixe estragado. O estabelecimento de Mathew estava sempre iluminado e cheio. O cais estava sempre repleto dos palavrões deliciosamente ofensivos dos marinheiros.

Ali, Safi se sentia acolhida. Ela se sentia bem-vinda e, às vezes, até desejada.

Safi pigarreou. Sua mão soltou o trinco, e ela se virou para encontrar Iseult pondo um vestido verde-oliva.

Iseult mergulhou a cabeça dentro do guarda-roupa.

— Você pode usar meu outro vestido.

— Mas aí isso aqui vai aparecer. — Safi arregaçou uma manga endurecida pelo sal, revelando os arranhões e hematomas que cobriam seus braços; daria para ver todos eles com as mangas curtas que estavam na moda.

— Então que sorte a sua que eu ainda tenho... — Iseult puxou duas jaquetas pretas do guarda-roupa. — Elas!

Os lábios de Safi se curvaram para cima. As jaquetas eram as vestes padrão de todos os aprendizes de guilda — e aquelas duas, em particular, eram troféus do primeiro assalto das garotas.

— Eu ainda acho — Safi disse — que deveríamos ter pegado mais do que apenas as jaquetas deles quando os deixamos amarrados no depósito.

— É, bem, da próxima vez que alguém estragar um carregamento de seda e culpar você, prometo que vamos pegar mais do que apenas as jaquetas. — Iseult jogou a lã preta para Safi, que a pegou no ar.

Enquanto a amiga se apressava em tirar as roupas, Iseult se acomodou na beirada da cama de armar, os lábios franzidos para um lado.

— Estava pensando — ela começou, sem nenhuma emoção. — Se aquele Bruxo de Sangue realmente está atrás de nós, talvez o mestre da Guilda da Seda possa te proteger. Apesar de tudo, ele é o seu guardião, e você mora no quarto de hóspedes dele.

— Acho que ele não vai abrigar uma fugitiva. — O rosto de Safi se tensionou com um tremor. — Não seria certo envolver o mestre Alix nisso, de qualquer forma. Ele sempre foi tão gentil comigo, e eu odiaria retribuir com problemas.

— Certo — Iseult disse, a expressão imutável. — Meu próximo plano envolve os Trovadores do Inferno. Eles estão em Veñaza para a Conferência da Trégua, certo? Para proteger o Império Cartorrano? Talvez você pudesse apelar a eles por ajuda, já que o seu tio costumava ser um deles. E eu duvido que os guardas dalmottis sejam burros a ponto de mexer com um trovador do inferno.

O tremor de Safi apenas se aprofundou diante daquela ideia.

— O tio Eron foi um trovador do inferno *dispensado desonrosamente*, Iz. A brigada inteira dos trovadores o odeia, e o imperador Henrick o odeia mais ainda. — Ela deu uma risada abafada, um som de desprezo que percorreu rapidamente as paredes e ressoou em seu estômago. — Para piorar, o imperador está procurando qualquer desculpa para entregar meu título a um de seus bajuladores pegajosos. Tenho certeza de que roubar de um mestre da guilda é motivo suficiente para isso.

Pela maior parte da infância de Safi, seu tio a treinara como um soldado, e também a tratara como tal — todas as vezes que ele estava sóbrio o bastante para prestar atenção, pelo menos. Mas quando Safi fez doze anos, o imperador Henrick decidiu que era hora de ela ir para a capital de Cartorra para ser instruída. "O que ela sabe sobre comandar fazendeiros ou organizar uma colheita?", Henrick tinha gritado para o tio Eron, enquanto Safi esperava, pequena e em silêncio, atrás dele. "Que experiência Safiya tem em administrar uma residência ou pagar dízimos?"

Era a última questão — o pagamento dos impostos exorbitantes de Cartorra — que mais preocupava o imperador Henrick. Com toda a nobreza envolta em seus dedos cobertos de anéis, ele queria se certificar de que Safi estivesse sob controle também.

Mas a tentativa de Henrick de capturar mais uma domna leal tinha caído por terra, pois o tio Eron não mandara Safi estudar em Praga com todos os outros jovens nobres. Em vez disso, Eron a tinha mandado para o sul, para os mestres da guilda e tutores da cidade de Veñaza.

Foi a primeira e *última* vez que Safi sentira uma coisa parecida com gratidão pelo tio.

— Nesse caso — Iseult falou, decisiva e com os ombros caídos —, acho que vamos ter que ir embora da cidade. Podemos nos refugiar... em algum lugar, até a poeira baixar.

Safi mordeu o lábio. Iseult fez as palavras "nos refugiar em algum lugar" parecerem bem frágeis, mas a realidade é que a clara ascendência nomatsi de Iseult a tornava um alvo aonde quer que ela fosse.

Na única vez que as garotas tinham tentado deixar Veñaza, para visitar um amigo, elas mal conseguiram voltar para casa.

É claro que os três homens na taberna que decidiram atacar Iseult nunca voltaram para casa. Ao menos não com o fêmur intacto.

Safi se aproximou do guarda-roupa, e o abriu com um puxão, fingindo que o puxador era o nariz do Traidor Atraente. Se ela alguma vez — *alguma vez* — visse aquele canalha de novo, quebraria cada osso daquele corpo.

— Nossa melhor chance — Iseult prosseguiu — vai ser o Distrito do Embarcadouro Sul. Os navios mercantes dalmottis estão atracados lá, e pode ser que consigamos carona em troca de trabalho. Você precisa de alguma coisa do mestre Alix?

Com a negação de Safi, Iseult continuou:

— Ótimo. Então vamos deixar bilhetes pro Habim e pro Mathew explicando tudo. Depois... acho que vamos... partir.

Safi permaneceu em silêncio enquanto puxava um vestido dourado para fora. Sua garganta estava apertada demais para falar. Seu estômago estava todo revirado.

Foi então, enquanto Safi abotoava os dez milhões de botões de madeira e Iseult amarrava um cachecol cinza pálido ao redor da cabeça, que uma batida na porta irrompeu pelo estabelecimento.

— Guarda de Veñaza! — uma voz abafada disse. — Abram! Vimos vocês arrombando!

Iseult suspirou — um som muito, *muito* sofrido.

— Eu sei — Safi resmungou, deslizando o último botão para o lugar. — Você me avisou.

— Contanto que você saiba.

— Como se você fosse me deixar esquecer, né?

Os lábios de Iseult se contraíram em um sorriso, mas era uma tentativa forçada — e Safi não precisava de sua bruxaria da verdade para perceber.

No momento em que as garotas puxaram suas jaquetas ásperas de aprendiz, o guarda voltou a vociferar.

— Abram! Só há uma entrada ou saída dessa loja!

— Mentira — Safi disse.

— Não hesitaremos em usar força!

— E nem *nós*.

Com um aceno de sua irmã de ligação, Safi correu para a cama de Iseult. Juntas, elas arrastaram a cama até a porta. Os pés de madeira gemeram, e logo a cama estava de lado, formando uma barreira — uma que elas sabiam que funcionava bem, já que não era a primeira vez que Safi e Iseult eram forçadas a escapar. Embora quem gritava do outro lado sempre tivesse sido Mathew ou Habim. Não guardas armados.

Momentos depois, Safi e Iseult estavam paradas na janela, a respiração acelerada, ouvindo enquanto a porta da frente era arrombada. Enquanto a loja inteira tremia e vidros quebravam.

Encolhendo-se, Safi escalou para o telhado. Primeiro ela tinha perdido todo o dinheiro, e agora tinha arruinado o café de Mathew. Talvez... talvez fosse algo *bom* seus tutores terem saído da cidade a negócios. Pelo menos ela não teria de encarar Mathew ou Habim tão cedo.

Iseult subiu ao lado de Safi, a mochila de emergências nas costas, cheia de suprimentos. As armas de Iseult cabiam em bainhas nas panturrilhas, por baixo da saia, mas Safi conseguia guardar apenas sua adaga na bota. Sua espada — sua *belíssima* espada de aço dobrado — estava ficando para trás.

— Para onde? — Safi perguntou, sabendo que sua irmã de ligação estava maquinando uma rota por trás daqueles olhos brilhantes.

— Vamos para o interior, como se estivéssemos indo até o mestre Alix, e de lá nosso objetivo é o sul.

— Pelos terraços?

— Pelo máximo de tempo que conseguirmos. Você vai na frente.

Safi aquiesceu brevemente com a cabeça antes de começar a correr — sentido oeste, em direção ao núcleo da cidade de Veñaza — e, quando se aproximou da beirada do telhado de Mathew, saltou para o próximo declive de telhas.

Ela aterrissou com tudo. Pombos voaram em disparada, as asas batendo para sair do caminho, e logo Iseult se uniu a ela.

Mas Safi já estava se movendo, voando para o próximo telhado. E o telhado seguinte após aquele, de novo e de novo, com Iseult logo atrás.

***

Iseult caminhava com cautela pela rua de paralelepípedos, Safi a dois passos de distância. As garotas tinham se afastado do mar desde o café, cruzando canais e circundando pontes para evitar guardas. Felizmente, o trânsito da manhã havia começado — uma multidão repleta de carroças carregadas de frutas, burros, cabras e pessoas de todas as raças e nacionalidades. Fios coloridos com a mesma variedade de cores que as peles de seus donos rodopiavam preguiçosos pelo calor.

Safi saltou em frente a uma carroça de porcos, deixando que Iseult a seguisse. Depois, deu a volta em um pedinte, ultrapassou um grupo de puristas gritando sobre os pecados da magia e seguiu bem no meio de um rebanho de ovelhas infelizes. Até chegar a uma multidão congestionada pelo trânsito parado. Mais à frente, fios rodopiavam vermelhos de irritação pelo atraso.

Iseult imaginava que seus próprios fios estivessem igualmente vermelhos. Elas estavam *tão* perto do Distrito do Embarcadouro Sul que Iseult podia ver as centenas de navios brancos atracados adiante.

Mas ela abraçou a frustração. Outras emoções — aquelas que ela não queria nomear e que nenhuma Bruxa dos Fios que se prezasse permitiria que viessem à tona — tremiam em seu peito. *Equilíbrio*, ela disse a si mesma, igual a mãe a tinha ensinado anos antes. *Equilíbrio nos dedos das mãos e dos pés.*

Logo, os fios do trânsito tremularam com o azul-ciano da compreensão. A cor se movia como uma cobra em um lago, como se a multidão estivesse aprendendo, um por um, a razão daquele congestionamento.

Para trás; a cor se moveu para trás até que, enfim, uma senhora perto das garotas grasnou:

— O quê? Um bloqueio logo à frente? Mas vou perder os caranguejos mais frescos!

O estômago de Iseult congelou — e os fios de Safi reluziram com o cinza do medo.

— Pelos portões do inferno — ela silvou. — E agora, Iz?

— Mais fingimento, eu acho. — Com um grunhido e se apoiando no pé oposto, Iseult pescou um livro cinza, grosso e pesado, da mochila. — Vamos parecer duas aprendizes muito estudiosas se estivermos carregando livros. Você pode ficar com *Uma breve história da independência Dalmotti.*

— Breve o caramba — Safi resmungou, aceitando o enorme livro. Em seguida, Iseult puxou um livro azul e ortodoxo intitulado *Um guia ilustrado do Monastério de Carawen.*

— Ah, agora entendi por que você está com esses livros. — Safi levantou as sobrancelhas, desafiando Iseult a argumentar. — Eles não servem para disfarces. Você só não quis deixar o seu livro favorito para trás.

— E? — Iseult fungou, com desdém. — Isso significa que você não quer carregá-lo?

— Não, não. Vou ficar com ele. — Safi ergueu o queixo. — Só promete que vai deixar a atuação por *minha* conta assim que alcançarmos os guardas.

— À vontade, Saf. — Sorrindo para si mesma, Iseult puxou o cachecol para baixo. Ele estava empapado de suor, mas ainda protegia seu rosto. Sua pele. Depois, ela ajustou as luvas até que nem um centímetro de punho estivesse visível. Todo o foco estaria e *permaneceria* em Safi.

Pois, como Mathew sempre dizia, "com sua mão direita, dê o que é esperado; e com a esquerda, surrupie a deles". Safi sempre interpretou o papel da mão direita que distrai — e ela era boa naquilo —, enquanto Iseult espreitava nas sombras, pronta para rasgar qualquer bolsa que fosse preciso.

Enquanto Iseult se contentava com uma espera impaciente, ela dobrou para trás a capa grossa do livro. Desde que uma monja a tinha ajudado quando ela era uma garotinha, Iseult tinha ficado um tanto... bem, *obcecada* era a palavra que Safi sempre usava. Mas não era apenas gratidão que tinha deixado Iseult fascinada pelos carawenos — eram suas túnicas simples e brincos brilhantes de opala. Seu treinamento mortal e seus votos sagrados.

A vida no Monastério de Carawen parecia tão simples. Tão sob controle. Não importava a origem, qualquer um poderia fazer parte e ser aceito instantaneamente. Ser respeitado instantaneamente.

Era um sentimento que Iseult mal podia imaginar, embora seu coração batesse faminto cada vez que ela pensava naquilo.

As páginas do livro farfalharam abertas na página trinta e sete — na qual uma piestra de bronze brilhava para ela. Ela prendera a moeda ali para marcar a página em que havia parado, e o leão alado parecia quase rir para ela.

A primeira piestra em direção à nossa vida nova, Iseult pensou. Seus olhos tremularam sobre a escrita dalmotti ornamentada na página. Descrições e imagens de diferentes monges carawenos percorriam a página, o primeiro deles sendo o Monge Mercenário, sua ilustração cheia de facas e espadas, e uma expressão dura.

Ele se parecia com o Bruxo de Sangue.

Bruxo. Sangue. Bruxo. Sangue.

O estômago de Iseult gelou com a lembrança dos olhos vermelhos dele, dos dentes expostos. Gelo... e uma coisa mais irreal. Mais pesada.

Decepção, ela finalmente identificou, pois parecia tão errado que um monstro como aquele tivesse permissão para entrar nos escalões do monastério.

Iseult deu uma olhadela para a legenda embaixo da ilustração, como se aquilo pudesse oferecer alguma explicação. Mas tudo o que leu foi: *treinado para lutar no estrangeiro em nome do Cahr Awen.*

A respiração de Iseult falhou com aquelas palavras — *Cahr Awen* —, e seu peito apertou. Quando menina, ela passava horas escalando árvores e fingindo ser um dos Cahr Awen — que ela era uma dos dois bruxos nascidos dos Poços Originários que podiam purificar até mesmo os males mais sombrios.

Mas, assim como muitas das nascentes que abasteciam os poços já estavam mortas havia séculos, nenhum Cahr Awen havia nascido em quase quinhentos anos — e as fantasias de Iseult tinham, inevitavelmente, terminado com os bandos de crianças da vila. Elas se aglomeravam ao redor de qualquer árvore em que Iseult tivesse subido, gritando pragas e maldades que aprenderam dos pais. "Uma Bruxa dos Fios que não consegue fazer pedras dos fios não se encaixa aqui!"

Naqueles momentos, Iseult sempre soubera — abraçando firme o tronco da árvore e *rezando* para que sua mãe a encontrasse logo — que os Cahr Awen não eram nada além de uma história bonita.

Engolindo em seco, Iseult deixou aquelas memórias de lado. Aquele dia estava ruim o bastante; não precisava desenterrar sofrimentos antigos também. Além disso, ela e Safi já estavam quase na frente dos guardas, e a lição mais antiga de Habim sussurrava em sua mente:

"Estude seus adversários", ele sempre dizia. "Analise o seu terreno. Escolha seus campos de batalha quando puder."

— Fila única! — os guardas anunciaram. — Todas as armas devem estar visíveis!

Iseult fechou o livro com um baque seco e uma lufada que cheirava a coisa antiga. *Dez guardas*, ela contou. *Espalhados pela estrada com carroças amontoadas atrás deles para bloquear a multidão. Balestras. Sabres de abordagem.* Se aquele breve interrogatório não desse certo, não haveria nenhuma possibilidade de as garotas lutarem para escapar.

— Certo — Safi murmurou. — É a nossa vez. Mantenha seu rosto escondido.

Iseult obedeceu e se posicionou atrás de Safi — que marchava soberbamente até o primeiro guarda de cara azeda.

— Qual é o motivo disso? — As palavras de Safi ressoaram, claras e rápidas acima do ruído do trânsito. — Agora estamos *atrasadas* para o nosso encontro com o mestre da Guilda do Trigo. Você sabe como é o humor dele?

O guarda assumiu uma expressão entediada — mas seus fios reluziram com intenso interesse.

— Nomes.

— Safiya. E essa é minha dama de companhia, Iseult.

Embora o guarda tenha permanecido inexpressivo, seus fios queimaram com mais interesse. Ele se inclinou, afastando-se e sinalizando para que um segundo guarda se aproximasse, e Iseult teve de morder a língua para não alertar Safi.

— Eu *exijo* saber o motivo desse atraso! — Safi gritou para o outro guarda, um homem gigantesco.

— Estamos procurando duas garotas — ele trovejou. — Elas são procuradas por um assalto na rodovia. Você não está armada, suponho?

— Pareço o tipo de garota que carrega uma arma?

— Então não vai se importar se eu te revistar.

Para ser justa com Safi, nada do medo em seus fios transpareceu em seu rosto; ela apenas levantou o queixo ainda mais.

— Pode ter certeza de que eu me importo *sim*, e se você me tocar vou fazer com que seja demitido imediatamente. Todos vocês! — Ela empurrou o livro para a frente, e o primeiro guarda recuou. — Amanhã você estará nas ruas desejando não ter mexido com a aprendiz de um mestre da guilda...

Safi não conseguiu terminar sua ameaça porque, naquele momento, uma gaivota gritou no céu... e uma gosma branca caiu em seu ombro.

Os fios dela piscaram com o turquesa da surpresa.

— Não — ela ofegou, os olhos salientes. — *Não*.

Os olhos dos guardas se arregalaram também, os fios deles brilhando em um rosa animado.

Eles irromperam em risos. Em seguida, começaram a apontar, e mesmo Iseult teve que cobrir a boca com a mão enluvada. *Não ri, não ri...*

Ela começou a rir, e os fios de Safi queimaram com um vermelho furioso.

— Por quê? — ela grasnou para Iseult. Depois, para os guardas. — Por que sempre *eu*? Tem milhares de ombros para uma gaivota cagar, mas elas sempre *me* escolhem!

Àquela altura, os guardas estavam curvados, e o segundo levantou a mão.

— Vá. Só... vá. — Lágrimas escorriam dos olhos dele, o que serviu apenas para fazer Safi rosnar ao seguir em frente pisando duro.

— Por que não fazem alguma coisa útil com o tempo de vocês? Em vez de rirem de uma garota aflita, vão *combater o crime* ou sei lá!

Logo, Safi havia passado o posto de controle e corria até os navios mercantes de cascos largos mais próximos — com Iseult em seus calcanhares e dando risadinhas o caminho inteiro.

4

Os dedos de Merik Nihar envolveram a faquinha de manteiga. A domna cartorrana do outro lado da ampla mesa de jantar de carvalho tinha um queixo peludo com gordura de galinha escorrendo.

Como se pressentisse o olhar de Merik, a domna ergueu um guardanapo bege e deu tapinhas nos lábios enrugados e no queixo franzido.

Merik a odiava — assim como odiava todos os outros diplomatas ali. Ele podia ter passado anos controlando o famoso temperamento de sua família, mas, ainda assim, naquele momento bastaria apenas mais uma gota. Mais uma gota, e o oceano transbordaria.

Ao longo da extensa sala de jantar, vozes murmuravam em, pelo menos, dez línguas diferentes. A Conferência da Trégua Continental começaria no dia seguinte para discutir a Grande Guerra e o fim dos vinte anos de trégua. Tinha levado centenas de diplomatas de toda a Terra das Bruxas para a cidade de Veñaza.

Dalmotti podia ser o menor dos três impérios, mas era o mais poderoso no comércio. E já que estava localizado quase entre o Império Marstok no leste e o Império Cartorrano no oeste, era o lugar perfeito para aquelas negociações internacionais.

Merik estava ali para representar Nubrevna, sua terra natal. Ele, na verdade, chegara três semanas antes, na esperança de conseguir novos negócios — ou talvez reestabelecer antigas conexões com a guilda. Mas tinha sido uma perda de tempo total.

Os olhos de Merik oscilaram da fidalga idosa para a imensa vastidão de vidro atrás dela. Os jardins do palácio do doge* brilhavam mais além, inundando a sala com um brilho esverdeado e o aroma de jasmins pendentes. Como líder eleito do Conselho Dalmotti, o doge não tinha família — nenhum mestre da guilda em Dalmotti tinha, já que se dizia que as famílias os distraíam de sua devoção às guildas —, então, não era como se ele *precisasse* de um jardim capaz de aguentar doze dos navios de Merik.

— Está admirando a parede de vidro? — perguntou o ruivo, líder da Guilda da Seda, sentado à direita de Merik. — É um feito e tanto dos nossos Bruxos da Terra. É uma vidraça inteiriça, sabia?

— Um feito e tanto, realmente — respondeu Merik, apesar de seu tom de voz sugerir o contrário. — Embora eu me pergunte, mestre Alix, se alguma vez você já considerou uma ocupação mais *útil* para os seus Bruxos da Terra.

O mestre da guilda tossiu de leve.

— Nossos bruxos são indivíduos extremamente especializados. Por que insistir que um Bruxo da Terra que é bom com solo trabalhe apenas em fazendas?

— Mas tem uma diferença entre um Bruxo do Solo, que *só consegue* trabalhar com solo, e um Bruxo da Terra que *escolhe* trabalhar apenas com solo. Ou derretendo areia para fazer vidro. — Merik se recostou na cadeira. — Você, por exemplo, mestre Alix. Você é um Bruxo da Terra, suponho? É provável que a sua magia se estenda aos animais, mas, com certeza, não é exclusiva *apenas* aos bichos-da-seda.

— Ah, mas eu não sou de forma alguma um Bruxo da Terra. — Alix virou um pouco a mão, revelando sua marca bruxa: um círculo referente ao éter e um traço que significava que ele era especializado em arte. — Minha profissão é alfaiate. Minha magia está em dar vida à essência das pessoas através das roupas.

— É claro — Merik respondeu, categórico. O mestre da Guilda da Seda acabara de provar o ponto de Merik; não que o homem parecesse

---

* Denominação do chefe ou primeiro magistrado eleito das antigas repúblicas marítimas italianas, nomeadamente Gênova e Veneza. (N. T.)

ter percebido. Por que desperdiçar uma habilidade mágica com arte ou moda? Em um *único* tipo de tecido? O próprio alfaiate de Merik tinha feito um belo trabalho com as vestes de linho que ele usava, sem a necessidade de mágica.

Uma sobrecasaca comprida e prateada cobria a camisa creme e, embora devesse ser ilegal a quantidade de botões em ambas as peças, Merik gostava do traje. Sua calça preta justa estava para dentro de botas novas que guinchavam, e o cinto largo em seus quadris era mais do que uma mera decoração. Assim que Merik voltasse ao navio, prenderia nele seu sabre de abordagem e suas pistolas de novo.

Percebendo o desagrado de Merik, o mestre Alix desviou a atenção para a nobre do lado oposto.

— O que você acha do casamento iminente do imperador Henrick, minha senhora?

A carranca de Merik se aprofundou. Tudo o que as pessoas pareciam interessadas em discutir naquele almoço era fofoca e frivolidades. Aqueles diplomatas imperiais por acaso se importavam que havia um homem na antiga República de Arithuania — aquela terra selvagem, anárquica, ao norte — que estava unindo facções piratas e se autoproclamando "rei"?

Nem um pouco.

Havia rumores de que a Brigada dos Trovadores do Inferno estava compelindo bruxos a trabalhar, e, ainda assim, nenhum daqueles doms ou domnas parecia achar aquela notícia alarmante. Por outro lado, Merik imaginava que não eram os filhos ou as filhas *deles* que seriam forçados a se alistar.

O olhar furioso de Merik recaiu de novo sobre o prato. Estava limpo. Até mesmo os ossos tinham sido varridos para o guardanapo. Afinal, sopa de ossos era fácil de fazer e poderia alimentar os marinheiros por dias. Vários dos outros convidados do almoço notaram — Merik não tinha sido muito discreto quando usou a seda bege para tirar os ossos do prato.

Ele até tinha ficado tentado a perguntar aos vizinhos se podia ficar com os ossos de galinha deles, a maioria intocada e cercada por vagens. Marinheiros não desperdiçavam comida — não quando não sabiam se pescariam outro peixe ou se voltariam a ver terra firme.

Muito menos não quando sua terra natal estava passando fome.

— Almirante — disse um nobre gorducho à esquerda de Merik. — Como está a saúde do rei Serafin? Ouvi dizer que a doença debilitante dele estava nos estágios finais.

— Então você ouviu errado — Merik respondeu, a voz perigosamente fria para qualquer um que conhecesse a ira da família Nihar. — Meu pai está melhorando. Obrigado... qual é mesmo seu nome?

As bochechas do homem tremeram.

— Dom Phillip fon Grieg. — Ele deu um sorriso falso. — Grieg é um dos maiores titulares do Império Cartorrano... é claro que sabe disso. Ou... não? Imagino que a geografia de Cartorra não tenha utilidade para um *nubrevno*.

Merik apenas sorriu. É claro que ele sabia onde as posses dos Grieg estavam, mas deixou que o senhor pensasse que ele desconhecia as particularidades cartorranas.

— Tenho três filhos na Brigada dos Trovadores do Inferno — o dom continuou, os dedos grossos que pareciam salsichas alcançando um cálice de vinho. — O imperador prometeu que cada um deles terá seu próprio título em breve.

— *Não diga.*

Merik foi cuidadoso em manter o rosto impassível, mas, por dentro, estava *berrando* de raiva. A Brigada dos Trovadores do Inferno — aquele contingente elitista de guerreiros cruéis encarregados de "limpar" Cartorra de Bruxos Elementais e hereges — era uma das razões principais de Merik odiar os cartorranos.

Afinal, Merik era um Bruxo Elemental, assim como quase toda pessoa com quem ele se importava na Terra das Bruxas.

Enquanto dom fon Grieg bebericava do cálice, o vinho dalmotti caro jorrou dos cantos de sua boca. Era um desperdício. Nojento. A ira de Merik cresceu... e cresceu... e *cresceu.*

Até que foi a última gota, e Merik sucumbiu à inundação.

Com uma inspiração expressiva e irritada, ele sugou todo o ar da sala para si, e então, bufou.

Vento soprou no dom. O cálice do homem virou; vinho respingou em seu rosto, seu cabelo, suas roupas. Voou até mesmo na janela — respingando gotas vermelhas no vidro.

Fez-se silêncio. Por meio segundo, Merik pensou no que deveria fazer. Um pedido de desculpas estava, com certeza, fora de questão, e uma ameaça parecia dramática demais. Seus olhos avistaram o prato cheio do mestre Alix. Sem pensar duas vezes, Merik avançou, lançando um olhar agitado aos rostos nobres que agora o encaravam, bem como aos criados de olhos arregalados rodeando as entradas e as sombras.

Ele agarrou o guardanapo do colo do mestre da guilda.

— Você não vai comer isso, vai? — Merik não esperou a resposta. Apenas murmurou: — Bom, bom... porque a minha tripulação com certeza vai. — E começou a reunir os ossos, as vagens e até mesmo o resto de repolho cozido. Depois de amarrar o guardanapo de seda com firmeza, ele o empurrou para o bolso do colete junto com os ossos que ele próprio tinha salvado.

Ele se virou para o doge dalmotti furioso e disse:

— Obrigado por sua hospitalidade, meu senhor.

E com nada além de uma saudação zombeteira, Merik Nihar, príncipe de Nubrevna e almirante da Marinha nubrevna, saiu do almoço, da sala de jantar e, finalmente, do palácio do doge.

E enquanto caminhava, começou a planejar.

<hr>

Na hora em que Merik chegou ao ponto mais ao sul do Distrito do Embarcadouro Sul, sinos distantes ressoavam indicando décima quinta hora, e a maré estava baixa. O calor do dia tinha se infiltrado nos paralelepípedos, fazendo com que uma calidez deplorável espiralasse das ruas.

Ele falhou quando tentou saltar uma poça de sabe-se Noden o quê, e suas botas novas acertaram a borda. Um líquido preto respingou para cima, carregando com ele o fedor forte de peixe velho — e Merik lutou contra a vontade de dar um soco na janela da loja mais próxima. Não era culpa da cidade que seus mestres da guilda fossem palhaços.

Nos dezenove anos e quatro meses desde que a Trégua de Vinte Anos tinha acabado com todas as guerras na Terra das Bruxas, os três impérios — Cartorra, Marstok e Dalmotti — arruinaram, com sucesso, o lar de Merik por meio da diplomacia. A cada ano, uma caravana comercial a menos passava pelo seu país e menos uma exportação de Nubrevna encontrava um comprador.

Nubrevna não era a única nação pequena que sofreu. Supostamente a Grande Guerra começara, todos aqueles séculos antes, como uma disputa acerca de quem possuía os cinco poços originários. Naquele tempo, os poços escolhiam os governantes — alguma coisa a ver com os Doze Paladinos... embora Merik nunca tenha entendido muito bem como doze cavaleiros, ou uma nascente inanimada, pudessem escolher um rei.

Era o que as lendas diziam, de qualquer forma. Por décadas e, no final, séculos, três impérios cresceram da desordem da Grande Guerra — e todos queriam a mesma coisa: mais. Mais bruxarias, mais safras, mais portos.

Assim, eram três impérios imensos contra um punhado de nações minúsculas e ferozes — as quais, aos poucos, assumiram o controle, pois guerras custavam dinheiro, e mesmo os impérios podiam ficar sem.

"Paz", o imperador cartorrano havia proclamado. "Paz por vinte anos, e então uma renegociação." Parecia perfeito.

Perfeito demais.

O que as pessoas como a mãe de Merik não tinham percebido quando assinaram seus nomes na Trégua de Vinte Anos era que, quando o imperador Henrick disse "Paz!", ele, na verdade, quis dizer "Pausa". E quando disse "renegociação", ele quis dizer "assegurar que essas outras nações se submetam a nós quando nossos exércitos voltarem a marchar".

Então, naquele momento, enquanto Merik assistia aos exércitos dalmottis chegarem do norte, os Bruxos de Fogo marstoks se reunirem no leste e três marinhas imperiais navegarem devagar em direção à costa de sua terra natal, parecia que Merik — e Nubrevna inteira — estava se afogando. Eles estavam afundando sob as ondas, assistindo à luz do sol desaparecer, até que não sobrasse nada além dos peixes-bruxa de Noden e uma última golfada de água.

Mas o povo de Nubrevna não estava paralisado ainda.

Merik tinha mais um encontro — com a Guilda do Ouro. Se Merik conseguisse apenas implantar um ramo de negócios, ele tinha certeza de que outras guildas fariam o mesmo.

Quando, por fim, Merik chegou ao seu navio de guerra, uma fragata com três mastros de velas e uma proa pontiaguda como um bico, característica dos navios nubrevnos, o encontrou calmo na maré baixa. Suas velas estavam enroladas, seus remos estivados, e a bandeira do país, com seu fundo preto e seu íris-barbado — um lampejo de azul vívido no centro da bandeira —, voava abatida na brisa da tarde.

Quando ele subiu o passadiço e entrou no *Jana*, seu humor se apaziguou um pouco — sendo substituído por uma ansiedade que tensionava seus ombros e a repentina necessidade de conferir se sua camisa estava para dentro das calças de modo apropriado.

Aquele era o navio do pai de Merik; metade dos homens eram da tripulação do rei Serafin; e apesar dos três meses com o filho no comando, aqueles homens não estavam dispostos a tê-lo por perto.

Uma figura alterosa, com cabelos cinzentos, trotou pelo convés principal e se aproximou de Merik. Ele desviou de vários marinheiros com esfregões e fez uma reverência rígida diante do príncipe. Era o irmão de ligação de Merik, Kullen Ikray — que também era primeiro-imediato do *Jana*.

— Você voltou cedo — Kullen disse. Quando ele se ergueu, Merik não deixou de notar as marcas vermelhas em suas bochechas pálidas, ou sua respiração levemente pesada. Havia a possibilidade de uma crise de asma.

— Você está doente? — perguntou, tomando cuidado para manter a voz baixa.

Kullen fingiu não ouvir — embora o ar ao redor tivesse esfriado. Um sinal concreto de que Kullen não queria tocar no assunto.

À primeira vista, nada a respeito do irmão de ligação de Merik parecia apropriado para viver no mar: ele era alto demais para caber confortavelmente nos quartos do navio, sua pele clara queimava com uma facilidade vergonhosa e ele não gostava de esgrima. Sem mencionar que suas sobrancelhas grossas e brancas eram expressivas demais para um marinheiro respeitável.

Mas, por Noden, Kullen sabia como controlar o vento.

Ao contrário de Merik, a magia elementar de Kullen não era exclusiva a correntes de ar — ele era um Bruxo do Ar completo, capaz de controlar os pulmões de um homem, de dominar o calor e as tempestades, e, certa vez, até deteve um furacão totalmente formado. Bruxos como Merik eram bastante comuns e com variados graus de domínio sobre o vento, mas até onde ele sabia, Kullen era a única pessoa viva com controle total sobre *todos* os aspectos do ar.

No entanto, não era a magia de Kullen que Merik valorizava mais. Era sua mente, afiada como unhas, e seu equilíbrio, constante como a maré era para o mar.

— Como foi o almoço? — Kullen perguntou, o ar ao redor aquecendo enquanto abria seu costumeiro sorriso aterrorizante. Ele não era muito *bom* em sorrir.

— Foi uma perda de tempo — Merik respondeu. Ele subiu o convés, o solado das botas estalando no carvalho. Os marinheiros pararam para prestar continência, os punhos batendo no coração. Despreocupado, Merik assentiu para cada um deles.

Então, se lembrou do que estava no bolso. Retirou os guardanapos e os entregou a Kullen.

O som de várias respirações cortaram o ar. Seguida de:

— Restos?

— Eu estava provando um argumento — Merik resmungou, e seus passos ficaram mais rápidos. — Um argumento estúpido que não alcançou seu objetivo. Alguma notícia dos lovatsianos?

— Sim, mas — Kullen se apressou em acrescentar, levantando as mãos — não tem nada a ver com a saúde do rei. Tudo o que disseram é que ele ainda está limitado à cama.

Frustração se ergueu sobre os ombros de Merik. Ele não ouvia nada concreto sobre a doença do pai havia semanas.

— E minha tia? Já voltou do curandeiro?

— *Aye.*

— Bom — Merik assentiu, satisfeito com aquela informação, pelo menos. — Mande a tia Evrane esperar em minha cabine. Quero perguntar a ela sobre a Guilda do Ouro... — Ele parou de falar e de andar. — O que foi agora? Você só aperta os olhos desse jeito quando tem alguma coisa errada.

— *Aye* — Kullen reconheceu, coçando a nuca. Seus olhos se moveram rapidamente para o tambor de vento gigantesco no tombadilho. Um recruta novo — cujo nome Merik nunca conseguia lembrar — estava limpando os dois martelos do instrumento. O martelo mágico produzia rajadas de vento fortes como canhões. O martelo padrão servia para comunicados e canções.

— Precisamos conversar sobre isso em particular — Kullen completou, por fim. — É sobre a sua irmã. Algo... *chegou* para ela.

Merik abafou um palavrão, e seus ombros se elevaram ainda mais. Desde que Serafin o tinha nomeado representante de Nubrevna para a Conferência da Trégua — o que significava que também era o almirante temporário da Marinha Real —, Vivia tentava controlar as coisas, à distância, de milhares de formas.

O príncipe entrou em sua cabine pisando forte, os passos ecoando nas vigas do teto branco enquanto ele encarava a cama baixa aparafusada no canto direito.

Enquanto isso, Kullen seguiu até a mesa comprida onde jaziam mapas e documentos de contabilidade, no centro do quarto. Ela também era aparafusada, e um aro de sete centímetros impedia que os papéis voassem quando o mar estivesse agitado.

A luz do sol entrava pelas janelas e circundava o ambiente, refletindo na coleção de espadas do rei Serafin, meticulosamente exibida na parede dos fundos — o lugar perfeito para Merik tocar em algumas durante o sono, sem querer, e deixar digitais permanentes.

No momento, o navio até poderia ser dele, mas Merik não tinha esperanças de que continuaria assim. Em épocas de guerra, a rainha governava a terra, e o rei, os mares. Portanto, o *Jana* era o navio de seu pai, nomeado em homenagem à rainha falecida, e voltaria a ser o navio de Serafin quando ele se curasse.

Se ele se curasse — e ele precisava se curar. Do contrário, Vivia era a próxima na linha de sucessão ao trono... e aquilo era uma coisa que Merik não gostava de imaginar ainda. Ou lidar. Vivia não era o tipo de pessoa que se contentava em governar apenas a terra ou o mar. Ela queria controlar os dois — e além —, e não se esforçava para fingir o oposto.

Merik se ajoelhou diante do seu único item pessoal no navio: um baú, amarrado com firmeza à parede. Após uma vistoria rápida, encontrou uma camisa limpa e seu uniforme de almirante azul-escuro. Queria tirar as roupas formais o mais rápido possível, porque nada esvaziava o ego de um homem como babados ao redor da gola.

Enquanto seus dedos desabotoavam os dez milhões de botões da camisa, ele se juntou a Kullen na mesa.

O amigo tinha aberto um mapa do mar Jadansi — um pedaço de oceano que dividia o Império Dalmotti em dois.

— É isso que Vivia recebeu. — Ele atirou uma miniatura de navio que parecia idêntico aos navios das guildas de Dalmotti inclinados do lado de fora. O navio escorregou pelo mapa, parando em cima da cidade de Veñaza. — É claro que é enfeitiçado com éter e vai se mover sempre que seu navio correspondente zarpar. — Os olhos de Kullen encontraram os de Merik com agilidade. — De acordo com o canalha que o enviou, o navio correspondente é da Guilda do Trigo.

— E por que — Merik começou, desistindo dos botões e arrancando a camisa por cima da cabeça — Vivia se importa com um navio mercante? — Ele jogou a camisa no baú e plantou as mãos na mesa. Sua marca bruxa desbotada se esticou, formando um diamante irregular. — O que ela espera que façamos com ele?

— Raposas — Kullen disse, e o quarto ficou gelado.

— Raposas — Merik repetiu, a palavra martelando sem sentido em sua cabeça. Então, de repente, ela se assentou no lugar, e ele começou a agir, dando a volta em disparada até o baú. — Essa é a coisa mais estúpida que já ouvi vindo dela, e ela já disse muitas coisas estúpidas na vida. Diga ao Hermin que entre em contato com o Bruxo da Voz da Vivia. *Agora*. Quero falar com ela no próximo soar dos sinos.

— *Aye*.

Os passos de Kullen ressoaram, e Merik puxou a primeira camisa que seus dedos tocaram. Ele a vestiu assim que a porta da cabine abriu... e então fechou com um clique.

Com aquele barulho, Merik rangeu os dentes e lutou para manter a calma.

Aquilo era tão típico de Vivia, então por que diabos ele estava surpreso e bravo?

Muito tempo antes, os Raposas foram os piratas de Nubrevna. As táticas deles contavam com galés pequenas. Elas eram mais rasas que o *Jana*, com dois mastros, e remos que permitiam que eles se deslocassem entre bancos de areia e ilhas-barreiras com facilidade — e permitiam que eles emboscassem navios maiores.

Mas o estandarte dos Raposas — uma raposa-do-mar enrolada em um íris-barbado — não esvoaçava seus mastros havia séculos. Não tinha havido necessidade nem uma única vez desde que Nubrevna adquirira sua própria Marinha de verdade.

Enquanto Merik permanecia ali, tentando imaginar *qualquer* tipo de argumento que sua irmã pudesse ouvir, alguma coisa piscou do lado de fora da janela mais próxima. Além de ondas se assomando acima do nível do mar, e um navio mercante balançando ao lado, não havia nada de incomum.

Exceto... que não era uma maré alta.

Merik correu para a janela. Aquela era Veñaza — uma cidade de pântanos — e apenas duas coisas trariam uma maré anormal.

Terremoto ou magia.

E havia apenas uma razão para um bruxo invocar ondas em um cais. *Destrinchado.*

Merik correu para a porta.

— Kullen! — ele berrou, assim que seus pés tocaram o convés principal. As ondas já estavam ficando maiores, e o *Jana* começava a se inclinar.

Dois navios ao norte, um marinheiro robusto desceu a prancha do navio mercante cambaleando em direção à rua de paralelepípedos. Ele coçou com ferocidade os antebraços, o pescoço — e, mesmo à distância, Merik podia ver as pústulas pretas borbulhando na pele do homem. Logo sua magia atingiria o limite, e ele se deleitaria com a vida humana mais próxima.

As ondas se espalhavam, mais altas, mais violentas — convocadas pelo bruxo destrinchado. Embora muitas pessoas tivessem notado o homem e gritado de medo, a maioria não conseguia ver as ondas nem ouvir os gritos. Eles estavam alheios e desprotegidos.

Então Merik fez a única coisa em que pôde pensar. Ele gritou mais uma vez por Kullen e reuniu sua magia, de modo que ela o levantasse bem para o alto e o levasse embora.

Momentos depois, em uma rajada de vento, Merik levantou voo.

5

O humor de Safi estava prestes a explodir, com o cocô de gaivota no ombro, o calor opressivo da tarde e o fato de que *nenhum* dos seis navios naquela doca precisava de novos operários (especialmente aqueles vestidos como aprendizes da guilda).

Iseult se arrastava na frente, já no fim da doca, unindo-se à multidão na lateral do cais. Mesmo daquela distância, Safi podia ver Iseult mexendo inquieta no cachecol e nas luvas enquanto analisava alguma coisa na água turva.

Com as sobrancelhas erguidas, Safi dirigiu o próprio olhar para as ondas salobras. Havia uma eletricidade no ar. Arrepiava os pelos de seus braços e mandava calafrios pela sua espinha...

Então sua bruxaria da verdade explodiu — uma sensação que envolvia e arranhava seu pescoço, anunciando uma falha. Uma *falha* vasta e significativa.

A magia de alguém estava se destrinchando.

Safi tinha sentido aquilo antes — sentido seu poder aumentar como se pudesse destrinchar também. Qualquer um com magia podia sentir o momento chegando. Podia sentir o mundo se desprendendo de sua ordem mágica. É claro que se você *não* tinha magia, como a maioria daquelas pessoas descendo a doca, você já poderia ter morrido.

Um grito irrompeu nos ouvidos de Safi como trovão. *Iseult*. Em meio a um passo, e berrando para as pessoas "Saiam do caminho!", Safi mergulhou para a frente, encostou o queixo no peito e rolou. Girando o corpo sobre a madeira, ela agarrou a adaga da bota. Era para se defender contra uma espada, mas ainda era afiada.

E ainda poderia matar um homem, se preciso.

Quando o impulso da rotação fez Safi ficar novamente em pé, ela deslocou a adaga para baixo e, em um movimento rápido, cortou sua saia. Voltou a correr, as pernas livres para pular tão alto quanto precisasse — e a adaga em mãos.

As ondas se curvaram ainda mais alto. Mais violentas. Rajadas de poder que raspavam contra a pele de Safi como milhares de mentiras contadas de uma única vez.

A magia destrinchada do homem devia estar conectada à água, e os navios mercantes começavam a se agitar, agitar... ranger, ranger... e então bater contra o píer.

Safi alcançou o cais de pedra. Com uma respiração curta, ela assimilou a cena: um Bruxo da Maré destrinchado, a pele ondulada com o óleo da magia pustulenta e sangue preto como piche pingando de um corte no peito.

A poucos passos de distância, Iseult estava abaixada — a saia também rasgada. *Essa é a minha garota*, Safi pensou.

E à esquerda, voando com toda a graça de um morcego desconhecido e de asas quebradas, estava uma espécie de Bruxo do Vento. As mãos dele pendiam para fora enquanto ele convocava o vento a carregá-lo.

Safi tinha apenas dois pensamentos: *Quem diabos é aquele Bruxo do Vento nubrevno?* E: *Ele realmente deveria aprender a abotoar uma camisa.*

O homem sem camisa tocou o solo bem no caminho dela.

Ela gritou o mais alto que pôde, mas tudo o que recebeu foi um olhar assustado antes de atirar sua adaga para o lado e chocar-se contra o corpo dele. Eles caíram no chão — e o jovem a afastou, gritando:

— Se afaste! Vou resolver isso!

Safi o ignorou — era óbvio que ele era um idiota — e, demorando mais do que devia, ela se desenrolou do rapaz nubrevno e pegou a sua adaga de volta.

Ela girou em direção ao Bruxo da Maré destrinchado — ao mesmo tempo que Iseult se aproximou, um redemoinho de aço destinado a chamar atenção. Mas aquilo estava sendo inútil. O Bruxo da Maré não chegou a sair do lugar. As foices de Iseult bateram no estômago dele, e mais sangue preto jorrou.

Órgãos escurecidos caíram para fora também.

Água irrompeu para a rua. Os navios foram arrastados contra as pedras, as madeiras trituradas fazendo um som ensurdecedor. Uma segunda onda avançou e, logo atrás dela, uma terceira.

— Kullen! — o nubrevno gritou atrás de Safi. — Segure a água!

Em uma explosão de magia que percorreu o corpo de Safi, o ar se afunilou em direção às ondas invasoras.

O vento enfeitiçado se chocou contra a água; as ondas tombaram e espumaram para trás.

Mas o Bruxo da Maré destrinchado não se importou. Seus olhos pretos estavam fixos em Safi agora. As mãos ensanguentadas dele formaram garras, e ele avançou na direção dela como uma ventania.

Safi saltou para dar um chute no ar. Seu calcanhar atingiu as costelas do bruxo; ele tombou para a frente no instante em que Iseult girou para um chute gancho. A bota dela esmagou o queixo do homem, alterando o ângulo de sua queda.

Ele caiu nos paralelepípedos. Pústulas negras estouraram em toda a pele, respigando a rua com sangue.

No entanto, ele ainda estava vivo — ainda consciente. Urrando como um furacão, ele se esforçou para ficar de pé.

Foi aí que o nubrevno decidiu reaparecer. Ele se aproximou furtivamente do destrinchado — e a garganta de Safi ardeu em pânico.

— O que você está *fazendo*?

— Eu disse que ia resolver isso! — ele gritou. Em seguida, seus braços se lançaram para trás e, em um pico de poder que faiscou pelos pulmões de Safi, as mãos dele se curvaram sobre as orelhas do marinheiro destrinchado. Ar explodiu no cérebro do homem. Os olhos pretos dele rolaram para trás.

O Bruxo da Maré se vergou sobre a rua. Morto.

Iseult arrastou a saia para o lado e empurrou as foices em forma de lua de volta para as bainhas escondidas nas panturrilhas. Ali perto, dalmottis deslizavam dois dedos frenéticos sobre os olhos. Era um sinal para afastar o mal — pedir aos deuses que protegessem suas almas. Alguns direcionavam seus movimentos ao destrinchado morto, mas a maioria se dirigia a Iseult.

Como se ela tivesse qualquer interesse em reivindicar suas almas.

Ela tinha, porém, um interesse em não ser atacada e espancada, então, se virando para o Bruxo da Maré morto, ela arrumou o cachecol — e agradeceu à Mãe Lua pela peça não ter sido removida durante luta.

Ela também agradeceu à deusa por ninguém mais ter sido destrinchado. Uma explosão tão poderosa de magia poderia facilmente levar outros bruxos ao colapso — um colapso sem retorno.

Embora ninguém soubesse o que levava alguém a destrinchar, Iseult tinha lido teorias que conectavam a deterioração aos cinco poços originários espalhados pela Terras das Bruxas. Cada poço se conectava a um dos cinco elementos: éter, terra, água, vento ou fogo. Apesar de as pessoas falarem do elemento vazio — e de Bruxos do Vazio, como aquele Bruxo de Sangue —, não havia registros de um Poço do Vazio.

Talvez *houvesse* um Poço do Vazio por aí, esquecido havia muito tempo. As nascentes que o alimentavam estavam secas. As árvores que floresciam durante o ano murcharam até se tornarem cascas desidratadas. Essa estagnação tinha, com certeza, acontecido com os Poços da Terra, do Vento e da Água, e talvez, um dia, eles também fossem esquecidos na história.

Independentemente do destino dos poços, porém, estudiosos não consideravam mera coincidência que os únicos bruxos a destrincharem eram aqueles conectados à terra, ao vento ou à água. E se desse para acreditar nos monges de Carawen, então apenas o retorno do Cahr Awen poderia curar os poços mortos ou os destrinchados.

Bem, Iseult não achava que *aquilo* aconteceria tão cedo. Nem o retorno do Cahr Awen — e também nenhuma escapatória de todos aqueles olhares odiosos.

Assim que teve certeza de que seu cabelo e seu rosto estavam cobertos o suficiente e as mangas abaixadas para esconder a pele branca, ela procurou pelos fios de Safi entre a multidão.

Mas seus olhos e sua magia perceberam alguma coisa estranha. Fios como ela nunca tinha visto. Bem ao lado dela... no cadáver.

Seu olhar desviou para o corpo do homem destrinchado. Sangue escuro, e talvez algo mais, pingava das orelhas dele, entre os paralelepípedos. As pústulas em seu corpo tinham explodido — um pouco daquele esguicho de óleo estava na saia cortada de Iseult e no corpete suado.

Ainda assim, embora o homem estivesse, sem dúvidas, morto, havia ainda três fios se mexendo sobre o peito dele. Como larvas, eles oscilavam e se enroscavam para dentro. Fios pequenos. Os fios que *rompem*.

Não podia ser — a mãe de Iseult sempre dissera a ela que os mortos não tinham fios, e, em todas as cerimônias de cremação nomatsi que Iseult frequentara quando criança, ela nunca tinha visto fios em um cadáver.

Quanto mais espaço ela abria, mais a multidão se fechava. Em todos os lugares, havia espectadores curiosos por causa do corpo, e Iseult teve de apertar os olhos para ver através dos fios deles. Para minimizar todas as emoções ao seu redor.

Então, um fio púrpura enfurecido piscou ali perto — e com ele veio um rosnado mordaz:

— Quem diabos você pensa que é? Nós tínhamos tudo sob controle.

— Sob controle? — replicou uma voz masculina com um sotaque expressivo. — Eu acabei de salvar a vida de vocês!

— *Você* foi destrinchado, por acaso? — Safi gritou, e Iseult se encolheu diante da péssima escolha de palavras. Mas, é claro, Safi estava desabafando seu luto. Seu horror. Seus fios explosivos. Ela sempre ficava assim quando uma coisa ruim, ruim mesmo, acontecia. Ou ela corria das emoções o mais rápido que suas pernas permitissem, ou forçava as emoções à submissão.

Quando, por fim, Iseult surgiu ao lado da irmã de ligação, teve tempo de ver Safi agarrar de mão cheia a camisa desabotoada do rapaz.

— É assim que todas as pessoas em Nubrevna se vestem? — Safi agarrou a outra ponta da camisa dele. — Isso vai dentro *disso*.

Para ser justa, o nubrevno nem se mexeu. O rosto dele apenas ficou vermelho-escarlate — assim como seus fios —, e os seus lábios se apertaram em uma linha.

— Eu sei — ele rilhou — como um botão funciona. — E afastou os dedos dela com um empurrão. — E não preciso de conselhos de uma mulher com cocô de passarinho no ombro.

Ah, não, Iseult pensou, os lábios se separando para...

Dedos se fecharam no braço de Iseult. Antes que ela pudesse torcer a mão para cima e agarrar o punho de seu capturador, a pessoa torceu o punho *dela* e o empurrou contra suas costas.

Um fio vermelho argiloso pulsou na visão de Iseult. Era um tom familiar de irritação que remetia há anos aguentando as birras de Safi — o que significava que Habim tinha chegado.

O marstok empurrou o punho de Iseult com mais força contra as costas dela e rosnou:

— Anda, Iseult. Para aquele beco ali.

— Você pode me soltar — ela respondeu, a voz sem emoção. Ela podia ver Habim apenas pelo canto dos olhos. Ele usava a farda cinza e azul da família Hasstrel.

— Bruxa do Vazio? *Você me chamou de Bruxa do Vazio?!* Eu falo nubrevno, seu bundão! — O resto dos gritos sanguinários de Safi foram em nubrevno; e engolidos pela multidão.

Iseult odiava quando os fios de Safi ficavam tão brilhantes que se sobressaíam a todo o resto. Quando eles queimavam os olhos e o coração de Iseult. Mas Habim não diminuiu o passo enquanto a levava, passando por um pedinte de uma perna só que cantava "O lamento de Eridysi". Eles chegaram a um espaço estreito entre uma taberna suja e uma loja de artigos de segunda mão ainda mais suja. Iseult avançou, cambaleando. Suas botas acertaram poças despercebidas, e o fedor de xixi de gato queimou em seu crânio.

Ela sacudiu o punho e se virou em direção ao mentor. Aquele comportamento não era comum ao Habim, que era sempre tão gentil. Ele era um homem mortal, isso com certeza — afinal tinha servido Eron fon Hasstrel por duas décadas como homem de armas —, mas Habim também falava baixo e era cuidadoso. Tranquilo, e em controle do seu temperamento.

Ao menos, ele costumava ser assim.

— O que — ele começou, marchando até Iseult — você estava fazendo? Sacando suas armas daquele jeito? Mas que diabos, Iseult, você devia ter corrido.

— Aquele Bruxo da Maré destrinchado... — ela começou, mas Habim apenas se aproximou mais, pisando firme. Ele não era um homem alto, e, nos últimos três anos, seus olhos estavam na mesma altura dos de Iseult.

Naquele instante, aqueles olhos enrugados estavam redondos e furiosos, e seus fios reluziam com um vermelho irado.

— Os destrinchados são um problema dos guardas, e os guardas agora são um problema *seu*. Roubo na estrada, Iseult?

A respiração dela falhou.

— Como você descobriu?

— Tem bloqueios em todos os lugares. O Mathew e eu encontramos um a caminho da cidade, e descobrimos que os guardas estavam à procura de duas garotas, uma com uma espada e outra com foices em forma de lua. Quantas pessoas você acha que lutam com foices de lua, Iseult? Isso — Habim apontou para as bainhas — é óbvio. Como uma nomatsi, você não tem proteção legal nesse país, e até mesmo carregar uma arma em público fará com que você seja enforcada. — Habim virou e se afastou dela três passos. Depois voltou a avançar três passos. — Pense, Iseult! *Pense!*

Iseult apertou os lábios. *Equilíbrio. Equilíbrio nos dedos das mãos e dos pés.*

À distância, ela podia ouvir o rufar crescente dos tambores, que indicava que os guardas de Veñaza estavam a caminho. Eles decapitariam o corpo do Bruxo da Maré como a lei exigia para todos os corpos destrinchados.

— T-terminou de gritar comigo? — ela perguntou por fim, a antiga gagueira se agarrando à sua língua. Distorcendo suas palavras. — Porque eu preciso encontrar a Safi, e nós p-precisamos deixar a cidade.

As narinas de Habim tremeram com uma inspiração profunda, e Iseult o observou deixar as emoções de lado. Enquanto as linhas de seu rosto se suavizavam e seus fios se tornavam tranquilos.

— Você não pode encontrar a Safi. Na verdade, você não vai sair desse beco da mesma maneira que entrou. O mestre Yotiluzzi tem um Bruxo de Sangue como empregado, e aquela criatura claramente veio do vazio, sem piedade ou medo. — Habim balançou a cabeça, e os primeiros indícios do cinza do medo se uniram aos seus fios.

O que apenas fez com que a garganta de Iseult fechasse ainda mais. Habim *nunca* ficava com medo.

Bruxo. Sangue. Bruxo. Sangue.

— O tio da Safi está na cidade — Habim prosseguiu —, para a Conferência da Trégua, então...

— O dom fon Hasstrel está *aqui?* — O maxilar de Iseult se afrouxou. Habim poderia ter dito mil coisas, mas nenhuma a teria surpreendido mais. Ela havia encontrado Eron (coberto de cicatrizes de guerra) duas vezes no passado, e sua embriaguez desleixada tinha confirmado instantaneamente todas as histórias e reclamações de Safi.

— Toda a nobreza cartorrana é exigida aqui — Habim explicou, voltando ao seu ritmo de três passos. Esquerda. Direita. — O Henrick tem algum anúncio grandioso a fazer e, como de costume, está usando a conferência como palco.

Iseult mal estava ouvindo.

— Toda a nobreza, i-incluindo a Safi?

A expressão de Habim suavizou. Seus fios piscaram com uma ternura gentil cor de pêssego.

— Isso inclui a Safi. Quer dizer que, no momento, ela tem o tio e uma corte inteira de doms e domnas para protegê-la do Bruxo de Sangue de Yotiluzzi. Mas você...

Habim não precisou terminar. Safi tinha a proteção de seu título, e Iseult tinha sua origem como maldição.

As mãos de Iseult se levantaram. Ela esfregou as bochechas. As têmporas. Mas seus dedos eram apenas uma sensação distante de pressão em sua pele — assim como a multidão era um zumbido latejante, e o estardalhaço dos tambores dos guardas, um silvo baixo.

— Então o que posso fazer? — ela perguntou, finalmente. — Não posso pagar uma travessia de barco, e mesmo se pudesse, não tenho para onde ir.

Habim acenou para o fim do beco.

— Tem uma estalagem chamada Canal Hawthorn a algumas quadras daqui. Aluguei um quarto e um cavalo lá. Você vai passar a noite, e amanhã, ao pôr do sol, pode viajar para a estalagem filial do Canal Hawthorn no lado norte. O Mathew e eu estaremos esperando. Enquanto isso, lidaremos com o Bruxo de Sangue.

— Mas por que só uma noite? O que poderia a-acontecer em uma noite?

Por um longo momento, Habim a encarou com tanta atenção que foi como se *ele* pudesse ler os fios de Iseult. Como se *ele* pudesse examiná-la em busca de verdades ou mentiras.

— A Safi nasceu uma domna. Você precisa se lembrar disso, Iseult. Todo o treinamento dela foi visando somente isso. Hoje à noite, ela é necessária na Conferência da Trégua. O Henrick exigiu abertamente a presença dela, o que significa que a Safi não pode recusar... e que você não pode ficar no caminho.

Com aquelas palavras simples — *você não pode ficar no caminho* —, Iseult ficou com mais dificuldade de respirar. Apesar de Safi ter perdido suas economias, e apesar de o Bruxo de Sangue poder ter se agarrado ao rastro delas, Iseult ainda tinha acreditado que tudo passaria. Que aquele nó no tear iria, de alguma forma, se desembaraçar, e que a vida retornaria ao normal em algumas semanas.

Mas aquilo... aquilo parecia o fim. Safi teria de ser uma domna, simples assim, e não havia espaço para Iseult naquela vida.

Perda, ela pensou vagamente, enquanto tentava identificar o sentimento em seu peito. *Isso deve ser perda.*

— Eu já falei isso antes — Habim disse, com aspereza. O olhar dele a percorreu de cima a baixo, como um general inspecionando um soldado. — Já falei centenas de vezes, Iseult, mas você nunca me escuta. Nunca acredita. Por que o Mathew e eu encorajamos a sua amizade com a Safi? Por que decidimos treinar você junto com ela?

Iseult comprimiu o ar do peito, desejando que os pensamentos e a vergonha desaparecessem.

— Porque — ela recitou — ninguém pode proteger a Safi como sua família dos fios.

— Exatamente. Vínculos da família dos fios são inquebráveis, e você sabe disso melhor do que ninguém. No dia em que você salvou a vida da Safi, seis anos atrás, vocês se tornaram irmãs de ligação. Até hoje você morreria por ela, assim como ela morreria por você. Então faça isso por ela, Iseult. Se esconda essa noite, deixe o Mathew e eu lidarmos com o Bruxo de Sangue, e volte para o lado da Safi amanhã.

Uma pausa. Então, Iseult consentiu com seriedade. *Deixe de ser uma tola fantasiosa*, ela se censurou — igual sua mãe sempre fizera. Aquele não era o fim, e Iseult devia ter sido esperta o bastante para perceber logo de cara.

— Me dê suas foices — Habim pediu. — Devolvo amanhã.

— Elas são as minhas únicas armas.

— Eu sei, mas você é uma nomatsi. Se te pararem em outro bloqueio... Não podemos arriscar.

Iseult coçou o nariz com força antes de resmungar um "Tudo bem" e desamarrar suas valiosas lâminas. Quase que de maneira infantil, ela as entregou para Habim. Os fios dele piscaram com um azul triste enquanto ele adentrava mais o beco e pegava uma bolsa de lona encerada das sombras. Ele puxou um manto preto grosseiro.

— Isso é fibra de salamandra. — Ele cobriu a cabeça e os ombros de Iseult com o manto e o amarrou com um alfinete simples. — Enquanto você estiver usando, o Bruxo de Sangue não pode te farejar. *Não tire o manto* até que estejamos juntos amanhã à noite.

Iseult assentiu; o tecido duro resistindo ao movimento. E pela Mãe Lua, como estava quente.

Em seguida, Habim tirou do bolso um saco de moedas.

— Isso deve cobrir o custo da estalagem e do cavalo.

Depois de aceitar as piestras, Iseult se virou para uma porta deplorável. Os sons de facas de corte e panelas ferventes se arrastavam pela madeira; ainda assim, sua mão parou na maçaneta enferrujada.

Parecia... errado.

Que tipo de irmã de ligação Iseult seria se deixasse Safi sem um adeus — ou, *pelo menos*, um plano reserva para os piores cenários possíveis e inevitáveis?

— Você pode dar um recado à Safi? — Iseult perguntou, mantendo o tom calmo. Quando Habim assentiu, ela continuou: — Diga a ela que eu sinto muito por ter precisado ir, e que é melhor ela não perder meu livro preferido. E... ah. — Iseult ergueu as sobrancelhas, fingindo um novo pensamento. — Por favor, diga para ela não cortar a sua garganta, porque sei que ela vai tentar quando descobrir que você me mandou embora.

— Vou dizer — Habim falou, a voz e os fios solenes. — Agora se apresse. Aquele Bruxo de Sangue está, sem dúvidas, a caminho.

Iseult fez uma reverência — um soldado ao seu general — antes de abrir a porta com um puxão e marchar para dentro da cozinha cheia de vapor e pessoas.

6

Conforme os tambores se aproximavam, a ira de Safi foi ficando cada vez mais forte. A única razão de ela não ter perseguido aquele nubrevno maldito enquanto ele caminhava em direção ao seu navio (com a camisa *ainda* desabotoada) foi porque o homem mais alto e pálido que ela já tinha visto caminhava ao lado dele... E porque Safi tinha perdido Iseult de vista.

Contudo, sua busca frenética pela irmã de ligação foi interrompida quando os passos e as batidas do guarda que se aproximava pararam. Quando o silêncio recaiu sobre a multidão no píer.

Corte brusco, um som pesado... um respingo.

Por um longo momento, os únicos sons eram dos pombos, da brisa e das ondas calmas.

Então, um soluço sufocado — de alguém que conhecia o homem morto, talvez — cortou o silêncio como uma faca serrilhada. Ecoou nos ouvidos de Safi. Estremeceu em suas costelas. Um acorde curto para preencher o buraco deixado para trás.

Uma mão surgiu no braço de Safi. Habim.

— Por aqui, Safi. Tem uma carruagem...

— Preciso encontrar a Iseult — ela disse, sem se mover. Sem piscar.

— Ela foi para um lugar seguro. — A expressão de Habim era sombria, mas isso não era nada incomum. — Eu prometo — acrescentou, e a magia de Safi sussurrou "Verdade". Um ronronar puro em seu peito.

Assim, dura como o mastro de um navio, Safi seguiu Habim até uma carruagem coberta e desinteressante. Após ela se sentar, ele fechou a porta e puxou uma cortina preta pesada sobre a janela. Depois, com uma entonação seca, Habim explicou como ele e Mathew tinham reconhecido as garotas pelas armas e, pouco tempo depois, encontrado a loja de Mathew destruída.

A vergonha rastejava pelo pescoço de Safi enquanto ela ouvia. Mathew era mais do que seu mentor. Ele era família, e agora os erros dela tinham arruinado a casa dele.

Ainda assim, quando Habim mencionou ter mandado Iseult para uma estalagem — sozinha, *desprotegida* —, todo o horror da tarde foi engolido por uma raiva desconcertante. Safi se lançou em direção à porta...

Habim a segurou em um mata-leão antes mesmo que ela pudesse girar a maçaneta.

— Se você abrir essa porta — ele rosnou —, o Bruxo de Sangue vai farejar você. Mas, se a mantiver fechada, o monge não poderá te rastrear. Essa cortina é feita de fibra de salamandra, Safi, e a Iseult está usando uma capa do mesmo tecido nesse exato momento.

Safi congelou, a visão entortando pela falta de ar e o dorso cheio de cicatrizes da mão direita de Habim virando um borrão. Ela não conseguia acreditar que Iseult tinha simplesmente ido embora sem discutir. Sem ela...

Não fazia sentido, embora sua magia gritasse em suas costelas que era verdade.

Então ela concordou, Habim a soltou, e ela se remexeu no banco. Habim sempre fora o mais focado de seus mentores. Uma peça de carrilhão mais rápida que todo o resto do mundo, o que o deixava sem paciência para a impulsividade de Safi.

— Eu sei que aquele assalto foi coisa sua, Safi. — A voz suave de Habim, de alguma forma, preencheu cada espacinho da carruagem. — Só você seria tão imprudente, e a Iseult a acompanhou, como ela sempre faz.

Safi não argumentou — era uma verdade indiscutível. O jogo de cartas podia ter sido ideia de Iseult, mas, dali para a frente, Safi podia levar a culpa por todas as más decisões.

— Esse erro — Habim continuou — complicou, e talvez tenha arruinado, vinte anos de planejamentos. Agora, com o Eron aqui, estamos fazendo o possível para salvar a situação.

Safi se enrijeceu.

— O tio Eron — ela repetiu —, *aqui?*

Enquanto Habim contava uma história sobre Henrick ter convocado toda a nobreza cartorrana para um anúncio grandioso, Safi se forçou a imitar seu mentor. A se inclinar para trás e relaxar. Ela precisava pensar em tudo, como Iseult sempre fizera. Precisava analisar seus adversários e o terreno...

Mas análises e estratégias não eram seus pontos fortes. Toda vez que tentava organizar os fragmentos do dia, eles oscilavam, se tornando muito mais difíceis de reagrupar. O único pensamento que ela conseguia manter fixo era: *o tio Eron está aqui. Em Veñaza.* Ela não o via havia dois anos, e esperava nunca mais precisar vê-lo. Só *pensar* em Eron a lembrava que, embora tivesse construído uma vida em Veñaza, uma vida diferente a aguardava em Hasstrel.

Safi precisava de Iseult. Ela *contava* com Iseult para manter sua mente focada e desanuviada. Agir, correr e lutar — essas eram as únicas coisas que Safi fazia bem.

Os dedos dela sentiam um comichão pela porta. Seus dedos do pé se curvaram de ansiedade quando ela se dirigiu com dolorosa lentidão para o trinco.

— Não toque nisso — Habim disse. — O que você iria fazer, afinal, Safi? Fugir?

— Encontrar a Iseult — ela respondeu baixinho, os dedos ainda suspensos. — E *depois* fugir.

— O que permitiria que o Bruxo de Sangue te encontrasse — ele replicou. — Contanto que permaneça com o seu tio, você estará a salvo.

— Porque ele fez um ótimo trabalho protegendo os meus pais. — As palavras saíram como um rugido antes que Safi pudesse impedi-las. Porém, em vez da rápida represália que esperava de Habim, houve apenas silêncio.

Em seguida, Habim disse friamente:

— Trovadores do Inferno protegem suas famílias, sim, mas o império precisa vir em primeiro lugar. Nesse caso, dezoito anos atrás, o império veio em primeiro lugar.

— E é por isso que o imperador Henrick o dispensou desonrosamente, não é? Ele deu ao tio Eron a vergonhosa tarefa de ser meu tutor e cuidar de mim em troca de *gratidão*?

Habim não a confrontou. Na verdade, a expressão dele nem hesitou. Essa não era a primeira vez que Safi pressionava Habim a respeito do passado do tio, e também não era a primeira vez que recebia um silêncio insensível.

— Você está indo para casa, para o mestre Alix — Habim disse por fim, puxando a borda da cortina e espiando para fora. — É para lá que você deveria ter ido antes de qualquer coisa, ele pode mantê-la segura do Bruxo de Sangue.

— Como eu deveria saber disso? — Safi finalmente tirou os dedos do trinco e se sentou ereta. — Achei que eu estava fazendo a coisa certa evitando levar problemas ao Alix.

— Como você é gentil. Mas da próxima vez tente confiar nos homens encarregados da sua segurança.

— A Iseult me mantém em segurança também — Safi disse. — Mesmo assim, você a mandou embora.

De novo, Habim ignorou a isca de Safi. Em vez disso, ele baixou o queixo para observá-la.

— Por falar na Iseult, ela pede que você, por favor, não corte a minha garganta. Também pede desculpas por partir e que você não perca o livro dela.

— A Iseult... pediu desculpas? — Aquilo era incomum, ao menos quando era óbvio que Safi era a culpada.

Significava que havia uma mensagem escondida ali.

Era um jogo que as garotas costumavam brincar ao longo dos anos. Um que Mathew tinha ensinado — "Diga uma coisa, querendo dizer outra" — e que tinha sido divertido à beça durante as horas mais monótonas das aulas de história de Mathew.

Não era divertido naquele momento.

"Não corte a garganta de Habim" significava esperar. Fazer como Habim mandava. Certo. Safi obedeceria, pelo menos por enquanto. Mas o livro... Ela não conseguia decifrar aquela parte da mensagem.

— As nossas coisas — Safi disse, devagar — estão em uma mochila no porto.

— Já peguei. O cocheiro está com elas. — Mais um olhar furtivo por trás da cortina antes de Habim bater no teto.

A carruagem tiniu até parar, e Habim propôs a Safi um "fique longe de problemas, por favor", sem entonação. Depois, ele saiu pela porta e se fundiu na cacofonia do trânsito vespertino.

Com os punhos nunca parecendo terem sido apertados forte o bastante, Safi entrou na cidade. Cascos de cavalo, rodas de carruagens e saltos de botas extravagantes cobriram o ranger de dentes frustrado dela. A casa de Alix era uma mansão com muitos pilares, cercada por uma selva de rosas e jasmins. Como todos os mestres dalmottis, ele vivia no lado mais rico da cidade: o Distrito do Canal Leste.

Safi tinha um quarto ali, e o jovem Alix, de cabelos claros, sempre era gentil com ela. Mas aquela propriedade luxuosa e labiríntica nunca pareceu um lar — não da maneira com que o quarto de Iseult no sótão parecia.

Não da maneira com que os novos quartos das garotas *pareceriam*.

Por muitos instantes, Safi ficou parada no portão de ferro pensando em escapar. Sua garganta queimava, faminta por velocidade. Mas ela sabia que não conseguiria encontrar Iseult — não sem o perigo do Bruxo de Sangue.

Pelos deuses, tudo estava desmoronando, e era culpa de Safi. Ela tinha cedido aos encantos do Traidor Atraente. Depois, *ela* que tinha sugerido o roubo.

Era sempre assim: Safi começava alguma coisa sem pensar, e outra pessoa limpava a bagunça. Aquela pessoa era Iseult havia seis anos já... mas quantas bagunças Safi precisaria fazer antes que Iseult se cansasse? Qualquer dia desses, Iseult desistiria dela como todo mundo tinha feito. Ela apenas rezava — desesperadamente, violentamente — que aquele não fosse o dia.

Não é, a razão salientou. *Ou a Iseult não teria deixado uma mensagem com o Habim, nem dito para encontrar o livro.* Bem, Safi só conseguiria decifrar a mensagem codificada da irmã se entrasse na mansão de Alix, como pedido.

Assim, estalando os nós dos dedos nas coxas, ela caminhou até o portão e tocou o sino.

Apesar das flores e dos frascos de incenso na casa do mestre da Guilda da Seda, o cheiro que flutuava do canal próximo sempre dominava o nariz de Safi. Não havia escapatória e, enquanto ela contemplava a vista da janela do seu quarto no segundo andar, seus dedos dos pés batucavam no tapete azul-celeste. Um ritmo frenético oposto ao seu coração.

Vestidos finos de seda estavam dispostos na enorme cama com dossel onde ela raramente dormia. Aquela não era a primeira vez que o mestre Alix criava vestidos para ela — embora aqueles fossem muito mais finos do que qualquer outro que ela havia ganhado antes.

Passos ressoaram atrás dela. *Mathew.* Safi conhecia aquela passada relaxada, e, quando se virou para o tutor, encontrou o rosto magro e sardento encoberto de rugas, o cabelo vermelho incandescente na luz do entardecer.

Mathew e Habim não podiam ser mais diferentes — em aparência ou personalidade — e, dos dois, Safi sempre preferira Mathew. Talvez porque ela soubesse que Mathew a respeitava mais do que Habim. Eles eram espíritos semelhantes, ela e Mathew. Mais propensos a agir do que a pensar, a rir do que a fechar a cara.

Mesmo sem sua bruxaria das palavras, Mathew era um mestre do crime — um trapaceiro do mais alto calibre. Habim tinha ensinado Safi a usar seu corpo como uma arma, mas foi Mathew quem a ensinou a usar a mente. As palavras. E embora Safi nunca tenha entendido por que Mathew insistira que ela aprendesse as técnicas de confiança dele, ela sempre tivera medo de perguntar — caso ele decidisse parar.

Como Habim, Mathew usava a farda cinza e azul dos Hasstrels, mas *ao contrário* de Habim, Mathew não era um lacaio do tio de Safi.

— Suas coisas. — Mathew jogou uma mochila familiar em cima da cama, e Safi não fez nenhum movimento para recuperá-la, embora tenha olhado à procura do formato dos livros de Iseult...

Lá estavam eles; um canto azul surgia no topo.

— Minha loja está destruída. — A forma esguia de Mathew se aproximou de Safi, bloqueando a visão dela do livro, ou de qualquer coisa além dos seus olhos verdes brilhantes. — Uma porta quebrada, janelas quebradas. Pelas *chamas do inferno*, o que te levou a roubar de um mestre da guilda?

Safi molhou os lábios.

— Foi... um acidente. O alvo errado acertou a nossa armadilha.

— Ah.

Os ombros de Mathew relaxaram. Ele se aproximou de repente e agarrou o queixo de Safi, como fizera mil vezes ao longo dos últimos seis anos. Ele inclinou a cabeça dela para a esquerda, para a direita, procurando por cortes, hematomas ou qualquer sinal de que ela fosse começar a chorar. Mas Safi não estava machucada e as lágrimas estavam muito, *muito* distantes.

A mão de Mathew baixou. Ele deu um passo para trás.

— Fico feliz por não estar machucada.

Com essa única frase, a respiração de Safi saiu em um silvo, e ela jogou os braços ao redor do pescoço dele.

— Me desculpa — ela murmurou na lapela dele; uma lapela com o deplorável morcego-da-montanha Hasstrel bordado nela. — Sinto muito mesmo pela sua loja.

— Pelo menos você está viva e em segurança.

Safi se desvencilhou, desejando que Habim visse as coisas daquela maneira também.

— Seu tio precisa de você esta noite — Mathew prosseguiu, avançando até a cama. Ele puxou um dos vestidos de cima do cobre-leito, a seda cor de pistache brilhando ao sol da tarde.

Safi encarou o vestido. Era, para sua irritação, muito bonito e exatamente o tipo de coisa que ela escolheria para si.

— Ele precisa de mim ou da minha bruxaria?

— Ele precisa de *você* — Mathew disse. — Vai ter um baile hoje à noite, para iniciar a Conferência da Trégua. O Henrick foi específico quanto à sua presença.

O estômago de Safi se revirou.

— Mas por quê? Não estou pronta para ser uma domna ou gerir as terras Hasstrels...

— Não é isso — Mathew interrompeu, voltando sua atenção para o vestido em mãos... então, sacudiu a cabeça com desdém e o colocou de volta na cama. — Você não é necessária para essa função.

Verdade.

— A verdade é que não sabemos por que o Henrick quer você lá, mas o Eron não pode recusar.

A magia fez a pele de Safi estremecer. *Mentira.*

— Não minta para mim — ela disse, baixinho. Letalmente.

Mathew não respondeu. Em vez disso, ergueu um segundo vestido — mais grosso e de um rosa pálido. Safi mostrou os dentes.

— Você não pode mandar minha irmã de ligação embora sem explicação, Mathew.

Mathew sustentou o olhar de Safi por um longo tempo, parecendo tão inflexível quanto seu fio afetivo. Então, sua postura relaxou — e uma desculpa deslizou pela linha de seus ombros. Ele soltou o vestido em uma pilha.

— Tem engrenagens maiores em movimento, Safi. Engrenagens que seu tio e muitos outros passaram vinte anos posicionando. A trégua termina em oito meses, e a Grande Guerra recomeçará. Nós... não podemos deixar isso acontecer.

A cabeça de Safi se inclinou para trás — aquilo *não* era o que ela tinha imaginado.

— Como você ou o meu tio poderiam influenciar na Grande Guerra?

— Você logo vai saber — Mathew respondeu. — Agora se limpe e use esse vestido hoje à noite. — Uma fina camada de poder cobria as palavras de Mathew, e, enquanto ele segurava um vestido na cor branco-prateado, a marca bruxa no dorso de sua mão (um círculo oco para o éter e um P manuscrito para a bruxaria das palavras) quase pareceu brilhar.

As narinas de Safi se alargaram. Ela agarrou o vestido fino, o tecido escorregando pelos dedos como espuma do mar.

— Não desperdice a sua magia comigo.

Alguma coisa a respeito da sua bruxaria da verdade anulava a persuasão de Mathew.

Mas tudo o que ele disse em retorno foi "Hmmm", como se soubesse mais do que ela poderia imaginar. Ele deu um giro elegante em direção à porta.

— Uma criada vai chegar daqui a pouco para ajudar você com o banho. Não esqueça atrás das orelhas e embaixo das unhas.

Safi mordeu o polegar, olhando para as costas de Mathew... mas o gesto de provocação pareceu vazio. Cinzento. A ira da carruagem já estava se espalhando e pingando para o assoalho como o óleo preto do sangue do destrinchado.

Safi arremessou o vestido na cama, e seus olhos se fixaram na lateral do livro dos carawenos. Ela consertaria sua bagunça. Assim que entendesse a mensagem de Iseult, ela escolheria seus adversários — o tio, o Bruxo de Sangue, os guardas da cidade — e avaliaria seu terreno — a cidade de Veñaza, o baile da Conferência da Trégua.

E então consertaria aquilo.

7

Iseult adentrou furtivamente a rua atrás do cais como Habim tinha solicitado. Arqueando o corpo embaixo da capa áspera, ela tramou seu caminho por entre cavalos e carroças, comerciantes e lacaios da guilda, e fios de todos os tons e forças imagináveis. Por fim, avistou uma placa de madeira que dizia "Canal Hawthorn".

Ela reconheceu o local — Safi tinha jogado tarô ali havia alguns meses. Mas, ao contrário da noite anterior, ela tinha *vencido*.

Uma mancha branca embaixo da placa capturou o olhar de Iseult, ofuscante e evidente em meio à difusão de cores comuns às estradas de Veñaza.

Era um monge caraweno sem fios. Nenhum.

As entranhas de Iseult congelaram. Ela parou em meio a um passo, observando o monge descer a rua — se afastando. Era óbvio que ele estava caçando. Parava a cada poucos passos, e a parte de trás do seu capuz pendia como se ele farejasse o ar.

No entanto, foi a falta de fios que manteve Iseult imóvel. Ela pensou que os fios do Bruxo de Sangue tinham apenas passado despercebidos na selvageria da luta do dia anterior, mas não — ele *continuava* sem fios.

Mas era impossível.

Todos tinham fios. Fim da história.

— Quer um tapete? — perguntou um vendedor, aproximando-se de Iseult, as vestes manchadas de suor e a respiração pesada. — Os meus vêm direto de Azmir, mas posso fazer uma oferta boa.

Iseult estendeu a palma da mão.

— Se afaste, ou vou cortar suas orelhas e dar para os ratos comerem.

Normalmente, aquela ameaça a satisfazia. Porém, ela costumava estar no Distrito do Embarcadouro Norte, onde sua pele nomatsi era ignorada. E, *normalmente,* ela tinha Safi ao seu lado para mostrar os dentes e parecer devidamente assustadora.

Naquele dia, Iseult não tinha nenhuma daquelas coisas, e ao contrário de Safi — que teria reagido de imediato e corrido ao primeiro sinal do monge —, Iseult apenas perdia mais tempo avaliando o terreno.

Naquela pausa, que durou duas respirações, o vendedor de carpetes se aproximou mais e cerrou os olhos para baixo do capuz dela.

Os fios do homem arderam com o cinza do medo e o preto do ódio.

— *Lixo nomatsi* — ele silvou, deslizando os dedos sobre os olhos. Então deu uma investida, a voz se elevando, enquanto baixava o capuz de Iseult. — Dê o fora, lixo nomatsi. *Dê o fora!*

Iseult não precisava daquela segunda ordem — por fim, fez o que Safi teria feito desde o início: fugiu.

Ou tentou, mas o trânsito parava para olhá-la com interesse. Para cercá-la. Em todo lugar em que virava ou abria caminho, encontrava olhos fixos em seu rosto, sua pele, seu cabelo. Ela se afastou dos fios cinza de medo e da violência cor de ferro.

A comoção atraiu a atenção do caraweno. Ele parou de caminhar. Deu um giro em direção aos gritos que se elevavam da multidão...

E olhou para Iseult.

O tempo se alongou e a multidão encolheu, desfocando em uma colcha de fios e som. Pela fração de um batimento, que pareceu uma eternidade, tudo que Iseult viu foram os olhos do jovem monge. Redemoinhos vermelhos sobre o azul mais pálido que ela já vira. Como sangue derretendo no gelo. Como um fio afetivo se enrolando em fios azuis de compreensão. Iseult se perguntou vagamente como não tinha percebido aquela cor azul impecável durante o roubo.

Enquanto todos aqueles pensamentos disparavam em sua mente a um milhão por segundo, ela se perguntou se aquele monge a machucaria *mesmo*, como todos temiam...

Os lábios do homem oscilaram para trás. Ele mostrou os dentes, e a pausa no mundo foi quebrada. O tempo escorreu, retomando sua velocidade normal.

E Iseult, enfim, correu, escondendo-se atrás de um cavalo cinza. Ela bateu com o cotovelo — *com força* — no traseiro do animal, que levantou as patas dianteiras. A moça montada gritou, e com aquela explosão de vocais agudos e o relincho repentino e violento do cavalo, a rua inteira saiu da frente.

Fios laranja exaltados chamejaram ao redor de Iseult — mas ela mal os percebeu. Já abria caminho e corria para um cruzamento no quarteirão de trás. Uma ponte cruzava o canal mais próximo. Se conseguisse atravessá-la, ela talvez pudesse despistar o Bruxo de Sangue.

Seus pés bateram na lama, saltaram sobre pedintes, derraparam ao redor de carroças, mas, na metade do caminho até a ponte, ela olhou para trás — e desejou não ter olhado. O Bruxo de Sangue estava mesmo a perseguindo, e ele era rápido. As mesmas pessoas que tiveram a intenção de atrasar Iseult agora saíam do caminho dele.

— Saia! — Iseult gritou para um purista com uma placa de "Arrependa-se!". Ele não se moveu, por isso ela o acertou no ombro.

Ele e a placa saíram girando como um moinho. Mas Iseult foi favorecida, porque embora tenha perdido velocidade — embora tenha sido forçada a mergulhar embaixo de uma liteira que passava, carregada por quatro homens —, ela parecia se dirigir para a esquerda, para a ponte. E ela ouviu o purista vociferando para que fossem atrás dela *pelo canal.*

Portanto, Iseult não foi para a esquerda como planejado. Em vez disso, deu meia-volta e se dirigiu ao trânsito, rezando para que o monge ouvisse o purista e virasse à esquerda. Rezando — desesperada — para que ele não pudesse sentir o cheiro do seu sangue através daquelas fibras de salamandra.

Ela puxou o capuz de volta ao lugar e avançou com rapidez. Outro cruzamento se aproximava — um fluxo intenso de tráfego de leste a oeste em direção à segunda ponte. Ela teria de ser rápida, e continuar em frente.

Ou não. Assim que correu atrás da carroça de um lenhador e atravessou a tenda de um queijeiro, ela atingiu o ar.

Iseult abriu bem os braços, balançando em direção a um inesperado canal de águas verdes lodosas quase tão cheio de pessoas quanto as ruas.

Uma jangada comprida de casco plano deslizou embaixo de Iseult e, em meio segundo, ela absorveu a cena abaixo: *convés raso coberto de redes. Um pescador me olhando.*

Iseult parou de lutar contra a queda. Ao contrário, inclinou-se ainda mais.

O ar se lançava sobre ela. Redes brancas rendadas se aproximavam com rapidez. Logo, ela estava no convés, os joelhos dobrando, as mãos a sustentando.

Alguma coisa cortou a palma de sua mão. Um anzol enferrujado, percebeu, antes de se levantar. A jangada balançou com violência. O pescador berrou, mas Iseult já estava pulando para a outra embarcação que se aproximava — uma barca com um toldo vermelho de babados.

— Cuidado! — Iseult gritou, forçando-se para o alto e agarrando a balaustrada. Ela deu um impulso para cima enquanto passageiros de olhos arregalados se afastavam. Sangue manchava as grades da balaustrada. Ela desejou, debilmente, que aquele corte latejante não facilitasse as coisas para o Bruxo de Sangue.

Iseult correu pela barca em quatro saltos — parecia que todos a queriam fora do barco tanto quanto ela. Ela subiu na balaustrada e respirou fundo, enquanto outra jangada se aproximava — esta, coberta com cavalinhas pescadas no dia.

Ela pulou. Seus pés esmagaram os peixes, e logo ela estava esparramada sobre escamas prateadas com cabeças cheias de olhos gelatinosos. O pescador gritou — mais descontente do que surpreso —, e Iseult se levantou, percebendo que a barba negra dele chegava mais perto.

Ela o empurrou — dando uma cotovelada na barriga dele no momento em que cruzavam uma escadaria baixa cheia de pescadores.

Depois de um pulo difícil, Iseult se agarrou às escadas de laje. Nenhum dos pescadores se ofereceu para ajudar — eles apenas estremeceram e recuaram. Um deles até a cutucou com a vara de pescar, os fios de um cinza aterrorizado.

Iseult agarrou a ponta da vara. Os fios do homem queimaram ainda mais, e ele tentou puxar a vara para trás — mas, em vez disso, conseguiu impulsionar Iseult para cima. *Obrigada*, ela pensou, subindo as escadas. Ela deu uma olhada para trás e viu um rastro de sangue nas pedras. A palma de sua mão estava jorrando bem mais do que a dor distante indicava.

Ela alcançou a rua. O trânsito passava como um enxame, e ela tentava criar uma estratégia. Todos os seus planos estavam caindo por terra, mas, com certeza, Iseult poderia tirar um momento para pensar. Ela era péssima correndo à toa — era por isso que Safi tomava a frente naquele tipo de situação. Sem tempo para estratégias, Iseult sempre dava com a cara na parede.

Mas ali, parada, andando discretamente junto ao canal e apertando a mão que sangrava contra a capa, ela conseguiu o momento de que precisava.

Uma estrada ampla, pensou. *Uma artéria principal da cidade, talvez acompanhando esse canal por todo o caminho. O trânsito organizado em duas direções, e um homem guiando uma égua malhada com uma sela. Não há nenhum suor escurecendo os ombros da égua. Se eu a pegar, posso fugir da cidade e me esconder com a tribo durante a noite.*

Embora voltar para a casa que ela passara a maior parte da vida evitando não fosse a solução ideal, o povoado midenzi era o único lugar que ela conhecia que não a mandaria embora ao avistar sua pele.

Também era o *único* lugar para onde ela tinha certeza que o Bruxo de Sangue — mesmo que a caçasse pela visão e pelo sangue — não a seguiria. As terras ao redor do povoado eram repletas de armadilhas que ninguém, a não ser os midenzis, poderia atravessar.

Então, em um turbilhão de velocidade, Iseult tirou a capa, jogou-a por cima da cabeça do homem, e saltou para a sela da égua — rezando o tempo inteiro para que as orelhas baixas do animal fossem um sinal de que estava pronto para ser montado.

— Me desculpa — ela gritou quando o homem se contorceu embaixo da capa de salamandra. — Eu a mandarei de volta! — E bateu com os calcanhares no animal, deixando o homem para trás.

Enquanto a égua arrancava em um trote rápido pelo trânsito, Iseult desviou o olhar para o canal. E encontrou o Bruxo de Sangue a observando. Havia espaços entre os barcos; ele não podia atravessar a água como ela.

Mas *podia* sorrir para ela — e acenar também. Uma tremulação dos dedos da mão direita e, então, uma batidinha na palma.

Ele sabia que a mão dela estava sangrando, e estava dizendo que podia segui-la. Que *iria* segui-la, e, provavelmente, sorrindo daquela forma aterrorizante o caminho inteiro.

Iseult desviou o olhar do rosto dele, forçando sua atenção adiante. Apertando a traseira da égua e dando batidinhas ainda mais rápidas, ela rezou para que a Mãe Lua — ou Noden, ou qualquer outro deus que pudesse estar assistindo — a ajudasse a sair viva daquela cidade.

Merik encarou a miniatura do navio dalmotti que deslizava por cima do mapa do mar Jadansi. Ela mostrava que o navio mercante correspondente estava mudando de curso no porto de Veñaza — e Merik queria atirar a maldita miniatura pela janela.

O Bruxo da Voz do *Jana*, Hermin, sentou-se na ponta da mesa. Embora não fossem nem um pouco comuns, Bruxos da Voz eram o tipo mais comum de Bruxos do Éter, e já que eles podiam encontrar e se comunicar com outros Bruxos da Voz a vastas distâncias, cada navio da Marinha Real de Nubrevna tinha um a bordo — incluindo Vivia, com quem Hermin estava conectado naquele instante.

Os olhos de Hermin brilhavam em um tom de rosa — um sinal de que ele estava vinculado aos fios do Bruxo da Voz —, e a luz do entardecer oscilava sobre seu rosto enrugado. Vozes distantes, ruídos de carroças e o *pocotó* de cascos flutuavam pelas janelas abertas.

Merik sabia que devia fechá-las, mas ficava úmido e quente demais sem a brisa. Além disso, o sebo nas lamparinas queimava e fedia — um fedor ainda mais desagradável que o esgoto nos canais de Veñaza.

Mas Merik pensou que valia a pena economizar dinheiro com gordura fedida de animais do que pagar montões pelas lamparinas sem fumaça dos Bruxos de Fogo. E, é claro, aquele era um ponto de que ele e Vivia discordavam.

Um de muitos.

— Acho que você não compreende, *Merry*. — Embora Hermin falasse com sua própria voz, grossa, ele soava exatamente como Vivia: palavras arrastadas e ênfases condescendentes. — Os Raposas impõem medo instantâneo nos navios estrangeiros. Içar aquela bandeira *agora* nos dará uma enorme vantagem quando a Grande Guerra recomeçar.

— Exceto — Merik disse, sem mudar de tom — que estamos aqui para negociar a paz. E, embora eu concorde que as bandeiras dos Raposas já foram eficientes como intimidação, isso foi séculos atrás. Antes de os impérios terem navios para destruir os nossos.

Parecia tão corajoso em alto-mar — atacar navios mercantes para alimentar os pobres —, e lendas das antigas armadas dos Raposas ainda eram as preferidas em casa. Mas Merik discordava. Roubar dos mais afortunados ainda era roubar, e prometer evitar a violência era mais fácil do que abster-se de fato.

— Tenho mais uma reunião — Merik insistiu. — Com a Guilda do Ouro.

— Que dará errado como todas as suas outras reuniões. Pensei que você quisesse alimentar seu povo, Merry.

Faíscas se inflamaram no peito dele.

— Nunca — rosnou — questione meu desejo de alimentar Nubrevna.

— Você *alega* querer, mas quando apresento um jeito de juntar comida, um jeito de ensinar uma lição aos impérios, você não agarra a chance.

— Porque o que você propõe é pirataria. — Merik achou difícil olhar para Hermin enquanto o Bruxo da Voz continuava a musicar as palavras de Vivia.

— O que proponho é igualar as chances. E devo lembrá-lo, Merry, que ao contrário de você, eu compareci a conferências antes. Vi como os impérios nos esmagam. Essa miniatura enfeitiçada de éter é um jeito de contra-atacar. Tudo o que você precisa fazer é me avisar quando o navio mercante alcançar a costa de Nubrevna, e eu farei todo o trabalho sujo.

Toda a matança, você quer dizer. Foi preciso cada pedaço do frágil autocontrole de Merik para não gritar aquilo a Vivia... mas não fazia sentido. Não quando dois Bruxos da Voz e centenas de quilômetros os separavam.

Ele deu de ombros uma vez. Duas.

— O que — ele finalmente continuou — nosso pai diz sobre isso?

— *Nada* — Hermin pronunciou aquela palavra exatamente como Vivia faria. — Papai está à beira da morte, e ele continua em silêncio, como quando você partiu. Por que ele acordou para nomear *você* como representante e almirante, eu nunca vou entender... mas parece estar funcionando ao nosso favor, porque temos uma oportunidade aqui, Merry.

— Uma que se enquadra bem na sua estratégia de ter um império próprio, você quer dizer.

Uma pausa.

— A justiça precisa ser feita, *irmãozinho*. — As palavras de Vivia traíam um pouco de raiva. — Ou você esqueceu o que os impérios fizeram com o nosso lar? A Grande Guerra terminou para eles, mas não para *nós*. O mínimo que podemos fazer é pagar os impérios na mesma moeda: começando com um pouco de pirataria nobre.

Diante daquelas palavras, o calor no peito de Merik se arremessou. Enrolou-se em seus punhos. Se estivesse com Vivia, ele libertaria aquela tormenta — afinal de contas, ela tinha a mesma raiva latente em suas veias.

Quando Merik era criança, seu pai tinha certeza de que o filho era um bruxo poderoso como a irmã, que as birras de Merik eram manifestações de um grande poder interno. Então, o rei Serafin forçou Merik, aos sete anos, a passar pelo exame de bruxaria.

Mas as birras de Merik não eram, de forma alguma, um sinal de poder. Merik mal podia ser considerado forte o bastante para uma marca bruxa, e o rei Serafin quase não conseguira esconder seu desgosto diante da banca de exame.

Naquela mesma manhã, no retorno de carruagem ao palácio real e com a nova tatuagem de diamante queimando no dorso da mão, Merik tinha descoberto em detalhes incisivos e inabaláveis quão profundo era o repúdio de seu pai. Como um príncipe fraco não tinha serventia àquela família. Merik se juntaria à tia, a Nihar rejeitada, nas terras da família no sudoeste.

— Você se esquece — Hermin disse, ainda se expressando como Vivia — de quem vai governar quando o papai morrer. Você pode ter autoridade agora, mas é apenas um almirante temporário. *Eu* serei rainha e almirante quando o sono das águas reivindicar o papai.

— Eu sei o que você vai ser — Merik retrucou brandamente, a raiva se retraindo diante do medo.

Vivia como rainha. Vivia como almirante. Vivia despachando homens de Nubrevna como cordeiros para o abate. Os fazendeiros e os soldados, os comerciantes e os mineiros, os pastores e os padeiros — *eles* morreriam por espadas cartorranas ou em chamas marstoks, enquanto Vivia assistiria a tudo.

E a única solução de Merik — reconstruir o comércio e provar para a irmã que havia maneiras pacíficas de manter o povo de Nubrevna alimentado... aquele plano tinha falhado.

Mas o pior de tudo era que, mesmo que ele se recusasse a ajudar Vivia naquela empreitada pirata, Merik sabia que ela encontraria outra maneira. De algum jeito, ela içaria a bandeira dos Raposas — e, de algum jeito, condenaria todos em sua terra natal ao Inferno de Noden.

Durante a pausa momentânea em que Merik lutava por uma solução que desse fim àquele pesadelo, ouviu-se uma batida na porta da cabine.

Ryber, a única garota do navio e fio afetivo de Kullen, enfiou a cabeça para dentro.

— Almirante? Desculpe interromper, senhor, mas é urgente. Tem um homem aqui querendo vê-lo. Ele diz que o nome dele é fon... — O rosto escuro dela fez uma careta. — Fon *Hasstrel*, é isso. De Cartorra. E ele quer discutir possíveis negócios com o senhor.

Merik sentiu o queixo cair. Negócios... com *Cartorra*. Parecia impossível, embora a expressão séria de Ryber não estivesse mudando.

O próprio Noden estava interferindo em benefício de Merik — e Ele agiu justo quando Merik mais precisava.

Um presente assim não seria ignorado, portanto Merik se virou de volta para Hermin.

— Vivia — ele gritou —, eu vou ajudar você, mas com uma condição.

— Estou ouvindo.

— Se eu conseguir estabelecer um único ramo de negócios que seja para Nubrevna, você vai parar com a pirataria. Imediatamente.

Uma pausa. Em seguida, Vivia disse lentamente:

— Talvez, Merry. Se você *conseguir*, de alguma forma, firmar um negócio, eu... vou considerar baixar a bandeira dos Raposas. Agora me diga: onde está a miniatura dalmotti neste exato momento?

Merik não pôde evitar sorrir — um sorriso maroto — enquanto voltava os olhos para o mapa. A miniatura estava deixando a margem pantanosa da baía de Veñaza.

— Ainda não zarpou — ele afirmou, algo animado e esperançoso crescendo em seu peito. — Mas informo você no instante em que zarpar. Hermin. — Merik bateu as mãos nos ombros do Bruxo da Voz. O marinheiro hesitou. — Pode encerrar a ligação agora. E, Ryber? — Merik desviou o olhar para a porta, sorrindo ainda mais. — Traga este homem fon Hasstrel imediatamente.

<hr />

Depois de tomar banho, Safi seguiu uma criada desconhecida com cabelos cor de café de volta ao quarto, onde a mulher a vestiu com o vestido branco-prateado que Mathew escolhera. Ela, então, arrumou o cabelo de Safi em uma série de cachos soltos que enfeitavam, balançavam e brilhavam ao pôr do sol.

Era estranho ser arrumada e amada — Safi não experimentava aquilo havia mais de sete anos. O tio Eron nunca conseguia pagar mais do que um punhado de criados na propriedade dos Hasstrels, então as únicas vezes em que Safi era atendida por uma criada foram durante as viagens anuais a Praga.

O tio Eron podia ser um trovador do inferno desonrado, destituído do posto por sabem os deuses qual motivo — designado como dom temporário até Safi ser considerada apta a assumir —, mas ele ainda pagava seus dízimos *exatamente* como Henrick exigia. Todo ano, Eron e Safi tinham ido até a capital de Cartorra entregar seu escasso capital e jurar fidelidade ao imperador Henrick.

E todo ano tinha sido *horrível*.

Safi sempre fora mais alta e mais forte que os meninos, enquanto as outras meninas cochichavam sobre o tio desajeitado dela e riam entredentes dos seus vestidos velhos.

Ainda assim, não era a vergonha que tornava as viagens deploráveis. Era o medo.

Medo dos trovadores do inferno. Medo de que eles vissem Safi como a herege — como a *Bruxa da Verdade* — que era.

Na verdade, se não fosse pelo príncipe Leopold — ou Polly, como ela sempre o chamara — protegê-la toda vez que ela visitava, Safi tinha certeza de que os trovadores do inferno já a teriam pego. Afinal, o trabalho da Brigada dos Trovadores era farejar hereges sem marcas.

E, por ordem da Coroa, tinham permissão para decapitar aqueles hereges que parecessem perigosos ou reticentes em cooperar.

Polly provavelmente estará lá esta noite, Safi pensou, enquanto se examinava em um espelho estreito ao lado da cama. Fazia oito anos desde a última vez que ela escapara com ele para explorar a enorme biblioteca imperial. Ela não conseguia imaginar como seus cachos dourados e cílios longos e claros se traduziriam para um homem de vinte e um anos.

Safi, com certeza, parecia diferente, e aquele vestido claro acentuava essa diferença. O corpete apertado enfatizava a força de sua cintura e de seu abdômen. As mangas compridas justas mostravam os braços musculosos, o corpete justo enfatizava as poucas curvas que ela tinha, e a saia fluida suavizava seus quadris em uma circularidade feminina. As tranças balançando realçavam as curvas de seu maxilar. O brilho de seus olhos.

Mestre Alix e sua equipe tinham realmente se superado daquela vez.

Assim que a criada saiu — depois de deixar uma capa branca deslumbrante em cima da cama —, Safi se lançou sobre a mochila e puxou o livro de Iseult sobre os carawenos. Então, caminhou até a janela, por onde os canais reluziam como chamas embaixo do sol que se punha.

Uma luz rosa suave cruzava a capa azul do livro, e quando Safi a virou, as páginas se abriram em um sussurro na página trinta e sete. Um leão alado de bronze brilhava para ela, marcando a última página que Iseult tinha lido.

Safi examinou o texto com rapidez — uma lista das divisões dos monges de Carawen.

A porta do quarto se abriu com um estouro. Safi só teve tempo de guardar o livro de volta na mochila antes que o tio marchasse para dentro.

Dom Eron fon Hasstrel era um homem alto — musculoso e firme como Safi. Mas, ao contrário dela, seu cabelo cor de trigo se misturava a um cinza-prateado, e ele tinha bolsas arroxeadas embaixo dos olhos injetados. Embora tivesse sido um soldado, atualmente não passava de um bêbado.

Eron parou a alguns passos de distância e coçou o topo da cabeça. Seu cabelo ficou todo espetado.

— Pelos Doze — ele falou arrastado —, por que você está tão branca? Parece que foi pega pelo vazio. — Eron ergueu o queixo, e Safi notou apenas uma leve hesitação em sua postura. — Você deve estar nervosa com o baile desta noite.

— Assim como você — ela disse. — Por qual outro motivo você estaria tão bêbado assim antes do jantar?

Os lábios de Eron se afrouxaram em um sorriso — um sorriso surpreendentemente alerta.

— Essa é a sobrinha que eu conheço. — Ele avançou até a janela, fixando o olhar na rua, e se pôs a brincar com o fino colar de ouro que usava sempre.

Safi mordeu o lábio, odiando o fato de que — como sempre — um buraco se abria em seu peito ao mero sinal do tio Eron. Embora seu sangue tivesse o mesmo azul Hasstrel do dele, ela e o tio eram estranhos.

E quando Eron estava bêbado — o que era mais comum do que ele estar sóbrio —, a bruxaria de Safi não detectava nada. Nenhuma verdade ou mentira, nenhuma reação — como se a pessoa que ele poderia ser, quem quer que fosse, desaparecesse assim que o vinho começava a fluir.

Havia, e sempre haveria, um muro de pedra e silêncio entre eles.

Endireitando os ombros, Safi caminhou até o lado de Eron.

— Por que eu estou aqui, tio? O Mathew disse que você planeja interferir na Grande Guerra. Como exatamente você pretende fazer isso?

Eron deu uma risada rouca.

— Então o Mathew deixou isso escapar, é?

— Você precisa usar a minha bruxaria? — Safi pressionou. — É *disso* que se trata? Um plano embriagado para retomar a sua honraria dos trovadores do inferno...

— Não — ele disse de forma brusca. Implacável. — Esse não é um plano embriagado, Safiya. Longe disso. — Eron espalmou o vidro, e as antigas cicatrizes de queimaduras em seus dedos e juntas se esticaram.

Safi odiava aquelas cicatrizes. Enquanto crescia, tinha encarado aquelas marcas brancas um milhão de vezes. Envolvendo uma jarra de vinho ou beliscando o traseiro de uma prostituta. Aquelas cicatrizes eram tudo o que Safi realmente sabia sobre o tio — o único vislumbre que ela tivera de seu passado — e, sempre que as via, não conseguia evitar temer que *aquele* fosse o futuro que a esperava; uma sede insaciável por algo que jamais aconteceria.

Eron queria sua honra.

Safi queria sua liberdade.

Liberdade do seu título e do tio e dos congelantes, *congelantes* corredores dos Hasstrels. Liberdade do medo dos trovadores do inferno e de decapitações. Liberdade de sua bruxaria e do Império Cartorrano inteiro.

— Você não faz ideia de como é a guerra — Eron disse, o tom de voz vago, como se sua mente também flutuasse ao redor das antigas cicatrizes. — Exércitos destruindo vilarejos, frotas afundando navios, bruxos incendiando você com um único pensamento. Tudo o que você ama, Safiya, é levado... e massacrado. Mas logo você vai descobrir. Em detalhes bem vívidos, a não ser que faça o que eu peço. Depois de hoje à noite, você pode ir embora para sempre.

O silêncio preencheu o quarto — então o maxilar de Safi se afrouxou.

— Espera... eu posso ir *embora*?

— Pode. — Eron deu um sorriso quase triste, voltando a brincar inquieto com o colar. Quando voltou a falar, as primeiras fagulhas de verdade, de cordialidade feliz, despertaram no peito de Safi. — Depois de interpretar o papel da domna que dança e bebe — ele continuou —, e de fazer isso para todos os impérios verem... Depois disso você estará inteiramente livre para ir.

Livre para ir. As palavras reverberaram pelo ar como a nota final em uma sinfonia explosiva.

Safi oscilou para trás. Aquilo era mais do que sua mente podia aguentar — mais do que sua bruxaria podia aguentar. As palavras de Eron tremiam e *queimavam* com a verdade.

— Por que — Safi começou, com cautela, receosa de que a palavra errada apagasse tudo que o tio dissera — você me deixaria ir? Espera-se que eu seja a domna das terras Hasstrels.

— Não exatamente. — Ele ergueu um braço sobre a cabeça e se inclinou contra o vidro. Tudo a respeito de sua postura era estranhamente indulgente, e seu colar, agora retirado, pendia entre seus dedos. — Muito em breve os títulos não importarão mais, Safiya, e, vamos ser sinceros, nenhum de nós espera que você governe a propriedade de fato. Você não é exatamente apta à liderança.

— E você é? — ela rebateu, brava. — Por que passei a vida inteira estudando, se esse era o seu plano desde o início? Eu poderia ter ido embora...

— Não era o meu plano — ele interrompeu, os ombros se retesando. — Mas as coisas mudam quando a guerra está no horizonte. Além disso, você se arrepende de todas as aulas e do treinamento que recebeu até hoje? — A cabeça dele se inclinou para um lado. — O seu encontro com o mestre da Guilda do Ouro quase arruinou todos os meus planos, mas consegui salvar esta noite. Agora tudo o que você precisa fazer é agir como uma domna fútil por uma única noite, e seus deveres estarão completos. Para sempre.

Safi cuspiu uma risada.

— É isso? Isso é tudo que você quer de mim? Tudo o que você *sempre* quis de mim? Me desculpe, mas não acredito.

Ele deu de ombros com arrogância.

— Você não precisa acreditar em mim, mas o que a sua bruxaria diz?

A magia de Safi zumbiu com verdade, quente entre suas costelas. Contudo, ela ainda considerava aquela história impossível de engolir. Tudo o que ela sempre quis estava, de repente, sendo entregue a ela. Parecia bom, bom *demais* para ser verdade.

Eron arqueou uma sobrancelha, claramente se divertindo com o desconcerto de Safi.

— Quando os sinos tocarem meia-noite, Safiya, o Bruxo de Sangue não será mais um problema. Você poderá fazer o que quiser e viver a mesma existência sem ambição de que sempre gostou. Embora... — Ele fez uma pausa, o olhar se aguçando. Não havia mais nenhum sinal de embriaguez. — Se você quisesse, Safiya, poderia forçar e moldar o mundo. Você tem treinamento para isso, eu já vi. Infelizmente — ele estendeu as mãos com cicatrizes, esticando a corrente — você parece não ter iniciativa.

— Se eu não tenho iniciativa — Safi sussurrou, as palavras jorrando antes que ela pudesse impedir —, é porque você me criou desse jeito.

— Verdade. — Eron sorriu para ela com um pesar que queimou com honestidade. — Mas não me odeie por isso, Safiya. Me ame... — Os braços dele se abriram inutilmente. — E me tema. É o jeito Hasstrel, afinal. Agora termine de se arrumar. Sairemos ao próximo sino.

Sem mais uma palavra, Eron passou por Safi e saiu do quarto. Ela o observou ir. Ela se *obrigou* a assistir ao seu andar energético e suas costas largas.

Safi mergulhou na injustiça por *intensos* segundos. Sem ambição? Sem iniciativa? Talvez fosse verdade quando se tratava de viver em um castelo congelante, no meio de um mundo nobre faminto por poder e de trovadores do inferno sempre alertas, mas não quando se tratava de uma vida com Iseult.

Safi puxou o livro dos carawenos mais uma vez e o abriu. A piestra brilhou para ela, florindo como uma rosa ao entardecer. Aquela página em particular era importante, e Safi simplesmente tinha que descobrir o porquê...

Ela baixou o dedo até os postos e as divisões dos monges. *Monge Mercenário, Monge Professor, Monge Guardião, Monge Artesão...* os dedos dela pararam sobre o *Monge Curandeiro*. Iseult tinha encontrado uma monja dessas quando escapou de sua tribo. Ela se perdera em um cruzamento ao norte de Veñaza, e uma gentil monja curandeira a tinha ajudado a encontrar o caminho.

E aquele cruzamento antigo ficava ao lado do farol que as garotas utilizavam no momento. Iseult devia estar planejando deixar Veñaza e voltar para o esconderijo habitual.

Safi largou o livro. Sua cabeça pendeu para trás. Ela não podia pensar naquilo ainda — antes, precisava superar a noite. Precisava despistar aquele Bruxo de Sangue e dar um jeito no tio. Então, sem *nunca mais* se preocupar em estar sendo perseguida, ela poderia ir para o norte da cidade encontrar a irmã de ligação.

Safi expirou significativamente, a cabeça abaixando e o corpo se deslocando em direção ao espelho. Eron queria uma domna zelosa, não é? Bem, ela poderia fazer aquilo. Por toda a infância, a nobreza cartorrana a tinha visto como uma coisinha quieta e envergonhada, se acovardando atrás do tio enquanto seus dedos dos pés tamborilavam e suas pernas pulavam.

Mas Safi não era mais aquela garota, e os trovadores do inferno não tinham poder *naquele* império. Assim, ela estufou o peito, satisfeita com quanto o vestido destacava seus ombros. Como as mangas paravam alto o bastante para revelar suas palmas, tão marcadas de calos quanto as de um soldado.

Ela tinha orgulho das mãos, e mal podia esperar para os doms e as domnas as encararem com nojo. Para a nobreza sentir seus dedos, ásperos como arenito, quando ela dançasse com eles.

Por uma noite, Safi poderia ser a domna de Cartorra. Inferno, ela seria uma maldita imperatriz se aquilo a levasse de volta para Iseult e para longe do Bruxo de Sangue.

Após aquela noite, Safiya fon Hasstrel seria livre.

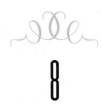

8

Iseult encarou a crina escura de sua égua malhada, uma das mãos nas rédeas e a outra erguida em uma tentativa medíocre de estancar o sangramento de seu machucado.

O canal ao lado brilhava laranja com o sol que se punha, e o fedor da cidade de Veñaza estava, finalmente, começando a desaparecer de suas narinas — assim como o calor do dia. Logo, Iseult deixaria por inteiro aquele pântano e entraria nos prados selvagens que cercavam sua casa nomatsi. Os mosquitos se aproximariam em bandos, e as mutucas fariam festa.

O trânsito que transbordava do posto de controle leste tinha sido abundante o suficiente para Iseult sair da cidade sem ser vista. Então, assim que as ruas se esvaziaram de pessoas, ela subiu em seu novo corcel e o incitou a um galope.

O sangramento do corte em sua palma não tinha estancado, por isso ela tinha rasgado o revestimento oliva de sua saia e enrolado a mão. Toda vez que ficava encharcado de sangue, ela rasgava mais tecido. Fazia um curativo mais firme na ferida — e erguia a mão ainda mais alto.

Apenas uma noite, ela repetia para si mesma de novo e de novo, um refrão retumbando em sintonia com o galope de quatro compassos da égua, e depois com o meio-galope de três compassos. Enfim, a dez quilômetros dos limites da cidade, quando a égua estava escura de suor, Iseult reduzira para um trote de dois compassos. *Uma noite, uma noite.*

Por baixo daquele lembrete percussivo pulsava uma esperança desesperada de que ela não tivesse, de alguma forma, posto Safi em perigo ao dirigi-la para o antigo farol. Planos de meio segundo não eram seu ponto forte — e era isso que a mensagem para Habim tinha sido. Aleatória. Apressada.

Por fim, Iseult chegou a um revelador bosque de amieiros e fez com que a égua reduzisse o passo para uma caminhada antes de descer da sela. A parte superior de suas coxas queimava, sua lombar doía. Ela não cavalgava havia semanas — e naquela velocidade, havia meses. Ainda conseguia sentir os dentes batendo por causa do galope. Ou talvez fosse a agitação das cigarras nos pilriteiros.

Embora ela parecesse seguir nada além de uma trilha de animais serpenteando pela grama, ela sabia o que era: uma estrada nomatsi.

Ela se movia mais devagar, tomando cuidado para interpretar os sinais nomatsis conforme eles surgiam. Uma vara enfiada na terra que parecia *quase* acidental significava uma armadilha boca-de-lobo para ursos na próxima curva do caminho. Um aglomerado de glórias-da-manhã "selvagens" do lado esquerdo do trajeto significava uma bifurcação na estrada mais à frente — leste levaria a uma névoa do Bruxo do Veneno; oeste, para o assentamento.

Seguir aquele caminho tiraria o Bruxo de Sangue do rastro de Iseult de uma vez. Então, após algumas horas dentro dos muros grossos do assentamento, ela poderia partir mais uma vez para encontrar Safi.

Embora o Império Dalmotti, tecnicamente, permitisse aos nomatsis viver como quisessem — contanto que suas caravanas permanecessem a pelo menos trinta quilômetros de qualquer cidade —, eles também eram considerados "animais". Não tinham proteção legal, ainda que tivessem de lutar contra *muito* ódio dalmotti. Portanto, dizer que os Midenzis não eram receptivos com pessoas de fora era um grande eufemismo. Como uma das únicas tribos nomatsis a terem sossegado e parado com as viagens nômades, os Midenzis tinham encontrado um espaço seguro ali e se agarravam a ele.

Os muros eram grossos, os arqueiros atentos, e se o Bruxo de Sangue conseguisse, de algum jeito, chegar ali, ele descobriria um baú cheio de flechas farpadas esperando por ele.

No entanto, da mesma forma que os Midenzis lutavam para manter estranhos longe, também lutavam para manter seu próprio povo perto. Se você deixasse o assentamento, seria considerado um *outro*, e *outro* era a única coisa que um nomatsi nunca queria ser — nem mesmo Iseult.

Quando os carvalhos indicadores que encobriam a borda das paredes do assentamento finalmente apareceram, pretos e ameaçadores na escuridão da noite, Iseult parou. Aquela era sua última chance de correr. Ela podia dar meia-volta e passar o resto da vida sem voltar a ver a tribo — embora pudesse ser uma vida curta com o Bruxo de Sangue a caçando.

A lua estava nascendo à direita de Iseult, iluminando-a. Ela tinha enrolado a trança e a prendido embaixo do lenço. As mulheres nomatsis mantinham o cabelo na altura do queixo; os de Iseult caiam até a metade das costas. Ela precisava mantê-lo escondido.

— Nome — uma voz gritou na gutural língua nomatsi. Um fio hostil cor de aço tremulou à esquerda de Iseult, junto ao contorno tênue de arqueiros nas árvores.

Ela ergueu as mãos em submissão, torcendo para que as ataduras em sua palma não fossem óbvias demais.

— Iseult — ela gritou. — Iseult det Midenzi.

As folhas dos carvalhos farfalharam; galhos chiaram. Mais fios brilharam e se moveram enquanto guardas corriam pelas árvores para conferir, decidir. Os instantes passaram com uma lentidão dolorosa. O coração de Iseult batia contra os pulmões e ecoava em seus ouvidos, enquanto a égua virava a cabeça. E batia com o casco no chão. Ela precisava ser acariciada.

Um grito dividiu o céu noturno.

Dois pardais levantaram voo.

Seguiu-se outro grito, de uma garganta que Iseult conhecia — e ela sentiu como se estivesse caindo. Despencando do pico de uma montanha, o estômago ficando para trás enquanto o sol se aproximava rapidamente.

Equilíbrio, ela gritou em seus pensamentos. *Equilíbrio nos dedos das mãos e dos pés!*

Ela não encontrou o equilíbrio, contudo. Não antes do ruído do imenso portão alcançar seus ouvidos. E, então, passos bateram contra o chão, e uma figura de preto, uma Bruxa dos Fios, surgiu correndo em direção a ela.

— Iseult! — a mãe gritou, com lágrimas rolando pelo rosto quase idêntico ao da filha. Lágrimas falsas, é claro, já que verdadeiros Bruxos dos Fios não choravam, e Gretchya não era nada além de uma autêntica Bruxa dos Fios.

Iseult só teve tempo de pensar em como a mãe parecia pequena — batia apenas na altura do nariz de Iseult — antes de ser puxada para um abraço de quebrar as costelas, e sua mente se encheu com apenas um pensamento. Uma prece, na verdade: que o Bruxo de Sangue permanecesse longe, *muito* longe.

⌁

Iseult descobriu que andar pelo assentamento Midenzi à luz da lua era ao mesmo tempo mais fácil e mais difícil do que esperava.

Mais fácil porque, embora pouco tivesse mudado desde a última vez que ela visitara a tribo, três anos antes, tudo parecia menor do que em sua memória. Os muros de madeira que cercavam o vilarejo tinham o cinza desgastado do qual ela se lembrava, mas agora não pareciam tão intransponíveis. Só... altos. Se não fosse pela trilha nomatsi e os arqueiros nas árvores, o muro seria uma mera inconveniência para o Bruxo de Sangue.

As casas redondas, construídas com rochas tão marrons quanto a lama sobre a qual tinham sido erguidas, pareciam miniaturas. Casas de brinquedo com portas estreitas e baixas, e janelas cobertas.

Mesmo os carvalhos que cresciam sem entusiasmo ao longo dos quinze acres do assentamento pareciam mais esqueléticos do que Iseult lembrava. Não grandes ou fortes o bastante para que seus galhos fossem escalados, como ela fizera certa vez.

O que tornou a caminhada pela tribo *mais difícil* do que Iseult esperava foram as pessoas — ou, melhor dizendo, os fios delas. Enquanto seguia a mãe até em casa, no centro da tribo, janelas se abriam largamente, revelando rostos curiosos. Estranhamente, seus fios eram mais fracos, torcidos como toalhas velhas.

Iseult estremecia toda vez que uma figura virava uma esquina ou uma porta batia. Ainda assim, toda vez, ela se dava conta de que não reconhecia o rosto enluarado que a examinava.

Não fazia sentido. Pessoas novas na tribo? Fios que desvaneciam até quase ficarem invisíveis?

Quando, por fim, Iseult chegou à casa redonda da mãe, descobriu que ela era minúscula como todo o resto. Embora a choupana de Gretchya tivesse os mesmos tapetes laranja dispostos sobre o mesmo chão de tábuas largas da infância da filha, tudo era muito *pequeno*.

A mesa de trabalho que, em certo momento, alcançara a cintura de Iseult, agora apenas atingia o meio de suas coxas — assim como a mesa de jantar embaixo da janela no lado leste. Atrás do fogão havia uma portinhola que levava a um porão escavado. Parecia tão compacto que Iseult não tinha certeza se poderia encará-lo.

Nas duas vezes que ela tinha voltado — por apenas uma noite a cada visita —, o porão parecera assustador e sufocante comparado ao sótão aberto de Mathew. E, depois de ter sua própria cama, o único palete de madeira que Iseult sempre dividira com a mãe parecia apertado. Inescapável.

— Venha. — Gretchya agarrou o punho da filha e a levou até as banquetas ao redor do fogão, comuns na casa de uma Bruxa dos Fios. Iseult teve de engolir a vontade de se soltar dos dedos da mãe. O toque de Gretchya era mais gélido do que ela lembrava.

E, é claro, a mãe não notou a bandagem ensanguentada na palma da filha — ou talvez tenha notado e não se importou. Iseult não conseguia identificar as emoções da mãe porque Bruxos dos Fios não podiam ver seus próprios fios, nem os de outros Bruxos dos Fios. E Gretchya era muito mais habilidosa em esconder seus sentimentos do que a filha jamais tinha sido.

À luz pobre do lampião, porém, Iseult podia, pelo menos, ver que o rosto da mãe mudara muito pouco em três anos. Talvez estivesse um pouco mais fino e com algumas rugas a mais ao redor da boca sempre franzida, mas isso era tudo.

Gretchya, por fim, soltou o punho de Iseult, pegou uma banqueta próxima e a colocou diante da lareira.

— Sente-se enquanto eu sirvo *borgsha*. A carne de hoje é de cabra, espero que você ainda goste. Barbicha! Vem! *Barbicha!*

A respiração de Iseult saiu entrecortada. *Barbicha*. Seu antigo cachorro.

Um barulho soou nas escadas que levavam à casa, e ali estava ele — velho e flácido, com o andar inclinado para um lado.

Iseult deslizou para fora da banqueta. Seus joelhos tocaram o tapete, um calor feliz se agitando nela. Ela abriu os braços, e o cachorro avermelhado galopou em sua direção... até estar ali, balançando o rabo e esfregando o focinho já cinzento no cabelo de Iseult.

Barbicha, ela pensou, com medo de falar seu nome. Com medo de que a gagueira surgisse, causada por aquela inesperada explosão de emoções. Emoções *contraditórias* que ela não queria despertar ou interpretar. Se Safi estivesse ali, saberia como ela se sentia.

Iseult coçou as orelhas compridas de Barbicha. As pontas estavam encrostadas com o que parecia ser salsinha.

— Você andou co-comendo *borgsha*? — Iseult voltou para o banco, ainda esfregando a cabeça de Barbicha e tentando ignorar o quanto os olhos dele estavam enevoados. Como o seu focinho tinha ficado cinza.

Uma voz melódica irrompeu.

— Ah. Você *está* em casa!

Os dedos de Iseult congelaram no pescoço de Barbicha. Sua vista latejou, embaçando a sala e o cachorro. Talvez, se fingisse não notar Alma, ela simplesmente desaparecesse no vazio.

Mas ela não teve sorte. Alma pulou da porta até Iseult. Como Gretchya, ela usava o vestido preto tradicional das Bruxas dos Fios, justo no peito, porém folgado nos braços, na cintura e nas pernas.

— Que a Mãe Lua me ajude, Iseult! — Alma espantou-se, os olhos verdes de cílios compridos piscando surpresos. — Você está a cara da Gretchya agora!

Iseult não respondeu. Sua garganta estava pesada com... alguma coisa. Raiva, ela achava. Não queria se parecer com Gretchya — uma Bruxa dos Fios *verdadeira*, como ela nunca poderia ser. Além disso, ela odiou que Barbicha balançou o rabo. Que esfregou a cabeça no joelho de *Alma*. Que se virou na direção de *Alma* e para longe dela.

— Você é uma mulher agora — Alma acrescentou, sentando-se em um banco.

Iseult deu um aceno seco, passando os olhos rapidamente sobre a outra Bruxa dos Fios. Alma também estava uma mulher. Uma mulher linda — como era de esperar. O cabelo preto-carvão na altura do queixo era grosso e brilhante... perfeito. Sua cintura era pequena, os quadris curvados, e sua silhueta muito feminina... *perfeita*.

Alma era, como sempre tinha sido, a Bruxa dos Fios perfeita. A mulher nomatsi perfeita. Exceto que, quando o olhar de Iseult recaiu sobre as mãos de Alma, ela viu calos grossos.

Ela virou a palma da mão da recém-chegada para cima.

— Você treinou com uma espada.

Alma deu um olhar furtivo para Gretchya, que assentiu devagar.

— Um sabre de abordagem — admitiu. — Tenho praticado nos últimos anos.

Iseult soltou o punho de Alma. É claro que ela tinha aprendido a lutar. É claro que ela seria perfeita naquilo também. Nunca haveria alguma coisa em que Iseult fosse a melhor — era como se a Mãe Lua tivesse se certificado de que qualquer habilidade que Iseult tentasse aprimorar seria adquirida por Alma também... e aperfeiçoada por ela.

Quando ficou claro que Iseult nunca seria capaz de criar pedras de fios ou manter suas emoções distantes o suficiente, Alma tinha deixado de ser uma Bruxa dos Fios sobressalente em uma tribo nomatsi transitória para ser *a* Bruxa dos Fios aprendiz do assentamento Midenzi. Quando Gretchya se tornasse velha demais para guiar a tribo, Alma assumiria.

Em caravanas nomatsis, era o trabalho da Bruxa dos Fios unir famílias dos fios, arranjar casamentos e amizades, e desenredar as teias da vida das pessoas. Um dia, assim como Gretchya fazia atualmente, Alma usaria sua magia para liderar os Midenzis.

— A sua mão — Alma disse. — Você está machucada!

— Não é nada — Iseult mentiu, escondendo a palma na saia. — Parou de sangrar.

— Limpe mesmo assim — Gretchya disse, um tom de voz ilegível.

O nariz de Iseult se contorceu. Ali estavam duas mulheres cujos fios ela não podia ver. Mesmo assim, antes que pudesse pedir um momento sozinha para organizar tudo — voltar para casa, ser caçada pelo Bruxo de Sangue, a *perfeição* de Alma —, um homem enfiou a cabeça de cabelos pretos pela porta.

— Bem-vinda ao lar, Iseult.

Iseult sentiu calafrios. Os dedos de Alma apertaram o pescoço de Barbicha — e Gretchya empalideceu.

— Corlant — ela começou, mas o homem a interrompeu, escorregando o resto do corpo comprido para dentro.

Corlant det Midenzi não tinha mudado quase nada desde que Iseult o vira pela última vez. Talvez seu cabelo estivesse mais fino, e um pouco cinza nas laterais, mas as rugas acima das sobrancelhas eram tão profundas quanto ela se lembrava — trincheiras paralelas causadas por uma tendência a sempre parecer estar ligeiramente surpreso.

Ele parecia um tanto chocado naquele instante, as sobrancelhas altas e os olhos brilhando, enquanto examinava o rosto de Iseult. Ele se aproximou dela, e Gretchya não fez nenhum movimento para impedi-lo. Em vez disso, Alma ficou de pé em um pulo e silvou para Iseult:

— Levanta!

Iseult se levantou — embora não entendesse por que precisava. Gretchya era a líder da tribo, não aquele purista de fala mansa que semeara discórdia durante a infância de Iseult. Era Corlant quem devia se sentar.

Ele parou diante dela, seus fios brilhando com curiosidade verde e desconfiança bronze.

— Lembra de mim?

— É claro — Iseult disse, dobrando as mãos na saia e inclinando a cabeça para trás para encontrar o olhar dele. Ao contrário do resto da tribo, *ele* era tão alto quanto as lembranças, e até usava a mesma túnica marrom cor de lama e a mesma corrente de ouro manchada ao redor do pescoço.

Era uma péssima tentativa de tentar parecer um padre purista. Àquela altura, Iseult já tinha visto padres *de verdade*, treinados em complexos puristas *de verdade*, para perceber o quanto Corlant estava equivocado.

Ainda assim, não parecia mudar o fato de que Alma e Gretchya demonstravam respeito a ele. Elas trocavam olhares apavorados pelas costas de Corlant enquanto ele examinava Iseult.

Ele se empertigou ao redor dela, o olhar se movendo. Fez com que os pelos dos braços dela se eriçassem.

— Você tem a mancha do exterior em você, Iseult. Por que voltou?

— Ela planeja ficar dessa vez — Gretchya acrescentou. — Vai retomar a posição dela como minha aprendiz.

— Então você a estava esperando? — Os fios de Corlant ficaram escuros e hostis. — Você não me disse nada disso, *Gretchya*.

— Não era garantido — Alma disse de repente, dando um sorriso grandioso. — Você sabe como a Gretchya odeia causar inconveniências às tramas do assentamento sem necessidade.

Corlant grunhiu, voltando toda a sua atenção para Alma. Seus fios se retorcendo com mais suspeitas cor de bronze e, muito embaixo disso, tinha um lilás lascivo. Então seu olhar se lançou sobre Gretchya, e a luxúria cessou.

O estômago de Iseult queimou. Aquela não era a dinâmica que havia abandonado. Corlant havia sido um incômodo quando ela era criança — sempre falando sobre os perigos e os pecados da bruxaria. Sempre alegando que a verdadeira devoção à Mãe Lua estava na negação da magia. Na erradicação dela.

Mas Iseult o tinha ignorado, assim como o restante da tribo. Sim, Corlant tinha andado ao redor de sua casa e implorado pela atenção de Gretchya. Tinha até pedido que ela fosse sua esposa — não que Gretchya pudesse se casar. Apenas fios afetivos podiam se casar em uma tribo nomatsi, e Bruxas dos Fios não tinham fios afetivos.

De início, Gretchya ignorou as investidas de Corlant. Depois, ela usou a razão, sinalizando as leis tribais nomatsis e as regras da Mãe Lua. Porém, na época em que Iseult fugiu da tribo, Gretchya tinha recorrido a trancar as portas durante a noite com cadeados de ferro e a pagar com prata dois homens locais para manter o ardiloso Corlant afastado.

No entanto, na última visita de Iseult, Corlant tinha ido embora — e Iseult assumira que o homem havia partido de vez. Era óbvio, contudo, que aquele não era o caso — e era óbvio que as coisas tinham mudado. De alguma forma, Corlant havia assumido o controle.

— Alertei a tribo sobre a chegada da Iseult — Corlant informou, endireitando a coluna. Sua cabeça quase tocou o teto. — A Saudação deve começar em breve.

— Que inteligente — Gretchya disse, mas Iseult não deixou de perceber o espasmo muscular no maxilar da mãe. Gretchya estava com medo. *Com medo* de verdade. — Fiquei tão distraída com o retorno da Iseult — Gretchya continuou — que esqueci completamente a Saudação. Vamos ter que trocar...

— Não. — A voz de Corlant foi cortante. Ele girou de volta na direção de Iseult, os olhos cruéis e os fios hostis mais uma vez. — Deixe que a tribo a veja exatamente como ela é, manchada pelo exterior. — Ele puxou a manga de aprendiz de Iseult, e ela forçou a cabeça em uma reverência.

Ela podia não conseguir ler a mãe ou Alma, mas podia ler Corlant. Ele queria controle; queria a submissão dela. Portanto, quando os joelhos dela chiaram em uma reverência enferrujada, Iseult deu um gemido. Ela o puxou de seu estômago e apertou as mãos contra a barriga.

O som era muito exagerado e, por uma breve centelha de segundo, Iseult desesperadamente desejou *de novo* que Safi estivesse com ela. Safi poderia encarar aquela situação sem problemas.

Mas se Alma ouviu a falsidade no gemido de Iseult, não demonstrou. Apenas deu uma guinada em direção a ela.

— Você está doente?

— É o meu ciclo lunar. — Iseult rangeu os dentes. Seus olhos encontraram os de Corlant, satisfeita ao perceber que os fios dele já estavam empalidecendo de nojo. — Preciso de uma toalhinha nova.

— Ah, pobrezinha! — Alma gritou. — Tenho uma tintura de folha de framboesa para isso.

— Precisamos queimar as suas toalhinhas atuais e arranjar roupas sem manchas — Gretchya acrescentou, girando em direção a Corlant, que, para surpresa e satisfação de Iseult, estava recuando. — Se você puder, por favor, fechar a porta quando sair, Padre Corlant, iniciaremos a Saudação em breve. Obrigada novamente por informar a tribo sobre o retorno da Iseult.

As sobrancelhas de Corlant se ergueram, mas ele não argumentou — nem falou nenhuma outra palavra enquanto escapava para fora e fechava a porta com um puxão. Uma porta *sem* cadeados, mas com madeiras descoloridas e lascadas onde um dia havia aço.

— Bem pensado — Alma sibilou para Iseult, sem mais nenhum brilho de felicidade restando. — Você não está no seu ciclo, está?

Iseult sacudiu a cabeça, mas Gretchya logo agarrou seu braço com força.

— Precisamos trabalhar depressa — ela sussurrou, com urgência. — Alma, pegue um de seus vestidos para a Iseult e encontre a pomada curativa do Bruxo da Terra para a mão dela. Iseult, tire o lenço. Precisamos cuidar do seu cabelo.

— O que está acontecendo? — Iseult foi cuidadosa ao manter a voz estável, apesar do baque crescente embaixo das costelas. — Por que o Corlant está no comando? E por que você o chamou de *Padre* Corlant?

— Shhh — Alma disse. — Ninguém pode ouvir. — Em seguida, ela trotou até a portinhola do porão e desceu para baixo do assoalho.

Gretchya levou Iseult até a mesa de trabalho.

— Tudo mudou. O Corlant comanda a tribo agora. Ele usa a bruxaria dele para...

— Bruxaria? — Iseult interrompeu. — Ele é um purista.

— Não inteiramente. — A mãe dela se virou para a mesa, empurrando pedras e carretéis de fios multicoloridos para o lado, procurando por sabe-se lá o quê. — As regras se tornaram muito mais rígidas desde que você foi embora — Gretchya continuou. — Desde que os boatos da Marionetista e os destrinchos se tornaram mais frequentes, o Corlant conseguiu se forçar mais e mais para dentro da tribo. Ele se alimenta do medo deles e os atiça em chamas.

Iseult piscou, desconcertada.

— O que é a Marionetista?

A mãe não respondeu, os olhos finalmente brilhando diante do que ela precisava: lâminas. Ela as pegou.

— Precisamos cortar o seu cabelo. É muito... você parece muito uma forasteira e, se é que podemos confiar no Corlant, se parece muito com a Marionetista. Graças à Mãe Lua você foi esperta o bastante para cobrir a cabeça. Podemos fingir que o cabelo sempre foi curto. — Gretchya fez um aceno para Iseult se sentar. — Precisamos convencer a tribo de que você é inofensiva. Que você *não é* uma "outra". — Ela sustentou o olhar de Iseult; o silêncio cresceu.

Então Iseult assentiu, dizendo a si mesma que não se importava. Era apenas cabelo, e ela poderia deixá-lo crescer de novo. Não *significava* nada. Sua vida em Veñaza estava acabada; ela tinha que se desapegar do passado.

Ela se sentou, as lâminas rasparam pelo primeiro tufo de cabelo, e terminou. Não tinha como voltar atrás.

— Apesar de o Corlant fingir ser um purista — Gretchya começou, recaindo na mesma voz sem inflexão que Iseult crescera ouvindo —, ele também é um Bruxo do Vazio. Um bruxo da *maldição*. Descobri logo depois da sua última visita. Percebi que, quando ele estava perto de mim, os fios do mundo eram mais obscuros. Talvez você tenha percebido também.

Iseult assentiu — e um arrepio percorreu seu pescoço. Todos os fios obscuros da tribo eram obra de Corlant. Ela nem sabia que algo assim era possível.

— Quando percebi o que ele era — Gretchya continuou — e vi como o poder dele drenava o meu, pensei que poderia usar isso como vantagem contra ele. Ameacei contar à tribo o que ele era... mas, em troca, ele ameaçou acabar com a minha bruxaria por completo. Acabei laçando meu próprio pescoço, Iseult, porque depois dessa conversa o Corlant passou a ameaçar eliminar a minha magia toda vez que queria alguma coisa de mim.

Gretchya falava de maneira tão prática — como se a "alguma coisa" que Corlant queria fosse simples como pedir uma tigela de *borgsha* ou Barbicha emprestado pelo resto do dia. Mas Iseult sabia. Ela se lembrava do modo como Corlant tinha se prolongado nas sombras próximo ao galinheiro e observado Gretchya pela janela. Como seus fios roxos pulsantes tinham feito Iseult aprender cedo demais o que *desejo* significava.

Pela Deusa, o que teria acontecido com Iseult se ela não tivesse deixado o assentamento? Quão próximo ela tinha chegado de portar o mesmo laço que a mãe?

Apesar dos seis anos e meio de aversão desenvolvida com cuidado e propósito, Iseult sentiu como se uma faca fosse fincada em seu esterno. *Culpa*, seu cérebro decretou. *E coitada da sua mãe.*

E pensar que Corlant havia sido um bruxo da maldição aquele tempo todo. Capaz de extinguir a magia de uma pessoa com a mesma facilidade com que Iseult via os fios de alguém. Era outra bruxaria ligada ao vazio — e outro mito que se provava verdadeiro demais.

Iseult expirou, cuidando para manter a cabeça parada enquanto Gretchya cortava seu cabelo.

— O q-que... — ela começou, consternada com o tremor na voz. Ela praticamente podia sentir a carranca que a mãe fazia para ela; podia ouvir a reprimenda inevitável: "Controle sua língua. Controle sua mente. Uma Bruxa dos Fios nunca gagueja". — O que — Iseult rilhou, por fim — é a Marionetista?

— Ela é uma Bruxa dos Fios jovem. — As lâminas rasparam contra o cabelo de Iseult; mais fortes, mais rápidas. Cabelo se espalhava pelo chão como areia. — Cada caravana nomatsi que passou tem uma história um pouquinho diferente, mas a história geral não muda. Ela não consegue fazer pedras de fios, não consegue controlar as emoções, e... ela abandonou sua tribo.

Iseult engoliu em seco. Aquela Marionetista era *mesmo* parecida com ela.

— Eles dizem que, ao contrário da *nossa* conexão etérea com os fios — Gretchya continuou —, o poder dessa menina vem do vazio. Eles dizem que ela consegue controlar os destrinchados. Que ela mantém enormes exércitos deles sob seu comando e, na versão mais sombria da história, ela até mesmo ressuscita os mortos.

Iseult gelou.

— Como?

— Os fios interrompidos — Gretchya respondeu, com suavidade. — Ela alega que consegue controlar os fios dos destrinchados. Submetê-los à sua vontade, mesmo quando estão mortos.

— Os três fios pretos dos destrinchados — Iseult sussurrou, e o ruído das lâminas parou de súbito. Ao mesmo tempo, Alma subiu do porão apressada, um vestido preto em uma das mãos e toalhinhas brancas na outra. Ela correu até o fogão e abriu a porta de aço com um puxão.

Gretchya se virou para encarar Iseult.

— Você conhece os fios interrompidos?

— Já os vi antes.

Os olhos de Gretchya se arregalaram, o rosto pálido.

— Você não pode contar isso a ninguém, Iseult. *Ninguém*. A Alma e eu pensamos que era mentira. Uma maneira de essa Marionetista, e do Corlant, assustar as pessoas.

A boca de Iseult ficou seca.

— Você não consegue enxergar esses fios?

— Não. E nós já vimos destrinchados.

— E-eu não c-consigo fazer pedras de fios — Iseult respondeu —, então porque *eu* s-sou capaz de ver os fios interrompidos?

Gretchya ficou em silêncio, mas logo puxou o cabelo de Iseult, e o barulho das lâminas recomeçou. Momentos depois, fumaça começou a ondular no fogão. Alma voltou para a mesa de trabalho e ofereceu a Iseult o vestido preto tradicional das Bruxas dos Fios. Preto era a cor de todos os fios combinados, e ao redor da gola, dos punhos estreitos e da bainha da saia, havia três riscos coloridos: uma linha reta magenta pelos fios que unem. Uma espiral verde pelos fios que constroem. Uma linha tracejada cinza pelos fios que rompem.

— Você pretende ficar quanto tempo? — A pergunta de Alma era um sussurro rouco, que não era mais alto do que o barulho do fogo.

— Apenas uma noite — Iseult disse, forçando sua mente a *evitar* pensar no Bruxo de Sangue. Ela já tinha muito com o que se preocupar na tribo.

Distraída, ela pegou uma ripa de pedra vermelha sem corte da mesa de trabalho. *Um rubi*, Iseult pensou, e ao redor dela estava um fio rosa--alaranjado habilmente embrulhado com laços e nós.

A várias pedras de distância estava sua gêmea. E Iseult não deixou de reparar nas safiras no fundo da mesa, nem no punhado de opalas.

Apenas na casa de uma Bruxa dos Fios era possível encontrar joias tão valiosas desprotegidas. Mas uma Bruxa dos Fios conhecia suas próprias pedras — poderia até segui-las —, e nenhum nomatsi seria burro o bastante para se arriscar a roubar de uma Bruxa dos Fios.

— Você gostou da pedra dos fios? — Alma perguntou. Ela se inclinou na mesa, embora continuasse esfregando a palma das mãos nas coxas como se estivessem suando.

Mesmo assim, Gretchya não disse uma única vez a Alma: "Mantenha as mãos paradas. Uma bruxa dos fios nunca fica inquieta".

— A Alma que fez — Gretchya disse.

É claro que fez. Iseult nunca fora capaz de fazer uma pedra dos fios funcionar, e ali estava Alma, com uma peça que ofuscava qualquer outra.

— Eu fiz — Alma respondeu, apesar de as palavras quase terem saído como uma pergunta: "Eu fiz?".

O olhar de Iseult se voltou para ela.

— Por que você faria uma pedra dos fios para mim? — Ela sentiu a testa se erguer, os lábios frisarem. Era uma careta tão enojada, uma expressão incontrolável e nada digna de uma Bruxa dos Fios, que no mesmo instante desejou não tê-la feito.

Alma hesitou — e rapidamente instruiu o rosto a ficar inexpressivo, puxando o segundo rubi enrolado em fio rosa.

— É um... — Ela se calou, olhando para Gretchya como se estivesse incerta do que dizer.

— É um presente — Gretchya alertou. — Não fique com vergonha. A Iseult só faz careta porque está confusa e não consegue controlar as expressões.

O rosto de Iseult pegou fogo. Um fogo irado. Ou talvez envergonhado.

— Mas como você fez? — ela rebateu. — Eu sou uma Bruxa dos Fios, você não consegue ver os meus fios, então não pode prendê-los a uma pedra.

— A sua... sua mãe — Alma começou.

— Eu a ensinei — Gretchya concluiu. Ela deixou as tesouras na mesa de trabalho e marchou em direção ao fogão. — Os tecidos vão terminar de queimar em breve e o Corlant vai voltar. Rápido.

Iseult apertou os lábios. A réplica de sua mãe não era nenhuma resposta.

— Você deveria estar grata — Gretchya continuou, cutucando as chamas do fogão. — Esses rubis na sua mão vão brilhar quando Safiya estiver em perigo, e quando você estiver também. Vocês vão até conseguir rastrear uma à outra. Um presente desses devia ser levado a sério.

Ela *estava* levando a sério, mas não sentiria gratidão por Alma. Nunca. Alma tinha feito aquilo por culpa. Ela era, afinal, o motivo de terem negado a Iseult uma posição como aprendiz de Bruxa dos Fios — e, também, de ela ter sido rejeitada como sucessora de Gretchya.

— Vista-se — Gretchya ordenou a Iseult. — E depressa, enquanto Alma varre esse cabelo cortado. Precisamos dizer ao Corlant e aos outros que você mudou de ideia e deseja voltar para a tribo como Bruxa dos Fios.

Iseult abriu a boca — para ressaltar que a mãe não poderia ter *duas* aprendizes e que a tribo estava bem ciente dos fracassos mágicos de Iseult —, mas deixou os lábios se fecharem. Alma estava pegando a vassoura e seguindo ordens, como uma Bruxa dos Fios deveria fazer. Porque Bruxas dos Fios não argumentavam; elas seguiam o curso tranquilo da lógica para onde quer que ele fosse.

A lógica tinha guiado Iseult até ali, portanto ela ignoraria sua mágoa e seu medo, e seguiria a lógica, como fora treinada para fazer. Como havia feito durante sua estadia em Veñaza, com Safi ao seu lado.

9

Nunca — nem em dez milhões de vidas — Safi teria imaginado entrar no personagem de domna com tanta facilidade. Não com tantas pessoas ao redor, o calor dos corpos preenchendo o salão abobadado e suas mentiras constantes se fragmentando sobre a pele dela. Mas as crianças do seu passado tinham se dirigido para a vida adulta, enquanto seus pais tinham envelhecido.

E com todo aquele espumante borbulhando e a luz dos candelabros, com a parede de vidro brilhante que mirava a costa pantanosa do Jadansi, era difícil para Safi *não* se divertir.

Na verdade, ela achou parecido a organizar um golpe com Iseult. Estava sendo a mão direita, enquanto o tio passava a mão em alguma carteira desconhecida. Se aquilo era tudo que o tio Eron queria dela, então Safi poderia — quase que alegremente — cumprir. Em especial com o príncipe Leopold fon Cartorra ao seu lado.

Ele tinha crescido e se tornado um belo homem — embora ainda fosse bonito demais para ser levado a sério. Aliás, ele era, sem dúvidas, a pessoa mais bonita, homem ou mulher, do salão. Seus cachos eram cor de morango e acetinados, a pele tinha um brilho dourado-avermelhado nas bochechas, e aqueles cílios longos e loiros de que Safi se lembrava tão bem ainda decoravam olhos verdes da cor do mar.

Apesar de todas as mudanças externas, ele era o mesmo garoto brincalhão de língua afiada de que ela se lembrava.

Ele se inclinou para trás para beber um gole de espumante. Seus cachos caíram — e inúmeras domnas próximas dele suspiraram.

— Sabe — ele falou arrastado —, o veludo azul no meu terno não tem o tom que eu esperava. Eu pedi especificamente por safira-imperial. — Sua voz de barítono era intensa, e o modo como ele equilibrava as palavras com pausas era quase musical. — Mas eu chamaria isso de azul-marinho sem graça, você não acha?

Safi deu uma risada abafada.

— Fico feliz em ver que você não mudou, Polly. Com toda a sua sagacidade, você continua apaixonado pela própria aparência, como sempre.

Ele corou com o nome *Polly* — como tinha feito todas as outras vezes em que Safi o pronunciara naquela noite, o que só serviu para deixá-la com vontade de dizer mais vezes.

— É claro que não mudei. — Leopold deu de ombros, graciosamente. — Meu rosto perfeito é tudo o que tenho, e estudar muito só te leva até um certo ponto em Cartorra. — Ele sacudiu a mão sem marca bruxa para ela. — Mas *você*, Safiya — pausa —, você mudou um pouco, não é? Entrada dramática a sua.

Ela desviou o olhar, as próprias bochechas esquentando — mas não de vergonha. De ódio.

Ela tinha chegado ao baile com uma hora inteira de atraso. O crepúsculo já tinha derretido no luar porque o tio Eron insistira em terminar uma jarra inteira de vinho antes de sair. Depois da chegada no palácio do doge, porém, Safi entendeu o porquê: os antigos irmãos de Eron, os trovadores do inferno, estavam trabalhando.

Quatro dos cavaleiros com armaduras estavam de guarda no jardim do doge, onde galhos de cipreste sussurravam na brisa e três sapos coaxavam em harmonia. Outros dois trovadores do inferno guardavam a entrada do palácio, e os últimos seis aguardavam parados atrás do imperador Henrick.

Cada vez que Safi avistava outro dos enormes cavaleiros empunhando machados, seu estômago se afundava. Seus punhos se fechavam com firmeza. Mas, toda vez, ela mantinha o queixo erguido e os ombros para trás.

Não que algum deles notasse Safi ou seu tio. Na verdade, apenas um esboçou alguma reação quando eles passaram — e até onde Safi podia ver, por baixo do elmo de aço que todos os trovadores usavam, ele era jovem. Jovem demais para ter servido com o tio Eron.

De fato, agora que Safi pensava naquilo, talvez aquela piscada atrevida de um trovador no jardim não tenha sido dirigida ao tio Eron, mas a *ela*.

Ela estava mesmo maravilhosa naquela noite.

Quando Safi e o tio Eron alcançaram o hall de entrada, os outros doms e domnas já tinham se deslocado para o salão havia tempos. O imperador, entretanto, insistira em que ele e o príncipe Leopold esperassem até o último dom.

Quando Polly avistou Safi caminhando em sua direção, atravessou na frente do trono do tio — como se a protegesse dos olhares dos trovadores, como sempre fizera na infância — e fez uma reverência encantadora. Ele até se intrometeu quando Henrick segurou a mão de Safi por tempo demais após ela ter se ajoelhado em fidelidade (pelos deuses, ela tinha esquecido como o imperador cartorrano se parecia com um sapo, e como seu toque era suado).

Leopold até mesmo a escoltou pessoalmente até o baile e, ah, aquilo deu o que falar. Ela tinha quase rido com a primeira domna de queixo caído. Era como se todos tivessem esquecido como ela e Leopold conspiravam quando crianças.

Depois de o príncipe ter direcionado Safi até um criado com espumantes, ele empurrou uma taça para a mão dela, pegou uma para si, e a guiou até a comida.

A *comida*!

Ao lado da janela, mesas e mais mesas estavam dispostas e repletas de milhares de iguarias vindas dos três impérios. Safi estava determinada a experimentar cada uma antes de o baile terminar.

— Um vulcão de chocolate — Leopold disse, apontando para um reservatório prata onde parecia haver bolhas de chocolate. — A única desvantagem de proibir Bruxos do Fogo em Cartorra é que — pausa — nós perdemos truques como esse. — Ele gesticulou para um criado vestido em cetim bege. O homem serviu o chocolate e o despejou em uma tigela cheia de morangos frescos.

Os olhos de Safi se esbugalharam, mas quando agarrou a tigela, Leopold habilmente a arrancou dela, sorrindo.

— Permita que *eu* te sirva, Safiya. Passamos muitos anos separados.

— E eu passei muita horas sem comer entre as refeições. — Um olhar. — Me dê isso agora, Polly, ou eu vou te castrar com um garfo.

Foi a vez de os olhos *dele* se esbugalharem.

— Pelos Doze, você escuta as coisas que diz? — Mas ele soltou a tigela de morangos e, depois de morder o primeiro, Safi gemeu de satisfação.

— Divinos — ela falou, com entusiasmo, a boca cheia de chocolate. — Eles me lembram aqueles lá de... — Ela ficou quieta, o peito se inflando repentinamente.

Estava prestes a dizer que os morangos a lembravam daqueles de casa. *Casa!* Como se as montanhas e vales ao redor da propriedade dos Hasstrels já tivessem sido uma casa — ou os morangos tão divinos quanto aqueles.

Contudo, Leopold não pareceu notar o silêncio repentino de Safi. Seus olhos percorriam os diplomatas coloridos. As domnas em suas saias pretas justas e corpetes de babados e gola alta com milhares de tons escuros e terrosos. Os doms em coletes pretos e calças largas de veludo que serviam apenas para fazer suas pernas parecerem protuberantes e ridículas.

De fato, Leopold parecia ser o único homem capaz de fazer as calças e meias-calças parecerem atraentes — e ele sabia disso, a julgar pela maneira como caminhava. As meias revelavam pernas fortes — surpreendentemente musculosas —, e o veludo azul acentuava partículas do mesmo tom em seus olhos.

Safi ficou satisfeita ao notar que seu próprio vestido estava atraindo olhares invejosos, e o único vestido que Safi considerou melhor que o seu era o de Vaness, a imperatriz de Marstok. Faixas brancas de tecido pendiam em milhares de direções sobre a pele bronzeada da mulher, e seu cabelo escuro caía sobre o ombro direito, exposto de forma ousada. Tachas douradas estavam coladas sobre a sua marca bruxa — um quadrado para a terra e uma única linha vertical para o ferro —, e dois braceletes parecidos com algemas enfeitavam seus punhos (que se dizia representar a servidão dela ao seu povo). Ela não usava coroa, e era — na opinião de Safi — pura simplicidade e elegância.

Embora tivesse visto Vaness apenas à distância, Safi tinha apreciado de imediato os ombros da jovem, caídos de tédio. A expressão monótona de uma pessoa que tinha lugares melhores para estar e coisas mais importantes a fazer.

Safi tentara, prontamente, copiar aquela pose — embora também a tivesse prontamente esquecido depois de avistar o primeiro doce de creme.

Como se lesse sua mente, Leopold perguntou:

— Você viu o vestido atrevido da imperatriz? Todos os homens estão de queixo caído.

— Mas você não? — Safi perguntou, estreitando os olhos.

— Não. Eu não.

A mentira da afirmação rastejou na pele dela, mas ela não se importou a ponto de querer pressioná-lo. Se Leopold queria esconder seu interesse pelos ombros perfeitos da imperatriz, por que Safi se importaria?

— Você quer conhecê-la? — ele perguntou, bruscamente.

Safi ofegou.

— Sério?

— É claro.

— Então, *sim*, por favor. — Ela empurrou os morangos para um criado que aguardava, enquanto Leopold adentrava com rapidez a multidão de pessoas. Ela o seguiu em direção a um palco baixo nos fundos, onde uma orquestra pequena afinava seus instrumentos.

Mas era estranho porque, conforme Safi e Leopold se moviam por entre a nobreza curiosa de todas as idades e nacionalidades, uma única e intensa pergunta pairava nos lábios de todos. Safi não conseguia ouvir o que murmuravam nem ler seus pensamentos, mas o que quer que examinassem, a pergunta queimava com o fogo significativo da verdade. Ele tremulou pela nuca de Safi e em sua garganta — e a deixou *muito* curiosa para saber o que era dito.

Leopold se aproximou de um enxame de mulheres com vestes coloridas — seus vestidos feitos também com o mesmo tecido listrado e drapeado da imperatriz — e um grupo de homens. *Homens nubrevnos*, Safi pensou, quando seus olhos se fixaram nos cabelos pretos soltos e nas peles ásperas pelo sal. Seus casacos iam até os joelhos, a maioria em um tom de azul tempestuoso, embora um homem vestisse cinza-prateado e tivesse acabado de cruzar a sua frente.

— Com licença? — ela murmurou, dando um passo para o lado.

Mas o homem parou, bloqueando Safi por inteiro, antes de olhar para trás.

Safi engasgou. Era o nubrevno do píer, arrumado, e quase brilhando sob a luz das velas.

— É *você* — ela disse em nubrevno, a voz melódica em excesso. — O que está fazendo aqui?

— Eu poderia te perguntar a mesma coisa. — Ele não parecia impressionado quando foi em direção a ela.

— Eu sou a domna de Cartorra.

— De alguma maneira isso não me surpreende.

— Percebo — ela se demorou nas palavras — que você aprendeu como funciona um botão. Parabéns por essa realização que, sem dúvidas, mudará sua vida.

Ele riu — um som surpreso — e fez uma reverência com a cabeça.

— E eu percebo que você limpou o cocô de passarinho do seu ombro.

As narinas dela se alargaram.

— Com licença, o príncipe Leopold fon Cartorra está me esperando, e tenho certeza de que o seu príncipe precisa de você também — ela falou com irreverência, mal percebendo o que tinha dito.

Mas o resultado foi extremo, pois o jovem *sorriu*. Um sorriso lindo e verdadeiro que fez tudo no salão desaparecer. Tudo o que Safi viu por um momento único e vacilante foi como os olhos escuros dele quase se fecharam e como sua testa suavizou. Como seu queixo se inclinou levemente para cima para revelar os músculos em seu pescoço.

— Eu não tenho absolutamente nenhum lugar para estar — ele respondeu, com suavidade. — Nenhum lugar além daqui. — Então, como se ela não estivesse aturdida o suficiente, o homem fez uma meia reverência súbita e disse: — Me daria a honra de uma dança?

E assim, todos os escudos de Safi desmoronaram. Ela esqueceu como ser uma domna. Perdeu o controle de sua postura despreocupada. Mesmo a língua nubrevna parecia impossível de controlar.

Porque aquele homem parecia estar tirando com a sua cara — como os doms e domnas de sua infância, como o tio Eron. Ele queria envergonhá-la.

— Não tem música — ela se apressou em dizer, passando por ele.

Mas ele a pegou pelo braço com a facilidade de um guerreiro.

— Vai ter música — ele prometeu. — Kullen?

O homem enorme do píer se materializou ao lado deles.

— Você pode pedir à orquestra para tocar um *four-step*? — O olhar do nubrevno não deixou o rosto de Safi, mas seu sorriso se afrouxou com malícia. — Se você não souber o *four-step* nubrevno, domna, posso escolher outra coisa, é claro.

Safi manteve um silêncio estratégico. Ela *conhecia* a dança, e se aquele homem pensava em envergonhá-la na pista de dança, ele estava prestes a se surpreender.

— Eu conheço a dança — ela murmurou. — Vá na frente.

— Na verdade — ele respondeu, a voz ondulando com satisfação —, eu não me mexo, domna. As pessoas se mexem para *mim*. — Ele agitou uma das mãos e, de pronto, todos os nubrevnos abriram espaço.

Então Safi pescou as palavras de espectadores próximos: "Você está vendo com quem o príncipe Merik está dançando?".

"O príncipe Merik Nihar está dançando com aquela garota fon Hasstrel."

"Aquele é o príncipe Merik?"

Príncipe Merik. O nome rodopiou, tocou o chão e entrou nos ouvidos de Safi, brilhando com a pureza que somente uma afirmação completamente verdadeira tinha.

Bem, pelos portões do inferno, não é de admirar que ele parecesse tão convencido. Ele é o maldito príncipe de Nubrevna.

<hr>

A dança começou, e não demorou muito até Merik perceber que tinha cometido um erro.

Enquanto esperava ensinar alguns modos à garota — ela devia ser uma domna, afinal, não algum pivete de rua —, e talvez aliviar um pouco da raiva sempre presente em seu peito, Merik estava apenas destinado a se humilhar.

Porque aquela domna de boca suja era uma dançarina muito melhor do que ele poderia ter esperado. Não só ela conhecia o *four-step* — uma dança nubrevna popular entre amantes ou apresentada como um feito de bravura atlética —, mas também era boa.

Ela repetia cada batida tripla do calcanhar e dos dedos de Merik no ritmo certo. Cada giro duplo e virada de punho de Merik ela também conseguia fazer.

E aqueles eram apenas os primeiros quinze minutos do *four-step* nubrevno. Assim que eles se movessem, de fato, corpo a corpo, ele não tinha dúvidas de que estaria suando e ofegando.

É claro, se Merik tivesse parado para considerar aquela oferta de dança antes de fazê-la, teria visto a humilhação chegando. Afinal, ele tinha visto a garota lutar, e ficara impressionado com seu uso da velocidade e de artimanhas para vencer um homem maior e mais forte do que ela.

A música parou o seu dedilhado simples de quatro compassos e mudou para o som contínuo de arcos em violinos. Com uma prece silenciosa a Noden em Seu trono de corais, Merik deu um passo para a frente. *A marcha do mar soberano*, era como se chamava. Então, ele parou com uma das mãos levantadas, a palma para fora.

A jovem domna avançou. Ela piscou para Merik depois de dois passos e acrescentou um giro quase sem esforço antes de encontrá-lo com a própria palma levantada. *A valsa do rio inconstante*, de fato.

A outra mão deles se virou para cima, palma com palma, e o único consolo de Merik, enquanto ele e a domna escorregavam para o próximo movimento, era que o peito dela se elevava tanto quanto o dele.

A mão direita de Merik agarrou a da garota e, com bastante ferocidade, a girou para que ela encarasse a mesma direção que ele antes de puxá-la contra o peito. A mão de Merik escorregou pela barriga dela, os dedos abertos. A mão esquerda da garota retornou para cima — e ele a agarrou.

Então a verdadeira dificuldade da dança começou. Os pulos em uma maré de saltos e direções alternadas.

Os quadris contorcidos contrariavam o movimento dos pés deles como um navio em mares tempestuosos.

O toque fluido dos dedos de Merik nos braços da garota, as costelas dela, a cintura dela — como a chuva na vela de um navio.

Sem parar, eles se moveram ao ritmo da música até que ambos estivessem suando. Até que chegaram ao terceiro movimento.

Merik virou a garota de modo que ela o encarasse mais uma vez. O peito dela se chocou contra o dele — e, pelos Poços, como ela era alta. Ele não tinha percebido o *quanto* até aquele exato momento, em que os olhos da garota se nivelaram aos dele e a respiração ofegante dela afrontou a sua.

A música cresceu de novo, as pernas dela ficaram paralelas às dele, e ele esqueceu tudo sobre quem ou o que ela era ou por que ele tinha começado aquela dança em primeiro lugar.

Porque aqueles olhos eram da mesma cor do céu após uma tempestade.

Sem perceber o que tinha feito, sua bruxaria do vento tremulou com vida. Alguma coisa naquele momento despertou as partes mais ferozes do seu poder. Cada inspiração de seus pulmões fazia com que uma brisa rodopiasse pelo salão. Levantou os cabelos dela. Acertou as saias indomáveis.

Ela não demonstrou nenhuma reação. Na verdade, ela não interrompeu o contato visual com Merik, e havia uma ferocidade naquilo — um desafio que fazia Merik mergulhar mais fundo nas ondas da dança. Da música. Daqueles olhos.

Cada salto do corpo dela para trás — um movimento como o puxão maremotriz do oceano contra o rio — levava a um *encontrão* violento quando Merik a puxava de volta contra ele. Pois a cada salto e encontrão, a garota acrescentava um forte compasso extra aos calcanhares. Outro desafio que Merik nunca tinha visto, mas que o fazia se erguer. O vento zumbia ao redor dele como um furacão crescente, e ele e aquela garota estavam diretamente no centro.

E a garota nunca afastava o olhar. Nunca se afastava.

Nem mesmo quando as melodias finais da música começaram — aquela mudança brusca do deslize ciclônico de cordas para o baixo simples que surge após cada tempestade — Merik diminuiu a força com que se empurrava contra ela. Figurativamente. Literalmente.

Seus corpos estavam corados, seus corações martelando contra a caixa torácica do outro. Ele passou os dedos pelas costas dela, sobre os ombros e até as mãos da garota. As últimas gotas de uma chuva severa.

A música ficou mais lenta. Ela foi a primeira a se afastar, retrocedendo os quatro passos necessários. Merik não desviou o olhar do rosto dela, e apenas notou vagamente que, quando ela se afastou, sua bruxaria do vento pareceu sossegar. A saia dela parou de farfalhar, o cabelo esvoaçou de volta aos ombros.

Ele deslizou quatro passos para trás e cruzou os braços sobre o peito. A música chegou ao fim.

E Merik retomou a consciência com uma certeza nauseante de que Noden e seus peixes-bruxa, no fundo do mar, riam dele.

10

Um a um, os colonos da tribo Midenzi chegaram para receber Iseult. Para examinar a única garota que deixara a comunidade e que depois quis voltar.

A cabeça de Iseult parecia leve demais, e os cabelos cortados arranhavam sua nuca, mas, como a Bruxa dos Fios excelente que deveria ser, ela não se coçou. Nem se inquietou no banco perto da lareira ou mostrou qualquer expressão além do sorriso exigido.

Os fios dos nomatsis estavam assustadoramente pálidos. Apenas os fios de Corlant, pulsando atrás de Iseult enquanto ele ficava parado ao lado do fogareiro e assistia à Saudação, queimavam com brilho total. Talvez com brilho até demais.

No trigésimo visitante, Iseult ficou exausta de fingir que Corlant não estava bem ali, observando como uma ave de rapina. O rosto de Alma permaneceu sereno o tempo todo — é claro —, e o sorriso que ela oferecia aos visitantes parecia genuíno. Sem mencionar, incansável.

No sexagésimo visitante, Iseult tinha acariciado tanto Barbicha que ele parecia desconfortável. No octogésimo visitante, ele se levantou e saiu andando.

Equilíbrio. Equilíbrio nos dedos das mãos e dos pés.

— Foram apenas cento e noventa e um — Corlant afirmou, assim que o último visitante foi embora. — Me pergunto onde está o resto da tribo? — Nada no tom de voz de Corlant indicava dúvida, e enquanto ele avançava em direção à porta, seus fios estavam rosa de empolgação. — Vou me certificar de que a tribo inteira saiba da Saudação. — Ele fixou um olhar penetrante em Gretchya, e acrescentou, em uma voz feito lama: — Não. Saia. Daqui.

— É claro que não — Gretchya disse, abaixando-se até um banco perto de Iseult.

Corlant saiu, e Gretchya se levantou de imediato. Ela arrastou Iseult enquanto Alma se dirigia à portinhola do porão.

— Precisamos nos apressar — Gretchya sussurrou. — É óbvio que o Corlant sabe o que a Alma e eu planejamos. Ele vai tentar nos impedir.

— Planejaram? — Iseult perguntou, mas naquele momento houve um ruído, como as lâminas percorrendo o seu cabelo. Em uma espiral explosiva, tudo o que unia as três bruxas à vila as *atingiu* no peito.

Os fios que unem tinham rompido.

Iseult não conseguia ver, mas podia sentir. Uma guinada repentina em seu coração que quase a sobrecarregou.

Alma empurrou Iseult em direção à porta.

— Corre — ela silvou. — Para o portão... *corre!*

Algo nos olhos verdes aterrorizados de Alma penetrou no cérebro de Iseult. Ela correu até a porta... apenas para tropeçar, os braços balançando para mantê-la de pé.

Pois uma multidão a aguardava do lado de fora. Com lampiões, tochas e balestras. Os quatrocentos nomatsis que tinham perdido a Saudação estavam reunidos, calados, com seus fios escondidos pela magia de Corlant.

E lá estava o próprio Corlant, avançando pela multidão, a cabeça mais alta que a de todo o resto e com fios se contorcendo de avidez roxa.

As pessoas saíram do caminho dele. Havia rostos desagradáveis nas sombras — rostos que Iseult reconhecia, rostos odiosos de sua infância, que faziam seus joelhos cederem e criavam um vazio em seu peito.

Ela deu uma olhada para trás — mas a casa estava vazia. Apenas Barbicha continuava, rosnando com os pelos eriçados.

Iseult esperou, sem respirar, enquanto Corlant a percorria com um olhar esfomeado que deixava seus fios roxos. Então, com uma lentidão intencional, ele cruzou os polegares para Iseult. Era um sinal para afastar o mal.

— Outra — ele disse, suavemente, quase inaudível sobre os grilos noturnos e a respiração da multidão. — Enforque a outra. — E de novo, mais alto: — Outra, outra. *Enforque a outra.*

A tribo acompanhou o cântico. "Outra. Outra. Enforque a outra." As palavras escorregavam pelas línguas, venenosas e crescentes. As pessoas se aglomeraram. Iseult não se moveu. Ela tentava se aprofundar na lógica de uma Bruxa dos Fios. Havia uma solução para aquilo — *tinha* de haver. Mas ela não conseguia enxergar. Não sem Safi ao seu lado. Não sem tempo de parar e planejar.

As pessoas se moveram como um enxame. Os fios deles irromperam, vivos, como se tivessem sido libertados subitamente — milhares de tonalidades de branco aterrorizado e roxos sedentos por sangue recaíram sobre Iseult. As mãos deles colidiram contra ela. Os dedos agarraram e cutucaram. A cabeça dela estalou enquanto seu cabelo era puxado. Lágrimas correram de seus olhos.

Outra, outra, enforque a outra.

Ninguém falava mais as palavras — estavam ocupados demais exprimindo seus gritos de guerra para a noite, e berrando desejos para que Iseult morresse. Mas seus fios zumbiam no mesmo ritmo enquanto eles empurravam, chutavam e apertavam. Enquanto eles a forçavam a dar um passo agonizante após o outro em direção ao maior carvalho do assentamento.

E sob aquele ritmo de quatro compassos — "outra, outra, enforque a outra" — havia uma vibração rápida de três compassos. *Marionetista. Marionetista.* Um baixo aterrorizante sob um *discantus* já violento.

Corlant tinha convencido mesmo a tribo de que Iseult era a Marionetista, e ela morreria por aquilo.

Então, o carvalho emergiu diante de Iseult, uma massa de linhas dentadas contra um céu claro e enluarado. Um homem agarrou o seio de Iseult, os fios dele tremendo irregulares. Uma mulher passou as unhas por sua bochecha, os fios dela famintos por violência.

Quando pontos de dor salpicaram a visão de Iseult, o coração dela finalmente se endureceu como a pedra que deveria ser. Os batimentos ficaram mais lentos; sua temperatura corporal despencou; e todas as cenas, os cheiros e a dor do momento desapareceram por trás de um muro de pensamento objetivo.

Aquele ataque era abastecido por Corlant. Por medo. As pessoas tinham medo dos destrinchados e da Marionetista desconhecida... e, consequentemente, tinham medo de Iseult.

Com sua mão direita, dê o que é esperado; e com a esquerda, surrupie a carteira deles.

— Romper. — A palavra ferveu na garganta de Iseult, sibilada com saliva. — Romper. — Ela repetiu de novo, com o mesmo silvo. A inexpressão no rosto. — Torcer e romper.

E de novo.

— Romper, romper. Torcer e romper. — Era o mesmo ritmo do som vibrante dos fios da multidão, do medo pulsante. Iseult se fixou naquela canção de quatro compassos e batidas profundas...

E então deu a eles o que eles queriam ver.

Ela lhes deu a Marionetista.

— Romper, romper. Torcer e romper. Fios que rompem. Fios que *morrem.* — As palavras que ela gritava não tinham sentido nenhum. Iseult não podia tocar nos fios daquelas pessoas e, com certeza, não podia controlá-los. Mas os nomatsis não sabiam daquilo, portanto ela continuou entoando: — Romper, romper. Torcer e romper. Fios que rompem. Fios que *morrem.*

Iseult gritou mais alto até que houvesse espaço suficiente para ela se endireitar. Para inspirar e gritar ainda mais. Até que, enfim, os fios sedentos por sangue começaram a afundar sob o branco cegante dos fios com medo. Corlant não podia ser visto em lugar algum.

Uma nova distração chegou: um recipiente com fogo voou pelo ar, e a voz de Gretchya açoitou:

— Incendiar!

O recipiente explodiu. Iseult se jogou no chão quando estilhaços flamejantes caíram assoviando. Sua mãe não a tinha abandonado.

As pessoas correram; Iseult também. Em direção à voz da mãe — em direção à casa da mãe. Mas enquanto seus pés batiam na terra e recipientes explosivos reluziam em outras casas, incendiavam telhados de palha e faziam os nomatsis fugirem em pânico, Iseult sentiu os fios ao seu redor se alterarem mais uma vez.

Sempre acontecia — aquele momento em que um alvo percebia que tinha sido traído —, e estava acontecendo naquele momento. As pessoas estavam percebendo que haviam perdido a Marionetista, e mesmo assim, o desejo por sangue não tinha sido saciado; ele tinha apenas crescido.

Iseult chegou à extremidade da casa da mãe — mas Gretchya não estava em lugar algum.

— *Iseult!*

O olhar dela pendeu para o lado esquerdo. Alma corria em sua direção em uma égua sem sela. O pelo marrom e as pernas pretas eram quase invisíveis na escuridão — assim como o vestido preto de Alma.

Alma puxou as rédeas para o animal parar, e ergueu Iseult até a égua à sua frente. Um escudo nomatsi tradicional estava amarrado nas costas de Alma — um quadrado de madeira destinado a proteger uma nomatsi em fuga.

Ela fez o cavalo galopar até o portão. O interesse dos fios das pessoas se esticou com mais força. Pulsou com mais força. Eles sabiam que tinham sido enganados.

Foi por isso que pedras começaram a voar em direção às garotas, por isso que o ruído inconfundível da corda dos arcos encheu o ar junto com os berros de Corlant:

— Parem elas! *Matem elas!*

Mas Iseult e Alma já estavam nos carvalhos perto do muro. As pedras batiam nos troncos das árvores; flechas retiniam nos galhos — e acertavam o escudo de Alma.

— Onde está a minha mãe? — Iseult gritou. O portão estava fechando com rapidez; e se fechou.

Não... não fechou. Rachou. Balançou entreaberto.

Alma mirou o animal para aquela extensa abertura. A égua mudou a trajetória de seu galope, expondo brevemente as laterais das garotas. Alguma coisa atingiu o braço direito de Iseult.

A força a empurrou para o lado, para a jaula que eram os braços de Alma. Ela não sabia o que a tinha acertado — uma pedra, talvez... Mas a dor latejava. Ela olhou para baixo, preocupada, e viu a ponta de uma flecha despontando pela pele acima do cotovelo. Uma longa haste de cedro com penas de galo pretas e brancas emergia do outro lado.

Ela deu uma única olhada para trás e viu Corlant, baixando um arco e com um sorriso satisfeito no rosto iluminado pela lua. Então Alma gritou em seu ouvido:

— Segura aí!

Iseult virou e se segurou, enquanto elas galopavam para o prado enluarado — os gritos dos aldeões brevemente bloqueados pelo portão. Iseult apertou bem as pernas e apontou os dedos dos pés para cima como sua mãe a havia ensinado.

Mãe.

Iseult cerrou os olhos, e pensou ter visto uma figura a cavalo balançando por cima da grama, com uma figura pequena logo atrás. Barbicha. Gretchya devia ter aberto o portão e escapado, confiando que Alma tiraria Iseult de lá.

"É óbvio que o Corlant sabe o que a Alma e eu planejamos." Foi o que Gretchya dissera... um plano. Um plano contra Corlant, que claramente queria Iseult morta — mesmo se Iseult não pudesse entender o porquê.

Por meio instante, Iseult desejou ter encarado o Bruxo de Sangue em vez de Corlant. Em vez da tribo. Mas aquela ideia desapareceu quase que de imediato, pois pelo menos ela estava *viva*. Se o Bruxo de Sangue tivesse tentado atirar nela, Iseult achava que ele não teria errado.

Corlant quase tinha sido bem-sucedido, porém. Se a flecha a tivesse atingido uns sete centímetros à esquerda, o peito de Iseult teria sido perfurado. Apenas dois centímetros para a direita e ela teria rompido uma artéria vital.

Assim, Iseult agradeceu, em silêncio, à lua, sob a qual elas galopavam — junto com uma prece, rezando para que Safi ainda estivesse esperando por ela...

Ao contrário do Bruxo de Sangue.

11

O Bruxo de Sangue chamado Aeduan estava entediado. Havia um limite de quantos giros nos punhos, flexões nos dedos e sacudidas de tornozelos ele podia fazer para manter os músculos prontos para uma luta — ou para manter seu humor sob controle.

O sino tinha soado quatro vezes desde a primeira vez que ele se esticara naquela viga no teto do palácio, e já fazia tempo que ele puxara o capuz para trás, até mesmo desafivelando o topo de sua capa. Já que as únicas pessoas que o viram eram os outros dezesseis guardas contratados nas vigas — e uma família de pombos que não tinha parado de arrulhar desde que Aeduan se esparramara ao lado do ninho —, ele não estava muito preocupado com aquela violação do protocolo caraweno chegar até o Monastério.

E mesmo se chegasse, os monges velhos se preocupavam mais com as missões mercenárias do que com o respeito ao Cahr Awen. Afinal, o Cahr Awen era apenas um mito, mas piestras de bronze eram bastante reais.

Mesmo que sempre estivessem fora do alcance de Aeduan. Yotiluzzi tinha estabelecido uma recompensa pelas duas garotas que atrasaram sua carruagem, e Aeduan queria aquela recompensa. Muito. Então, ele rastreou a Bruxa da Verdade até o Distrito do Embarcadouro Sul... e perdeu o cheiro dela.

Logo depois, por pura sorte, encontrou aquela garota nomatsi perto dos canais — exceto que ela também escapara dele. Pior, Aeduan não tinha sido capaz de segui-la, pois seu sangue não tinha nenhum cheiro.

Nunca, em seus vinte anos de vida, Aeduan encontrara alguém cujo sangue ele não conseguisse farejar.

Nunca.

Aquela surpresa o tinha... desestabilizado. Tinha feito seus molares rangerem mais do que quando ele perdera a valiosa Bruxa da Verdade. E ali estava Aeduan, preso debaixo de um teto em vez de caçando as duas garotas.

Ele pressionou sua luneta fina cor de bronze no olho e espreitou por um buraco escavado no teto. Pessoas se moviam sobre chãos de mármore. Tons vibrantes de veludo laranja, verde e azul salpicados de sedas em tons pastel. Era uma perda de tempo. Nada aconteceria no baile diplomático, pois como o pai de Aeduan sempre dizia: os vinte anos de trégua deixaram as pessoas preguiçosas e sem ambição.

Quando as primeiras cordas pulsantes de um *four-step* nubrevno acertaram os ouvidos de Aeduan e calcanhares começaram a bater, ele optou por uma mudança de cenário. Após se mover como um crocodilo pelo espaço minúsculo, Aeduan alcançou uma escada. Ele passou por outros dois mercenários, que o observaram com nervosismo.

— Um demônio do vazio — eles sussurraram, e Aeduan fingiu não ouvir. Ele gostava daqueles rumores. Afinal de contas, havia vantagens em ser temido pelas pessoas, como escolher os melhores locais para ficar de tocaia. Mesmo os trovadores de Cartorra e os víboras de Marstok, seguranças pessoais da imperatriz Vaness, tinham permitido, inicialmente, que Aeduan entrasse no palácio.

Quando ele acertou a beirada do teto, um buraco se abriu — mais um lugar para espionar atrás da parede do salão. Uma escada de cordas com nenhuma qualidade ou uso defensivo se estendeu por quinze metros até o chão. Era apenas outro exemplo de como os dalmottis (e todo o resto) tinham se tornado negligentes. Se surgisse alguma real necessidade dos guardas no teto, eles demorariam tempo demais para descer.

No instante em que o *four-step* se transformou em um segundo movimento, as botas de Aeduan acertaram o chão. Os violinos cantavam no ambiente cercado e sombrio, sacudindo a poeira e a madeira com seu vibrato. Acima deles, ouviam-se as batidas delicadas de calcanhares que Aeduan reconheceu como uma dança.

Na verdade, ele conhecia o *four-step* nubrevno. Não muito bem, e ele preferia assar em um espeto até a morte a se envolver na dança. Mas conhecia os passos. Seu mentor o tinha forçado a aprender durante os primeiros anos no Monastério.

Ele se encaminhava para a esquerda quando um cheiro de sangue familiar atingiu seu nariz. *Segredos atados com veneno e infinitas mentiras.* Aeduan não sabia se os rumores eram verdade — se o sangue de um víbora marstok era realmente feito de ácido —, mas ele sabia que era melhor evitar os Bruxos do Veneno, no mínimo porque o cheiro deles machucava o nariz.

Aeduan abandonou a caminhada para a esquerda e foi para a direita. Quando, por fim, encontrou um buraco menor até do que aquele no teto e espreitou por ele, o terceiro movimento do *four-step* tinha começado.

E as sobrancelhas de Aeduan se ergueram.

Eram apenas dois dançarinos, seus calcanhares e dedos dos pés se movendo pelo mármore a uma velocidade que ele nunca tinha visto — e, ainda mais impressionante, um vento tinha começado a girar ao redor deles. Um dos dançarinos obviamente tinha alguma forma de magia do ar.

Espectadores se afastavam como uma maré enquanto os dançarinos giravam, os pés se movendo agitados adiante, embora seus rostos permanecessem imóveis, os olhos estreitos e focados. O vento continuava a soprar, rodopiando no ritmo da música. No ritmo dos passos. Balançava a saia da garota, seus cabelos, e atraía os espectadores boquiabertos enquanto o casal passava girando.

Ainda assim, quanto mais tempo Aeduan assistia, ligeiramente entretido pela habilidade necessária para dançar com tamanha velocidade e graça, mais uma coceira começava a incomodar o nariz dele.

Por instinto, ele examinou os rostos próximos e farejou. Ele farejava... sangue acre. Selvagem.

Um que o lembrava de cordilheiras e penhascos; de prados com dentes- -de-leão e de uma verdade escondida embaixo da neve.

Adrenalina surgiu em seu estômago. A Bruxa da Verdade estava *ali* — naquela festa.

As últimas notas vigorosas do *four-step* tocaram, atraindo os olhos de Aeduan de volta aos dançarinos. O vento estava diminuindo; eles se afastavam para a pose final da dança. Dava para ver que o homem nubrevno era alguém importante, a julgar pelo modo como as pessoas o olhavam com medo e respeito. Mas ele não interessava muito, visto que o cheiro do seu sangue não era familiar.

Foi a garota que atraiu o olhar de Aeduan — atraiu sua bruxaria. O sorriso dele se alargou, e seus dedos procuraram pela faca presa sobre seu coração. Um coração que ela tinha empalado no dia anterior.

Mas, enquanto ele se perguntava quem aquela mulher poderia ser — com certeza Aeduan teria ouvido sobre uma domna Bruxa da Verdade —, um aplauso alto preencheu o salão. Vinha de uma única pessoa, e embora todos os outros espectadores tenham se unido ao aplauso, aquele continuou sendo o mais alto.

A visão limitada de Aeduan finalmente se fixou no herdeiro imperial de cabelos claros, Leopold. Ele estava parado próximo à imperatriz Vaness e aguardou até que as pessoas abrissem caminho para levantar o pé e se aproximar dos dançarinos.

— Muito bem — Leopold gritou, por fim, ainda batendo palmas. Mas havia uma camada de exagero no aplauso. — Dançarinos magníficos.

O nubrevno virou o rosto brilhante e corado em direção ao príncipe imperial. Ele fez uma reverência baixa.

— Príncipe Leopold.

Leopold apenas assentiu.

— Príncipe Merik, você roubou a Safiya de nós. — Não havia como não notar a sobriedade de sua voz, ou a maneira intencional com que ele rejeitara o outro príncipe para olhar diretamente para o tio, o imperador cartorrano atarracado parado ali perto.

A expressão de Safiya mudou de uma intensidade embriagada pela dança para um simples rosto rosado de vergonha.

— Polly — ela murmurou, quase inaudível sobre a multidão. — Me desculpa... perdi você em meio às pessoas.

— Não precisa se desculpar — Leopold falou, em uma voz mais alta que a proximidade dela exigia, e abriu bem os braços. — Mais uma dança! Essa será uma valsa de Praga. — E fez uma reverência real à Bruxa da Verdade, puxando-a pelos braços.

Os dedos de Aeduan batucaram um ritmo ansioso na faca. Aquela noite tinha acabado de se tornar muito interessante. A Bruxa da Verdade que tentara roubar o mestre Yotiluzzi estava dançando com, não um, mas dois príncipes.

Ah, o Bruxo de Sangue chamado Aeduan não estava mais entediado. Nem um pouco entediado.

E ele tinha trabalho a fazer.

Safi estava enjoada de dançar. Literalmente, ela se sentia doente com todos os giros, e sua respiração... ela não tivera um único momento para respirar desde... Merik.

Príncipe Merik.

O homem que não conseguia se vestir direito acabara sendo da realeza. O homem que tinha se jogado contra um destrinchado era um *príncipe*. Era quase impossível de imaginar, embora explicasse sua presunção, a ausência de medo quando Safi o empurrou — e sua disposição para empurrá-la de volta.

Alguma coisa tinha acontecido entre Safi e Merik durante a dança. Uma coisa tão poderosa quanto o vento e a música que tinham desencadeado ao redor deles. Uma mudança no ar que precedia uma tempestade.

Pelos fogos do inferno, Safi precisava de Iseult. Ela precisava da irmã de ligação para ajudá-la a organizar aquela selvageria em seu peito.

Enquanto o salão e os rostos passavam rodando por ela em outra valsa de embrulhar o estômago, enquanto mentiras e verdades caíam sobre Safi vindas de todas as direções, ela sabia que precisava parar. Ir embora.

Mas, assim como algo havia mudado dentro dela após a dança — após *Merik* —, algo havia mudado no salão. Uma tensão espiralando interiormente como uma serpente esperando.

E a dança... nunca parava. Seis vezes Safi foi arrastada pelo chão nos braços de Leopold. Então, *mais* seis vezes o próprio imperador insistiu em se juntar a ela. As mãos de Safi estavam pegajosas e eram agarradas com força demais. Suor parecia se acumular na pele cheia de marcas de Henrick, e ela desejou que Leopold interviesse de novo.

Até que, de súbito, a música parou e a dança cessou.

Até que Henrick gritou por silêncio no salão e acenou para que Safi se juntasse a ele em um estrado baixo.

Até que uma frase intensa e impossível saiu da boca de Henrick:

— Contemplem Safiya fon Hasstrel. Minha noiva e a futura imperatriz de Cartorra.

Os joelhos de Safi cederam. Ela caiu em cima de Leopold, que — graças aos deuses — estava por perto. De alguma forma, ele conseguiu erguê-la e girá-la em direção a uma sala repleta de aplausos afetados — como se todos estivessem tão chocados com o anúncio quanto ela.

— Polly. — O som saiu rouco, seu olhar fixo no rosto dele. — Polly, por favor... me diz... Polly...

— É verdade — ele murmurou, apertando a mão dela.

Ela tentou puxar a mão, o coração ameaçando sair do peito. Ela confiara em Leopold. Confiara no tio Eron. Mas aquilo... ela não estava agindo como uma domna, mas como uma *noiva*.

Leopold não a soltou, porém. Os olhos verde-mar tinham se tornado rígidos. A inclinação suave em sua mandíbula tinha tensionado com uma determinação inesperada.

Safi ofegou.

— Você sabia que isso ia acontecer. Por que não me contou?

A única resposta dele foi rebocá-la — com força, mas sem ser rude — em direção ao tio. O imperador.

O futuro marido de Safi.

— Aos muitos anos de felicidade juntos! — Leopold gritou, empurrando Safi para a frente. Ela cambaleou para Henrick. As mãos suadas dele se fecharam sobre as dela.

Safi quase se afastou do toque e do sorriso de dentes tortos dele. Quase gritou que aquela *não* era a liberdade que lhe tinha sido prometida. Casar-se com um imperador era o mais distante da liberdade que Safi podia imaginar, então o que era aquela história *de merda* que seu tio tinha fornecido?

Até onde Safi conseguia ver, aquilo era tudo. Era o fim.

Ela examinou cada rosto na multidão, o braço tremendo no de Henrick. Procurou pelos olhos azuis do tio Eron. Pelos cabelos ruivos de Mathew. Maldição, por *qualquer um*. Precisava apenas que alguém olhasse para ela, dizendo-lhe que não havia problema em estar furiosa. Em estar *assustada* até os ossos.

Mas ninguém na multidão era familiar. Ela até procurou pelo príncipe Merik com seu casaco prateado, mas ele e o resto dos nubrevnos também tinham desaparecido do salão.

Safi estava sozinha com seus joelhos trêmulos. Com o enjoo na garganta. Com as palmas pegajosas de Henrick apertando seus dedos.

O olhar desesperado dela parou em um rosto enrugado e em um corpo robusto que ela lembrava vagamente de sua infância: domna fon Brusk. O queixo peludo da mulher se movia como uma vaca ruminando, e ela deu um aceno brusco e tranquilizador para Safi.

Quando os vinte e quatro sinos começaram a tocar e os aplausos diminuíram, domna fon Brusk se aproximou de Safi. Os olhos dela nunca deixaram o rosto da garota, seus passos nunca diminuíram. Quatro passos no ritmo de cada soar dos sinos.

O sino final tocou e reverberou pelo salão.

Cada chama no salão, jardins e porto sibilou. A festa caiu no breu.

Aeduan ainda estava no muro quando as luzes se apagaram.

Ele tinha se esgueirado de buraco em buraco, nunca perdendo a Bruxa da Verdade de vista — ou o cheiro do seu sangue —, desde que ela tinha atendido ao chamado do imperador Henrick.

A garota claramente não sabia o que a aguardava. Aeduan nunca tinha visto o sangue se extinguir do rosto de alguém tão rápido e, por uma breve fração de segundo, sentiu pena.

Mas, enquanto assistia à garota cambalear em direção ao imperador Henrick, sentiu os pelos dos braços se eriçarem. Depois, os da nuca.

Ele só teve tempo para pensar, *magia* — e, então, sentir o poder específico, *Bruxo de Fogo* —, antes de cada chama se apagar.

Em duas inspirações profundas, a bruxaria de sangue de Aeduan bramiu ao máximo do seu poder — e ele fez um reconhecimento do sangue de cada pessoa gritando no salão —, e de cada guarda nos muros, no teto. Era apenas um registro superficial de diferentes cheiros para que ele conseguisse se mover sem enxergar.

E para que pudesse seguir quem *também* se movia sem enxergar.

Alguém havia orquestrado aquele apagão, e Aeduan soube imediatamente que estava associado à garota, Safiya — porque o cheiro dela estava indo embora.

Assim como o de uma segunda pessoa com o cheiro acre de campos de batalha e corpos queimados. E um *terceiro* alguém que cheirava a cumes de montanhas... e vingança.

Aeduan partia em direção à mais próxima das duas saídas do muro, quando as lamparinas voltaram à vida em uma segunda precipitação de magia de eriçar os pelos. Lamúrias e suspiros aliviados flutuaram pelas paredes — e uma pequena quantidade de luz amarela se lançou pelos buracos do muro.

Aeduan se apressou até o mais próximo, e seu olhar voou para onde sua bruxaria de sangue disse que a garota estaria...

O espaço estava vazio. Completamente vazio. Onde a garota estivera antes... ela ainda estava. De alguma forma, ela não tinha saído do lado de Henrick. Aeduan focou o cheiro dela.

Não era o cheiro da garota chamada Safiya. Era uma coisa completamente diferente. Alguém com um sangue mais velho — muito mais velho, na verdade.

Bruxo do Éter, pensou. E o especificou como *Bruxo do Esplendor*.

Aeduan examinou a limitada área de pessoas que conseguia ver, que conseguia farejar. Mas não havia sinal de alguém utilizando magia poderosa. Mesmo assim, ele não tinha dúvidas de que um Bruxo do Esplendor estava naquele salão, manipulando o que as pessoas viam.

Ele também não tinha dúvidas de que era a única pessoa naquele palácio — possivelmente em toda a Terras das Bruxas — que conseguia lidar com o que estava acontecendo. Não era arrogância que o fazia pensar assim, apenas a verdade.

Uma verdade que o fazia continuar sendo bem pago, e que poderia, depois daquela noite, encaminhá-lo para patrões mais ricos que o mestre

Yotiluzzi. Aquela garota era uma Bruxa da Verdade *e* a futura noiva do imperador cartorrano. Alguém iria gostar de saber quem a levara — e aquele alguém, sem dúvidas, pagaria muito bem.

Aeduan retomou uma caminhada rápida e discreta. A garota estava chegando ao limite do seu alcance. Embora pudesse rastreá-la a longas distâncias, seria mais fácil se ele a mantivesse a um alcance de cem passos.

Enquanto corria, porém, a pessoa com sangue acre de campos de batalha entrou em seu caminho, e, junto com o homem veio o fedor fumegante de chamas.

O Bruxo de Fogo estava queimando a entrada dos muros.

Aeduan permitiu que um medo mínimo crescesse dentro dele. Chamas... o incomodavam.

Mas ele logo deixou de lado o instinto de parar, de se deixar abalar e, com um grande esforço mental, voltou a se concentrar e encheu os pulmões com mais força. Ele também se certificou de puxar sobre o nariz as lapelas contra fogo de sua capa. O ditado de que um monge caraweno estava preparado para tudo não era um eufemismo — e Aeduan elevava aquela frase a um novo nível. Sua capa carawena branca era feita de fibras de salamandra, portanto não podia ser queimada. Embora a lapela bloqueasse sua habilidade de rastrear cheiros de sangue, ele precisava usá-la apenas por tempo suficiente para atravessar as chamas.

Aeduan chegou à saída, caiu diretamente no fogo e atirou sua primeira faca. Então, enquanto rolava por cima das chamas e se lançava de pé de novo, atirou a segunda.

O Bruxo de Fogo mergulhou para o lado, escondendo-se atrás de um vaso de plantas no longo hall de entrada do palácio. A segunda faca rachou a argila, sacudindo o arbusto de azaleias de dentro.

Aeduan baixou a lapela, e o cheiro de sangue avançou contra ele. A primeira faca devia ter acertado o Bruxo de Fogo. *Ótimo.* Seu olhar percorreu o hall. Não viu nada, embora sentisse que a garota estava quase nas portas amplas de saída.

O Bruxo de Fogo girou para o outro lado do vaso. Labaredas se moviam de sua boca, de seus olhos — mesmo enquanto sangue jorrava de uma faca em seu joelho.

Aeduan nunca tinha visto uma coisa parecida — não sabia que um Bruxo de Fogo era capaz possuir tamanho poder.

Mas ele poderia refletir sobre aquilo depois. Saltando para o lado, impulsionou o corpo em uma corrida impossível de seguir. Ele podia controlar o próprio sangue, o que significava que, por breves períodos de exaustiva intensidade, podia forçar o corpo a um nível extremo de velocidade e potência.

Enquanto corria sobre o chão de mármore, mais figuras se materializaram diante dele — dos entornos dos vasos e mesmo descendo de cordas do teto.

Aeduan se sobressaltou; os passos vacilaram enquanto ele agarrava instintivamente mais duas facas de arremesso.

Mas não. Enquanto aquelas formas sombrias corriam em sua direção, ele percebeu que não farejava nada. Nenhum cheiro, nenhum sangue.

O Bruxo do Esplendor ainda estava trabalhando ali; Aeduan, portanto, se impulsionou de volta à corrida movida a sangue. Seus dedos mal tocavam o mármore; as sombras se aproximavam; chamas fulminavam — quentes e desesperadas — atrás dele.

Até que Aeduan estava perto o suficiente das portas da entrada para diminuir a velocidade. Engolindo ar e empregando toda a sua bruxaria de sangue para rastrear a Bruxa da Verdade, ele quase esqueceu de ficar atento às pessoas *reais*.

Um erro fatal para qualquer um menos um Bruxo de Sangue, e quando uma faca de punho dourado golpeou o ombro dele, um temperamento que ele raramente revelava retumbou à vida — e explodiu.

Com um grito de batalha, Aeduan arrancou sua espada da bainha e atacou a pessoa em frente — a pessoa cuja faca arranhava o osso do seu ombro. Um homem com cabelos claros.

O mestre da Guilda da Seda, Alix. O homem minúsculo e afeminado estava desarmado. Esperando morrer. Desejando morrer.

Mas Aeduan nunca lutava contra quem não podia se defender. Ele mal teve tempo de redirecionar a mira; sua espada bateu contra o ombro do homem, raspando na túnica de seda dele.

O mestre da guilda apenas abriu os braços como se dissesse "Me leve", e seus olhos nunca se abriram — o que significava que o vinco concentrado na sobrancelha do homem era de atenção. De uma bruxaria focada em outro lugar.

E Aeduan sentiu um cheiro de sangue de tornados e seda, de esplendor e ilusões interligadas.

Aquele homem era o Bruxo do Esplendor. Um homem com quem o próprio mestre de Aeduan, Yotiluzzi, havia jantado em milhares de ocasiões. O homem que liderava a Guilda da Seda não era, de modo algum, magicamente ligado à seda.

Enquanto essa compreensão recaía sobre Aeduan, ele percebeu também que tinha perdido o cheiro de Safiya. Ela tinha deixado o limite de cem passos, e ele teria de rastreá-la como um cachorro caçando. Aeduan se pôs a correr — uma corrida natural — para a porta... onde vinte guardas aguardavam embaixo de uma lua branca brilhante.

Não era nada com que ele não pudesse lidar. Na verdade, era quase risível. Vinte homens não podiam pará-lo. Tudo o que podiam fazer era, no máximo, atrasá-lo. Mas quando a espada de Aeduan se arqueou para cima e sua magia alcançou o soldado mais próximo, e quatro virotes de balestra se aglomeraram no peito dele, ele percebeu que aqueles homens se moviam com o esforço orquestrado de um exército. Na hora em que Aeduan conseguisse lidar com todas aquelas espadas, flechas e facas, ele poderia estar esgotado demais para continuar seguindo Safiya.

Então, fez uma coisa que raramente fazia — apenas porque odiava adquirir dívidas de vida. Ele apertou a opala azul atravessada em sua orelha esquerda e sussurrou:

— Venham.

Luz azul piscou no canto de seu olho; magia arrepiou a lateral do seu corpo. A pedra dos fios fora ativada.

Aquilo queria dizer que cada monge caraweno nos arredores iria ajudar Aeduan.

12

Enquanto Safi disparava pelo hall de entrada de mármore do doge, com o tio Eron a puxando em uma velocidade que *nunca* vira ele utilizar, ela não fazia ideia do que estava acontecendo.

As luzes se apagaram, e a mão de Habim tinha escorregado ao redor das de Safi. Ela não sabia como o tinha reconhecido — anos segurando aquelas palmas calejadas por espadas era tudo em que ela conseguia pensar —, mas *sabia* que era ele e o seguira sem questionar.

Mas as luzes tinham reacendido antes que ela ou Habim ou o tio Eron tivessem saído do salão. A maioria dos olhares estavam fixos no local onde Safi estivera parada antes, e os poucos que percorriam à direção certa passavam diretamente por ela.

Safi arriscou espiar para trás — e *se viu*. Parada exatamente onde estivera. *Mentira!*, sua magia queimou pela coluna.

Em seguida, Habim puxou Safi para o corredor escuro, e tudo o que ela podia fazer era tentar manter a saia prateada fora do caminho enquanto ela e Eron disparavam pelo corredor. Habim ficou para trás.

— Mais rápido — Eron sibilou, sem nunca olhar para a sobrinha. Sem nunca oferecer uma explicação para o que diabos estava acontecendo. O tio Eron tinha escondido coisas e distorcido a verdade, mas não tinha mentido sobre tudo. *Era* meia-noite; Safi *estava* indo embora.

Os calcanhares dela e de Eron ecoaram pelo corredor como os tambores dos guardas da cidade — até que um estrondo irrompeu. Chamas.

Mas Safi manteve o olhar na cabeça de Eron, e sua mente se focou em bombear velocidade para as pernas. Não olharia para trás. Senão, tropeçaria.

Estavam quase chegando nas portas externas quando Safi avistou o mestre Alix, suado e concentrado. Mas o que ele estava fazendo ou porquê, Safi não tinha tempo de considerar. Ela apenas saltou sobre a soleira da porta — diretamente para um exército.

Um grito se retorceu em sua garganta, mas Eron avançou entre eles — que, um por um, o saudaram.

Safi nunca — *nunca* — vira pessoas respeitarem o seu tio. Ela quase perdeu controle dos pés, dos pulmões. Contudo, Eron olhou para trás e, a intensidade em seu olhar — o precursor de um temperamento que ela reconhecia e entendia — a fez, de novo, correr freneticamente.

Sobre os trilhos de pedra, embaixo dos jasmins suspensos, os pés de Safi não diminuíram de velocidade. Ela tinha, enfim, atingido aquela estranha indiferença que Iseult mantinha com tanta facilidade — um estado que Habim, por anos, tentara ensinar a Safi.

Assim como ele a tinha ensinado a se defender.

Assim como ele a tinha ensinado a lutar e a mutilar.

E a correr como se o vazio estivesse em seus calcanhares.

Eron a guiava por um trajeto estreito nos jardins em direção a um portão de serviço desinteressante no cerco de ferro ao redor do palácio, e Safi percebeu que a intenção do tio Eron *nunca* fora a de que ela fosse uma domna. Cada parte do seu treinamento — cada lição que Mathew e Habim tinham martelado em seu cérebro, a tinham levado até aquele momento.

O momento em que ela seria anunciada como futura imperatriz de Cartorra e fugiria daquilo a uma velocidade perigosa.

Eron chegou no portão, que se abriu amplamente antes de Mathew aparecer. Mas Eron não diminuiu o passo — na verdade, na rua aberta, ele acelerou. Da mesma forma que Safi e Mathew.

Três conjuntos de respirações irregulares encheram os ouvidos de Safi. Mais altos que o vento noturno ou o choque crescente de aço no aço — uma batalha que agora se enfurecia dentro dos muros do palácio.

Eles chegaram a um cruzamento, e Eron se apressou até uma saliência escura. Safi o seguiu, piscando com a repentina perda de luz lunar. Então, quando seus olhos se ajustaram, uma carroça e um burro surgiram diante dela. Um camponês rijo estava sentado, desinteressado, na frente da carroça; caules de girassol como carregamento.

Eron pegou um maço de girassóis e o virou. As flores estavam presas a um manto de fibras de salamandra.

— Cubra-se — Eron ordenou, a voz falha pelo esforço. — Lidaremos com o Bruxo de Sangue, mas, até lá, você precisa se esconder.

Safi não se cobriu. Em vez disso, agarrou o braço do tio.

— O que está acontecendo? — Arquejos entrecortavam suas palavras. — Aonde estou indo?

— Você precisa escapar — ele disse. — Não só da cidade, mas de Dalmotti. Se formos pegos, seremos enforcados como traidores. — Eron soltou a ponta do manto e puxou um frasco do colete. Um gole, um assovio, e ele cuspiu nas pedras. Ele fez aquilo mais três vezes, enquanto Safi o encarava de boca aberta.

Eron bagunçou o cabelo e deu um olhar duro para Safi.

— Não nos desaponte — ele disse, quietamente, antes de cambalear e sair de perto.

Foi como assistir ao verão virar inverno. Eron fon Hasstrel se transformou diante dos olhos da sobrinha. O tio frio, com postura de soldado, que ela vira segundos antes se tornou um bêbado sorridente e de rosto frouxo — e *nada* na magia de Safi reagiu. Era como se ambas as versões de seu tio fossem verdade.

Ou mentira, pois ela não conseguia sentir nada.

Naquele momento, um horror doentio queimou sobre ela. Seu tio *nunca* tinha sido um bêbado. Por mais impensável que fosse — por mais difícil e estranho que fosse para sua mente entender —, não havia como negar o que Safi enxergava. O tio Eron a tinha convencido, convencido sua magia e toda Cartorra, de que não passava de um velho tolo e acabado.

E, então, usou aquela mentira para ajudá-la a escapar.

Antes que Safi pudesse gritar e *implorar* por respostas, o vulto dele brilhou uma vez — e desapareceu. Por onde ele havia andado, Safi viu apenas pedras e feixes do luar.

Ela se virou em direção a Mathew.

— Aonde ele foi? O Bruxo do Esplendor fez isso?

Mathew assentiu.

— Eu te disse que o plano do seu tio era grandioso. Nós tememos... não, nós *sabemos* que a trégua acabará qualquer dia desses, e sem nenhuma esperança de uma continuação.

Com o aceno confuso da cabeça de Safi, Mathew suspirou.

— Eu sei que é impossível para você entender agora, mas confie em mim: estamos trabalhando pela paz, Safi. Ainda assim, unir-se ao imperador Henrick teria estragado tudo.

— Mas *por que* — Safi balbuciou — o Henrick quer se casar comigo, para começar? As terras Hasstrels são inúteis. *Eu* sou inútil.

Mathew hesitou, os olhos se desviando antes de ele finalmente dizer:

— Achamos que o imperador pode ter descoberto sobre qual é a sua bruxaria.

A garganta de Safi apertou. *Como?*, ela queria perguntar. Ela tinha escondido sua magia por dezoito anos, e não tinha sido pega ainda por nenhum trovador do inferno.

— Casar com Henrick — Mathew prosseguiu — teria sido a mesma coisa que escravidão para você, Safi. Não haveria escapatória. Mas como nem Eron nem você podem se opor abertamente a essa união, estamos fingindo esse sequestro. Foi *por isso* que o Eron não te avisou. Se você soubesse o que estava por vir, não teria chegado nem perto de se mostrar surpresa o bastante. O Henrick e seus trovadores do inferno teriam suspeitado de imediato.

Safi engoliu em seco — ou tentou. A garganta estava apertada demais. Não só o Bruxo de Sangue sabia o que ela era, mas o imperador de Cartorra também. Quem mais teria descoberto? Quem mais apareceria para caçá-la?

— Não se preocupe — Mathew disse, claramente percebendo o pânico dela. — Está tudo encaminhado, Safi, e vamos te deixar em segurança. — Ele a empurrou em direção ao manto preto, mas ela fincou os pés.

— E a Iseult? Não vou deixá-la.

— O Habim e eu vamos encontrá-la...

— *Não.* — Safi se soltou do toque dele, sem se importar que naquele momento fumaça ascendia dos terraços. Que os gritos da batalha próxima ficavam mais altos a cada segundo que ela permanecia no chão. — Não vou sem a Iseult. Me diz para onde devo ir, e chegarei lá sozinha.

— Mesmo depois de tudo isso, você ainda não confia em nós? — Na escuridão, o rosto de Mathew estava escondido, mas não tinha como não notar a mágoa em sua voz. — Nós arriscamos tudo para tirá-la daquela festa.

— Eu não confio no tio Eron — Safi disse. — Não depois do que vi essa noite.

— Você *devia* confiar nele. Ele construiu uma vida de sombras e mentiras, mas nunca a envolveu em nada. Sabe quanto isso custou a ele? A todos nós? — Mathew gesticulou vagamente para a carroça. — Acredite quando digo que dom Eron não quer nada mais do que mantê-la segura. Isso é o que todos nós queremos. Agora venha. Estamos sem tempo.

Mathew agarrou o cotovelo de Safi, e seus olhos escurecidos perfuraram os dela.

— Essa carroça vai te levar em direção ao norte, Safi, para encontrar um barco. Você não vai se mexer até chegar lá. O barco a levará pelo mar para uma cidade chamada Lejna, nas Cem Ilhas, onde você vai esperar em um café; um dos *meus* cafés. Alguém vai te procurar em quatro dias e te levar pelo resto do caminho. Para a liberdade, Safi, para não precisar se casar com o Henrick. E eu prometo, pela minha vida e a do Habim, prometo trazer a Iseult com a gente.

As palavras vibraram em Safi. Elas zuniram pelo braço dela onde a pele de Mathew a tocara. Ele a estava enfeitiçando. Ela sabia que era o que ele estava fazendo — sua própria bruxaria da verdade *berrava* que aquilo era falso. Mas a magia de Mathew era mais forte que a de Safi. Ela não podia lutar contra isso mais do que não podia lutar contra a força de uma correnteza.

Seus pés a levaram para a carroça, o corpo vagaroso embaixo do manto, e sua boca falou:

— Te vejo do outro lado do oceano, Mathew.

O rosto do tutor se retesou — um tremor de dor ou arrependimento, Safi não sabia dizer. Ela estava afundando sob o poder da bruxaria dele.

Mas quando Mathew se inclinou para dar um beijo em sua testa, ela não teve dúvidas de que a emoção era de amor. De família.

Ele soltou o manto por cima da cabeça dela, o mundo ficou um breu, e a carroça arrancou embaixo dela.

Safi parecia estar embaixo daquele manto de salamandras horroroso com folhas de girassóis arranhando a sua cabeça havia anos. Ela ouvia pouco além dos cascos do burro e das rodas rangendo; não sentia cheiro de nada além do próprio hálito quente; e via apenas escuridão.

Mas a bruxaria das palavras de Mathew manteve sua influência, as palavras gravadas tão fundas em seu cérebro que ela precisava obedecer — precisava ficar ali, quieta e imóvel, enquanto a carroça a levava para o norte.

Nunca — *nunca* — Mathew tinha feito aquilo com ela antes. Talvez uma ou duas frases coercitivas, mas sua bruxaria da verdade sempre as bloqueava. Era tanto poder daquela vez que, após um dobre dos sinos, ela ainda estava presa à magia.

Um grito silencioso fervilhou no peito de Safi. Ela tinha sido usada por Eron. Ele tinha mantido aquele segredo gigantesco para que ela ficasse "surpresa de verdade" na festa, e aquilo era *cocó de cabra*. Safi não era uma marionete para ser manuseada em um palco ou uma carta de tarô para ser jogada ao bel-prazer do tio.

E como Safi podia saber que o tio Eron a estava *mesmo* enviando para a liberdade? Claramente sua bruxaria tinha falhado quando confrontada com as mentiras e promessas dele. Se Eron tinha deturpado a verdade dos eventos daquela noite com tanta facilidade, ele poderia fazer isso de novo.

Um enjoo quente avançou pela boca de Safi. Revestiu sua língua. Iseult era a única pessoa em quem ela podia confiar, e ambas tinham uma vida em Veñaza — uma vida simples, talvez, mas que pertencia a elas. Safi não podia desistir daquilo.

Mas por quanto tempo Iseult esperaria no farol? E, falando nisso, se Iseult estava no farol naquele momento, então Mathew e Habim não saberiam onde encontrá-la. Como eles poderiam levá-la junto se ela não estava onde deveria estar?

Não havia como, o que significava que era chegada a hora de Safi controlar suas próprias cordas. Jogar as próprias cartas, mais uma vez.

O tempo passou; a determinação de Safi se tornou mais forte e, por fim, a magia de Mathew soltou suas amarras. Em movimentos desenfreados, bruscos, Safi balançou até a borda da carroça e levantou o manto...

O ar puro cruzou por ela — assim como a luz da lua. Ela respirou fundo, piscando e observando, grata demais por estar se movendo de novo. Hospedarias com telhados de palha e tabernas passavam. Estábulos também.

Aquela era a periferia de Veñaza, onde estalagens se aglomeravam e as estradas vazias começavam. Se Safi viajasse para mais longe, não teria chance de encontrar um corcel — de ir para o farol mais ao norte. Além disso, precisava de uma arma. Uma garota vestida em seda fina e viajando sozinha estava, com certeza, pedindo por problemas.

Quando os olhos de Safi percorreram um estábulo, ela avistou um funcionário cansado guiando um cavalo capão salpicado de cinza, a cabeça do cavalo erguida. Ele estava alerta e pronto para ser montado.

Melhor ainda, havia uma forquilha ao lado da entrada do estábulo. Não era uma espada e, certamente, pesava mais do que as armas que Safi costumava empunhar, mas ela não tinha dúvidas de que conseguiria usá-la contra qualquer um que se colocasse em seu caminho.

Ela puxou mais alguns centímetros do manto e espiou o camponês que guiava a carroça. Ele não olhou para trás, então, com um giro das pernas e um empurrão dos braços, ela rolou para fora. Safi congelou na lama seca, enquanto seu corpo se reorientava. Não se ouvia o oceano, embora o ritmo do vento sugerisse que a costa estava próxima — assim como o fedor sutil de peixe.

Apesar de não reconhecer a periferia, Safi podia chutar que o farol estava próximo — alguns quilômetros ao norte, no máximo.

Ela seguiu em direção ao pátio da estalagem o mais rápido que seus pés conseguiam suportar. Uma olhadela para a carroça mostrou que ela continuava seguindo vagarosamente, e outra olhadela para o capão cinza mostrou que ele estava quase na porta do estábulo.

Safi diminuiu o passo apenas uma vez, embaixo do portão arqueado da estalagem, para pegar a forquilha. Era, com certeza, mais pesada que sua espada, mas o ferro não estava enferrujado e as pontas eram afiadas. Ela ergueu a ferramenta no alto, satisfeita quando o garoto magricela do estábulo a avistou avançando apressada na direção dele. Ele empalideceu, deixou as rédeas caírem e se escondeu na porta do estábulo.

— Obrigada por facilitar as coisas — Safi disse, agarrando as rédeas. O cavalo a olhou com curiosidade, mas não fez nenhuma menção de correr.

Contudo, antes que Safi pudesse colocar o pé no estribo, seus olhos pairaram em uma pequena bainha de couro no cinto do garoto. Ela fincou o pé no chão de novo e voltou a erguer a forquilha.

— Me dê a sua faca.

— M-mas foi um presente... — o garoto começou.

— Eu pareço me importar? Se você me der essa faca, te darei seda o suficiente para comprar vinte e cinco facas iguais a ela.

Ele hesitou, claramente tentando entender como *aquele* acordo funcionaria, e Safi mostrou os dentes. Ele apalpou a faca no cinto.

Safi a pegou, fincou a forquilha na lama e agarrou a saia. Mas a faca estava cega e a seda era resistente. Segundos se passaram até que a lâmina a atravessasse...

Um grito de alerta percorreu a estalagem. Quem quer que fosse o dono daquele cavalo cinza havia decidido que queria ficar com ele.

Safi jogou as camadas de seda no rosto do garoto. Então, com muito *menos* graciosidade do que ela normalmente exibia ao montar em um cavalo, subiu na sela do capão, segurou a faca nova com firmeza, deitou a forquilha na sela e começou a galopar.

O dono do cavalo chegou à porta bem a tempo de ver Safi acenar adeus — e ouvi-la gritar "obrigada!". Ela deu um dos seus sorrisos mais brilhantes ao homem. Então, virou o cavalo para o sul e para longe da carroça que seguia para o norte. Ela viraria em uma rua diferente mais à frente.

Mas ela não chegou longe. Na verdade, o cavalo cinza nem tinha galopado até a próxima estalagem quando ela percebeu que alguma coisa estava errada.

Havia cinco homens na rua diante dela. Eles corriam em uma fileira perfeita, as capas brancas fluindo atrás deles, e suas bainhas e armas tilintando.

Monges carawenos, e o do meio estava coberto de sangue. Ele até mesmo tinha hastes de flechas despontando do peito, das pernas, dos braços.

Bruxo de Sangue.

O estômago de Safi foi parar nos pulmões. Eron tinha tentado — e falhado — frear o monge. Com movimentos que pareciam impossivelmente lentos, Safi puxou as rédeas e arrancou com o capão para o norte. Graças aos deuses, o cavalo era bem treinado. Seus cascos bateram na lama seca e ele galopou para a nova direção.

Safi não olhou para trás; ela sabia que os monges a seguiriam. A última estalagem passou em um borrão, e um mundo litorâneo e pantanoso se esticou diante dela. À distância, a estrada se inclinava em penhascos e calcário.

Em instantes, a carroça e o condutor de quem ela acabara de escapar surgiram na paisagem — e não tinha como não notar a marca bruxa do homem. Seu formato era familiar o bastante para reconhecer, mesmo à velocidade. O homem não era, de forma alguma, um camponês, mas um Bruxo da Voz.

Antes de passar por ele pela estrada vazia e iluminada pela lua, Safi só teve tempo de gritar:

— O Bruxo de Sangue está me caçando! Diga ao meu tio!

13

Não demorou muito para Iseult e Alma se reunirem com Gretchya. Por um tempo, elas foram perseguidas por gritos — e pelos fios cinza contorcidos dos mais violentos —, porém apenas mais duas flechas se chocaram contra o escudo de Alma. E, de algum modo, embora Alma não seguisse as trilhas nomatsis, os passos de sua égua eram confiantes.

Após o que pareceu ser uma hora, Alma guiou os cavalos até um salgueiro largo em um riacho preguiçoso. Gretchya desmontou primeiro, um recipiente com fogo nas mãos e Barbicha ao seu lado. Ela deu uma volta ao redor da árvore antes de sinalizar que a barra estava limpa.

Iseult escorregou do cavalo — e quase derrubou a mãe. Suas pernas pareciam borracha, e seu braço...

— Você perdeu muito sangue — Gretchya disse. — Venha.

Ela segurou a mão de Iseult e a guiou para uma área com galhos pendentes e folhas sussurrantes. A égua avermelhada as seguia voluntariamente, como se conhecesse aquele local. O cavalo rajado roubado, porém, precisou ser convencido por Alma.

— Você planejou isso — Iseult falou, a voz rouca, seguindo a mãe até um tronco de árvore sarapintado pela luz da lua.

— Planejei, mas não para hoje. — Gretchya levantou um galho comprido e apontou para cima, onde havia duas saliências sobre os galhos, fora de alcance e do campo de visão. Gretchya bateu nos dois sacos.

Pof! Pof! As sacolas volumosas acertaram o solo e uma nuvem de poeira subiu. Uma maçã verde rolou para fora.

Iseult se arrastou até as raízes do salgueiro, as costas apoiadas no tronco largo. Barbicha se acomodou ao seu lado e, com a mão esquerda, ela coçou as orelhas dele, enquanto Alma continuava a persuadir o cavalo a ir para baixo dos galhos, o escudo nomatsi cheio de flechas ainda fixo em suas costas.

Embora Iseult não conseguisse ver o sangue em sua manga direita — não naquela escuridão —, ela conseguia sentir a dor. *Pelo menos*, ela pensou fracamente, *o corte na minha mão direita não dói mais.*

Depois de inspecionar as sacolas, Gretchya se apressou para o lado de Iseult com a maçã empoeirada e um kit médico de couro. Ela limpou a maçã no corpete.

— Coma isso.

Iseult aceitou, mas mal havia colocado a maçã na boca quando a mãe ofereceu um pingente. Um quartzo-rosa pequeno pendia da ponta de um cordão trançado.

— Coloque isso — Gretchya ordenou, agachando-se no solo ao lado da filha.

Mas Iseult não fez nenhum movimento para pegar o colar. Uma maçã era uma coisa, mas pedras da dor eram raras e custavam centenas de piestras.

Gretchya atirou a pedra com impaciência; a pedra caiu no colo de Iseult, o quartzo brilhando em um rosa fraco. Imediatamente, a dor diminuiu. A respiração de Iseult ficou melhor. Ela se sentiu capaz de voltar a pensar.

Não era de estranhar que aquele tipo de coisa fosse viciante.

O olhar de Iseult recaiu mais uma vez sobre Alma, que agora estava parada na margem dos galhos pendentes com as costas voltadas para Iseult e Gretchya. Ela vigiava, enquanto os cavalos mastigavam grama.

— O Corlant — Iseult começou, quando a mãe se aproximou com uma lanceta em uma das mãos e panos de linho na outra — queria me matar. Por quê?

— Eu não sei. — Gretchya hesitou. — Eu... só posso imaginar que ele pensou que a sua chegada fosse um sinal de que a Alma e eu estávamos partindo. Ele descobriu os nossos planos, eu acho, e esperava nos manter no assentamento ao enforcar o... — Ela não terminou a frase, e umedeceu os lábios.

Antes que Iseult pudesse ressaltar que as providências de Corlant pareciam um pouco extremas demais para alguém que queria apenas manter Gretchya na tribo, Gretchya cortou a haste da flecha que despontava do braço de Iseult. Ela agarrou a ponta da flecha no lado esquerdo... e puxou.

Sangue jorrou. Ele pulsou no ritmo dos batimentos de Iseult — não que ela pudesse sentir. Na verdade, ela apenas mastigou a maçã, acariciou a cabeça de Barbicha algumas vezes e observou a mãe trabalhar.

Em seguida, vieram pomadas bruxas curativas para evitar infecções, e cremes para acelerar a cicatrização. Todos esses itens eram caros, mas antes que Iseult pudesse protestar, Gretchya começou a falar, e Iseult se viu mergulhando na voz familiar e sem inflexão de sua infância.

— Alma e eu começamos os preparativos para fugir um pouco antes de você ir embora, seis anos e meio atrás — Gretchya explicou. — Nós juntamos piestras e pedras preciosas, uma por uma. Depois, as costuramos em nossos vestidos. Foi um trabalho demorado. O Corlant estava sempre lá, forçando a entrada na casa. Mas ele também saía com frequência, ficando dias longe do assentamento. Nesses momentos, a Alma trazia a égua até aqui e deixava mantimentos. Foi só ontem que ela trouxe o resto das nossas coisas. Nosso plano era fugir daqui a quatro dias. Eu devo à Mãe Lua milhares de agradecimentos por não termos partido antes de você chegar.

De alguma forma, dentre todas aquelas palavras, as que mais brilharam para Iseult foram as não ditas.

— Vocês planejaram tudo isso... antes mesmo de eu ter ido embora da tribo? Então por que você me mandou embora? Por que não foi comigo? Ou pelo menos me contou q-quando eu vinha v-visitar?

— Controle a sua língua, Iseult. — Gretchya lançou um olhar intolerante a ela. — Talvez você não perceba, mas foram anos de planejamento para conseguir te tirar de lá. Tive de encontrar hospedagem em Veñaza. Tive de encontrar trabalho para você, e tive de fazer tudo sem que o Corlant percebesse. Então quando a Alma e eu decidimos ir embora também, levou mais alguns anos de planejamento. Nós teríamos te procurado, Iseult. Em Veñaza. Por que você partiu? — ela exigiu saber.

— Eu... me meti em problemas. — Iseult sentiu a gagueira pronta para se agarrar à sua língua, por isso mastigou a maçã para disfarçar. — O assentamento foi o único lugar que consegui pensar como esconderijo...

— Você devia ter continuado na cidade como eu mandei. Pedi que você nunca voltasse.

— Você "pediu" isso três anos atrás — Iseult contestou. — Me *d-d-desculpe* se eu atrapalhei a sua trama cuidadosa.

Os curativos da mãe ficaram mais brutos — mais firmes. Mas não havia dor... e, felizmente, nenhuma outra referência à sua gagueira.

— Vamos para Saldonica agora — Gretchya disse, por fim. — Você pode vir com a gente.

As sobrancelhas de Iseult se ergueram. Saldonica ficava na extremidade oposta do mar Jadansi — uma cidade-Estado selvagem, fervilhante de comércio ilegal e crimes de todos os tipos imagináveis.

— Mas por que lá?

Alma pigarreou e se afastou de sua vigília ao lado dos galhos.

— Eu tenho tias e primos que moram nas Montanhas Sirmayan. A tribo deles viaja todos os anos para Saldonica.

— Enquanto isso — Gretchya acrescentou —, vamos vender pedras de fios. Parece que o mercado está crescendo em Saldonica.

— Piratas também precisam de amor. — Os lábios de Alma formaram aquele sorriso fácil característico, e ela olhou para Gretchya, como se fosse uma piada interna entre elas.

E a dor se formando na garganta de Iseult cresceu. Ela mal conseguia engolir a maçã.

Gretchya fechou o kit médico.

— Economizamos dinheiro suficiente para uma terceira passagem para Saldonica, Iseult. Planejávamos te convidar.

Iseult achou aquilo difícil de acreditar, mas não fazia ideia do que a mãe — ou Alma — sentiam naquele momento. Nem com que cores reluziam seus fios ou que emoções as dominavam.

De qualquer forma, não importava, pois Iseult tinha seus próprios planos. Uma *vida* própria a ser construída com Safi.

— Não posso ir com vocês — Iseult disse.

— Se não vai com nós, vai para onde? — Gretchya ficou de pé, prática e quase... aliviada. Era aquilo que ela sempre quisera: uma filha como Alma. Uma verdadeira Bruxa dos Fios.

— A Safi está me esperando aqui perto.

— Não está — Alma desabafou e, com a mão esticada, ela se apressou em direção a Iseult.

Na sua palma estava um rubi brilhante. A segunda pedra dos fios.

Iseult se engasgou e deixou a maçã cair. Ela agarrou a própria pedra dos fios — que também brilhava com uma luz vermelha. Safi estava em perigo.

Iseult se pôs de pé. A pedra da dor caiu do seu colo. O sofrimento se apossou dela.

Primeiro foi a dor, em uma adrenalina decrescente. Depois, a exaustão, que transformou seu corpo em palha amolecida. Ela cambaleou para a frente, para os braços de Gretchya. Mas antes que pudesse cambalear para longe, antes que pudesse cair no ombro da mãe e desmaiar, Alma pegou o colar do chão e o colocou no pescoço de Iseult.

Alívio instantâneo. Um alívio chocante e assustador.

E enquanto Iseult se afastava da mãe, Gretchya se virava para Alma.

— Você pode ver onde a Safi está?

Alma assentiu, agarrando a pedra com tanta força que as juntas dos dedos ficaram brancas. Apontou para o sudeste.

— Para lá. Mas está se movendo para o norte com rapidez. Deve estar em grande perigo.

— Vamos — Gretchya declarou, andando até a égua avermelhada. — Temos dois sabres de abordagem e o arco...

— *Não*. — Iseult se endireitou. Uma brisa soprou no salgueiro, sacudindo galhos e puxando o cabelo cortado dela. De algum modo, com aquela explosão de vento frio e fresco, Iseult finalmente recobrou o controle de sua língua. De seu coração. — Por favor, façam como planejaram e viajem para Saldonica. — Os dedos de Iseult envolveram a pedra da dor, prestes a devolvê-la.

— Fique com ela. — Gretchya pousou a mão no punho da filha. — Do contrário, nunca alcançará Safiya.

— E leve a Alichi — Alma disse, indicando a égua cinza. — Ela conhece a região.

— O cavalo rajado vai dar conta.

— Ele não vai dar conta — Gretchya replicou, brava, e Iseult recuou. Havia emoção de verdade na voz da mãe. — A Alichi está descansada e conhece a trilha. Então você vai levar ela, a pedra da dor e algum dinheiro. Um sabre também. — Gretchya puxou Iseult em direção à égua. — Ou você prefere um arco? Também pode levar o escudo.

— Ficarei bem.

— Como vou saber disso? — Gretchya rodeou Iseult, os olhos severos. — Eu não sabia mais se voltaria a vê-la. Acha que foi fácil para mim te deixar partir? Acha que é fácil agora? Eu te amava demais para mantê-la naqueles muros. — A mãe se aproximou, as palavras urgentes e rápidas. — Você levará a Alichi, e vai resgatar a Safiya, como sempre faz. Você me deixará de novo porque nasceu para coisas maiores do que eu posso dar. E como sempre, vou rezar para a Mãe Lua pela sua segurança.

Ela empurrou as rédeas para a palma esquerda da filha, mas Iseult percebeu que seus dedos não estavam mais funcionando. Sua voz também, pois havia um buraco, profundo e exposto, onde seu coração costumava estar.

— Aqui. — Alma apareceu ao seu lado e ofereceu o sabre (do tipo usado para abrir caminho pela grama e pelo mato) em uma bainha simples presa a um cinto desgastado.

Mas Iseult não conseguia responder. Ela ainda estava abatida pelas palavras da mãe. Alma passou o cinto ao redor dos quadris de Iseult e pendurou a segunda pedra dos fios no pescoço dela. Duas luzes vermelhas intensas pulsavam sobre um rosa fosco. Depois, ela segurou o braço esquerdo de Iseult.

— A tribo da minha família se chama Korelli — disse. — Eles vão para Saldonica no fim do outono. Pergunte por eles... se você aparecer. Eu espero que apareça.

Iseult não respondeu — e não teve tempo de chafurdar em sua confusão, pois, em questão de instantes, estava montada na égua, voltada para a frente, o sabre ajustado na parte de trás para não atrapalhar.

— Me encontre de novo — Gretchya disse. — Por favor, Iseult. Tem tanta coisa que eu não te contei sobre... *tudo*. Me encontre de novo um dia.

— Vou te encontrar — Iseult murmurou. Em seguida, sem mais nenhuma palavra ou olhar, ela bateu os calcanhares nas laterais de Alichi, e as duas partiram atrás de Safi.

<hr />

Iseult e Alichi encontraram a estrada com bastante facilidade. Como Alma prometera, Alichi conhecia o trajeto, e seu galope era confiante. Barbicha correra atrás dela por alguns minutos, mas logo desistiu.

O coração dela se apertava a cada passo que o cão avermelhado ficava para trás, e ela não pôde deixar de acenar quando ele finalmente parou.

Após quinze minutos, os prados prateados à frente se tornaram pântanos e bancos de areia iluminados pela lua. A brisa começou a ter cheiro de sal e enxofre, e uma estrada larga e poeirenta apareceu diante dela.

Mas em vez de incitar a égua para a velocidade máxima, Iseult fez ela parar. Estava ao norte do cruzamento cheio de ervas daninhas onde encontrara a monja de cabelos prateados — uma mulher tão diferente do Bruxo de Sangue como o éter era diferente do vazio.

As orelhas da égua viraram para o sul. Alichi pressentia companhia. Iseult desceu o olhar para a estrada, onde um cavalo e um cavaleiro se aproximavam a galope. Iseult conseguia ver a auréola inconfundível do cabelo loiro de Safi. Também conseguia ver as capas brancas inconfundíveis de quatro mercenários carawenos logo atrás, a menos de quatrocentos metros de distância.

No que diabos Safi havia se metido? E como diabos Iseult as tiraria daquela situação?

Ela fechou os olhos, inspirou três vezes para encontrar aquela atmosfera à qual nunca podia recorrer quando a mãe ou Alma estavam por perto. Alichi mostrou desconforto, claramente pronta para escapar do que quer que estivesse se aproximando — e Iseult estava tentada a concordar. Os cavalos não poderiam galopar para sempre, e ela estava quase certa de que quatro monges carawenos seriam difíceis de parar sem alguma defesa.

Uma defesa como o farol.

Iseult impulsionou a égua para um meio-galope. Ela precisava estar na velocidade perfeita para se alinhar a Safi...

— Sai! — A voz de Safi gritou. — Saia da estrada, seu idiota.

Iseult olhou para trás apenas uma vez para gritar.

— Sou eu, Safi!

Então, deu um pontapé na égua para galopar — bem no instante em que Safi se posicionou ao lado dela.

Elas galoparam lado a lado.

— Desculpa por te fazer esperar! — Safi berrou em meio à corrida rápida e compassada. Suas pernas estavam à mostra, o vestido de seda cortado, e ela tinha uma forquilha aninhada na barriga. — E desculpa pelos problemas que estão me seguindo!

— Que bom que eu tenho um plano, então! — Iseult gritou de volta. Ela não conseguia ouvir os monges que as perseguiam, mas podia sentir seus fios: calmos, preparados. — O farol está perto o bastante para nos posicionarmos lá.

— É maré baixa?

— Deve ser!

Os fios brancos de Safi tremularam com alívio azul-glacial. Ela desviou o olhar brevemente para Iseult — depois, de volta para a estrada.

— Onde está o seu cabelo? — ela gritou. — E o que aconteceu com o seu braço?

— Cortei e fui atingida por uma flecha!

— Pelos deuses, Iseult! Algumas horas separadas e a sua vida inteira desmorona nos portões do inferno!

— Eu poderia te dizer a mesma coisa — Iseult gritou de volta, embora estivesse ficando difícil gritar e cavalgar. — Quatro oponentes bem no seu pé e um vestido arruinado!

Os fios de Safi tremularam com um rosa quase divertido e logo *se exaltaram* com o laranja do pânico.

— Espera... só tem quatro monges?

— Só!

— Deveria haver um quinto. — Os fios de Safi brilharam ainda mais.

— E é ele. O Bruxo de Sangue.

Iseult xingou, e um rastro de gelo levou embora a sua calma. Se um soldado como Habim tinha falhado em impedir o Bruxo de Sangue, ela e Safi não tinham chance alguma.

Mas, pelo menos, o farol estava começando a tomar forma — suas paredes robustas se separavam da estrada por uma longa faixa de praia e de maré baixa. Os cavalos saíram da costa para dentro das ondas. Sal marinho explodiu para cima. A fortaleza antiga, com suas cracas e o cocô de gaivota, estava a trinta passos de distância... vinte... cinco...

— *Desmonta!* — Iseult gritou, puxando as rédeas com mais força do que o necessário. Ela desceu da égua e, com mãos quase trêmulas, soltou o sabre. Ao seu lado, Safi chapinhou as ondas na altura dos tornozelos e segurou sua forquilha com força.

Então, sem nenhuma outra palavra, as garotas tomaram posições de defesa, as costas voltadas para o farol, e esperaram que os quatro monges galopassem pela praia em direção a elas.

14

O *Jana* deslizou pelas águas litorâneas com quase nenhum pio de sua madeira costumeiramente resmungona. Merik estava no leme desgastado pelo tempo, agarrando-o com firmeza e conduzindo o navio de guerra, enquanto, ao seu lado, no tombadilho, estavam Kullen e três oficiais Bruxos da Maré.

Em grupo, Kullen e os oficiais cantavam baixinho, os olhos grandes por trás de óculos de vento. As lentes os protegiam do vento enfeitiçado, enquanto a canção de marinheiros em suas línguas os mantinha focados. Normalmente, Ryber bateria no tambor de vento — com o martelo não enfeitiçado — para dar ritmo à cantoria dos homens. E, normalmente, a tripulação inteira cantaria em voz alta.

Mas, naquela noite, silêncio e discrição eram necessários, portanto os quatro homens cantavam sozinhos enquanto o vento e as marés evocadas puxavam o navio adiante. O restante da tripulação estava sentado no convés principal; não havia nada a fazer quando a magia trabalhava por eles.

Merik olhava para Kullen de tempos em tempos, embora soubesse que o irmão de ligação odiava aquilo. Ainda assim, Merik odiava ver os pulmões de Kullen pararem de funcionar e sua boca mover-se como a de um peixe — e as crises pareciam sempre acontecer quando Kullen invocava mais magia do que deveria.

Naquele momento, pelo modo como o *Jana* flutuava pela superfície do oceano, Merik estava certo de que Kullen estava utilizando muito poder.

Merik e seus homens tinham deixado o palácio do doge mais cedo do que o planejado. Depois do desastroso *four-step* nubrevno, Merik queria estar em qualquer lugar, menos na festa. Sua magia estava fora de controle, seu temperamento explodia em suas veias — e era tudo por causa daquela cartorrana com olhos de tempestade.

Não que alguma vez ele fosse realmente admitir, é claro. Em vez disso, escolheu culpar seu novo trabalho para dom Eron fon Hasstrel pela partida rápida.

O homem tinha chegado no momento perfeito, e a conversa que se seguira tinha sido mais proveitosa do que Merik esperava.

Dom Eron era um soldado — a sua voz rouca e tudo em seu comportamento indicavam aquilo, e Merik gostou dele de imediato.

O que Eron *não era* era um homem de negócios entusiasmado e, por todos os motivos que Merik poderia ter gostado do homem, ele dificilmente ressaltaria que a proposta de dom Eron o favorecia bastante.

Tudo o que Merik precisava fazer era levar uma única passageira — a sobrinha ou filha ou algo assim de dom Eron — até uma cidade portuária abandonada na ponta mais ocidental das Cem Ilhas. Contanto que ela chegasse em Lejna ilesa (ele tinha sido especialmente enfático a respeito da parte "ilesa"), o documento enfeitiçado que agora repousava na mesa de Merik seria considerado cumprido. As negociações para comércio poderiam começar com os fazendeiros Hasstrels.

Era um milagre. O comércio mudaria tudo para sua nação — desde quantas pessoas morriam de inanição até como as negociações na Conferência da Trégua aconteciam. Merik nem se importou por ter de navegar de volta a Veñaza depois de deixar aquela garota Hasstrel no píer de Lejna. Para que serviam Bruxos da Maré e do Vento se não para cruzar o Jadansi em dias?

Assim, Merik tinha assinado o contrato junto com dom Eron, e, no instante em que o homem foi embora, Merik chamara Hermin de volta à sua cabine.

— Informe Vivia de que a tentativa de pirataria não vai mais acontecer, e também mencione que o navio mercante dalmotti está deixando o porto de Veñaza agora. Só para o caso de ela não querer desistir.

Como Merik tinha antecipado, Vivia não estava pronta para desistir do plano — mas tudo bem. Ele poderia continuar mentindo. Logo, ele teria uma relação comercial com *alguém*, e mais nada importava.

— Almirante! — A voz aguda de Ryber interrompeu os pensamentos dele.

Kullen e os outros bruxos recuaram — e Merik xingou. Ele tinha ordenado silêncio, e sua tripulação sabia como ele punia desobediência.

— Não pare — Merik murmurou para Kullen e, mexendo na barra da camisa, deu meia-volta no timão e marchou para fora do tombadilho. Marinheiros de olhos arregalados abriram a boca quando ele passou. Vários homens encararam o cesto da gávea, onde Ryber balançava os braços freneticamente, como se Merik não soubesse onde a garota do navio estava posicionada.

Ah, ele com certeza colocaria grilhões de ferro em Ryber no dia seguinte. Ele não se importava que ela e Kullen fossem fios afetivos, contanto que Ryber continuasse sendo uma marinheira confiável. Aquilo, porém, era desobediência direta, e renderia a ela seis horas presa nos grilhões, sem água, comida ou sombra.

— Almirante! — Uma nova voz se agitou no convés. Era um som amaciado pelo sal: Hermin. — Almirante! — ele gritou de novo.

E Merik quase perdeu o controle da própria voz. Dois dos seus melhores marinheiros quebrando as regras? Dez horas nos grilhões de ferro. Para cada um.

Os pés descalços de Ryber tocaram o convés.

— Tem uma batalha acontecendo, senhor! Num antigo farol aqui perto.

Merik não se importava com faróis antigos. Qualquer batalha que Ryber tivesse visto não era problema dele.

— Senhor — Hermin ofegou, mancando em direção a Merik. O pé ruim do Bruxo da Voz mal conseguia acompanhar o pé bom, mas ele andava o mais rápido que podia. — Senhor, recebemos uma mensagem do Bruxo da Voz de Eron fon Hasstrel. — Ele inspirou. — Nossa passageira está fugindo. Foi vista pela última vez em um cavalo ao norte da cidade, se dirigindo para um antigo farol. Os homens Hasstrels não conseguem chegar até a domna a tempo. Então está por nossa conta.

— Monges carawenos? — Ryber perguntou a Hermin. Então se voltou para Merik. — Porque foi isso que eu vi pela luneta, almirante. Duas pessoas enfrentando quatro monges.

— Sim, são os carawenos — Hermin admitiu com um aceno. — E se nós não levarmos essa passageira, qualquer acordo irrevogável que o senhor tiver será considerado anulado.

Por um breve instante, Merik apenas olhou para Hermin. E para Ryber. Então a fúria Nihar se apossou dele. Ele inclinou a cabeça para trás e deu um urro de fechar os punhos.

Ao que parecia, a batalha no antigo farol *era* problema dele, e não havia nenhuma razão para se esconder. Ele precisava daquele documento Hasstrel em perfeitas condições. Era enfeitiçado pelas palavras; portanto, se Merik não seguisse as exigências acordadas, sua assinatura apenas desapareceria da página. Um acordo de negócios sem assinaturas era inútil.

Gritando para os remadores se posicionarem, Merik se virou e caminhou de volta até os oficiais e o primeiro-imediato. Eles não tinham interrompido sua magia concentrada — embora tivessem mudado o rumo. O *Jana* estava navegando para o oeste, em direção à costa. Em direção ao farol.

— Parem! — Merik ordenou.

Quatro bocas pararam em meio ao canto. O vento diminuiu... e desapareceu. O *Jana* avançou pela correnteza, mas seu ritmo diminuiu instantaneamente.

Merik olhou para Kullen. Suor brilhava em cima do lábio superior do primeiro-imediato, mas ele não mostrava sinais de exaustão.

— Vou para a costa — Merik disse. — O navio está sob seu comando. Quero que você o aproxime do farol o máximo que a profundidade permitir.

Kullen fez uma reverência com a cabeça, o punho sobre o coração.

— Diga para a Ryber ficar de olho na luneta — Merik prosseguiu. — Assim que eu conseguir afastar a passageira dos monges, vou agitar o vento. Quero que você carregue a passageira para cá. Assim que os pés dela tocarem o convés, você vai ordenar aos remadores e aos Bruxos da Maré que zarpem.

Merik nem esperou Kullen confirmar e já marchou para o baluarte. Atrás dele, os Bruxos da Maré e Kullen retomaram a canção marítima.

O vento e as correntes de ar se reergueram.

Merik se inclinou contra a balaustrada da altura de sua cintura, estufando o peito. Então veio uma expiração acentuada e mais uma inspiração de encher o peito.

Ar espiralou ao redor de suas pernas, e sua magia se direcionou para dentro. As correntes de ar pegaram velocidade e ficaram mais poderosas.

Merik decolou.

Seus olhos se encheram de água. Vento salgado entrou em seu nariz e desceu por sua garganta. Seu coração subiu direto para o crânio.

Por aquele breve segundo em que toda a sua bruxaria do vento estava focada em um único funil embaixo dele — quando Merik disparava pelo ar com a facilidade de um petrel em uma onda —, ele era invencível. Uma criatura feliz, forte e poderosa.

E então ele despencaria. Ele desceria até próximo da água para poupar energia, utilizando o movimento natural do ar — pois seus poderes eram limitados, e sua magia se esgotava com rapidez. Ele não conseguia voar por muito tempo.

O farol se aproximou mais. Mais. A água ficou rasa, e as ondas, com bordas brancas.

Ele estava perto o suficiente da fortaleza para ver duas garotas dispararem pela lateral. Elas subiam degraus que Merik não tinha visto.

Uma era uma garota de preto com uma espada curta.

E a outra era uma garota vestida de prata...

Uma garota que Merik reconheceu instantaneamente, mesmo daquela distância. Mesmo com metade do vestido cortado. Só teve tempo de xingar Noden — e Seu trono de corais também — antes de focar a atenção em desacelerar sua descida...

E aniquilar qualquer monge maldito que *ousasse* se aproximar de sua passageira.

15

Como a Senhora Destino gostaria, Aeduan foi o único caraweno que não conseguiu encontrar um cavalo. Sua magia o tinha guiado, e aos outros carawenos, à periferia de Veñaza. Em seguida, em um aglomerado de estalagens, a Bruxa da Verdade cavalgou pela rua à frente. Com uma simples indicação do dedo de Aeduan, os quatro monges se organizaram em formação, e a verdadeira perseguição começou — ou tinha começado para os outros carawenos que, com facilidade, encontraram corcéis "emprestados" nas duas primeiras estalagens.

Quando Aeduan finalmente encontrou uma égua malhada do lado de fora de uma taverna, ele estava com pelo menos cinco minutos de desvantagem. Felizmente, ele era um bom cavaleiro, e a égua confiava nele. Cavalos sempre confiavam.

Logo, ele galopava pela estrada litorânea, as flechas em seu peito causando desconforto ao balançarem. Elas eram farpadas e, se fossem removidas, apenas rasgariam mais a carne dele — antes que seu corpo se curasse automaticamente. Uma energia que seria melhor usada naquela perseguição.

Aeduan alcançou uma carroça que ia para o norte a uma velocidade de partir as rodas. Ela tinha um vago cheiro da Bruxa da Verdade, e Aeduan vislumbrou um manto embaixo dos caules de girassol.

Um sorriso satisfeito surgiu em seus lábios. Era um manto feito de fibras de salamandra. Se a garota tivesse apenas permanecido embaixo dele, Aeduan talvez nunca voltasse a sentir seu cheiro.

Erro dela.

Em pouco tempo, Aeduan ultrapassou a carroça e o condutor em pânico, e, por vários minutos de velocidade máxima e emocionante, restavam apenas ele e a égua malhada.

Então uma torre apareceu, uma mancha escura contra o céu noturno. Aeduan não teria notado se não fosse pelas quatro figuras brancas ao lado das ruínas de pedra — ou os cavalos sem montador galopando em direção a ele.

Assim que ele mirou nas ondas, sua égua decidiu que os outros cavalos estavam certos. Aeduan desistiu dela. Com um esguicho, suas botas acertaram a água e ele começou a correr.

Ele havia chegado apenas na metade do caminho até a torre quando os quatro carawenos a rodearam e saíram de vista. Momentos depois, uma figura caiu do céu. *Bruxo do Vento.*

Aeduan circulou a torre... e uma ventania se chocou contra ele. Ele mal conseguiu se agarrar às pedras do farol antes que dois monges fossem arremessados em um tornado de ar e água. Vinte passos, quinze... Eles colidiram frouxamente com a costa — e era provável que não se levantassem por um longo tempo.

Conforme o vento diminuía, rodopiando sobre as ondas rasas, Aeduan se pôs de pé com a ajuda das unhas e correu para a frente, para um lance de degraus. O rastro da Bruxa da Verdade tinha subido, assim ele também o faria.

Mas ele tinha circulado apenas um lance de escadas repletas de cracas quando dois monges cambalearam no seu caminho. Aeduan agarrou a capa do primeiro homem.

— O que foi?

O monge se sacudiu, como se acordasse de um torpor.

— Cahr Awen — ele respondeu, com a voz rouca. — Eu os vi. Precisamos nos retirar.

— O quê? — Aeduan se endireitou. — Isso é impossível...

— Cahr Awen — o monge insistiu. E com um grito que explodiu sobre Aeduan, sobre os sons de vento e ondas, disse: — Retirem-se, homens! — O monge livrou a capa do aperto de Aeduan e desceu os degraus restantes.

O Bruxo de Sangue observou horrorizado quando o segundo monge fez o mesmo.

— Idiotas — rosnou. — *Idiotas!* — Ele pulou os últimos degraus, chegou até o andar superior... e parou.

A garota nomatsi estava lá, vestida de preto e abaixada. Ela segurava um sabre de abordagem, arqueado em um fluxo de aço prateado, enquanto seu vestido preto de Bruxa dos Fios voava na mesma direção... E ao lado dela, com a postura ereta, estava Safiya, vestida de branco e com uma forquilha se precipitando em um borrão de aço escuro, a saia branca cortada balançando para baixo.

Era o círculo do movimento perfeito. Do portador da luz e do doador sombrio, o iniciador do mundo e o finalizador das sombras. Da iniciação e da conclusão.

Era o símbolo do Cahr Awen.

Cahr Awen.

Naquele décimo de segundo congelado, enquanto todas as imagens clamavam por espaço no cérebro de Aeduan, ele se permitiu pensar se era possível — se aquelas duas garotas da luz da lua e da luz do sol *poderiam* ser a dupla mitológica que seu Monastério havia protegido certa vez.

Mas então as garotas se afastaram — e um Bruxo do Vento apareceu atrás delas. O homem, usando um uniforme da Marinha nubrevna, estava curvado como se estivesse exausto demais para lutar. Seu rosto estava escondido nas sombras, os dedos flexionados, e o vento se agrupava devagar na direção dele.

Aeduan xingou a si mesmo. É claro que aquelas garotas pareceriam o Cahr Awen com correntes de ar espiralando ao redor delas.

— Fique aí! — a Bruxa da Verdade gritou. — Não se mexa!

— Ou o quê? — Aeduan murmurou. Ele ergueu o pé para avançar...

Mas a garota nomatsi respondeu.

— Ou vamos te decapitar, Bruxo de Sangue.

— Boa sorte com isso. — Ele deu um passo para a frente, e Safiya disparou em sua direção, a forquilha apontada.

— Se afaste de nós...

A voz dela falhou quando Aeduan assumiu o controle de seu sangue.

Era sua arma secreta. Uma manipulação do sangue que ele usava apenas nas situações mais *terríveis*. Ele precisava isolar os componentes do sangue de Safiya — as cordilheiras de montanhas e os dentes-de-leão, os precipícios e os montes de neve — e então confiná-los. Era um trabalho exaustivo, e exigia ainda mais energia e foco do que uma corrida de alta intensidade. Aeduan não conseguiria manter aquele controle por muito tempo.

O corpo de Safiya estava rígido, a forquilha estendida como um gládio. Ela parecia presa no tempo. Nem seus olhos se moviam.

Em um avanço veloz, Aeduan foi em direção a Safiya. Mas, quando se aproximou dela — ao se agachar para colocá-la nos ombros —, o Bruxo do Vento agiu. Os braços do homem se levantaram, e tanto ele quanto Safiya dispararam para fora da torre em um estrondo de vento. Aeduan foi empurrado para trás — impulsionado para a beirada da torre.

Ele perdeu o controle do sangue de Safiya.

Ele se pôs a correr. Safiya estava a três metros de altura agora, e voando para trás, o corpo em um giro frenético de membros e saia. Ela gritava acima do ruído do vento:

— Iseult! Iseult!

Se Aeduan corresse, poderia saltar para dentro do funil de ar do Bruxo do Vento...

Um corpo se atirou em cima dele. Ele tombou para o lado, mal conseguindo rolar antes de a garota nomatsi o jogar no chão.

Aeduan, porém, já estava girando, os dedos arranhando à procura de qualquer punho ou cotovelo que pudesse quebrar, sua bruxaria de sangue procurando um sangue que pudesse confinar.

No entanto, assim como seus dedos agarraram apenas o ar, sua bruxaria não encontrou nada — a garota já estava mostrando o dedo do meio para ele, já avançando para a beirada da torre.

Ela ia pular. Aeduan sabia que ela ia pular.

Ele se levantou em um salto e correu atrás da garota chamada Iseult.

Ela pisou na beira do farol; pulou.

Ele também pisou na beira; pulou.

E eles caíram. Juntos. Tão próximos que Aeduan poderia agarrá-la se quisesse.

Mas era como se ela soubesse. Como se ela tivesse planejado daquele jeito.

No ar, em uma queda que duraria quase um segundo, ela girou. Suas pernas envolveram as dele e inverteram seus corpos...

As costas dele acertaram a areia. Com tanta força que o mundo escureceu. Vagamente, sentiu a garota cair em cima dele. As pontas das flechas se fincaram ainda mais. Elas golpearam suas costelas, seus pulmões. Tudo doía. Seus órgãos — estavam todos destruídos.

E ele tinha quase certeza de que sua coluna também estava quebrada.

Era a primeira vez.

As ondas lavaram sua pele. Ele respirou. Aeduan pensou que poderia sobreviver...

Até que sentiu uma explosão escura no peito.

Ela se sobrepôs a todas as outras dores, e os olhos dele se arregalaram. O punho de sua faca despontava do seu coração. Sua capa e túnica estavam manchadas demais para mostrar o sangue fluindo — mas ele sabia que havia sangue. Pulsando mais rápido do que seu poder poderia acompanhar.

Ele não conseguia tirar a faca. Não conseguia fazer nada porque não podia se mexer. Sua coluna estava, definitivamente, quebrada.

Aeduan ergueu o olhar, o mundo se movendo em um borrão... e, então, se transformando em um rosto.

Um rosto de sombras e luz do luar a apenas trinta centímetros de seu próprio rosto. Os lábios da garota tremiam a cada respiração ofegante. O cabelo dela voava na brisa — uma brisa natural, Aeduan percebeu —, e suas coxas tremiam contra as costelas quebradas dele.

Ele não viu mais ninguém, não ouviu mais ninguém. Até onde sabia, eram os únicos sobreviventes daquela batalha.

No mundo inteiro.

Então seu olhar recaiu sobre a pedra da dor pendurada no pescoço dela. O brilho rosado estava se apagando, quase obsoleto, e ele podia ver pela tensão em seu rosto que ela estava machucada. Bastante.

Mesmo assim, ela ainda conseguiu desatar o cutelo do cinturão de Aeduan. Ela ainda conseguiu levar a arma até o pescoço dele e mantê-la ali.

A lâmina tremeu contra a pele dele.

Ela tinha apunhalado o coração dele com sua própria faca, e agora iria decapitá-lo.

Mas o cutelo parou; a garota chamada Iseult se encolheu, e sua pedra da dor brilhou em um clarão rosa fraco... antes de se apagar por completo.

Um gemido saiu dos lábios dela, que quase cambaleou para a frente — e Aeduan vislumbrou o ferimento em seu braço direito. Tecidos manchados de sangue. Sangue que ele deveria ser capaz de farejar.

— Você... não tem... cheiro. — Ele compreendeu. Conseguia sentir o próprio sangue quente jorrando pelos dentes, escorrendo pelas laterais de sua boca. — Não consigo sentir... seu sangue.

Ela não respondeu. Toda a sua concentração estava em segurar o cutelo com firmeza.

— Por que... não posso te farejar? Me... diga. — Aeduan não tinha certeza de por que queria saber. Se ela cortasse a cabeça dele, Aeduan morreria. Era o único ferimento do qual um Bruxo de Sangue não conseguia se recuperar.

Porém não conseguia parar de perguntar.

— Por que... — Sangue espirrou com aquelas palavras, borrifando o aço plano do cutelo. A bochecha dela ficou salpicada. — Por que não posso... Eu...

Ela afrouxou a lâmina e a afastou da garganta dele. Não com gentileza — a lâmina cortou a pele e foi arrastada para a frente, como se Iseult estivesse cansada demais até para segurá-la.

O coração empalado de Aeduan vibrou. Era uma sensação estranha de alívio e confusão que se erguia com o sangue em sua boca. Ela não o mataria. E ele não fazia ideia do porquê.

— Me mate — ele falou, a voz rouca.

— Não. — Ela balançou a cabeça, um movimento brusco. Então o vento, do tipo elétrico, artificial, soprou sobre eles. Afastou o cabelo do rosto de Iseult, e Aeduan se forçou a notar cada detalhe.

Ele podia não ter sido capaz de farejar seu sangue, mas se lembraria dela. Lembraria do maxilar redondo que não combinava muito bem com o queixo pontudo. Lembraria do nariz arrebitado e das sardas claras. Seus olhos angulosos e felinos. Seus cílios curtos. E sua boca estreita.

— Eu vou te caçar — ele rosnou.

— Eu sei. — A garota deixou o sabre cair na areia e usou o peito de Aeduan como apoio para se impulsionar para cima. As costelas dele estalaram, e seu estômago esguichou. Ela não era leve, e os órgãos de Aeduan tinham se transformado em uma polpa.

— Eu vou te matar — ele continuou.

— Não. — Os olhos da garota se estreitaram; ela se impulsionou ainda mais, e a lua brilhou sobre ela. — Eu a-a-a... — Ela tossiu e limpou a boca. — Eu acho que não.

Iseult pareceu precisar de toda a sua concentração para exprimir aquelas palavras, e foi com uma ponta de frustração que seus dedos enlaçaram a faca mais uma vez.

Ela empurrou a lâmina ainda mais fundo no coração de Aeduan.

Contra seu desejo mais desesperado e frenético — contra cada instinto que gritava para que ele continuasse alerta —, as pálpebras dele se fecharam em uma respiração agoniante. Um gemido escapou de sua boca.

Naquele momento, o peso de seu corpo desapareceu. Passos bateram na água e se afastaram.

Quando seus olhos finalmente se abriram de novo, ele não viu nenhum sinal da garota — não que ele pudesse ter virado a cabeça para olhar.

Então, uma onda quebrou por cima dele, e Aeduan afundou sob a espuma marinha.

16

O vento bramiu nos ouvidos de Safi enquanto ela voava. Seus olhos lacrimejaram, sua saia sacudiu, e ela rapidamente desistiu de gritar para o príncipe Merik para que voltassem. Ele não conseguia ouvi-la.

O oceano era um borrão abaixo, luminoso e trêmulo, e Safi pensou, vagamente, que deveria apreciar aquilo — ela estava *voando*, afinal de contas.

Mas não estava apreciando. Tudo o que importava era Iseult, deixada para trás. Com o Bruxo de Sangue.

No fundo de sua mente, outros pensamentos urgentes rugiam — como por que o príncipe Merik estava raptando Safi do farol. Como ele havia chegado ali no momento perfeito.

Logo, Safi estava se aproximando com muita rapidez de um navio de guerra nubrevno com o casco pontudo — e *aquilo* engoliu todas as suas outras preocupações.

Remos giraram, marinheiros de azul correram e uma batida de tambor crescente atingiu os ouvidos dela. Quando achou que cairia no convés principal e quebraria todos os ossos, seu ritmo diminuiu. Ela flutuou com gentileza para baixo.

Depois de respirar fundo duas vezes, Safi recobrou o equilíbrio e ficou de pé. Mais uma respiração, e ela localizou o príncipe Merik. Ele já estava quase no tombadilho quando ela agarrou a camisa dele e o puxou.

— Me leve de volta!

Ele não resistiu. Em vez disso, apontou para a costa.

— Meu primeiro-imediato está com a sua amiga.

Safi seguiu o dedo dele. De fato, ela viu o homem loiro e alto atento a uma figura que voava naquela direção.

Iseult.

Mas ela estava fraca. Enquanto corria até o primeiro-imediato, Safi gritou para um médico ou cirurgião ou *alguém* ajudar.

O primeiro-imediato colocou Iseult no tombadilho com sua magia, e, no mesmo instante, Safi estava ao lado dela. Ela apoiou a cabeça de Iseult no colo e pressionou os dedos em seu pescoço, rezando para encontrar pulsação...

Sim, sim. Fraca, mas estava lá.

Embora, sob a luz ofuscante do luar, não tivesse como não perceber a mancha vermelha crescente no braço de Iseult ou a pedra da dor inoperante em volta do pescoço dela.

Movimentos oscilaram na visão periférica de Safi. O príncipe, o primeiro-imediato e outros marinheiros se aproximando. Então, houve um lampejo de branco e a voz de uma mulher.

— Pegue o meu kit!

Safi se virou para encontrar uma monja carawena andando em sua direção, vinda das escadas do convés inferior.

— Se afaste da garota — a mulher ordenou.

Mas Safi não se moveu. Depois de ter sido caçada pelos carawenos, ela *não iria* deixar nenhum outro se aproximar. Se aqueles quatro monges estavam trabalhando com o Bruxo de Sangue, então aquela ali provavelmente estava também.

A mulher tinha cabelos prateados, mas, do jeito que a lua deslizava por sua pele, ela não tinha como ser mais velha do que Mathew ou Habim — e estava pegando sua espada com a elegância de uma espadachim igualmente habilidosa.

— Se afaste, garota.

— Para que você consiga terminar o que os outros monges começaram? Não, obrigada.

Em um movimento apressado, Safi arrancou o sabre de abordagem da bainha do primeiro-imediato e o girou até a monja carawena... que habilmente desviou do ataque seguinte de Safi — e bateu a lâmina de sua espada contra o joelho da garota.

— Alguém a detenha — a monja gritou.

E assim, o ar de Safi foi interrompido.

Ela tentou encher os pulmões, apertar o estômago, fazer *qualquer coisa* que pudesse puxar o ar, mas não havia nada.

Com um golpe fácil, a monja derrubou a lâmina de Safi. O sabre de abordagem tiniu na madeira, e Safi levou as mãos à garganta. Estrelas piscavam em sua visão. O primeiro-imediato era um Bruxo do Ar completo — e ele estava colapsando os pulmões dela.

Foi naquele momento, quando os joelhos de Safi cederam e o mundo girou para a escuridão, que Merik se aproximou dela, a expressão dura, mas não cruel.

— A Evrane não quer machucar a sua amiga. Ela é uma monja da cura, domna. Uma Bruxa da Água curandeira.

Safi apertou a garganta, incapaz de falar. De *respirar*.

— Se você prometer se comportar — ele continuou —, o Kullen vai devolver o seu ar. Você consegue prometer isso?

Safi assentiu, desesperada, mas era tarde demais. Seu corpo estava faminto demais por ar, e a escuridão a tomou.

≈≈

Ela acordou com a língua inchada e grudenta. Passos batiam acima, água respingava contra madeiras que rangiam, e o cheiro de sal e alcatrão era denso em suas narinas. Por vários momentos, tudo o que ela conseguia discernir era um quarto escuro com um fraco feixe de luz do sol filtrado por uma janela do lado esquerdo. Então ela se orientou e viu Iseult esparramada em um palete fixo ao chão no canto oposto. Os olhos de Iseult estavam fechados, a respiração áspera.

Safi se pôs de pé, tropeçando em um segundo palete e quase caindo esparramada pelo sangue crepitando em sua visão.

— Iseult? — Ela caiu no chão ao lado da irmã de ligação. Suor escorria pelo rosto de Iseult, a pele dela ainda mais cinzenta que o habitual, e quando Safi pressionou gentilmente a mão na têmpora da irmã, a pele dela estava fervendo.

Apenas uma vez Safi tinha visto Iseult tão machucada — depois de ela ter quebrado a tíbia —, mas aquele ferimento era pior. Não havia Mathew ou Habim para ajudá-las. Safi e Iseult estavam sozinhas. Completamente *sozinhas* em um navio estrangeiro com ninguém ao lado delas.

E sem nada fazer sentido. Iseult dissera que tinha sido atingida, mas Safi não fazia ideia de como, onde e *por quê*.

O trinco de ferro na porta foi levantado. Safi ficou imóvel — o mundo inteiro ficou imóvel. Então, a monja de veste branca entrou. Devagar, como se estivesse encarando um animal selvagem, ela virou a mão na direção de Safi. A pele amarronzada pelo sol estava marcada com um triângulo de cabeça para baixo para bruxaria da água e um círculo por sua especialização com fluidos do corpo. Safi fixou o olhar e sua magia na mulher, e quanto mais ela a encarava, mais via que o coração da curandeira era verdadeiro.

Contudo, Safi não conseguia confiar por inteiro... Como o príncipe a tinha chamado? *Evrane*. Safi tinha sido enganada com muita frequência nos últimos tempos. Por ora, ela assistiria à monja trabalhar e usaria o momento para adquirir qualquer informação que conseguisse.

Safi se levantou e se afastou de Iseult, as mãos para cima em submissão.

— Não vou interferir. Só se certifique de curá-la.

— Ela fará o melhor que puder — disse uma outra voz. Merik apareceu na porta enquanto a monja atravessava o cômodo com agilidade até Iseult.

Safi sorriu para o príncipe, uma amostra entediada e *inofensiva* dos dentes.

— Estava me perguntando quando você viria, príncipe. Se importa de me dizer onde estamos?

— Jadansi Ocidental. Faz quatro horas que você está a bordo. — Ele parou com cautela no centro do recinto, como se não fosse estúpido o bastante para confiar no comportamento de Safi. Usava uma sobrecasaca simples da Marinha por cima de uma camisa limpa e calças, e Safi, de repente, foi surpreendida por sua própria sujeira. Seu vestido estava cortado e manchado, e partes demais de suas panturrilhas e coxas riscadas de sujeira estavam expostas.

Então, mais rápido — e mais silenciosamente — do que Safi poderia ter esperado, Merik se aproximou, prendeu os braços de Safi atrás das costas dela e pressionou alguma coisa gelada contra sua garganta. O cheiro de sândalo e limão perfurou seu nariz.

Porém, Safi não se acovardou. Ela apenas virou a cabeça para o lado e falou, a voz arrastada:

— Você percebe que a sua arma ainda está na bainha?

— E você percebe que eu ainda posso te matar com ela? — O hálito de Merik fez cócegas na orelha dela. — Agora me diga, domna: você é procurada pelas autoridades? Qualquer autoridade, de qualquer país?

Os olhos dela se estreitaram. Merik tinha estado no baile. Tinha ouvido o anúncio de noivado... Tinha? Safi não o vira na multidão, então talvez ele tivesse abandonado o salão antes da declaração de Henrick.

Safi pressionou sua magia atrás de alguma indicação da verdadeira índole de Merik. Eletricidade a percorreu instantaneamente, tanto a arranhando como a acolhendo. Uma contradição de mentiras e verdades, como se Merik fosse capaz de devolvê-la para o imperador Henrick se tivesse a chance... ou talvez não.

Safi não podia arriscar. Mas antes que pudesse falar, Merik pressionou a adaga com ainda mais força em sua carne.

— Eu tenho uma tripulação para proteger, assim como uma nação inteira. A sua vida não é nada comparada a isso. Então, não minta para mim. Estão te procurando?

Safi hesitou, considerando se ela *estava* colocando a frota de Merik em perigo. O tio Eron havia armado a sua fuga para parecer um sequestro — até aí Mathew tinha contado. Contudo, até onde ela sabia, não tinha como o imperador Henrick descobrir para onde ela fora levada.

Ela levantou o queixo — deixando a garganta ainda mais exposta.

— A sua estratégia é fraca, príncipe, pois se eu *estiver* sendo seguida, não tenho motivo para te contar.

— Então eu acho que vou te matar.

— Faça isso — ela desafiou. — Corte a minha garganta com a sua adaga ainda embainhada. Eu ia amar ver como você faria isso.

A expressão de Merik não vacilou. Nem a adaga.

— Primeiro me diga por que os carawenos estavam atrás de você.

Os ombros da monja se enrijeceram, atraindo os olhos de Safi para as costas dela, cobertas pela capa branca.

— Não faço ideia, mas você poderia perguntar àquela carawena bem ali. Ela parece saber.

— Ela não sabe. — A voz de Merik estava mordaz, por causa de sua impaciência. — E seria bom você se dirigir a ela corretamente. Ela é a monja Evrane, irmã do rei Serafin de Nubrevna.

Aquela era uma informação útil.

— Se a monja Evrane é a irmã do rei — Safi ponderou —, e o rei é o *seu* pai... Ora, a monja Evrane deve ser a sua tia! Que ótimo.

— Estou surpreso — Merik disse — que você levou tanto tempo para perceber isso. Mesmo uma domna de Cartorra deveria ser bem-educada.

— Eu nunca me importei muito com os estudos — ela rebateu, e Merik deu uma risada abafada.

Uma risada que pareceu pegá-lo de surpresa — e irritá-lo também, pois ele abruptamente obrigou o rosto a se controlar e afastou a lâmina embainhada do pescoço dela.

Safi estalou a mandíbula. Alongou os ombros.

— Bom, *isso* foi divertido. Vamos repetir amanhã?

Merik a ignorou e, com a mão livre, puxou um tecido do casaco e limpou a bainha gravada.

— Nesse navio, a minha palavra é lei, domna. Você entendeu? O seu título não significa nada aqui.

Safi assentiu e lutou contra a vontade avassaladora de revirar os olhos.

— Mas estou disposto a te oferecer um trato. Não vou te prender em grilhões se você prometer parar de se comportar como um cão selvagem e, em vez disso, se comportar como a domna que deveria ser.

— Mas, príncipe — ela disse, baixando as pálpebras em uma piscada preguiçosa —, meu título não significa nada aqui.

— Vou entender isso como um "não", então. — Merik se virou, como se fosse sair.

— Trato feito — Safi cuspiu, percebendo que era hora de ser flexível. — Nós temos um *trato*, príncipe. Mas só para você saber, é um gato.

O príncipe franziu a testa.

— O que é um gato?

— Se vou ser alguma coisa selvagem, vai ser um gato. — Safi mostrou os dentes. — Um *leão-da-montanha*, da espécie que come peixes nubrevnos.

— Hmm. — Merik deu um tapinha no queixo. — Não posso dizer que já ouvi falar dessa fera.

— Acho que sou a primeira. — Safi acenou com desdém para ele antes de se abaixar de volta para o lado de Iseult.

Mas Evrane ergueu uma mão hesitante.

— Você está suja demais para ficar aqui, domna. — A voz dela era incisiva, mas não grosseira. — Se você realmente quer ajudar a sua amiga, vá se limpar. Merik, você pode se certificar de que ela seja bem-cuidada? — Ela deu uma olhadela para o sobrinho, que já andava em direção à porta.

— É almirante Nihar — o príncipe corrigiu. — Pelo menos enquanto estivermos no mar, tia Evrane.

— É mesmo? — a monja perguntou, calmamente. — Nesse caso, é *monja Evrane*. Pelo menos enquanto estivermos no mar.

Safi só teve tempo de ver a expressão de Merik se azedar, antes de o príncipe sair pela porta — e Safi saiu apressada atrás dele.

<hr />

Subir a escada para o convés se provou mais difícil do que Safi imaginara — com o corpo dolorido e o ataque incessante do sol do início da manhã. Resmungando e esfregando os olhos, ela cambaleou pelo convés de pedras gastas. Suas pernas estavam dormentes por causa da falta de uso, e assim que conseguia se agarrar com firmeza na madeira, o navio gemia e se agitava para o lado oposto.

O príncipe andava logo à frente, absorto em uma conversa com seu primeiro-imediato, Kullen; por isso, Safi inclinou uma mão sobre os olhos. *Conheça o seu território.* Havia pouco para ver além das ondas — apenas uma península separando o mar de um céu sem nuvens no horizonte oriental.

Safi correu em meio aos marinheiros. Eles esfregavam a madeira, subiam no massame, puxavam e rebocavam, tudo com os gritos roucos de um homem mais velho e manco. Embora alguns parassem para saudar o príncipe, nem *todos* paravam. Um homem em particular chamou a atenção de Safi, sua bruxaria azedando cada vez que o avistava — como se dissesse que ele não era confiável. Que era corrupto.

— Adoradora de nomatsis imunda — o homem rosnou, quando Safi passou.

Ela sorriu para ele de volta, certificando-se de memorizar seu rosto de maxilar quadrado.

Logo, ela encontrou a popa do navio (ela contou trinta passos) e pisou na sombra bem-vinda do tombadilho. Merik abriu a porta, murmurando alguma coisa para Kullen. O primeiro-imediato fez uma continência e marchou de volta pelo mesmo caminho — a voz se elevando com uma ferocidade surpreendente.

— Por acaso eu *disse* que você podia dormir no convés, Leeri? Nenhuma soneca até você morrer!

Com as orelhas zumbindo do grito de Kullen e a visão coberta pela falta de sol, Safi parou na porta até que o recinto tomasse forma.

Era uma cabine elegante e, de maneira alguma, o tipo de espaço que ela teria imaginado para um homem rude como Merik. Na verdade, ele parecia retesado e desconfortável enquanto esperava ao lado de uma mesa com entalhes elaborados e cadeiras de dorso alto.

— Feche a porta — ele ordenou. Safi obedeceu, mas seus músculos ficaram tensos. Ela podia ter dançado e lutado com aquele homem, mas não significava que confiava nele quando estavam sozinhos em uma sala.

Falso, seu poder contrariou, uma sensação de calma se espalhando pelo seu peito. *Merik é confiável.*

Safi relaxou... mas apenas um pouco. Talvez ele não tivesse a intenção de machucá-la fisicamente, mas ainda era incerto se ele era um aliado ou um oponente.

Merik apontou para os fundos do recinto.

— Tem água para se limpar e um uniforme para você.

Safi seguiu o dedo dele até uma coleção de espadas brilhantes na parede dos fundos. *Embaixo* das espadas estavam um tonel pequeno e algumas toalhas brancas em cima de uma cama baixa.

Ela não ligava para a água ou as toalhas — eram as espadas que a intrigavam. Estavam amarradas para baixo, mas claramente seriam fáceis de soltar. Embora apenas se ela achasse que precisava de uma, é claro.

Merik pareceu interpretar mal o olhar de Safi, pois sua expressão suavizou.

— Minha tia é uma boa curandeira. Ela vai ajudar a sua irmã de ligação. *Verdade.*

— E quanto a você, príncipe? Vai matar a Iseult por ser uma nomatsi? Os lábios de Merik se abriram. Com choque. Com repulsa.

— Se eu odiasse nomatsis, domna, eu a teria matado imediatamente.

— E os seus homens? — Safi pressionou. — *Eles* vão machucá-la?

— Eles seguem as minhas ordens — ele respondeu.

Mas Safi não gostou de como a sua magia estremeceu com a afirmação. Como se não fosse *exatamente* verdade. O pé dela *descalço* começou a bater.

— Vou ganhar sapatos novos?

— Não encontrei nenhum que sirva. — Merik alisou a camisa, puxando o algodão contra as linhas do seu peito. — Por enquanto, você ficará descalça. Consegue sobreviver?

— Consigo. — Habim tinha insistido que Safi endurecesse os pés para se proteger das intempéries. "Você nunca sabe em qual condição vai se encontrar", ele sempre dizia. "Sapatos deveriam ser um luxo, não uma necessidade". Ao menos uma vez ao mês ele insistia que Safi e Iseult ficassem descalças um dia inteiro, e ambas as garotas tinham calos suficientes para andar sobre carvões em brasa. Ou... pelo menos, areia *muito* quente.

Merik grunhiu, quase com gratidão, e gesticulou para que Safi se juntasse a ele na mesa. Assim ela fez, embora tenha se certificado de continuar no lado oposto. À distância de uma corrida das espadas — só para o *caso* de o mundo, de repente, virar de ponta-cabeça (como estava propenso a acontecer ultimamente) e Safi precisar lutar com o navio inteiro para escapar.

— O *Jana* está aqui. — Merik pôs no mapa uma réplica do navio do tamanho de uma moeda. Como um imã para uma magnetita, o navio deslizou sobre o papel e se fixou próximo à costa leste do estreito mar Jadansi.

— Nós estamos indo para cá. — Merik girou os dedos graciosos, apesar de ásperos, e uma brisa suave soprou nas velas do *Jana* em miniatura. Ele deslizou pelo mapa, ultrapassando outro navio minúsculo antes de parar ao lado de um conjunto de ilhas. — Tem uma cidade nas Cem Ilhas chamada Lejna, e estou encarregado de deixar você lá. Devemos chegar amanhã.

— Cem Ilhas — Safi repetiu suavemente. — E o que você espera que eu faça quando chegar lá?

— Só me disseram para te deixar lá. Não faço ideia do porquê, já que é uma cidade-fantasma, mas a remuneração é boa demais para ser ignorada: um acordo comercial com os Hasstrels.

As sobrancelhas de Safi se ergueram.

— Você sabe que o nosso patrimônio praticamente pertence à Coroa, que os nossos fazendeiros são desnutridos e que não temos nenhum dinheiro sobrando.

— Qualquer contrato — Merik disse, tensionando a mandíbula — é melhor do que Nubrevna tem no momento. Se eu conseguir estabelecer uma relação comercial com um único território cartorrano, já me serve.

Safi assentiu, distante, sem ouvir mais. Quando Merik tinha dito *contrato*, os olhos dele desviaram para um pergaminho enrolado na borda da mesa. Antes que Safi pudesse questioná-lo, seu estômago roncou.

— Que tal comida, príncipe?

— Você não comeu o suficiente no baile? — Merik ofereceu um sorriso.

Mas Safi não conseguia sorrir de volta. O baile e o *four-step* nubrevno tinham acontecido uma vida atrás.

Como se lesse a mente dela, o sorriso de Merik vacilou. Ele brincou com a gola da camisa.

— Eu não sabia que seria você, domna. Se eu soubesse no baile que você era a minha passageira... — Ele deu de ombros, a mente concentrada. Seus pensamentos quase audíveis. — Acho que eu teria trazido você para o *Jana* e economizado tempo e problemas pra nós dois. Mas o seu nome só apareceu no meu contrato enfeitiçado pela bruxaria das palavras depois que deixei a festa. E mesmo nessa hora, não percebi que *você* era a domna de Hasstrel.

Safi assentiu, nem um pouco surpresa. Eron precisara que ela fosse a mão direita que distrai na festa, e seu plano nunca teria funcionado se Merik a tivesse levado cedo demais.

Mais importante, Merik nunca teria concordado em levar Safi se soubesse quem ela acabaria desposando.

O silêncio se espalhou, interrompido apenas pela madeira gemendo e por marinheiros gritando. Merik desviou a atenção para os mapas — e Safi não resistiu a estudá-lo.

Embora soubesse que Merik devia ter a mesma idade de Leopold, ele parecia muito mais velho. Seus ombros eram largos e altos, os músculos usados com frequência, e sua pele era escurecida pelo sol e áspera. No momento, um vinco triangular se abrigava entre suas sobrancelhas, como se ele tivesse o costume de franzir a testa.

Merik encarava seus deveres como príncipe e almirante com seriedade. Safi não precisava de magia para saber aquilo — e um medo inesperado apertou seu peito. Ela não queria que Merik se machucasse com os esquemas do tio. Até onde sabia, ela e Merik eram, os *dois*, apenas marionetes. Ambos eram cartas sendo jogadas contra a vontade.

A Rainha dos Morcegos e o Rei dos Raposas, ela pensou, fantasiosa... e então, com mais ferocidade: *Ou talvez não tenhamos nenhum naipe no tarô, e somos apenas dois Tolos.*

Merik ajustou a gola e olhou para a porta.

— A comida está a caminho, domna, então se limpe. E pelo bem de nós dois, por favor, se esfregue direito. — Novamente ele ofereceu um sorriso breve, antes de marchar com rapidez para fora da cabine. Safi o observou ir, esperando até que ele tivesse saído.

A porta se fechou e, em menos de um segundo, ela tinha se inclinado até o pergaminho e o desenrolado.

Com uma escrita familiar, era exatamente o que Merik descrevera.

Este acordo é entre Eron fon Hasstrel e Merik Nihar de Nubrevna. Merik Nihar providenciará transporte para Safiya fon Hasstrel, da cidade de Veñaza, no Império Dalmotti, para Lejna, em Nubrevna. Após a entrega segura da passageira ao sétimo píer em Lejna, as negociações por um acordo comercial começarão. Todas as negociações na página dois deste contrato serão rescindidas se Merik Nihar falhar ao levar a passageira para Lejna, se a passageira derramar sangue ou se a passageira morrer.

Safi virou para a segunda página, recheada com um linguajar monótono, com palavras como "importação" e "valor de mercado". Ela esfregou as páginas entre os dedos. Eram claras e transparentes.

Bruxaria das palavras. E já que a caligrafia era, com certeza, de Mathew, Safi sabia a *quem* a magia pertencia.

Era o mesmo tipo de documento dos vinte anos de trégua. Assim que o acordo fosse cumprido, Merik e o tio Eron poderiam alterar a linguagem do contrato e negociar a longas distâncias.

Safi pulou para o final do documento. Tinha a linguagem habitual — de fato, idêntica à página final da trégua.

Se todas as partes estiverem de acordo, devem assinar abaixo. Se alguma das partes falhar em cumprir os termos acordados, o nome dele ou dela desaparecerá deste documento.

O som de uma batida na porta.

Safi deu um pulo — então, juntou de novo as páginas do contrato.

— Só um momento!

— Trouxe comida para você — uma voz abafada respondeu.

Kullen. O primeiro-imediato bruto. Ela jogou o contrato sobre a mesa antes de correr para o fundo da cabine. Depois de embeber um tecido no tonel, ela gritou.

— Pode entrar!

Safi endureceu o rosto. Iria cooperar com seus novos aliados, mas a qualquer sinal de problemas — a qualquer *indício* de que Kullen pudesse tirar seu ar de novo —, Safi ficaria no controle. Havia espadas de fácil alcance e um contrato que dizia que ela não poderia derramar nenhum sangue.

17

Merik andou pelo convés principal do *Jana*, fazendo cara feia por causa do sol quente. Levar Safiya fon Hasstrel até Lejna sem incidentes poderia se provar mais difícil do que ele planejara. Ela se comportava da mesma maneira com que lutava e dançava — pressionando as pessoas e testando seus limites.

Não ajudava muito que as pernas de Safiya tivessem estado à mostra desde que ele a tinha resgatado, perturbadoramente mais pálidas que os braços e o rosto. Era aquela palidez que inquietava Merik. O fato inegável de que ele estava vendo pele que deveria ser vista apenas pelos olhos de um amante.

Merik expirou o ar com certa dificuldade. Pensar em Safiya fon Hasstrel em momentos íntimos não era inteligente. Sempre que ele a analisava — ou se *aproximava* dela —, a fúria Hihar se inflamava. Fervia quente e rápido.

Desde que o humor de Merik tinha se descontrolado na sala de jantar do doge, uma eletricidade em suas veias aumentava seu fôlego e o fazia querer invocar ventos imensos e furiosos. Era a mesma raiva indômita que ele extravasava com muita facilidade quando criança. Ele *não podia* ceder àquilo, por nenhuma outra razão além de que se assemelhava demais a Vivia. Descontrolada e violenta.

Merik não gostava de descontrole. Não gostava de mares bravos. Gostava de ordem e controle e camisas enfiadas perfeitamente para dentro das calças. Gostava de ondas calmas, céus limpos e de saber que sua raiva estava a léguas de distância.

Portanto, Merik teria de evitar Safiya o máximo possível — sem se importar com a facilidade com que ela arrancava risadas e sorrisos dele. E sem se importar com como suas pernas desnudas podiam ser perturbadoras.

Os marinheiros mais próximos de Merik — homens de seu navio anterior — pararam de esfregar para bater continência. Movimentos puros e sinceros de marinheiros em que se podia confiar até suas covas aguadas.

Merik assentiu brevemente antes de seu olhar mover-se até o Bruxo da Maré no timão. *Aquele* homem era remanescente da tripulação do rei Serafin e, como a maioria dos homens antigos do rei, o Bruxo da Maré não se impressionava com Merik. No entanto, pelo menos ele conduzia o *Jana* corretamente.

Por ora.

Merik correu um olho minucioso por cada mastro, pelo massame, pelas velas. Tudo parecia em ordem, então seguiu para a escada das cobertas.

Assim que estava no andar de baixo, firmemente acomodado na cabine de passageiros, encontrou a tia mexendo distraidamente no brinco de opala.

— Acabei de falar com o Bruxo da Voz Hermin — ela disse, baixinho. — Ele conseguiu contatar o Bruxo da Voz do Monastério de Carawen. Acontece que os monges no farol receberam ordens para capturar a domna viva, mas, quando eles a viram, a maioria desistiu.

— Por quê? — Merik perguntou, olhando para Iseult, adormecida. Ele não entendia como qualquer um poderia temê-la. Mas, por outro lado, tinha visto muitas caravanas nomatsis quando era garoto, e estava acostumado com sua palidez mortal e seus cabelos pretos como piche.

Quando a tia não respondeu à pergunta, Merik se voltou para ela. Ela balançava a cabeça.

— Tudo o que sei ao certo é que um monge caraweno ainda está caçando a domna. Seu nome é Aeduan, e ele trabalha para quem der o lance mais alto. — Com uma expiração alta, Evrane andou até a janela e apertou os olhos ao sol. — Enquanto ele viver, essas garotas estarão em perigo... porque o Aeduan é um Bruxo de Sangue, Merik.

A cabeça de Merik se inclinou para trás.

— Essas coisas existem? — Com o aceno sinistro da tia, ele relembrou a luta no farol. Na insanidade do momento, pensou ter imaginado o vermelho nos olhos do rapaz. A maneira como o monge tinha imobilizado Safiya.

Mas não. Tudo tinha sido real. Um *Bruxo de Sangue.*

— Mas, com certeza — Merik disse, devagar —, esse Bruxo de Sangue não pode nos alcançar antes de Lejna. E assim que a domna desembarcar, o monge não vai mais ser problema nosso.

As sobrancelhas de Evrane se ergueram.

— Você abandonaria essas garotas a um lobo com tanta facilidade?

— Para proteger a minha tripulação, sim. Para proteger Nubrevna.

— Mas uma tripulação inteira poderia enfrentar um único homem. Mesmo um Bruxo de Sangue.

— Não sem baixas, e não posso arriscar meus marinheiros por duas garotas, não importa quanto precisemos daquele contrato. Assim que deixarmos a domna, ela e a amiga não serão mais problema nosso.

— Passou tanto tempo assim desde a última vez que te vi? — As bochechas de Evrane coraram. — Se acha que o seu pai vai te respeitar mais porque você age como a Vivia, porque abandona meninas indefesas, então talvez você não queira o respeito do seu pai.

Por um longo momento, os únicos sons eram o resmungo das tábuas do navio e o marulho das ondas.

— Você não tem o direito — Merik rebateu, por fim — de me comparar à Vivia. Ela considera a tripulação como forragem de peixe; eu os vejo como família. *Ela* recorre à pirataria para alimentar Nubrevna; eu procuro soluções permanentes. — A voz de Merik se erguia conforme ele falava, a raiva queimando mais. Fervilhando. — A domna fon Hasstrel oferece uma dessas soluções, e ela pode ser *qualquer coisa,* menos indefesa. Portanto, vou defender os meus homens, com *unhas e dentes,* e deixar que a domna se defenda sozinha.

No colchão, Iseult se mexeu durante o sono, e a respiração de Merik se acalmou. Ele controlou seu temperamento. A tia tinha boas intenções, e todas as razões para impedir Merik de agir como a irmã.

— Por favor — Merik finalizou, áspero —, lembre-se de que a Marinha nubrevna não costuma transportar monges, ou nobreza exilada, pelo oceano, e se papai descobrir que eu te trouxe a bordo... bom, você pode imaginar a reação dele. Não faça eu me arrepender da minha decisão de trazê-la. Vou proteger a domna Safiya pelo tempo que o contrato Hasstrel permanecer em aberto, e vou usar todos os meios para levá-la até Lejna. Mas ao primeiro sinal do Bruxo de Sangue, os meus homens devem vir em primeiro lugar.

Por longos instantes, Evrane permaneceu imóvel e calada, os olhos fixos nos de Merik. Mas então ela expirou significativamente e se virou.

— Sim, almirante Nihar. Como o senhor quiser.

Merik observou a parte de trás da cabeça prateada da tia enquanto ela se arrastava até o palete e, mais uma vez, ajoelhava-se diante de Iseult. Uma necessidade de se desculpar fez cócegas no fundo da garganta dele — uma necessidade de assegurar que Evrane entendesse por que ele tinha feito aquelas escolhas.

Contudo, Evrane tinha formado sua opinião sobre a família Nihar havia muito tempo. Sua relação com o rei Serafin não era melhor que a de Merik com Vivia. Era até pior.

Quando Merik deixou a cabine e trilhou seu caminho para o convés superior, analisou a melhor maneira de lidar com o Bruxo de Sangue se, de fato, o homem estivesse vivo. Parecia que a única estratégia seria chegar a Lejna no menor tempo possível. Por isso, embora Merik estivesse relutante, teria de chamar os Bruxos da Maré de novo. E, é claro, seus marinheiros teriam pouco a fazer.

Felizmente, Merik sabia como lidar com pausas.

— Ordem-unida! — ele gritou, as mãos em concha. — Quero todos os marinheiros em ordem-unida *agora*!

———————※———————

Iseult flutuava no sono. Estava presa naquele local horrível entre os sonhos e a vigília — aquele buraco onde você sabe que, se conseguisse apenas abrir os olhos, estaria *vivo*. Aqueles sonhos pela metade sempre a acometiam durante doenças. Quando ela não queria mais nada além de acordar e implorar por um extrato para aliviar a garganta inchada ou a coceira.

O pior, porém, era quando os sonhos pela metade prendiam Iseult em um pesadelo. Quando ela sabia que poderia escapar do toque de uma sombra se conseguisse apenas... *Acordar.*

Um chiado alto ressoou acima dela e, com grande esforço, ela ergueu as pálpebras. As sombras se afastaram... apenas para serem substituídas por dor. Cada parte dela estava afogada em dor.

Uma mulher de cabelo prateado se materializou. Tinha o rosto familiar. *Ainda estou sonhando,* Iseult pensou, confusa.

Mas então a mulher tocou seu braço, e foi como uma chama se acendendo. O aqui e o agora tiveram efeito no corpo de Iseult.

— Você — ela falou. — Por que... você está aqui?

— Estou te curando — a monja disse calmamente, seus fios com um verde cintilante, concentrado. — Você tem uma ferida de flecha no braço...

— Não. — Iseult tateou atrapalhada a belíssima capa branca da monja. — Eu quero dizer... *você.* — Suas palavras giraram... não, o quarto girou, e as palavras de Iseult giraram com ele. Ela nem tinha certeza se falava em dalmotti. Podia ter sido nomatsi caindo de sua língua.

— Você — ela tentou de novo, quase certa de que estava, realmente, usando a palavra dalmotti para "você" — me resgatou.

Enquanto ela espremia as palavras além da dor e dos giros, notou manchas de sujeira na capa da monja. Ela afastou a mão, envergonhada. Em seguida, inspirou com fraqueza. Tanta dor. Fervendo como alcatrão quente. *Equilíbrio. Equilíbrio nos dedos das mãos e dos pés.*

— Seis anos e meio atrás, você me e-encontrou em um cruzamento. Ao norte da cidade de Veñaza. Eu era uma garotinha, e tinha perdido o caminho. Eu tinha uma boneca de pano.

Ar assoviou por entre os dentes da mulher. Ela balançou para trás, os fios brilhando com um marrom confuso. Então, sua cabeça sacudiu mais rápido, os fios turquesa de descrença...

Até que, de repente, ela estava se inclinando para mais perto, piscando e piscando e piscando.

— O seu nome é Iseult?

A garota assentiu, brevemente distraída da dor. Os olhos da monja brilharam de modo estranho, como se lágrimas surgissem. Mas talvez fosse a escuridão do quarto. O ângulo do sol. Os fios da monja não mostravam nenhuma tristeza azul — apenas entusiasmo ameixa e felicidade rosa.

— Era você — a monja continuou — na costa, seis anos e meio atrás?

— Eu tinha doze anos — Iseult disse. — O-o nome da minha boneca era... Eridysi.

Novamente, uma expiração significativa da monja. Um balanço para trás como se tivesse sido nocauteada pelo que ouvira.

— E você aprendeu o *meu* nome? Eu cheguei a te dizer?

— Acho que não. — A voz de Iseult era fraca e distante, mas ela não conseguia dizer se era porque seus ouvidos ou a sua garganta tinham parado de funcionar. O calor em seu braço estava aumentando, como uma maré crescente.

A monja se afastou, voltando a se tornar uma curandeira competente. Ela pôs uma mão quente no ombro de Iseult, logo acima da ferida de flecha. Iseult recuou, e relaxou quando o sono a puxou.

No entanto, Iseult não queria dormir. Ela não podia encarar os sonhos de novo. Não era ruim o bastante que ela tivesse apanhado e sido cercada na vida real? Ter que reviver aquilo durante o sono...

— Por favor — ela disse, a voz espessa, se esticando mais uma vez até a capa da monja, sem se importar com a sujeira. — Sem mais sonhos.

— Não haverá nenhum sonho — a mulher murmurou. — Eu prometo, Iseult.

— E... Safi? — O puxão da sonolência ondulou pela coluna de Iseult. — Ela está aqui?

— Está — a monja confirmou. — Ela deve retornar a qualquer momento. Agora durma, Iseult, e se cure.

Assim, Iseult fez o que lhe foi mandado — não que pudesse ter resistido, mesmo se quisesse —, e afundou sob a maré do sono curador.

18

Muito ao norte do *Jana* e ainda nas mesmas águas, o Bruxo de Sangue Aeduan acordou. A sensação irritante de dedos cutucando suas costelas o trouxe de volta.

Quando as nuvens da inconsciência retrocederam, os sentidos de Aeduan se expandiram. A luz do sol aqueceu seu rosto, e a água acariciou seus braços. Cheirava a salmoura.

— Ele está morto? — perguntou uma voz aguda. Uma criança.

— É claro que ele está morto — disse uma segunda criança que Aeduan suspeitava ser aquela que brincava com seu talabarte. — Ele foi arrastado para a praia na noite passada e ainda não se mexeu. Por quanto você acha que consigo vender as facas dele?

Um estalo — como se o talabarte de Aeduan tivesse sido desafivelado.

As últimas borras de sono desapareceram. Os olhos do bruxo se abriram largamente, e ele agarrou o punho da criança — o menino magricela que vasculhava seus bolsos ganiu.

A alguns passos de distância, um segundo menino o encarou boquiaberto. Então os dois começaram a berrar — e os tímpanos de Aeduan quase arrebentaram.

Ele soltou o primeiro menino, que saiu correndo em uma lufada de areia. A areia acertou Aeduan, e um gemido vibrou em sua língua. Ele firmou os punhos no chão — que afundaram na areia ensopada, molhada — e se impulsionou para levantar.

O mundo sacudiu e borrou: praia bege, céu azul, pântanos marrons, meninos correndo e uma narceja correndo a alguns centímetros dele. Aeduan desistiu de tentar entender onde estava — aquela paisagem poderia ser qualquer lugar dos arredores de Veñaza. Em vez disso, focou sua atenção no próprio corpo.

Embora distendesse os músculos, ele se abaixou para começar com os dedos dos pés. Suas botas estavam intactas, ainda que completamente encharcadas — o couro encolheria assim que secasse —, mas nada em seus pés estava quebrado.

Suas pernas estavam curadas por completo também, apesar de a perna direita da calça ter rasgado até o joelho e haver longos fios de junco do pântano enrolados em sua panturrilha.

Em seguida, examinou as coxas, os quadris e a cintura, as costelas (ainda um pouco sensíveis), os braços... Ah, as cicatrizes em seu peito estavam sangrando — o que significava que as das costas estavam sangrando também. Mas aqueles cortes minúsculos eram feridas antigas. Centenárias, até. Elas abriam e escorriam sempre que Aeduan estava machucado e à beira da morte.

Pelo menos nada *novo* sangrava, nada estava quebrado, e nada que ele não pudesse substituir estava faltando. Ainda tinha a sua capa de salamandra e sua opala carawena. Quanto ao que a garota nomatsi tinha levado — sua faca *stiletto* e seu cutelo —, não seria difícil conseguir outros.

Ainda assim, pensar na garota nomatsi com sangue inodoro fez Aeduan querer estripar alguma coisa. Sua mão se moveu até o talabarte, e enquanto a narceja se empinava para mais perto, seus dedos se contraíram ao redor de uma faca de arremesso.

Mas não. Assustar o pássaro não adiantaria nada na saciação de sua fúria. Apenas encontrar a Bruxa dos Fios adiantaria.

Não que ele soubesse o que faria quando a encontrasse. Com certeza, não a mataria — ele tinha uma dívida de vida com ela. A bruxa o tinha poupado (mais ou menos) e ele teria de retribuir.

Mas, se havia uma coisa que Aeduan odiava, era salvar vidas com as quais ele não deveria se importar. Só havia uma outra pessoa a quem ele devia tal coisa, e ao menos essa pessoa realmente merecia.

Os dedos de Aeduan se afastaram da faca. Com um último rosnado para o sol ao leste, ficou de pé. Sua vista girou ainda mais, e seus músculos tremeram, avisando que ele precisava de água e comida.

Houve um ressoar distante. Nove sinos, o que significava que o dia ainda era recente.

Aeduan balançou a cabeça na direção do som. Ao sul distante, ele podia apenas identificar uma aldeia. Onde os meninos viviam, provavelmente. Não muito longe de Veñaza, provavelmente. Então, rotacionando os punhos e flexionando os dedos, Aeduan partiu no movimento de uma onda que se aproximava.

***

Às quinze para o meio-dia, os sinos soaram, e Aeduan enfim chegou à casa do mestre Yotiluzzi. Lá, o guarda o revistou rapidamente, hesitou e abriu o portão com um puxão.

Dizer que Aeduan parecia ter sido arrastado pelos portões do inferno e voltado era um eufemismo. Ele tinha se visto em uma janela enquanto percorria a cidade, e parecia ainda pior do que se sentia. Seu cabelo curto estava encrostado de sangue, sua pele e roupas, manchadas de areia, e apesar de ter andado por três horas, suas botas e capa ainda não tinham secado.

Nem seu peito ou suas costas tinham parado de sangrar.

Em cada rua e ponte, em cada jardim e beco, as pessoas tinham saído do seu caminho — e tinham recuado assim como o guarda de Yotiluzzi fazia naquele instante. Embora, pelo menos, as pessoas de Veñaza não tivessem proferido "Bruxo do Vazio", ou deslizado dois dedos sobre os olhos pedindo pela proteção do éter como o guarda estava fazendo.

Aeduan xingou o homem enquanto passava. O guarda deu um sobressalto, e saiu aos tropeços para trás de uma porta. Enquanto Aeduan andava pelo jardim, um provérbio surgiu em sua mente: *Jamais acaricie o gato que acabou de se banhar.* Um coisa que sua mãe sempre dizia quando ele era criança — e em que Aeduan não pensava havia anos.

O que apenas fez com que sua carranca se aprofundasse, e foi preciso todo o seu autocontrole para não cortar todas as flores e folhas pendentes nas veredas. Ele odiava aqueles jardins dalmottis, com a vegetação semelhante à selva e crescimento descontrolado. Aquele tipo de jardim não era fundamentado — os mestres da guilda mais velhos apenas corriam o risco de tropeçar, e era mais um exemplo de negligência no Império Dalmotti.

Quando, por fim, Aeduan chegou ao longo terraço na lateral oeste da casa de Yotiluzzi, encontrou os criados limpando a mesa em que o mestre da guilda costumava passar as manhãs.

Uma criada avistou Aeduan caminhando com dificuldade pela vereda. Ela deu um grito; o cálice em sua mão caiu — e se estilhaçou.

Aeduan teria apenas continuado a caminhar se a mulher não tivesse gritado "Demônio!".

— Sim — ele respondeu, bravo, as botas molhadas estalando no terraço. Fixou os olhos nos dela, fazendo-a tremer. — Eu sou um demônio, e se você gritar de novo, vou garantir que o vazio fique com a sua alma.

Ela levou as mãos à boca, tremendo, e Aeduan sorriu. Desejava que ela contasse *aquela* história a todos que conhecia.

— Onde você esteve? — A voz fina e aguda de Yotiluzzi saltou das portas abertas da biblioteca. Ele enrolou as vestes no corpo e pisou para fora, a papada enrugada balançando. Na luz clara do sol, não havia como não notar a fúria nos olhos do mestre da guilda. — E o que *aconteceu* com você?

— Estive ausente — Aeduan respondeu.

— Eu sei muito bem que você esteve ausente. — Yotiluzzi sacudiu um dedo no rosto de Aeduan.

O Bruxo de Sangue odiava quando o velhote fazia aquilo. Fazia com que ele quisesse quebrar aquele dedo ao meio.

— O que eu quero saber é onde e por quê. — O dedo de Yotiluzzi continuava acenando. — Você andou bebendo? Porque você está imundo, e ninguém viu você desde a noite passada. Se continuar assim, vou precisar encerrar o seu contrato.

Aeduan não respondeu. Permitiu que os lábios se apertassem até formar uma linha, e esperou que o mestre da guilda terminasse de falar. Ao fundo, criados continuavam recolhendo pratos do desjejum — mas eles se moviam devagar, os olhos travados em Aeduan.

— Preciso muito de você — Yotiluzzi disse, por fim. — Há dinheiro a ganhar, e cada segundo que você desperdiça é menos dinheiro no meu bolso. A noiva do Henrick fon Cartorra foi sequestrada, e o imperador quer encontrá-la.

— É? — Aeduan ergueu o queixo. — E o imperador está disposto a pagar?

— Bastante. — O dedo de Yotiluzzi voltou para o rosto de Aeduan. — E eu vou recompensar *você* muito bem se conseguir rastreá-la...

Em um borrão de velocidade, Aeduan agarrou o dedo do mestre e puxou o velhote para mais perto.

— Vou direto ao imperador, obrigado.

A raiva de Yotiluzzi desapareceu. A boca dele se abriu.

— Você trabalha para mim.

— Não mais. — Aeduan soltou o dedo do homem, ainda engordurado do café da manhã. Aeduan não estava limpo naquele momento, mas aquele pedacinho viscoso de manteiga fez com que ele sentisse muito sujo.

— Você não pode fazer isso! — Yotiluzzi gritou. — Sou o seu dono!

Aeduan avançou para dentro da casa. Yotiluzzi gritou logo atrás, mas em pouco tempo ele estava fora do alcance da voz, correndo pelos corredores opulentos, subindo os dois lances de escada e finalmente chegando ao seu quarto minúsculo de empregado.

Todos os seus pertences estavam em uma única sacola — pois ele era um monge caraweno, preparado para tudo e sempre pronto para partir.

Ele vasculhou o saco, procurando dois itens: uma faca *stiletto* extra e um papel com uma longa lista de nomes. Depois de guardar a *stiletto* no talabarte rangente e ainda úmido, Aeduan examinou a lista. Apenas poucos nomes não estavam riscados.

Um na parte de baixo dizia: "Rua Ridensa, 14".

Embora Aeduan já soubesse o que o pai iria querer — que o filho se unisse ao imperador, encontrasse a Bruxa da Verdade e *ficasse* com ela para o exército crescente do pai —, já fazia semanas desde que Aeduan o atualizara.

Muito tinha se desenrolado até então, portanto Aeduan visitaria aquele Bruxo da Voz na rua Ridensa, 14, quando encontrasse tempo livre.

Porém, ele não mencionaria a garota nomatsi. Ele tinha sido cuidadoso ao manter sua primeira dívida de vida escondida do pai, e estava ainda mais determinado a guardar segredo daquela dívida nova também. Uma garota com sangue inodoro apenas incitaria perguntas.

Aeduan não gostava de perguntas.

Ignorando a maneira como sua capa de salamandra coçava, ele colocou a sacola no ombro e, sem outra olhada, deixou o quarto que tinha chamado de lar pelos últimos dois anos. Então, serpenteou de volta pela mansão de Yotiluzzi. Criados abriram caminho quando ele desceu, e Yotiluzzi ainda gritava da biblioteca.

Enquanto Aeduan avançava, ficou satisfeito ao perceber que tinha deixado uma trilha de pegadas enlameadas pela casa.

Às vezes, a justiça era uma questão de pequenas vitórias.

<hr />

Quando Aeduan chegou ao palácio do doge, meia badalada após deixar a casa de Yotiluzzi e se lavar em uma casa de banhos pública (graças aos Poços, suas cicatrizes antigas tinham parado de sangrar naquele momento), ficou chocado ao descobrir que os jardins onde tinha encarado aquela batalha inesperada não eram nada além de plantas carbonizadas e cinzas levadas pelo vento.

Ele não deveria se surpreender; *tinha* havido um fogo furioso quando ele partira.

Guardas e soldados dalmottis rastejavam em todos os lugares, e nenhum dava atenção a Aeduan. Porém, quando ele alcançou o corredor de entrada onde havia lutado na noite anterior — que exibia brasas fumegantes e em cujos muros havia vigas expostas —, um guarda se meteu em seu caminho.

— Pare — ordenou o homem. Ele mostrou os dentes manchados de fuligem. — Ninguém entra ou sai, Bruxo do Vazio.

Era óbvio que aquele homem reconhecia Aeduan. Ótimo. Ele se assustaria com ainda mais facilidade.

Aeduan farejou o ar, sabendo que seus olhos exibiam espirais vermelhas enquanto o fazia, e se agarrou ao cheiro do sangue do homem. *Cozinhas salgadas e hálito de bebê*. Um homem de família — que pena. Aquilo o tornava impróprio para a violência.

— Você vai me deixar entrar. — Aeduan levantou uma única sobrancelha. — E vai me acompanhar até o escritório do doge.

— Ah é? — o homem zombou, mas havia uma agitação inegável em sua garganta.

— É, pois eu sou a única pessoa nesse continente que pode encontrar a garota chamada Safiya. E porque sei quem a sequestrou. Agora, mexa-se. — Aeduan apontou o corredor com o queixo. — Diga aos seus superiores que estou aqui.

Como Aeduan sabia que aconteceria, o guarda saiu apressado. Após longos minutos de espera (e se mantendo ocupado com uma contagem contínua dos homens ao redor), o guarda retornou com a mensagem de que, sim, o bruxo poderia ser acompanhado imediatamente.

Aeduan seguiu o homem de família/guarda, prestando atenção nos danos da noite anterior. Metade do palácio estava queimado. Os jardins estavam ainda piores. Qualquer planta ainda viva estava coberta de cinzas.

Quando chegou ao gabinete privado do doge, após ser examinado por doze grupos de guardas — um para cada nação presente na sala, ao que parecia —, ele encontrou um refúgio agitado. O aposento de tapetes vermelhos exuberantes, prateleiras da altura do teto e luminárias de cristal brilhante era claramente um espaço pessoal do doge, que se encontrava invadido por pessoas de todas as idades, classes e cores — enquanto soldados em todos os tipos de uniforme marchavam.

Os illryanos com pele cor de noz se escondiam atrás da porta, desejando que pudessem voltar para suas montanhas ao sul. Os svodenanos magros se agrupavam próximo à janela, os olhares direcionados para o norte, e os balmanos passavam adiante o que parecia ser uma jarra de vinho. Lusqueanos, kritanos, portollanos — cada nação permanecia unida.

Mas a ausência dos marstoks era notável. No exame rápido de Aeduan, ele não viu sinais da imperatriz Vaness ou de seu sultanato.

Também não viu os nubrevnos.

Logo, Aeduan encontrou o imperador de Cartorra, andando ao lado de uma longa mesa, os braços voando em todas as direções e os gritos chacoalhando o cristal. O doge dalmotti, preso na posição de receptor dos gritos de Henrick, estava sentado rígido e inquieto atrás da mesa.

— A-rá! — chamou uma voz de tenor à esquerda de Aeduan. — Aí está você. — Leopold fon Cartorra saltou graciosamente de uma sombra, deixando que Aeduan se perguntasse como não tinha notado o príncipe de cabelos claros e vestes verdes que espreitava ao lado da estante.

Ou, por falar nisso, como ele não tinha sentido o *cheiro* do príncipe. Aeduan havia registrado o cheiro do sangue do herdeiro imperial no baile: *couro novo e lareiras fumacentas*. Ele devia ter sentido o cheiro ali.

Sua confusão foi rapidamente engolida por uma segunda voz e uma segunda figura que se materializava das sombras. De algum modo, Aeduan não tinha notado aquele homem também — o que apenas o deixava mais irritado. Em especial porque aquele segundo homem era, pelo menos, um palmo mais alto que todos os outros na sala.

— Você sabe sobre a minha sobrinha — o homem falou arrastado. Ele parecia não dormir havia dias. Seus olhos estavam vermelhos como brasas, e seu hálito...

O nariz de Aeduan se enrugou. O homem cheirava mais a vinho do que o próprio vinho. Dominava até o cheiro do seu sangue.

— Venha, monge — Leopold insistiu, gesticulando em direção ao tio, que ainda gritava. — Nos disseram que você tem informações sobre a noiva do meu tio. Precisa nos contar tudo, e... ah, veja só. — Leopold tinha visto sua manga, cheia de fuligem. Com um suspiro deprimido, ele a limpou sem entusiasmo. — Acho que é isso que eu ganho por usar veludo claro em um mundo de cinzas. Imagino que o meu cabelo também esteja ruim.

Estava — o loiro-avermelhado estava quase cinza —, mas Aeduan não proferiu uma palavra sobre aquilo.

— O imperador — ele relembrou, sucinto.

— Certo. É claro. — Leopold se enfiou no meio dos soldados e criados sem pedir desculpas. Aeduan o seguiu, e o bêbado (que Aeduan deduziu ser dom Eron fon Hasstrel) se arrastava logo atrás.

— Você sabe quem está com a minha sobrinha — o homem disse. — Me diga... me diga tudo o que você sabe. — Ele agarrou a capa de Aeduan.

O Bruxo de Sangue deu um passo tranquilo para o lado. O que fez dom Eron cambalear em direção ao imperador. E *para cima* do imperador. Henrick afastou Eron com um rosnado antes que seus olhos pousassem em Aeduan. Seus lábios se crisparam.

Então este é o imperador de Cartorra, Aeduan pensou. Ele tinha visto o homem à distância na noite anterior, mas nunca chegara perto o bastante para identificar todas as marcas nas bochechas de Henrick. Ou para ver o único dente que se empurrava para fora um pouco mais que o resto. O dente se sobressaía sobre o lábio superior quando a boca de Henrick estava fechada, como o de um cachorro.

Um cachorro muito irritado.

— Quem está com a domna? — Henrick perguntou. Embora ele fosse ao menos quinze centímetros mais baixo que Aeduan, a voz do imperador era forte e grave. O tipo de voz que se sobressaía a canhões, e Aeduan farejou um toque de campos de batalha no sangue dele. — Nos diga o que você sabe — Henrick prosseguiu. — Foram os malditos marstoks?

— Não — Aeduan respondeu, cauteloso. Devagar. Ele precisava se certificar de que ninguém soubesse que Safiya era uma Bruxa da Verdade. Era provável que o tio soubesse... embora, talvez não. Aeduan suspeitava que um homem como Eron iria descaradamente usar uma Bruxa da Verdade se tivesse a chance.

— Viu? — o doge expirou. — Eu disse que não tinha sido a Vaness! — Ele bateu freneticamente em algo em sua mesa. — A assinatura da imperatriz teria desaparecido se eles tivessem feito isso!

Aeduan apertou os lábios com força quando percebeu que olhava para o tratado dos vinte anos de trégua. Ou melhor, a página final, a qual todos os líderes continentais tinham assinado. Ele percebeu que o rabisco infantil de Vaness — ela era apenas uma garotinha quando assinou — ainda estava firme na parte de baixo da página. Ou a magia da trégua estava quebrada, ou os nubrevnos não tinham levado aquela domna contra a vontade dela.

Aeduan se voltou para o imperador Henrick.

— Os nubrevnos estão com a domna. Eu os vi carregarem ela para o mar.

Queixos caíram coletivamente na sala. Mesmo Henrick parecia ter engolido uma coisa horrível.

— Mas — o príncipe Leopold começou, esfregando o lábio inferior com o polegar — foi um Bruxo de Fogo marstok que queimou o palácio até ele torrar. E — ele olhou para Henrick, procurando apoio — os marstoks deixaram a cidade de Veñaza. A imperatriz e seu sultanato inteiro desapareceram logo depois da festa. Para mim, isso indica culpa.

— Sim — o doge disse, juntando as mãos em campanário com nervosismo —, mas os nubrevnos também. Eles foram embora logo após a primeira dança entre...

— Entre o príncipe e a minha sobrinha — Eron finalizou, ficando com a postura um pouco mais ereta do que antes. — Nubrevnos idiotas! Eu vou destruí-los...

— Não haverá destruição — Henrick resmungou, com um olhar enojado. Ele se inclinou para Aeduan. — Nos conte o que você viu, monge. Tudo.

Aeduan não fez nada do tipo. Na verdade, escondeu quase todos os detalhes e pulou para a única coisa que importava: a luta entre um Bruxo do Vento nubrevno e os monges carawenos no farol.

— Ele levou a domna para o mar com os seus ventos — Aeduan concluiu. — Não consegui segui-los.

Henrick assentiu, pensativo; o doge piscou furiosamente por trás dos óculos; dom Eron parecia não fazer a menor ideia do que Aeduan estava falando; e Leopold apenas observou Aeduan com um desinteresse sonolento.

— Como você seguiu a garota até o farol? — Henrick perguntou. — Com a sua bruxaria?

— Sim.

Henrick grunhiu, e deixou escapar um sorrisinho minúsculo que revelou seu canino.

— E você pode usar seu poder de novo? Mesmo através do Jadansi?

— Sim. — Aeduan tamborilou uma batida incerta no pomo de sua espada. — Eu a seguirei por um preço.

As narinas de Henrick se alargaram.

— Que tipo de preço?

— Quem se importa? — dom Eron gritou, circundando Aeduan. — Pagarei o que você quiser, Bruxo de Sangue. Diga o seu preço e eu pagarei...

— Com que dinheiro? — Henrick interrompeu. Ele riu, um som mordaz. — Você pegou emprestado da coroa para estar nesta conferência, Eron, então se você tem algum dinheiro escondido na sua carteira, ele deve ser pago a mim primeiro. — Com outra risada, Henrick se virou de volta para Aeduan.

— Nós cobriremos as suas despesas, Bruxo do Vazio, mas virá dos cofres de quem quer que tenha raptado a domna Safiya. Se os nubrevnos estão com ela, então serão os nubrevnos que pagarão.

— Não. — Os dedos de Aeduan batucaram mais rápido. — Eu exijo cinco mil piestras adiantadas.

— Cinco mil? — Henrick se afastou. Então, se inclinou para a frente, perto o bastante para fazer a maioria dos homens recuar.

Aeduan não recuou.

— Você sabe com quem está falando, Bruxo do Vazio? Sou o imperador de Cartorra. Você será pago quando eu disser que será.

Aeduan parou de batucar.

— E eu sou um Bruxo de Sangue. Conheço o cheiro da garota e posso rastreá-la. Mas não farei isso sem cinco mil piestras.

O peito de Henrick se elevou, um grito intenso estava claramente a caminho, mas Leopold interviu.

— Você terá o dinheiro, monge. — O príncipe levantou as mãos para o tio em submissão. — Ela é a sua *noiva*, tio Henrick, então vamos pagar qualquer preço para tê-la de volta, não é? — Ele se virou do imperador para o doge e para dom Eron, de algum jeito conseguindo um aceno de cada um.

Aeduan ficou impressionado. E ficou ainda mais quando o príncipe Leopold fon Cartorra se virou para ele, o olhou nos olhos e disse:

— Você pode vir comigo até os meus aposentos. Devo ter pelo menos metade do dinheiro lá. Isso será o suficiente?

— Sim.

— Ótimo. — Leopold deu um sorriso vazio. — Agora, acho que todos podemos concordar — ele voltou a olhar para o tio — que perdemos tempo demais aqui. Se você permitir, Majestade, me juntarei ao monge na busca pela sua noiva. Conheço bem a Safiya, e acho que meu conhecimento poderia ajudar o monge.

Qualquer respeito que Aeduan tivesse sentido sumiu imediatamente com aquelas palavras. O príncipe iria atrasá-lo. Distraí-lo. Mas, antes que ele pudesse protestar, Henrick assentiu com brusquidão.

— Sim, junte-se ao Bruxo do Vazio. E mantenha a coleira dele apertada. — O imperador zombou de Aeduan, claramente esperando uma resposta que infringisse as leis.

Portanto, Aeduan não respondeu nada.

Momentos depois, Leopold gesticulou para Aeduan segui-lo e saiu da sala. O Bruxo de Sangue o seguiu, girando os punhos e com a frustração fermentando em seu sangue.

Pelo menos ninguém tinha mencionado que Safiya era uma Bruxa da Verdade. Assim que Aeduan fosse bem recompensado por todo o incômodo de caçar a garota, ele ainda poderia entregá-la ao seu pai.

Pois, embora aqueles cartorranos o estivessem pagando para encontrar Safiya fon Hasstrel, ninguém tinha dito nada sobre *devolvé-la*.

19

Nas duas horas desde que Merik tinha guiado Safi de volta para o quarto e mandado que ela continuasse no convés inferior do navio por questões de segurança, Safi teve os mesmos pensamentos repetidamente.

E perguntas — tantas perguntas. Do plano do tio até seu noivado com Henrick, tudo era coberto por um terror inabalável por Iseult.

Havia passos também — pulsantes e incessantes. Eles estremeciam o crânio de Safi até que ela sentisse vontade de gritar. Até que ela acabava andando impaciente na cabine minúscula, enquanto Evrane tratava do machucado de Iseult.

— Pare. — Evrane, por fim, se descontrolou. — Ou saia do quarto. Você me distrai.

Safi optou por sair — especialmente porque tinha a permissão de fazer aquilo. Ali estava a sua chance de examinar o porão principal. De descobrir como ela levaria Iseult para sua *liberdade* arduamente conquistada. Ela podia ouvir as lições de Habim com clareza, como se ele estivesse ao seu lado, repetindo coisas sobre estratégia e campos de batalha.

O porão acabou sendo um espaço escuro atulhado de baús e redes, sacos e barris. Cada canto inspecionado tinha *alguma coisa* espremida — incluindo marinheiros —, e não havia nenhuma luz além de um clarão acima da escada do convés principal. Tudo fedia a suor e corpos sujos, enquanto o fedor corrosivo de cocô de galinha subia em baforadas de uma pecuária na coberta de baixo. Safi estava apenas grata por não conseguir ouvir as galinhas — ou qualquer outro animal. Já havia barulho demais para seu humor suportar.

Embora a maioria dos marinheiros parecesse estar na parte superior, Safi contou vinte e sete homens recolhidos contra caixotes ou aninhados ao lado de barris. Não parecia haver quartos para a tripulação, e Safi registrou aquilo para analisar mais tarde.

Dos vinte e sete marinheiros pelos quais ela passou, dezenove mordiam o polegar ou sibilavam "adoradora de nomatsis imunda" para ela. Ela fingia não entender, e até mesmo ofereceu um aceno amável. Mas, mesmo na luz fraca, memorizou seus rostos enrugados pelo sol. Suas vozes odiosas.

Quando um garoto negro magricela com tranças que batiam nos ombros saltou da escada abaixo do convés, a bruxaria de Safi ronronou que *ele* era confiável. Então Safi o segurou pelo ombro quando ele passou por ela.

— A tripulação atacaria uma nomatsi?

O garoto piscou, as tranças balançando, antes que, em uma voz decididamente *feminina*, ele respondesse:

— Não se o almirante discordar, e eu acho que ele não concordaria. Ele não liga tanto para os *matsis* como o resto de nós.

— Nós?

— Eu não! — As mãos da garota, que Safi tinha tomado por um menino, se levantaram. — Eu juro, eu juro. Não tenho problemas com os *matsis*. Quis dizer a tripulação.

Verdade. Safi esfregou o nó dos dedos nos olhos. Lá em cima, pés se arrastavam, espadas tiniam e vozes gritavam. Qualquer que fosse a simulação que estivesse acontecendo, Safi desejou que parasse.

Ela voltou a andar de um lado para o outro. Uma batida dupla no tambor em ritmo lento. Uma batida tripla. Por que ela não conseguia bolar um plano? Iseult fazia aquilo parecer tão simples, mas, toda vez que Safi tentava organizar os pensamentos, eles se afastavam com um rodopio, como sedimentos levados pela corrente.

— Você não deveria andar tanto — a garota disse, ainda seguindo os passos de Safi. — A tripulação vai reclamar, e o almirante pode acabar te prendendo.

Aquilo fez Safi parar. Ficar presa limitaria suas chances de defesa ou fuga, se fosse necessário.

— Tenho um bom lugar lá em cima — a garota ofereceu, apontando para a escada. — Você não pode caminhar, mas pode assistir às simulações.

As narinas de Safi tremeram. Ela marchou até os degraus mais baixos e encarou a luz clara do sol acima dela. Merik estava lá. E Kullen também, que poderia deixar Safi incapacitada pela menor desobediência.

Mas subir *daria* a Safi uma noção maior do navio, da tripulação e da estrutura. Talvez ela conseguisse montar uma estratégia se soubesse mais.

— Ninguém nos verá? — ela perguntou à garota, pensando nas ordens de Merik para ficar ali embaixo.

— Juro que não.

— Então me mostre.

A garota deu outro sorriso e escalou a escada. Safi escalou logo atrás, e logo se viu cercada por marinheiros, seus sabres de abordagem erguidos e os pés se movendo em passos que pareciam vinhas pelo convés agitado. Embora muitos homens a tenham olhado com impertinência quando ela passou, ela não ouviu zombarias nem se sentiu agredida. Tudo indicava que os preconceituosos estavam, em sua maioria, lá embaixo.

O que significava que ela não ficaria ali por muito tempo. Conseguiria a informação que queria e voltaria para ficar ao lado de Iseult.

Safi seguiu a garota, contando quinze passos da escada até a sombra do castelo de proa. A garota se esgueirou por trás de quatro barris que fediam a peixe morto e se agachou. Safi se acocorou ao lado dela, satisfeita ao perceber que estava, de fato, escondida. O lugar também dava a ela uma imagem clara dos marinheiros que treinavam — que, ela percebeu com uma reviravolta nauseante, eram *muitos*.

Com toda a tripulação exposta em fileiras, em vez de escalando o cordame ou vasculhando os conveses, Safi calculou pelo menos cinquenta homens. Era provável que fosse o dobro, já que ela era como cocô de gaivota quando se tratava de matemática.

Esticou o pescoço até avistar Merik, Kullen e outros três homens ao lado do leme. Todos usavam óculos de vento, e suas bocas se moviam em uníssono.

Atrás deles, estava a fonte dos trovões infinitos. Um homem jovem — com tranças como as da garota — batia em um tambor horizontal enorme.

Safi desejou poder partir o martelo dele ao meio.

Mais do que isso, desejou poder respirar um pouco de ar fresco.

— Pelos deuses — ela xingou, voltando-se para a garota. — Que fedor é esse?

— Miúdos de peixe. Nós guardamos eles. — A garota pegou uma escama brilhante do barril mais próximo e a sacudiu. Examinando as tábuas ao redor, Safi viu *muitas* escamas. Vazando dos barris, grudando-se às laterais. — São para as raposas-do-mar — acrescentou a garota. — Precisamos alimentá-las quando passamos, ou elas nos atacam.

— As... raposas-do-mar — Safi repetiu categoricamente. — Como as serpentes mitológicas que se alimentam de carne humana?

— *Aye.* — A garota exibiu seu sorriso fácil de novo.

— Mas é claro que você não *acredita* nelas. Afinal, são apenas histórias para assustar crianças, como morcegos-da-montanha. Ou os Doze Paladinos.

— Que *também* são reais — a garota alegou. Como se quisesse provar sua opinião, ela tirou do bolso uma pilha gasta de cartas de tarô com o verso dourado e virou a primeira carta.

Era o Paladino das Raposas, e uma serpente peluda azul-petróleo se enrolava em uma espada. Sua cara parecida com a de uma raposa encarava Safi.

— Ótimo truque — Safi murmurou, os dedos tentados a pegar o baralho. Ela tinha visto muitas cartas de tarô na vida, mas nunca vira nenhuma com raposas-do-mar no lugar de *raposas-vermelhas* normais. Fez com que ela imaginasse o que estava pintado nos outros cinco naipes.

— Não é um truque — a garota rebateu. — Só estou te mostrando qual a aparência de uma raposa-do-mar. Elas são serpentes imensas na água, vê? Mas de décadas em décadas elas trocam de pele e vêm para a costa na forma de lindas mulheres que seduzem os homens...

— E os arrastam para o túmulo — Safi finalizou. — A lenda do morcego-da-montanha é igual. Mas o que eu quero saber é se você já *viu* mesmo uma raposa-do-mar.

— Não. Embora — a garota se apressou em acrescentar — alguns homens mais velhos da tripulação aleguem terem lutado contra elas durante a guerra.

— Entendo — Safi respondeu, lentamente. E ela *entendia* mesmo. Merik e seus capitães deviam guardar os miúdos de peixe para satisfazer aqueles mais supersticiosos em seus postos, assim como o tio Eron mandava ovelhas para as cavernas Hasstrels todos os anos para os "morcegos-da-montanha".

Por toda a infância, Safi tinha procurado nas florestas alpinas ao redor da propriedade Hasstrel por qualquer sinal do dragão que se parecia com um morcego. Ela vasculhara as cavernas próximas, onde os morcegos supostamente viviam, e passara horas ao lado do inoperante Poço Originário da Terra, esperando que uma mulher lindíssima aparecesse de repente.

Mas após dez anos sem nenhum vislumbre, Safi finalmente aceitou que os morcegos-da-montanha — se é que tinham um dia existido — estavam tão mortos quanto o poço ao lado de onde viviam.

Raposas-do-mar, Safi decidiu, não eram diferentes.

— Aliás, meu nome é Ryber. — A garota sacudiu a cabeça. — Ryber Fortsa.

— Safiya fon Hasstrel.

Ryber mordeu o lábio como se tentasse reprimir um sorriso. Contudo, ela logo desistiu.

— Você é uma domna, certo? — Ela virou outra carta de tarô.

A Bruxa. Mostrava uma mulher, o rosto escondido, encarando um poço originário — o Poço Originário da Terra, na verdade. Exceto que, ao contrário do poço que Safi crescera explorando, a versão ilustrada ainda estava viva. As seis faias ao redor do poço estavam florescendo, a passarela de laje intacta, e as águas rodopiando.

Assim como o Paladino das Raposas, a imagem não se parecia com nenhuma outra carta da Bruxa que Safi já vira.

Ryber colocou a carta de volta no baralho, e Safi voltou a olhar para os marinheiros. Um rapaz a tinha notado, o rosto suado e dolorosamente vermelho — e com zero habilidade com um sabre de abordagem.

No tempo que levou para Safi estalar *todos* os dedos, ele foi desarmado duas vezes pelo oponente. O pior era que seu oponente não só estava próximo à idade de se aposentar, como também tinha uma perna deficiente. Se em algum momento Safi precisasse de um sabre, aquele era o garoto de que roubaria.

— A sua tripulação — ela disse, inclinando-se para trás para pegar uma lufada rápida de vento — parece dividida. Alguns conseguem lutar, mas a maioria não.

Ryber suspirou, um som de confirmação.

— Nós não tivemos muita experiência. Os bons — ela indicou o homem velho com a deficiência — lutaram na guerra.

— Não é dever do primeiro-imediato garantir que vocês melhorem? — Safi apertou os olhos para o leme. O vento esvoaçava o cabelo claro de Kullen, e ele ainda murmurava junto com os outros bruxos. Merik, porém, não estava mais lá. — O imediato não está nem assistindo às simulações.

— Porque está navegando. Normalmente ele nos encoraja, *sim*.

Algo na maneira defensiva com que Ryber falou fez Safi analisar a garota mais de perto. Apesar de sua aparência de menino e das tranças nada atraentes, Ryber não era uma garota feia. De fato, olhando com atenção, ela percebia que os olhos de Ryber eram de um prateado radiante. Não cinza, mas realmente *prateados* e brilhantes.

O primeiro-imediato teria de ser cego para não se apaixonar por aqueles olhos.

— Então vocês estão juntos — Safi disse.

— Não — Ryber respondeu com rapidez; rapidez demais. — Ele é um bom primeiro-imediato, só isso. Justo e inteligente.

A mentira desceu inquieta pela pele de Safi, e ela teve de conter um sorriso enquanto voltava sua atenção para Kullen. Tudo o que viu foi um homem enorme com uma bruxaria poderosa — um homem que poderia derrotá-la com muita facilidade. Embora talvez houvesse mais por trás de seu exterior frio.

Ryber deu um longo suspiro e virou outra carta do baralho. *O Paladino dos Cães de Caça.* Ela encarou a serpente semelhante a um cão, também enrolada em uma espada, e havia um vazio em seus olhos que dizia coisas que seriam melhores esquecidas. Mas então seu olhar se fixou em Kullen, e as linhas em seu rosto se suavizaram.

Ryber e o primeiro-imediato *estavam* juntos, e era mais do que apenas um caso. Era sério e forte.

Verdade.

Safi franziu os lábios. Ela e Ryber pareciam ter a mesma idade, mas ali estava uma coisa que Safi conhecia pouco. Ela tivera romances em Veñaza. Flertes com jovens como o Traidor Atraente, mas aqueles encontros sempre terminaram em beijos rápidos e despedidas ainda mais rápidas.

— O príncipe — ela perguntou, despreocupadamente — tem um relacionamento com alguém? — Ela ficou tensa, desejando no mesmo instante que pudesse retirar aquelas palavras. Não sabia de onde tinham saído. — *Quero dizer*, é permitido que a tripulação do príncipe Merik se relacione?

— Não uns com os outros — Ryber respondeu. — Aliás, não estamos em solo nubrevno, domna. Então é almirante Nihar.

Aquilo chamou a atenção de Safi, e ela aceitou a distração com entusiasmo.

— O título do príncipe muda dependendo de onde ele está?

— Claro que sim. O seu não?

— Não. — Safi mordeu o lábio quando uma nova lufada de vento salgado chicoteou atrás dos barris. Em vez de refrescar, pareceu escaldá-la; e fez com que suor gotejasse de sua testa. Mas aquele era um calor diferente de antes, um calor raivoso. Um calor *apavorado*.

E ela esquentou ainda mais conforme Ryber prosseguia descrevendo como o racionamento de refeições de Merik tinha chateado muitos homens e apenas aumentado a disparidade entre os que apoiavam o príncipe e aqueles a favor da princesa Vivia. Como a capital da cidade tinha ficado suja e superpopulosa desde a Grande Guerra.

A verdade potente por trás daquelas histórias fez os tornozelos de Safi vacilarem e os dedos se fecharem. O mundo que Ryber descreveu não era nada parecido com o que Safi tinha deixado para trás. Havia pobreza no Império Dalmotti — é claro que havia —, mas não fome.

Talvez... talvez Merik precisasse mesmo fazer negócios — ainda que com uma nação amaldiçoada como os Hasstrels.

Assim que Safi levantou a perna para ficar de pé — para voltar à cabine e conferir Iseult —, a voz de Evrane acertou seus ouvidos.

— Então você vai deixar a garota *morrer*? — Os gritos de Evrane se espalhavam, vindos da escada mais próxima. Mais altos que os marinheiros treinando. Mais altos que o tambor retumbando. — Você *precisa* nos levar para a costa!

Um arrepio percorreu a coluna de Safi. Fragmentou-se por todas as partes de seu corpo. Ela se apoiou nos joelhos, nos pés. Então se levantou, ignorando os sussurros de Ryber para continuar escondida. Assim que ela se ergueu sobre os barris, a cabeça escura de Merik surgiu na escada. Ele escalou com habilidade até o convés, a figura encoberta de Evrane atrás.

Merik andou vários passos para a frente, girando a cabeça como se procurasse por alguém, e os marinheiros deram um passo para o lado.

Evrane caminhava ao seu lado.

— Aquela garota precisa de um curandeiro do fogo, Merik! Sem um ela vai morrer!

Merik não respondeu — mesmo quando a voz de Evrane se ergueu com raiva e ela exigiu que Merik os levasse até a costa.

Os dedos de Safi se flexionaram. Seus dedos dos pés, suas panturrilhas, seu estômago — tudo estava tenso.

Se Merik não estava disposto a salvar a vida de Iseult, era uma confirmação de que ele não era aliado de Safi. Assim, com ou sem contrato, com ou sem inimigos marinheiros, o almirante Nihar acabara de se tornar *oponente* de Safi, e aquele navio era seu campo de batalha.

20

Merik tinha descido até o convés inferior para verificar a domna. Ele não gostou de como a tinha deixado na cabine. A irmã de ligação dela estava doente, e Merik entendia como aquilo podia amarrotar a disposição de alguém.

E toda vez que havia algo amarrotado, era Merik quem precisava desamassar.

Além do mais, aquela era basicamente a única coisa amarrotada que ele *conseguiria* consertar no momento. O Bruxo da Voz de Vivia estava perseguindo Hermin, exigindo que Merik contasse onde o navio mercante dalmotti estava, e se recusando a desistir até que a própria Vivia visse o novo contrato Hasstrel.

O príncipe tinha mentido — de novo — alegando que o navio mercante estava apenas na metade da distância que realmente estava, mas ele suspeitava que Vivia tinha começado a perceber.

Antes que alcançasse a cabine de passageiros, a tia o interceptou no início da escada.

— Nós precisamos parar — ela afirmou, o rosto escurecido nas sombras, mas com o cabelo prateado brilhando. — A Iseult está doente demais. Quais os portos mais próximos?

— Nenhum que possamos visitar. Ainda estamos em território dalmotti. — Merik tentou dar um passo adiante.

Evrane o impediu, furiosa.

— Qual parte de "doente demais" você não entende? Isso é inegociável, Merik.

— E este não é o seu navio. — Merik não tinha paciência para aquilo naquele momento. — Nós paramos quando eu disser, tia. Agora saia da minha frente, preciso visitar a domna.

— Ela não está na cabine.

E assim, aquela pressão familiar se inflamou sob a pele de Merik.

— Onde — ele perguntou, suavemente — ela está?

— Lá em cima, eu acho. — Evrane fez um movimento desinteressado com as mãos, indicando o porão de carga, como se dissesse "você não está vendo ela aqui, está?".

— Mas — Merik continuou, a voz ainda perigosamente baixa — ela deveria continuar aqui embaixo. Por que você não a manteve na cabine?

— Porque essa não é a minha responsabilidade.

Com aquelas palavras, o temperamento de Merik se atiçou em chamas. Evrane sabia o que estava no contrato Hasstrel. Ela *sabia* que Safiya devia permanecer nas cobertas por questões de segurança. Uma única gota de sangue marcaria o término do contrato inteiro.

E pensar em Safiya sangrando... se machucando...

Ele subiu a escada em um salto, as palavras da tia o seguindo.

— Então você vai deixar a garota *morrer*? Você *precisa* nos levar para a costa!

Merik ignorou a tia. Ele encontraria Safiya e explicaria a ela — com gentileza, é claro, não com aquele fogo o controlando — que ela não podia deixar a cabine por nada. Ela ouviria, obedeceria, e Merik poderia relaxar de novo. Mais nada amarrotado seria percebido.

Merik gritou para os homens saírem da frente enquanto visava o tombadilho. Sua magia queria ser solta, e por mais preocupado que estivesse, ele não conseguia acalmá-la.

— *Almirante!*

Merik parou. Aquela era a voz de Safiya. Atrás dele.

Ele se virou devagar, o peito inflando. Os ventos palpitavam em seu interior, pior do que antes. Pior do que em anos. Ele estava perdendo o controle.

Seu controle foi completamente abalado quando ele a viu parada no centro do convés com um sabre na mão.

— Você vai nos levar para a costa. — O tom de voz dela era frio e preciso. — *Agora.*

— Você desobedeceu a ordens — Merik disse, praguejando interiormente. O que tinha acontecido com a explicação gentil? — Eu te disse que a minha palavra é lei, te disse para ficar lá embaixo.

A única resposta dela foi erguer o sabre ainda mais.

— Se a Iseult precisa de um curandeiro do fogo, então nós iremos para a costa.

À distância, Merik percebeu que o tambor de vento tinha parado de tocar. Que o navio tinha começado a balançar sem os Bruxos da Maré para mantê-la tranquila.

Merik sacou o próprio sabre.

— Vá para baixo, domna. Agora.

Aquilo fez Safiya sorrir — um sorriso terrível —, e ela caminhou calmamente até a espada de Merik. Então jogou os ombros para trás e empurrou o peito contra a ponta da lâmina. Sua camisa se afundou.

— Consiga um curandeiro do fogo, almirante, ou eu vou garantir que o seu contrato seja arruinado.

Os globos oculares de Merik estavam sendo esmagados pelo calor. Safiya cortaria a própria pele. Ela faria sangue jorrar, e Merik perderia tudo pelo qual trabalhara. De algum modo, ela sabia o que o contrato dizia, e o estava testando.

Merik baixou a espada.

Cedeu à sua raiva. Os ventos sopraram livres, explodiram sobre os marinheiros.

— Kullen! Deixe-a sem ar!

O rosto de Safiya empalideceu.

— *Covarde!* — ela xingou. — Covarde egoísta! — Atacou.

Merik mal teve tempo de se jogar para trás em direção à cabine antes que a lâmina dela cortasse o ar onde sua cabeça tinha estado.

Ele voou para o tombadilho, a palavra "covarde" acertando os seus ouvidos de todas as direções. Ela se retorcia nos lábios dos marinheiros e, enquanto ele descia até o convés, encontrou os olhos de Kullen na multidão. O primeiro-imediato balançou a cabeça — um sinal de que ele não ajudaria daquela vez.

Logo Merik entendeu o porquê: a única coisa que os marinheiros do pai tinham visto era uma mulher — uma mulher *cartorrana*, aliás — chamar o novo almirante de "covarde". Se Vivia ou Serafin estivessem liderando aquele navio, a justiça seria rápida, rigorosa e violenta. Era o que aqueles homens esperavam. O que exigiam.

E não era como se eles soubessem sobre o contrato Hasstrel.

O que significava que Merik teria de lutar com Safiya fon Hasstrel, e teria de fazer aquilo sem derramar sangue.

Os pés de Merik tocaram o solo, e lá estava a garota, avançando em sua direção com a trança voando logo atrás. Os marinheiros saíram do caminho dela, atentos ao que aconteceria a seguir.

Safiya estava na frente dele, arqueando o sabre. Merik bloqueou o golpe com a própria lâmina. Faíscas queimaram no aço — aquela garota era forte. Ele precisava retirar as espadas daquela luta o quanto antes. Mesmo o menor corte poderia ser demais para o contrato.

Outro golpe seco da garota. Merik se defendeu, mas suas costas estavam contra a cabine. Pior, tudo estava se inclinando bruscamente para a esquerda, e o navio estava naquela pausa estática em meio à agitação.

A garota aproveitou aquela inércia, e pelos Poços, ela era rápida. Um golpe se tornou dois. Três. Quatro...

Mas então... o navio deu uma guinada para o outro lado, e os joelhos dela oscilaram. Ela precisava se posicionar melhor antes de desenrolar o próximo ataque.

Merik estava pronto. Quando a lâmina dela voou para o alto, ele se abaixou. A espada dela acertou a parede, e Merik a atacou. No instante em que ela subiu nos ombros dele, os punhos dela acertaram os rins de Merik. Sua coluna.

Ele afrouxou o aperto, e o navio balançou. Ele se sentiu perdendo o equilíbrio. Ela cairia de cabeça no convés.

Então ele se aproveitou de sua bruxaria do vento. Uma lufada de ar passou por baixo da garota, lançando o tronco dela para cima e devolvendo o equilíbrio a Merik... até que ela se segurou no ombro dele, completamente ereta, e lhe deu uma joelhada nas costelas.

Ele se dobrou para a frente — não pôde evitar. Tábuas se aproximaram do seu rosto.

Sua magia explodiu. Em um ciclone de poder, ele e a domna foram soprados para fora do convés. Eles giraram. Rodopiaram. O mundo ficou embaçado até que estivessem acima dos mastros. O vento chicoteava ao redor deles, embaixo deles. Safiya sequer parecia notar como estavam alto.

Merik tentou controlar o poder embaixo de sua pele. Em seus pulmões. Mas não havia como negar que a garota despertava sua fúria interna. Sua bruxaria não respondia mais a ele, mas a *ela*.

O punho dela se lançou contra o rosto de Merik. Ele só teve tempo de bloquear a mão antes que o pé dela se enganchasse atrás do seu tornozelo. Ela o puxou para trás — o corpo girando junto com o dele até que estivessem de cabeça para baixo. Até que tudo o que ele via eram lonas de vela e massames e os punhos de Safiya.

Merik contra-atacou, mas a empurrou com força demais — ou talvez a magia dele tivesse sido responsável por aquilo. De qualquer jeito, ela saiu girando para longe das velas. Em seguida, ela se afastou dos ventos de Merik e desabou de cabeça na direção de cem marinheiros estupefatos.

Merik *empurrou* um vento mágico por baixo dela, impulsionando-a de volta em sua direção. Girando-a — e a ele — de volta para o sentido correto. O mar e o cordame se difundiam em sua visão.

Então Safiya o chutou. Direto no estômago.

Sua respiração saiu com um ruído. Sua magia foi interrompida.

Ele e a domna caíram.

Merik só teve tempo de inclinar o corpo embaixo dela e pensar *isso vai doer*, quando suas costas acertaram o convés.

Não... aquele não era o convés. Aquilo era um redemoinho de vento. Kullen estava diminuindo a velocidade deles, antes que...

Merik bateu na madeira com um *crack* de chacoalhar o cérebro. Safi caiu por cima dele, esmagando seus pulmões e costelas.

Apesar da dor e do impacto que sofrera, Merik aproveitou a chance enquanto podia. Enganchou os joelhos nos dela e a virou de modo que ficasse embaixo dele. Então, colocou as mãos nas laterais da cabeça dela e olhou para baixo.

— Terminou?

O peito dela subia e descia. As bochechas estavam vermelhas da cor do pôr do sol, mas seus olhos estavam brilhantes e afiados.

— Nunca — ela disse, ofegando. — Não até você ir para a costa.

— Então vou te algemar. — Merik se moveu como se fosse levantar, mas ela agarrou a camisa dele e o puxou. Os cotovelos dele afundaram; ele caiu horizontalmente sobre ela, os narizes quase se tocando.

— Você não... joga limpo. — As costelas dela encontravam as dele a cada respiração ofegante. — Lute comigo... de novo. Sem magia.

— Eu machuquei o seu orgulho? — Ele deu uma risada grosseira e mergulhou a boca na direção da orelha dela. O nariz dele tocou a bochecha de Safiya. — Mesmo sem os meus ventos — ele sussurrou —, você perderia.

Antes que Safi pudesse responder, Merik saiu de cima dela e ficou de pé.

— Levem ela para baixo e a algemem!

Safiya tentou se levantar, mas dois marinheiros — homens da tripulação original e leal a Merik — já estavam em cima dela. Ela lutou e gritou, mas quando Kullen parou imóvel ao seu lado, Safi parou de brigar — embora não tenha parado de gritar.

— Espero que você queime no inferno! O seu primeiro-imediato e a sua tripulação... espero que todos *queimem*!

Merik se virou, fingindo não ouvir. Não se importar. Mas a verdade é que ele ouvia e se importava.

21

Levou poucos minutos para Aeduan conseguir ser contratado pelo imperador Henrick, mas todo o tempo economizado foi perdido enquanto ele tentava tirar sua nova companhia, o afetado príncipe Leopold — assim como oito acompanhantes trovadores do inferno —, do palácio.

Duas horas depois de sair do gabinete pessoal do doge, Aeduan finalmente se viu correndo ao lado da carruagem de Leopold em direção ao Distrito do Embarcadouro Sul. O trânsito estava intenso. Pessoas tinham vindo de todos os cantos de Veñaza para ver "o palácio queimado do doge". Ou para ver, como a maioria delas chamava, "o que os marstoks, aqueles malditos comedores de fogo, tinham feito".

Aeduan não fazia ideia de como aquele rumor tinha começado, mas suspeitava que *tinha* começado de alguma forma. Talvez um guarda de boca grande do palácio tivesse inventado, ou algum diplomata faminto por guerras tivesse intencionalmente deixado o rumor escapar. De qualquer modo, a hostilidade contra os marstoks estava elevada enquanto Aeduan corria pelas ruas e pontes de Veñaza — um mau sinal para a renovação dos vinte anos de trégua —, e tudo a respeito da situação parecia planejado. Armado. Alguém queria os marstoks como inimigos.

Aeduan guardou aquela informação para contar ao pai.

Ele também guardou o fato de que, dos oito trovadores do inferno empregados por Leopold, apenas o comandante ainda respirava normalmente dentro do elmo após duas quadras correndo.

Uma decepção para uma força de combate de elite.

Entretanto, o próprio Aeduan estava vergonhosamente exausto quando a carruagem de Leopold adentrou o Distrito do Embarcadouro Sul, onde os navios de guerra cartorranos chiavam.

Era quase noite, e os músculos recém-curados de Aeduan queimavam por causa do esforço, as ruas lotadas superaqueciam sua pele fria, e suas antigas cicatrizes voltaram a sangrar — o que significava que sua única camiseta limpa estava manchada.

Ah, ele mal podia esperar para reivindicar vingança — de algum jeito — quando voltasse a ver aquela Bruxa dos Fios.

Leopold saiu da carruagem para o entardecer quente. Ele usava vestes azul-petróleo de veludo, elegantes demais para navegar, e no quadril havia uma rapieira cortante com um guarda-mão de ouro — mais para se mostrar do que para usá-la.

Mas dinheiro era dinheiro, e o novo cofre de Aeduan com moedas de prata dentro da carruagem valia ser cozinhado no sol e ouvir o fluxo interminável de reclamações daquele príncipe afetado.

— Que — o príncipe gritou, a mão enluvada cobrindo a boca — fedor é esse?

Quando nenhum dos trovadores do inferno se ofereceu para responder — quando, na verdade, todos estavam fora do alcance da voz, como se evitassem conversar com o príncipe de propósito —, a responsabilidade ficou por conta de Aeduan.

— Esse cheiro — ele disse, monótono — é de peixe.

— E das fezes dos dalmottis imundos — vociferou um homem barbudo correndo pelo cais. Ele usava o casaco verde-esmeralda da Marinha cartorrana e, a julgar pelo queixo erguido e os três homens que o seguiam apressados, era o almirante que Leopold deveria encontrar.

Os quatro oficiais formaram uma fila diante de Leopold e fizeram reverências junto com quatro rodadas de "Sua Alteza Imperial".

Leopold sorriu como um garoto com um brinquedo novo, e enquanto ajustava a espada, declarou em cartorrano:

— Embarquem nos navios, homens. As frotas partirão com a maré e, de acordo com esse monge, estamos caçando um nubrevno.

O almirante trocou o peso de um pé para o outro, os capitães trocaram olhares e, de algum modo, os trovadores do inferno se afastaram para ainda mais longe. Pois, é claro, ninguém zarparia com a maré. Um único navio zarpando para Nubrevna era, na melhor das hipóteses, arriscado. Uma frota inteira era uma missão suicida. Todos ali sabiam daquilo, exceto o único homem que deveria saber: o herdeiro imperial de Cartorra.

Ainda assim, nenhum dos oficiais pareceu inclinado a falar — nem mesmo o almirante. Interiormente, Aeduan gemeu. Com certeza aquelas pessoas não temiam aquele príncipe insípido. Temer o imperador Henrick, isso Aeduan conseguia entender, mas o imperador não estava ali para libertar sua ira com o dente balançando.

O Bruxo de Sangue fez um movimento brusco em direção ao príncipe, e disse em dalmotti:

— Você não pode levar uma frota para Nubrevna.

— Ah, é? — Leopold piscou. — Por que não?

— Porque seria inútil.

Leopold hesitou, e suas bochechas ficaram vermelhas — o primeiro sinal de seu temperamento. Então, embora ter de fazer aquilo destruísse Aeduan, ele acrescentou um "Alteza Imperial" brusco.

— Inútil, é? — Leopold contornou os lábios com o polegar. — Tem algo que eu não sei, então? — Ele se virou para o almirante e, em um cartorrano rápido, perguntou: — Não é para isso que servem as Marinhas? Retomar coisas que nubrevnos belicistas tiram de vocês? — As bochechas de Leopold tremiam enquanto ele falava, e Aeduan corrigiu seu pensamento anterior.

Leopold poderia, de fato, possuir um humor apavorante — em especial se o almirantado de alguém dependesse de suas vontades principescas ignorantes.

Então, expirando com hostilidade, Aeduan voltou a falar. *Ele* não tinha nenhum almirantado a perder, afinal.

— Marinhas são para batalhas marinhas, Alteza Imperial. Isso quer dizer *no mar*. Mas não vamos a Nubrevna para batalhar, porque é provável que a domna já esteja em Lovats no momento em que os seus navios de guerra chegarem na costa nubrevna. Se eu fosse aquele Bruxo do Vento nubrevno, é para onde eu a levaria.

As bochechas de Leopold tremeram de novo, e quando ele falou, foi em dalmotti e se dirigindo a Aeduan.

— Por que a chegada da garota em Lovats faz diferença? Um nubrevno raptou a noiva do meu tio. Nós a reivindicamos.

— Os vinte anos de trégua — Aeduan respondeu — não permitem que navios estrangeiros toquem no solo de uma nação sem permissão...

— Eu sei o que a maldita trégua diz. Mas repito, eles estão com a noiva do meu tio. Isso já é uma violação da trégua.

Só que não, Aeduan pensou. Mas não quis discutir, então apenas deu um aceno incisivo.

— A única maneira de acessar Lovats é navegar além dos Sentinelas de Noden, e aqueles monumentos de pedra são fortemente protegidos por soldados nubrevnos. Supondo que a sua frota consiga passar, o que não conseguiria, ela ainda teria de lutar com o aqueduto enfeitiçado de Stefin-Ekart.

— Então — a voz de Leopold era letalmente desprovida de inflexão — o que devo fazer?

O almirante, os capitães e os trovadores do inferno distantes, todos hesitaram — e Aeduan não os culpava mais. Ao menos Henrick entendia de guerra, custos e estratégia.

Sem mencionar história básica.

Contudo, aquela era uma oportunidade para Aeduan. Uma das boas, do tipo que ele talvez nunca mais tivesse. Era a chance de ganhar a confiança do príncipe.

— Um único navio — Aeduan disse devagar, girando os punhos, três vezes para dentro, três vezes para fora. — Precisamos da fragata mais rápida da frota, assim como de todos os Bruxos da Maré ou do Vento que estiverem disponíveis. Se conseguirmos interceptar os nubrevnos antes de eles chegarem na terra natal, podemos reivindicar a domna sem afetar a trégua... Alteza Imperial.

Leopold olhou para Aeduan, a brisa de Veñaza levantando seus cachos claros em todas as direções. Então, como se chegasse a uma decisão, ele tamborilou no punho da rapieira e assentiu.

— Faça com que isso aconteça, monge. Imediatamente.

E Aeduan fez, convencido e satisfeito em ter quatro oficiais e oito trovadores do inferno — todos encarando seu peito ensanguentado com desconfiança —, forçados a acatar ordens dele.

A experiência também era... desconcertante. As pessoas não costumavam encará-lo diretamente, muito menos paravam tão próximas. Então, quando o planejamento enfim terminou e os homens voltaram a ignorá-lo, Aeduan se sentiu aliviado.

Foi quando ele retornou para a carruagem de Leopold, após supervisionar o transporte de seu cofre para uma chalupa cartorrana, que um cheiro familiar flutuou para o seu nariz.

Ele parou, a dois passos da carruagem, e farejou o ar.

Lagos de águas limpas e invernos congelantes.

Aeduan conhecia aquele cheiro, mas não conseguia identificar o sangue correspondente. Leopold cheirava a couro novo e lareiras fumacentas; os trovadores do inferno fediam a laço e a ferro gelado; e o sangue dos oficiais carregava cheiros marítimos distintos.

Quem quer que tivesse passado por aquele cais recentemente havia encontrado Aeduan, que não tinha se preocupado em registrar o cheiro.

O que significava que a pessoa não era importante.

Assim, deixando o cheiro de lado, Aeduan baixou o capuz. O décimo sétimo sino estava soando, ou seja, ele *só* teria tempo de encontrar a rua Ridensa, 14 — e finalmente atualizar o pai em relação ao seu mais recente e mais lucrativo emprego.

22

Grilhões roçavam nos punhos de Safi enquanto ela observava o rosto adormecido de Iseult.

Havia um fio incontestável de baba caindo dos lábios da amiga, mas Evrane tinha saído e Safi estava acorrentada longe demais para fazer alguma coisa.

Ela não conseguia fazer *nada* que importasse, ao que parecia. Tinha agido como uma criança ao perder a cabeça com Merik — e não se importava. O que importava era que seu ataque tinha falhado. Que, no fim, ela apenas piorara as coisas.

O quarto estava escuro, nuvens cobriam o sol da tarde, e água marulhava atrás dela. O navio ganhava velocidade, o balanço tinha parado, e o estrondo do tambor gigante tinha recomeçado. O sapateado dos pés dos marinheiros também havia sido retomado.

Safi aproximou os joelhos do peito. As correntes chacoalharam, um som zombeteiro.

— Aquilo foi um espetáculo e tanto.

Safi se levantou com um pulo — e encontrou Evrane no umbral da porta. Ligeira como um rato, a monja atravessou o cômodo até Iseult.

— Como ela está? — Safi perguntou. — O que eu posso fazer?

— Você não pode fazer nada acorrentada. — Evrane se abaixou no chão e colocou a mão sobre o braço de Iseult. — Ela está estável. Por enquanto.

A respiração de Safi se intensificou.

Por enquanto não era tempo suficiente. E se ela tivesse começado uma coisa que não conseguiria terminar? E se Iseult nunca acordasse — *não pudesse* acordar?

Evrane se virou em sua direção.

— Eu deveria tê-la mantido no quarto. Me desculpe por isso.

— Eu teria atacado o Merik em qualquer um dos conveses.

Evrane fungou secamente.

— Você está machucada do seu... treino?

Safi ignorou a pergunta.

— Me diga o que tem de errado com a Iseult. Por que ela precisa de um curandeiro do fogo?

— Porque tem alguma coisa errada com o músculo dela, e esse é o domínio de um curandeiro do fogo. — Evrane puxou um recipiente de vidro de sua capa. — Sou uma curandeira Bruxa da Água, então minha especialização é em fluidos corporais. Minhas pomadas — ela apontou a jarra para Safi — vêm dos curandeiros da terra, então só podem curar pele e ossos. — Evrane pousou a pomada no palete. — Tem uma inflamação no músculo da Iseult que está enfeitiçada. Ou o corte na mão ou o ferimento de flecha no braço dela estava amaldiçoado. E... não sei dizer qual, mas é sem dúvidas trabalho de um Bruxo da Maldição.

— Bruxo da Maldição? — Safi repetiu. E de novo. — Um *Bruxo da Maldição*?

— Já vi feitiços como esse antes — Evrane continuou. — Posso manter a maldição afastada do sangue, mas temo que ainda se espalhe pelo músculo. Enquanto falamos, ela está se deslocando para o ombro. Caso se aproxime muito, teremos que amputar, mas é arriscado demais eu fazer isso sozinha. Seria melhor com curandeiros da terra e do fogo para ajudar. É claro que, mesmo se tivéssemos esses bruxos disponíveis, a maioria dos Bruxos da Terra curandeiros são cartorranos. E a maioria dos curandeiros do fogo são marstoks. O Merik nunca permitiria tais inimigos a bordo.

— Eles não são mais inimigos — Safi murmurou, sua mente ainda em choque com a ideia da amputação. Aquela palavra parecia tão estranha. Tão impossível. — A guerra terminou vinte anos atrás.

— Diga isso aos homens que lutaram nela. — Evrane gesticulou em direção ao porão principal. — Diga isso aos marinheiros que perderam suas famílias no fogo marstok.

— Mas curandeiros não podem machucar. — Safi empurrou os dedos contra a madeira até que eles estalassem. — Isso não faz parte da sua magia?

— Ah, nós podemos machucar — Evrane respondeu. — Só não com o nosso poder.

Safi não disse nada. Não havia nada a dizer. A cada respiração ela desabava mais para o inferno, e menos chances Iseult tinha de sobreviver.

Mas, embora estivesse acorrentada, ela não desistiria. O acordo de Merik, o plano do seu tio e até mesmo seu próprio futuro podiam se lascar, e se lascar de novo. Safi *encontraria* um jeito de sair daquele navio, e ela *conseguiria* um curandeiro do fogo para Iseult.

— Você é uma nobre — Evrane disse —, no entanto, claramente tem familiaridade com uma espada. Me pergunto como isso aconteceu. — Ela se esticou com cuidado até o kit médico aos pés do palete. Então, com movimentos precisos, desamarrou o curativo no braço de Iseult. O tambor batia e batia e batia. — Em Nubrevna — Evrane continuou — nós chamamos os doms e as domnas de vizir, e a terra da minha família, a propriedade Nihar, ficava ao sul da capital. Uma propriedade de merda, para falar a verdade. — Evrane deu um sorriso irônico para Safi enquanto, cuidadosa como sempre, puxava o curativo. — Mas propriedades de merda tendem a produzir os vizires mais famintos por poder, e meu irmão não era exceção. Ele acabou conquistando a mão da rainha Jana, e os Nihars foram introduzidos às cobras reais.

A nobreza cartorrana é igual, Safi pensou. Cruel, feroz, mentirosa. Enquanto um homem como Merik poderia sentir como se tivesse um dever com sua terra ou seu povo, Safi nunca sofrera daquela lealdade. Os Hasstrels nunca a quiseram, nem seus colegas doms e domnas. E como o tio Eron tinha dito de forma resumida, Safi não era exatamente apropriada para lideranças.

Evrane deixou de lado os curativos sujos e pegou o recipiente de pomada.

— A política é um mundo mentiroso, e a corte nubrevna não é diferente. Ainda assim, quando meu irmão se tornou rei... — Ela fez uma careta e abriu o recipiente. — Quando Serafin se tornou rei e almirante da Marinha Real, ele se tornou a pior cobra de todas. Colocou vizir contra vizir, filho contra filha... até mesmos os seus. Eu permaneci por alguns anos após a família ter se mudado para Lovats — Evrane continuou —, mas uma hora desisti. Eu queria ajudar as pessoas, e não conseguia fazer isso na capital.

Evrane recolocou o recipiente no kit e então sacudiu sua marca bruxa na direção de Safi.

— Faz parte de ser abençoada com a cura da água, eu acho. Preciso ajudar, e quando estou ociosa, fico infeliz. Então, anos antes de a trégua começar, abri mão do meu título e viajei para as Montanhas Sirmayan para fazer meus votos carawenos. Os Poços sempre me chamaram, e eu sabia que poderia ajudar os outros com um manto branco sobre as costas. De onde você vem, domna?

Safi respirou fundo, com cansaço; as correntes se balançaram com o movimento.

— Sou das Montanhas Orhin, na parte central de Cartorra. Era frio e úmido, e eu odiava.

— E a Iseult é do assentamento Midenzi? — Evrane colocou o linho novo sobre o braço de Iseult, e com um vagar quase doloroso, o enrolou ao redor do braço da garota. — Eu me lembro agora.

Os pulmões de Safi se apertaram. *Cabelo prateado. Uma monja curandeira.*

— Você. — Safi soltou o fôlego. — *Você* era a monja que a encontrou.

— *Aye* — Evrane respondeu com simplicidade —, e isso é algo muito significativo. — Ela lançou um olhar sombrio na direção de Safi. — Você sabe por que é significativo?

A garota balançou a cabeça, devagar.

— É... uma incrível coincidência?

— Não, domna, é a Senhora Destino trabalhando. Você conhece o "Lamento de Eridysi"?

— A música que os marinheiros bêbados cantam?

Evrane deu uma risadinha suave.

— Essa mesma, embora faça parte de um poema muito mais longo. Uma epopeia, na verdade, que os monges carawenos acreditam ser... — Ela fez uma pausa, seu olhar desfocando como se ela procurasse a palavra certa. — Uma *predição* — ela disse, por fim, com um aceno —, pois Eridysi era uma Bruxa da Visão, sabe, e muitas de suas visões aconteciam de fato. Desde que me juntei ao Monastério, eu sinto, domna, que sou parte daquele lamento.

Safi lançou um olhar cético para Evrane. Pelo que sabia da letra da música, tratava-se de traição, morte e perda eterna. O tipo de coisa que dificilmente alguém *gostaria* que fosse real — muito menos uma profecia da trajetória pessoal de alguém.

Mas quando Evrane voltou a falar, não era sobre a Senhora Destino ou predições, e sua atenção tinha voltado para o rosto delicado de Iseult.

— A Iseult está muito doente — ela murmurou —, mas juro pelos Poços Originários que ela não vai morrer. *Eu* morrerei antes de deixar isso acontecer.

Aquelas palavras vibraram pelo corpo de Safi, ressoando com uma verdade tão intensa que ela apenas conseguiu assentir em resposta. Porque ela faria o mesmo por Iseult, como sabia que Iseult sempre faria por ela.

***

Merik encarou a mesa cheia de mapas diante dele — e a miniatura enfeitiçada de éter que Vivia adquirira. Kullen estava inclinado contra a parede mais próxima, rígido e inexpressivo. O ar frio era o único sinal de sua ansiedade.

O sol espiava entre as nuvens, e o *Jana* mergulhava e se erguia com o movimento do oceano. No mapa, o navio em miniatura navegava suavemente adiante... Mas o navio mercante dalmotti não. Ele tinha diminuído consideravelmente de velocidade e logo chegaria no local exato que Merik dissera a Vivia que ele estaria — e chegaria no momento exato que ele dissera, também.

As mentiras de Merik estavam virando verdades diante dos seus olhos.

Ele achou que poderia tentar impedir a irmã com alguma história nova sobre o navio mercante estar fazendo uma mudança abrupta de curso... mas duvidava que ela acreditasse. O mais provável era que ela já estivesse em posição, esperando que sua presa desavisada passasse.

— Eu cavei uma cova funda para nós — Merik observou, a voz rouca.

— Mas você vai nos tirar dela de novo. — Kullen esticou as mãos. — É o que você sempre faz.

Merik agarrou o colarinho.

— Fui descuidado. Fiquei cego pela empolgação de um maldito contrato, e agora... — Ele soltou o ar, bruscamente, e se virou para Kullen. — Agora preciso saber se você consegue fazer o que é preciso.

— Se você quer saber — Kullen disse, impaciente — como estão os meus pulmões, eles estão perfeitamente bem. — A temperatura caiu ainda mais; neve cintilava ao redor da cabeça de Kullen. — Não tenho problemas há semanas. Então eu juro — Kullen colocou a mão em punho sobre o coração — que posso voar até o navio da Vivia e mantê-la longe da pirataria. Pelo menos até você chegar.

— Obrigado.

— Não me agradeça. — Kullen sacudiu a cabeça. — É pura sorte estarmos aqui e não em Veñaza. Se ainda estivéssemos do outro lado do mar, não seríamos capazes de interferir. — Uma pausa. E o ar se aqueceu um pouco. — Tem outra coisa que deveríamos discutir antes de eu ir.

Merik não gostou de como aquilo soava.

— A garota *matsi* nas cobertas — Kullen prosseguiu. — Você tem um plano para ela?

Merik inspirou, exausto, e conferiu a camisa — ainda estava para dentro das calças.

— Estou trabalhando nisso, Kullen. Não vou deixá-la morrer, ok? Mas o *Jana* e o nosso povo devem vir primeiro.

Kullen assentiu, parecendo satisfeito.

— Então farei o que for preciso.

— Assim como eu — Merik disse. — Agora reúna a tripulação e convoque os Bruxos da Maré. Chegou a hora de zarpar.

23

O pôr do sol estava se aproximando, e Evrane tinha saído para buscar comida, deixando que Safi contemplasse sozinha Iseult e a Senhora Destino. Certamente as probabilidades de Iseult encontrar a mesma monja que a havia ajudado eram altas — afinal, quantos monges carawenos havia no continente?

E *com certeza* aquele encontro tinha mais a ver com chances e probabilidades — como Ryber puxando o Paladino das Raposas do baralho de tarô — do que com um poema milenar dirigindo a vida da monja.

Ao som de passos se aproximando, os pensamentos de Safi se dispersaram. A porta da cabine se abriu com um rangido e revelou Merik com uma tigela de madeira nas mãos.

Safi franziu os lábios.

— Veio brigar comigo de novo? — Era um comentário indelicado, mas Safi não conseguia se importar.

— Deveria? — Ele entrou na cabine e fechou a porta com o pé. — Você não parece estar se comportando mal.

— Não estou — ela resmungou, e era verdade. Apesar de querer rosnar e gritar e fazê-lo se arrepender de *ter* colocado ferro contra a sua pele, ela não era idiota o bastante para desperdiçar energia. Mais do que nunca, ela precisava de um plano.

— Ótimo. — Merik se aproximou e deixou a tigela a uma distância que ela conseguia alcançar, embora *ele* tenha, sabiamente, ficado para trás.

Com as correntes tinindo, Safi espiou dentro da tigela. Uma sopa pálida com um pãozinho seco boiando no topo.

— O que é isso?

— O que sempre comemos. — Merik se agachou. Os olhos deles se encontraram. Os dele eram de um marrom-escuro, intenso. Mas ele parecia distraído, o triângulo em sua testa afundado em uma carranca. — É, em grande parte, um ensopado de ossos, e qualquer outra coisa que possamos encontrar para a panela.

— Parece... delicioso.

— Não é. — Ele deu de ombros. — Mas olha, eu vou até partir o seu pão. — Ele pegou o pãozinho da tigela e, com um sorriso quase apologético, o partiu, deixando cair cada pedaço do tamanho de uma mordida dentro do caldo.

Safi o observou com os olhos semicerrados.

— Isso é algum truque? Por que você está sendo legal comigo?

— Sem truques. — Mais pão caiu na tigela. — Quero que você saiba que eu entendo por que você... me atacou. — Devagar, ele ergueu o olhar até Safi. Estava sombrio. Desolado até. — Eu teria feito a mesma coisa no seu lugar.

— Então por que você não para? Se você entende, por que não leva a Iseult para a costa?

A única resposta de Merik foi um grunhido evasivo, e ele largou o resto de pão dentro da tigela. Safi observou os pedaços balançando no caldo, e a frustração ferveu em seus ombros.

— Se — ela disse, baixinho — você espera que eu fique *grata* pela sopa...

— Espero — ele interrompeu. — Nós não temos muita comida nesse navio, domna, e você está comendo a minha porção do jantar. Então, sim, um pouco de gratidão seria bom.

Safi não tinha resposta para aquilo. Na verdade, ficou completamente sem palavras — e sua desconfiança, de súbito, duplicou. O que Merik queria dela? Sua magia não percebia nenhuma mentira.

O príncipe empurrou a tigela.

— Coma, domna... ah, espere! Eu quase esqueci! — Ele retirou uma colher do casaco. — Que tal esse atendimento? Sabe quantos homens a bordo matariam para usar uma colher?

— E você sabe — ela replicou — quantos homens eu consigo *matar* com uma colher?

Aquilo arrancou dele um sorriso preguiçoso, mas quando ela se esticou até a colher, Merik não a soltou. Os dedos deles se tocaram...

E um calor subiu pelo braço de Safi. Ela estremeceu, a mão e a colher retrocedendo.

— Nós vamos parar logo — Merik disse, parecendo alheio à reação dela. — Pode haver uma luta, e... eu quis te alertar.

— Quem vai lutar? — A voz de Safi estava estranhamente aguda, os dedos ainda vibrando enquanto ela agarrava a colher. — A Iseult e eu estamos em perigo?

— Não. — A cabeça de Merik balançou uma vez, mas a palavra (e o movimento) fez o poder de Safi chiar. *Mentira.* — Eu te manterei segura — ele acrescentou, quase como uma reflexão tardia. A magia de Safi ronronou. *Verdade.*

Fazendo uma careta, ela tomou um gole da sopa. Era nojenta — por mais faminta que ela estivesse. Gelada e sem graça a ponto de não ter gosto.

— Não fica me olhando comer — ela bufou. — Não vou *mesmo matar* alguém com a colher.

— Graças a Noden. — Os lábios dele se curvaram para cima. — Fiquei preocupado pela tripulação inteira. — Uma pausa, e então uma sacudida brusca da cabeça, como se ele afastasse alguma nuvem escura que o atormentava.

Quando Merik encontrou o olhar de Safi, os olhos dele eram afiados — o mais afiado que já vira —, e ela tinha a sensação desconfortável de que ele a *via*. Não apenas a superfície dela, mas todos os seus segredos também.

— Sendo sincero — ele disse, por fim —, você *é* uma ameaça, domna. É por isso que preciso te manter algemada. Você faria qualquer coisa pela sua irmã de ligação, e eu faria o mesmo pelo Kullen.

Verdade.

Safi permaneceu em silêncio, dando goles de sopa, e Merik prosseguiu:

— O Kullen e eu nos conhecemos desde que éramos garotos, desde que fui para a propriedade Nihar, onde a mãe dele trabalha. Quando você conheceu a Iseult?

Safi engoliu a sopa que estava na boca, quase se engasgando com o pão, e então perguntou:

— Por que você quer saber?

Merik suspirou.

— Curiosidade amigável.

Verdade.

A boca de Safi franziu para um lado. Merik estava sendo estranhamente sincero com ela — algo que ele não *precisava* ser —, e Safi presumiu que contar como ela e Iseult tinham virado amigas não daria a ele nenhuma vantagem tática.

— Nos conhecemos seis anos atrás — respondeu, por fim. — Ela trabalha... ou *trabalhava*, eu acho, para o meu tutor em Veñaza. Sempre que eu o visitava para uma lição, a Iseult estava lá. Eu... não gostei dela de início.

Merik assentiu.

— Eu também não gostei do Kullen. Ele era muito nervoso e pesado.

— Ele ainda é.

Merik riu — um som intenso e rico que fez com que o estômago de Safi se aquecesse. Com os olhos enrugados e o rosto relaxado, Merik era lindo. Desarmando-se, e contrariando o juízo e seus desejos mais *fortes*, Safi se viu relaxando.

— Pensei que a Iseult era nervosa também — ela disse, devagar. — Eu não entendia Bruxos dos Fios naquela época, ou nomatsis. Eu só achei que ela era estranha. E fria.

Merik coçou o queixo, áspero com a barba por fazer.

— O que mudou?

— Ela me salvou de um destrinchado. — Safi olhou para Iseult, rígida em cima do palete. E pálida demais. — Tínhamos apenas doze anos, e a Iseult me salvou sem nem pensar nela mesma.

Havia uma Bruxa da Terra próxima à loja de Mathew. A mulher tinha começado a destrinchar com Safi a apenas alguns passos de distância, e quando a Bruxa da Terra deu o bote, Safi pensou que seria o fim. Labaredas do inferno ou peixes-bruxa, ela não sabia, mas tinha certeza de que estavam indo buscá-la.

Até que, de repente, Iseult estava lá, pulando nas costas da mulher e lutando como se sua *própria* vida estivesse na balança.

É claro, Iseult não tinha sido forte o bastante para parar a bruxa; então, graças aos deuses, Habim chegara alguns instantes depois.

Aquele tinha sido o primeiro dia que Habim começara a treinar Iseult para se defender junto com Safi. Mais importante, fora o primeiro dia que Safi vira Iseult como uma amiga.

E agora era assim que ela retribuía — mandando a vida delas pelos ares. Safi mexeu a sopa, observando o pão rodar.

— Como você e o Kullen viraram amigos?

— Uma história parecida. — Merik umedeceu os lábios e, um pouco indiferente demais, disse: — O Kullen tem pulmões ruins. Eu... não sei se você percebeu. É irônico, na verdade; ele é um Bruxo do Ar e consegue controlar os pulmões de outra pessoa, mas não os próprios. — Merik deu uma risada seca. — Ele teve a primeira crise respiratória realmente séria quando tinha oito anos, e eu usei os meus ventos para revivê-lo. Bem direto. — Merik indicou a sopa com a cabeça. — Como está o jantar?

— Já comi piores.

Ele inclinou a cabeça.

— Vou encarar isso como um elogio. Fazemos o que podemos aqui, com o pouco que temos. — Ergueu as sobrancelhas como se pretendesse dar um duplo sentido à frase.

Safi não entendeu.

— O que quer dizer?

— Que eu acho que você também faz o que pode com o que tem. Vou ajudar a Iseult quando eu puder.

— Não posso esperar todo esse tempo. A Iseult não pode esperar.

Merik encolheu um ombro.

— Mas você não tem escolha. É você que está algemada.

Safi recuou como se ele tivesse batido nela. Ela soltou a colher e empurrou a tigela para longe. Sopa caiu para os lados.

Que Merik risse de sua impotência. Que risse de suas correntes. Ela que tinha acendido aquela pira; e a apagaria — não precisava da permissão dele nem de mais ninguém para fazer aquilo.

— Tem gosto de merda — ela disse.

— Tem mesmo. — Merik deu um aceno compreensivo, o que apenas a irritou mais. — Mas pelo menos vou conseguir jantar agora. — Ele agarrou a tigela e então saiu do quarto, tão suavemente quanto tinha entrado.

***

Iseult estava presa entre os sonhos e a realidade. Vozes permaneciam no exterior de sua consciência, e sonhos pairavam logo acima. Alguém estava *ali*.

Não eram as pessoas na cabine do navio, que Iseult podia ouvir vagamente. A presença era uma sombra diferente — alguém que se esgueirava e se retorcia nas profundezas de sua mente.

Acorde, Iseult disse a si mesma.

— *Continue dormindo* — a sombra murmurou com uma voz conhecida: a própria voz de Iseult. — *Continue dormindo, mas abra os olhos.*

A voz era mais forte que ela. Cobria sua mente com uma calda grudenta e inescapável, e, embora Iseult *gritasse* para si mesma pedindo que acordasse, tudo o que conseguiu fazer foi exatamente o que a voz queria que ela fizesse.

Ela abriu os olhos e viu o anteparo oleoso da cabine.

— *Um navio* — a sombra murmurou. — *Agora me diga, Bruxa dos Fios, qual é o seu nome?* — A sombra ainda falava com a voz de Iseult, porém havia uma camada frívola sobre as palavras, como se ela tivesse um sorriso constante. — *E você viaja com outra menina? Uma Bruxa da Verdade? Deve ser, pois existem pouquíssimas Bruxas dos Fios no mar neste momento; três, para ser exata, das quais apenas uma tem a idade apropriada.*

— Quem... — Iseult começou, embora tivesse de lutar para conseguir pronunciar qualquer coisa. Sua voz soava como se estivesse a milhões de quilômetros de distância, e ela se perguntou se, por acaso, estava falando no mundo real; se era por isso que sua garganta parecia queimar com o esforço. — Quem é você?

A alegria da sombra se solidificou, e uma gota gelada desceu pela coluna de Iseult.

— Você é a primeira pessoa a me sentir! Nunca alguém ouviu o que eu digo ou o que ordeno. Eles apenas seguem as ordens. Como é que você sabe que eu estou aqui?

Iseult não respondeu. Vocalizar aquela única pergunta tinha feito uma dor branca e incandescente percorrer seu corpo.

— Nossa, nossa — a voz afirmou —, você está muito doente e, se morrer, eu não vou descobrir nada. — A sombra se forçou para mais perto, e seus dedos inspecionaram os pensamentos de Iseult. — De qualquer jeito, você é difícil de ler; é um pouco fechada. Alguém já te disse isso? — A sombra não esperou uma resposta. Em vez disso, uma pergunta trovejou na mente de Iseult. — Você viaja com uma bruxa da verdade chamada Safiya?

O estômago de Iseult se apertou. O gelo em sua coluna foi chicoteado para fora. Com cada partícula de força e treinamento que podia reunir, ela reprimiu as emoções, os pensamentos e cada fragmento de conhecimento que ameaçava subir para a superfície.

Mas ela foi lenta demais. A sombra sentiu o medo e deu o bote.

— Isso é um sim! É um sim! Deve ser, para você ter tido uma reação tão descontrolada. Ah, a Senhora Destino me beneficiou hoje. Isso tudo foi muito mais fácil do que eu havia imaginado. — A sombra foi tomada de felicidade. Iseult a imaginou batendo palmas de satisfação. — Agora, preciso que você continue viva, pequena Bruxa dos Fios. Pode ser? Consegue fazer isso? Precisarei de você de novo quando chegar a hora.

Hora?, Iseult pensou, incapaz de falar.

— Até a próxima vez! — a sombra falou, entusiasmada. Então, ela desapareceu.

E Iseult acordou para o mundo real.

Os minutos seguintes foram um borrão da monja ajudando-a a se sentar, dos fios de Safi se exaltando do outro lado do cômodo, e do mundo girando e balançando.

— Safi?

— Estou aqui, Iz.

Iseult relaxou de leve — até que a monja inspecionou a sua atadura. Foi preciso todo o autocontrole de Iseult para não gritar que a monja desse o fora dali. Ah, que a Mãe Lua a salvasse, como poderia haver tanta dor?

"Você está mesmo muito doente" — era isso que a voz da sombra dissera e, observando os fios cinza amedrontados que tremulavam acima da monja e de Safi, Iseult não tinha dúvidas de que a voz estava certa.

O que ela não sabia, no entanto: se a voz era *real*.

Ela agarrou o punho da monja.

— Eu vou morrer?

A mulher ficou imóvel.

— Você... pode morrer. Seu músculo está amaldiçoado, mas estou fazendo tudo o que posso para manter o sangue limpo.

Isso quase fez Iseult rir. Corlant devia ter amaldiçoado a flecha. *Por isso ele parecia tão convencido depois de atirar em mim.* Ele sabia que a ferida a acabaria matando.

Mas... por quê? Ela ainda não entendia *por que* Corlant a queria morta. Se ele realmente só ansiava por vingança contra Gretchya e Alma, ele não teria mirado sua flecha tão descaradamente em Iseult.

Era mais do que ela podia dar conta naquele momento. Eram muitos pensamentos, confusos e contraditórios. E nenhuma força mental para comportar tudo aquilo.

— Água vai ajudar. — A monja baixou a cabeça dela até uma bolsa de água. — Por favor, tente beber enquanto eu procuro comida. — Ela se pôs de pé e deslizou para fora da cabine.

Iseult virou a cabeça na direção de Safi. Por um segundo, quase desejou poder chorar — poder espremer algumas poucas lágrimas com tanta facilidade quanto o resto do mundo. Só para que Safi soubesse o quanto Iseult estava aliviada em tê-la ali.

— Você está acorrentada.

Os olhos de Safi estremeceram.

— Eu irritei o almirante.

— É claro que irritou.

— Não é engraçado. — Safi se afundou contra a parede, os fios pulsando entre o mesmo cinza e um verde preocupado. — As coisas estão ruins, Iz, mas vou consertar, tá bom? Eu juro, vou consertar. A Evrane prometeu nos ajudar.

Evrane. Então aquele era o nome da monja. *Evrane.* Tão simples e despretensioso.

— O que aconteceu com você, Iz? Como você se machucou?

Iseult soltou uma respiração irregular.

— Depois — ela murmurou. — Eu explico... depois. Me diga como chegamos aqui.

Safi deu uma olhada cautelosa para a porta antes de baixar a voz.

— Tudo começou em Veñaza, logo depois de o Habim ter te mandado embora.

Enquanto Safi descrevia o que tinha acontecido, Iseult achava cada vez mais difícil continuar presa ao mundo real — para captar os detalhes importantes.

Morangos de chocolate... *Não são importantes*, ela decidiu vagamente. Mas dançar com o príncipe Merik de Nubrevna? *Importante*. E ser nomeada a noiva de Henrick fon Cartorra — tudo porque o imperador talvez soubesse da magia de Safi...

— Espera — Iseult interrompeu, piscando para afastar a dor no braço. — Você é a noiva do imperador? Isso te torna a imperatriz de Cartorra...

— Não! — Safi deixou escapar. Depois, disse mais calma: — O tio Eron disse que eu não precisaria me casar com o Henrick.

— Mas se o Henrick sabe sobre a sua magia, o que isso significa? Quem mais sabe?

— Não sei. — A testa de Safi se enrugou. Então, em uma precipitação ainda mais rápida de palavras, ela finalizou a história.

Mas a segunda metade do relato era mais confusa que a primeira, e Iseult não parecia conseguir deixar o noivado de lado. Se Safi se tornasse imperatriz, Iseult não teria para onde ir.

A porta se abriu com um clique. Evrane entrou com uma tigela.

— Por que — Evrane sibilou para Safi — a minha paciente parece ainda mais branca do que quando eu saí? Você a deixou exausta, domna!

— Eu sempre estou branca como a morte — Iseult disse, ganhando um sorriso tenso de Safi.

Quando, por fim, Evrane julgou que Iseult estava alimentada o bastante, ela a ajudou a se deitar. Safi levantou a voz, as correntes fazendo ruído.

— Iz, vou encontrar um curandeiro do fogo, tá? Eu te juro que vou, e eu juro que você *vai* ficar melhor.

— Juramento aceito. — Iseult soltou o fôlego. Os olhos dela estavam pesados demais para continuarem abertos, então ela permitiu que eles se fechassem. — Se você não encontrar um curandeiro, Saf, e eu morrer, juro que vou te assombrar para o resto... da sua... vida miserável.

A risada de Safi irrompeu, alta, e as pálpebras de Iseult se abriram brevemente. Os fios de Safi estavam com um branco histérico.

Mas, ah, Evrane estava sorrindo. Aquilo era legal. Aqueceu um pouquinho o coração de Iseult.

Ela sentiu a mão da mulher pousar em sua testa. Um segundo se passou e, apesar da madeira do navio rangendo, a magia de Evrane rapidamente arrastou Iseult para baixo das ondas do sono.

24

Quando Merik pisou no convés principal para mandar Kullen encontrar Vivia — e para fazer com que o *Jana* avançasse com ainda mais velocidade —, se deparou com uma névoa de nuvens arroxeando o céu vespertino.

A chuva viria em algum momento, mas, por ora, o ar estava denso e parado. O tipo de calmaria sem brisa que encalhava navios sem bruxos.

Como a tripulação de Merik tinha feito na noite anterior, os marinheiros do *Jana* foram organizados em fileiras pelo convés — todos, exceto Ryber, que ficou atrás do tambor de vento, o olhar ancorado em Kullen na proa do navio.

Merik reprimiu um suspiro ao vê-la daquele jeito. Ele teria de lembrá-la de manter escondido aquele apreço declarado. Ele sabia o que ela e Kullen compartilhavam, mas o resto dos homens não — e nem poderiam. Não se Ryber quisesse continuar naquele navio e na tripulação de Merik.

O príncipe marchou até o tombadilho para observar seus homens. Ao contrário da noite anterior, não havia necessidade de silêncio. Ele forçou um sorriso — como aquele que costumava dar quando eram apenas ele e sua minúscula tripulação navegando pelas águas sedimentosas de Nubrevna.

— Que tal uma música para navegar? — ele gritou. — Que tal começarmos com "Velho Ailen"?

"Velho Ailen" era uma das favoritas, e vários marinheiros corresponderam ao sorriso de Merik enquanto ele andava até o tambor de vento e aceitava o martelo não mágico de Ryber. Nem ela nem ninguém da tripulação sabia em qual direção eles navegavam, e por mais que Merik quisesse pensar que os homens seriam contrários à pirataria de Vivia, ele não tinha muita certeza.

Ele bateu no tambor quatro vezes e, na quinta batida, os homens do *Jana* começaram a cantar.

Catorze dias eles lutaram contra a tempestade,
Catorze dias eles desafiaram o vento!
Catorze dias sem mares calmos
Viram os homens do velho Ailen.
Hey!
Treze dias eles se inclinaram e guinaram,
Treze dias por um fim rezaram!
Treze dias de navegação
Viram os homens do velho Ailen.

Quando as vozes da tripulação oxidadas pelo sal se misturaram no terceiro verso, Merik entregou o martelo a Ryber e se posicionou ao lado dos três Bruxos da Maré. Kullen escolheu aquele momento para arrancar do convés, o vento bramindo em seu rastro. Logo, ele era nada além de uma mancha no horizonte.

O mais novo dos Bruxos da Maré ofereceu óculos de vento ao almirante, e assim que Merik os amarrou — assim que o mundo se tornou um lugar borbulhante e distorcido —, ele gritou:

— Reúnam suas águas, homens!

Como um só, o peito dos Bruxos da Maré se expandiu. O de Merik também, e junto com a inspiração veio o poder familiar. Nenhuma raiva faiscava dentro dele. Ele se sentia calmo como uma piscina natural. Então ele e os Bruxos da Maré soltaram a respiração. Vento rodopiou ao redor das pernas de Merik. Ondas ondularam para dentro em direção ao navio.

— Preparar marés! — Merik gritou, e uma carga elemental dentro dele se dissipou, provocando o vento ao seu redor.

— *Abram caminho!*

Em uma grande sucção de poder, a magia deixou o corpo de Merik. Um vento fervente e seco cobriu o navio em uma rajada, precipitando-se contra as velas.

No mesmo momento, as águas dos Bruxos da Maré avançaram contra a linha d'água do *Jana* e o navio deu uma guinada para a frente. Os joelhos de Merik oscilaram, e lhe ocorreu que aqueles arranques eram muito mais suaves com Kullen no controle.

Nove dias caçando raposas-do-mar,
Nove dias de dentes e barbatanas!
Nove dias de queixos quebrados
Viram os homens do velho Ailen.
Hey!

Merik se deixou levar pelo ritmo da canção e pela batida do tambor de vento. Eletricidade pulsava por ele, estranhamente tranquila — e ampla, de um modo incomum. Pela primeira vez na vida, ele sentiu como se tivesse mais magia do que conhecimento para usá-la, e enquanto os Bruxos da Maré cantavam suavemente, os ventos de Merik inflavam as velas do *Jana*. Ele levantou a voz para cantar.

Quatro dias sem água limpa,
Quatro dias sem nada para beber!
Quatro dias de sal e ventos quentes
Viram os homens do velho Ailen.

A canção logo terminou, mas Ryber continuou batendo no tambor e gritou: "As meninas ao norte de Lovats!" — que Merik sabia ser sua música favorita, já que *ela* era uma menina do norte de Lovats.

Quatro batidas depois, o coro dos marinheiros recomeçou, e o *Jana* avançava, cortando o mar como uma agulha atravessando um pano de vela e sem nunca perder a figura pequena de Kullen de vista.

Até que Kullen não era mais pequeno — até que ele começou a se aproximar tão rápido que Merik pensou que fossem colidir.

Kullen desacelerou, desacelerou e então *caiu* no convés, os marinheiros se afastando do seu caminho.

— Não é um navio dalmotti! — ele urrou, ficando em pé. Em seguida, correu até Merik no leme, o rosto um vermelho furioso. — A Vivia já atacou e não é um navio mercante.

Merik piscou estupidamente. Aquelas palavras eram incompreensíveis — baboseiras por baixo do sangue que agora pressionava o seu crânio.

— Não é um navio mercante?

— Não — Kullen ofegou. — É um galeão naval marstok, e está levando armas e Bruxos de Fogo.

<hr>

Safi olhava pela janela para o céu cor de lavanda e as águas pacíficas. Desde que Evrane tinha entrado furiosa na cabine, esbravejando "Vivia, aquela vaca", Safi tinha esticado as correntes e ancorado sua atenção no vidro. O terreno estava mudando de forma diante dos seus olhos — possivelmente seus oponentes também. Merik tinha mencionado uma luta, e Safi podia apenas imaginar que eles navegavam em direção a ela.

Esse tempo todo, Evrane andava — extravasando sua preocupação em ninguém em particular, mas seguindo o ritmo do tambor que ribombava. Iseult apenas dormia.

Por fim, a vigília de Safi foi recompensada: uma mancha de figuras escuras se formou no horizonte, enfim se solidificando em um navio de guerra nubrevno como o de Merik e um segundo navio com um casco tão escuro que era quase preto.

Safi puxou as correntes, os braços se esticando para trás até que ela estivesse perto o bastante da janela para inspecionar por completo o navio preto. Três mastros — quebrados ao meio. Uma bandeira caindo sobre o baluarte.

Ela recobrou a respiração. Não havia como confundir a lua crescente dourada naquela bandeira. Era o símbolo do Império Marstok, e o fundo verde o tornava o padrão da *Marinha* marstok.

— Ah, merda — Safi sussurrou.

— Será que a Vivia acha — Evrane resmungou para ninguém em particular — que os dalmottis não vão se vingar? A pirataria não passa despercebida, especialmente por um império naval.

— Acho que os dalmottis não vão se vingar — Safi disse. Evrane parou no meio do caminho, e Safi apontou para a janela, as correntes tilintando. — O navio que ela atacou é da Marinha marstok.

— Que os Poços nos preservem. — A monja inspirou. Então, se aproximou da janela, e seu rosto empalideceu. — O que você fez, Vivia?

Safi pressionou o rosto contra o vidro ao lado de Evrane. Marinheiros nubrevnos marchavam contra homens vestidos com o verde marstok por meio de um passadiço. Os punhos dos marstoks estavam presos, e eles estavam perto o suficiente para que Safi conseguisse ver triângulos consideráveis em várias mãos.

Marcas bruxas. Marcas dos Bruxos de *Fogo*.

— Por que nenhum dos Bruxos de Fogo está contra-atacando? — Safi jamais *deixaria* de usar sua magia para salvar a si mesma e aos amigos. Sua perna começou a tremer, mais perguntas pipocando em sua mente. — E por que os marstoks estão sendo tirados do navio?

— Eu acho — Evrane começou, parando de andar freneticamente — que a Vivia pretende tomar o navio marstok e todas as suas cargas, e então abandonar o próprio navio. Por causa da trégua, ela não pode matar os marstoks em flagrante.

Assentindo devagar, Safi pensou no tio Eron e no seu plano gigante de impedir a Grande Guerra. Será que *aquele* era o tipo de atitude que acabaria mais cedo com a trégua? Será que *aquilo* era o que ele esperava impedir?

Safi não fazia ideia e não tinha como saber, portanto voltou sua atenção para os marstoks que cambaleavam para dentro do navio de Vivia. Não havia muitos Bruxos de Fogo, mas o suficiente para revidar com facilidade contra a tripulação da princesa.

De fato, um homem barbudo parecia perigoso e capaz de salvar o navio inteiro. Ele xingava e perdia o controle com cada nubrevno que o cutucava sobre o passadiço. Safi avistou a marca bruxa triangular dele — havia um círculo vazio no centro.

— Eles têm um curandeiro do fogo — ela disse, a voz rouca por causa do choque.

— Talvez — Evrane murmurou.

— Não é "talvez" — Safi insistiu. — Eu vi a marca na mão dele. Ele acabou de cruzar o passadiço para o outro navio.

Evrane circundou Safi, os olhos arregalados.

— Você tem certeza do que viu?

— *Aye.* — Safi se afastou da janela, os ombros caídos, as correntes se afrouxando. De súbito, soube o que precisava fazer. O plano estava ali diante dela. Ela sabia por onde andar nas cobertas inferiores, como se esgueirar na parte superior e quais marinheiros evitar. — Podemos chegar até o bruxo — ela disse. — Enquanto todo mundo está distraído, podemos trazê-lo aqui.

— Não. — Os lábios de Evrane se franziram em uma linha severa. — Não podemos trazer um marinheiro inimigo para este navio. É ir longe demais, mesmo para mim. Mas podemos inverter o seu plano e levar a Iseult até o curandeiro. — A monja sacou uma chave de sua capa e a ergueu.

Safi arfou.

— Como você conseguiu isso?

— Roubei do Merik. — Ela deu um sorriso sem humor e se colocou de pé. — Se solte, e acorde a Iseult. Enquanto eu me certifico de que a costa está limpa, você precisa colocá-la de pé. Teremos apenas uma chance de escapar.

Safi assentiu, o alívio se retorcendo em seus ombros. Em suas pernas. Ela estava finalmente agindo — e ainda melhor, estava *correndo*. Aquilo era algo que ela sabia fazer bem.

No fundo de sua mente, porém, algo cutucava e arranhava: Merik ficaria furioso. Afinal, o contrato dele estava em risco, e ela já tinha sido acorrentada por aquele motivo.

Mas as consequências valiam a pena — Iseult valia a pena.

Assim, respirando fundo de novo, Safi pegou a chave da mão de Evrane. Quando a monja saiu com rapidez da cabine, Safi escorregou a chave para dentro do primeiro grilhão.

Ele se abriu com um *clique* satisfatório.

Merik voou para a galé de guerra marstok, movendo-se tão rápido que deixou seu estômago para trás. Kullen disparava atrás dele, quase invisível na braveza dos ventos. Ainda assim, em meio a tudo, Merik conseguiu identificar Vivia. Robusta e de cabelos escuros, como o irmão, ela gritava ordens ao lado do passadiço que conectava o galeão marstok ao seu navio. Marinheiros nubrevnos guiavam marstoks submissos antes de sentá-los em fileiras no convés principal.

Os pés de Merik tocaram o chão, mas ele não interrompeu sua magia. Ao contrário, ele girou uma vez e deixou que ela *chicoteasse* pelo convés.

O vento rodou em volta de Vivia, puxando-a até Merik. Mas ela apenas sorriu, aterrissando graciosamente ao lado do irmão.

— Você mentiu — ele rosnou, tirando os óculos de vento — sobre o que a miniatura era.

— E você mentiu sobre *onde* ela estava.

Merik estava vagamente ciente dos marinheiros fugindo — como se uma onda gigante estivesse se elevando sobre ele. Mas a magia de Vivia era lenta, e a fúria de Merik, obsessiva. Ele libertou sua pistola e a pressionou contra a cabeça de Vivia.

— Você não teria coragem — ela esbravejou. Água respingou quando ela desfez a onda. — Sou sua irmã e sua futura *rainha*.

— Você ainda não é rainha. Devolva esses homens ao navio deles.

— *Não*. — A palavra quase se perdeu ao vento, nas vozes. — Nubrevna precisa de armas, Merry.

— Nubrevna precisa de comida.

Vivia apenas riu — um cacarejo que zombara de Merik a vida inteira.

— Tem uma guerra vindo. Pare de ser tão ingênuo e comece a se importar com os seus conterrân... — As palavras dela foram interrompidas quando Merik engatilhou a pistola, preparando o feitiço de fogo dentro da arma.

— Nunca — ele sibilou — diga que eu não me importo com os meus conterrâneos. Eu luto para mantê-los vivos. Mas você... você fará com que o fogo marstok caia sobre a cabeça deles. O que você fez aqui quebra os vinte anos de trégua. Eu te entregarei aos vizires e ao rei Serafin para ser punida...

— Exceto que não quebra — Vivia retrucou com raiva, os lábios se crispando —, então não fique todo formal comigo, Merry. Ninguém está *ferido*. Minha tripulação escoltou, pacificamente, os marstoks para o meu navio, que eu abandonarei para garantir que a trégua continue intacta.

— A sua tripulação vai escoltar os marstoks de volta. Nós vamos deixar esse navio, Vivia, e todas as suas cargas. — Com um impulso final de músculo e magia, Merik deu a volta, pronto para colocar um fim àquela *escolta pacífica*.

— Você vai contar ao papai, então? — Vivia gritou. — Você vai contar a ele que perdeu o navio que ele procurava?

Os pés de Merik pararam, e ele se inclinou de volta para a irmã. Os olhos dela — escuros e idênticos aos de Merik — queimavam.

— O que você disse?

Ela mostrou os dentes em um sorriso cheio.

— Quem você acha que encomendou aquela miniatura, Merry? Isso tudo foi ideia e ordens do papai...

— *Mentira* — Merik disparou, a pistola se erguendo.

Uma parede de vento soprou sobre ele. Ele cambaleou, quase caiu, e então pensou confuso: *Kullen*.

Uma segunda lufada de vento devolveu seu equilíbrio — e sua sanidade. Seu irmão de ligação — onde quer que ele estivesse — estava finalmente pondo um fim em algo que Merik nunca deveria ter começado. Nunca *teria* começado se não houvesse tanta coisa em jogo. Aquela era a sua irmã, por Noden.

Kullen cambaleou na direção de Merik, os olhos arregalados e o rosto vermelho.

— Temos um problema — ele ofegou. — É ruim. — Gesticulou fracamente indicando o mastro da mezena do galeão e se pôs a correr.

Merik correu atrás dele, todos os pensamentos sobre Vivia ou seu pai sumindo, engolidos por uma nova onda de medo.

— Eu achei... estranho — Kullen gritou entre goles de ar — que havia apenas uma tripulação mínima aqui. Não teria como... esse navio ter cruzado o Jadansi... com tão poucos homens. Então conferi as cobertas. — Ele rodeou a escada, apontando enquanto passava. — *Havia* mais homens.

— Eu não entendo — Merik gritou por cima do barulho dos seus pés. — O que você acha? Que parte da tripulação fugiu?

— Exato. — Kullen diminuiu a velocidade até parar ao lado do mastro da mezena quebrado. Seu peito tremia rápido demais quando ele acrescentou: — Eu acho... que a maioria da tripulação embarcou... em outros navios. E esses homens... Bom, veja você mesmo. — Ele apontou para o mastro, quebrado na altura do peito de Merik. Kullen acenou para algo mais, uma coisa repousando sobre a balaustrada a apenas alguns centímetros de distância.

Dois machados.

O estômago de Merik virou aço.

— Eles mesmos cortaram o mastro. Merda. *Merda.* A Vivia caiu em uma emboscada, Kull...

— *Almirante!* — A voz de Ryber percorreu o ar tranquilo. — *Almirante!* — ela gritou de novo, e Merik percebeu que estava ficando extremamente cansado daquele título. Do peso que caía sobre ele cada vez que alguém pronunciava aquela palavra. — *Temos quatro navios de guerra no horizonte! Os cascos estão acima da linha d'água, e estão vindo para cá!*

Merik trocou um único e assustado olhar com Kullen. Então, voltou para o convés principal, para sua irmã — que continuava a levar os marstoks para dentro do navio.

Mas Merik não teve tempo para raiva ou ordens novas pois, naquele momento, Hermin vacilou até a borda do *Jana*, as mãos em concha ao redor da boca gritando:

— São os marstoks, almirante! Eles estão pedindo pela devolução imediata da noiva do imperador Henrick. Ou vão nos afundar!

Merik se apressou para a balaustrada.

— Eles querem *quem*?

— Eles querem a noiva do imperador! — Hermin fez uma pausa, os olhos brilhantes e rosa pela magia. Ele acrescentou: — Safiya fon Hasstrel!

Foi como se o mundo inteiro ficasse em câmera lenta. Como se tivesse inspirado e segurado a respiração. As ondas quebraram gosmentas como lama, o navio balançou a meia velocidade.

Safiya fon Hasstrel. Noiva do imperador Henrick.

De repente fez sentido, ficou claro por que ela tinha fugido de Veñaza, por que sua segurança valia um acordo com os Hasstrels, e por que um Bruxo de Sangue poderia estar atrás dela.

Ainda assim, Merik não conseguia compreender. Se ela era a noiva de Henrick, aquilo fazia dela a futura imperatriz de Cartorra. Fazia dela propriedade de Henrick também.

E por que os pulmões de Merik estavam afundando com aquele pensamento?

Passos soaram na madeira. Kullen apareceu, as bochechas tão coradas que uma crise respiratória era iminente. Com aquela compreensão assustadora, o mundo voltou à sua velocidade normal. Merik agarrou o braço de Kullen.

— Você está bem?

— Ótimo — Kullen respondeu. — Do que você precisa?

— Preciso de você no *Jana*, para que possamos... — Merik hesitou, as palavras para sua próxima ordem desaparecendo de repente em uma onda de dúvida.

— Para que possamos...? — Kullen incitou.

— Entregar a domna — Merik disse, por fim. Ele não gostava daquilo, mas era uma vida contra muitas. — Acompanhe a Safiya até o convés e a entregue aos marstoks.

Kullen cerrou o maxilar, o olhar escurecendo, mas não disse nada. Ele podia não concordar, mas ainda estava batendo continência e seguindo ordens. Disparou para fora do convés marstok.

Merik deu voltas, invocando ordens para Vivia e a tripulação dela, mas as palavras morreram em sua língua. Marinheiros nubrevnos corriam abaixo do convés do galeão marstok, e seis bruxos estavam parados em fileira, seus olhos voltados para Vivia.

Aquela fileira incluía os Bruxos da Maré de Merik.

— Reúnam os seus ventos e as suas águas! — Vivia gritou.

Merik correu, usando seu vento para cruzar o navio sem gastar muito fôlego. Ele desceu ao lado da irmã com um estrondo.

— O que diabos você está fazendo? Como seu almirante, eu *ordenei* que você soltasse os marstoks e voltasse para o seu navio!

Vivia fez uma careta.

— E todos nós sabemos que *eu* deveria ter sido nomeada almirante. Olhe ao seu redor, Merry. — Ela indicou os Bruxos da Maré com um aceno. — Você perdeu os homens do papai, e *eu* ganhei um arsenal.

Merik engasgou diante daquelas palavras — diante da realidade que o encarava. Seu navio, seu comando e tudo pelo qual ele havia trabalhado estavam se dissolvendo diante de seus olhos. Tomados pela mesma irmã que sempre o esmagara embaixo de suas botas.

— Haverá consequências — ele disse. Sua voz era baixa, mas as palavras, desesperadas. Suplicantes, até. — Alguém em algum lugar vai exigir sangue pelo que você está fazendo.

— Talvez. — Ela deu de ombros, um movimento tão casual que mostrava seus verdadeiros sentimentos mais do que as palavras poderiam. — Pelo menos terei protegido o nosso povo, assim como *eu* serei aquela que derrotará os impérios. — Vivia deu as costas para Merik. — Preparem as águas, homens! Navegaremos para os Sentinelas de Noden para entregar nossas armas novas!

Um estrondo distante ressoou. Merik se virou para o horizonte — para onde os quatro galeões de guerra marstoks estavam. E de onde bolas de canhão aceleravam em direção ao *Jana*. Merik só teve tempo de *impulsionar* seus ventos freneticamente.

As bolas de canhão caíram no mar.

Merik saltou do navio marstok e voou para o convés principal do *Jana*. Seus joelhos fizeram um som como se tivessem quebrado; ele transferiu seu poder para um giro, ficou de pé e gritou por Hermin.

— Diga aos marstoks que nos rendemos! Diga a eles que cessem fogo. Entregaremos a domna!

O Bruxo da Voz mancou pelo convés principal, os olhos rosa brilhando e os lábios se movendo furiosamente.

Merik examinou seu navio e sua tripulação, o coração acelerando enquanto contava as lacunas. Nem todos os marinheiros de seu pai o tinham abandonado. A tripulação original de Merik continuava ali.

Um segundo estrondo trovejou. Merik cambaleou, tentando reunir, sem eficácia, magia suficiente para impedir o tiro de canhão.

Um ciclone surgiu — mas não de Merik... de Kullen. O primeiro-imediato estava se deslocando para o lado do príncipe e *impulsionando* sua magia.

Merik não teve tempo de agradecer ou de se preocupar com os pulmões do amigo.

— Por que os marstoks não estão parando? — ele gritou para Hermin. — Diga a eles que podem ficar com a garota!

A cabeça de Hermin estava balançando.

— Eles dizem que a garota não basta agora. Querem o navio de volta, almirante. — Com uma mão trêmula, Hermin apontou para o galeão marstok.

Apesar dos mastros quebrados, o navio navegava em direção a Nubrevna em ondas criadas pelos Bruxos da Maré — e sem seus próprios bruxos, era Merik quem seria deixado para trás para pagar o preço.

25

Iseult recobrou a consciência, confusa, se perguntando por que o mundo cheirava a peixe morto, por que o teto tinha virado um céu nublado e lilás, e por que seu braço estava pegando fogo.

Uma lamúria rastejou de sua garganta. Ela abriu os olhos — e gritou imediatamente.

Um homem estava inclinado sobre ela, com uma barba encaracolada tão grande que caía sobre sua barriga. As mãos dele estavam sobre o braço machucado de Iseult, e o que quer que ele estivesse fazendo, doía como o inferno.

Ela gemeu de novo e tentou se soltar.

— Shhh — Safi sussurrou, agarrando o ombro de Iseult com mãos firmes. — Ele está te curando.

— O músculo está se restaurando — Evrane murmurou, do outro lado de Iseult. — E só vai piorar antes de melhorar.

Engolindo com dificuldade — sua garganta estava muito seca —, Iseult olhou de volta para o curandeiro barbudo. Seus fios eram de um verde concentrado, embora tremessem com tons avermelhados irritados.

Ele a *estava* curando, mas não estava feliz com aquilo.

Foi quando Iseult notou as cordas em volta dos punhos dele — elas estavam quase escondidas embaixo das mangas volumosas. Ele era um prisioneiro. E, sim, agora que ela se concentrava para além do curandeiro, via outros fios girando com irritação e um púrpura furioso ocasional.

Embaixo dos fios estavam homens em fileiras, o uniforme igual ao do curandeiro.

Ela se inclinou de novo para Safi.

— Esse é o navio do príncipe?

— Não. Na verdade, é o navio da irmã dele...

Um estrondo explodiu à distância.

— O que foi *isso*? — Iseult gritou.

Os fios de Safi reluziram com culpa cor de ferrugem.

— Nós estamos, hã, sendo atacados por uma frota naval marstok.

— Ao que parece — Evrane disse em um tom de voz duro como aço —, a sua amiga é noiva do imperador de Cartorra, então agora os marstoks estão atrás dela.

Outro estrondo trovejante ecoou nos ouvidos de Iseult. Safi lançou um olhar inquieto para o oceano.

— Eles estão se aproximando rápido. — Ela mudou para a língua marstok, voltando-se para o curandeiro. — Rápido, ou você vai experimentar uma espada carawena...

— Ele com certeza não vai — Evrane acrescentou.

— E uma faca *stiletto* carawena.

— Ele também não vai experimentar isso, *mas* — Evrane mudou para a língua marstok também — todos vamos afundar se você não terminar logo.

O homem zombou.

— Estou trabalhando o mais rápido que posso. Essa nomatsi miserável tem a carne de um filhote de demônio.

Em um movimento rápido demais para ser impedido, Safi arrancou a faca do talabarte de Evrane e a segurou contra o pescoço do homem.

— Diga isso de novo e você morre.

O olhar do homem se aprofundou — mas ele também se aplicou ainda mais ao trabalho. Mais tiros de canhão ressoaram; contudo, eles pareciam estar a milhares de quilômetros. Assim como o fedor de peixe morto e as cócegas da barba do curandeiro.

Por fim, a voz de Safi atravessou a dor de Iseult:

— Terminou? A ferida está curada?

— Está, mas ela vai precisar de tempo para se recuperar.

— Mas ela não vai morrer?

— Não. Infelizmente. Nomatsi imunda. — A voz do homem foi interrompida e substituída por um uivo, e a sensação da barba dele desapareceu da barriga de Iseult.

Justo quando a visão de Iseult começou a ficar mais apurada e nítida, Safi empurrou o curandeiro em direção aos outros marinheiros.

— Maldito — ela xingou logo atrás dele. — Filho de um Bruxo do Vazio. Que você desabe nos portões do inferno para sempre...

— Isso é o suficiente — Iseult disse.

Ela tentou se levantar. Evrane se agachou, oferecendo a mão — não, oferecendo algo *em* sua mão. Um corda curta com uma pedra da dor minúscula.

— Isso vai te anestesiar até a magia do curandeiro ser finalizada. — Ela passou a corda pelo punho direito de Iseult. A pedra reluziu para a vida, e a dor desvaneceu. Uma nova energia circulou por ela, que até conseguiu sorrir para Evrane ao se levantar.

No instante em que Iseult ficou de pé, porém, uma luz acentuada encheu seus olhos.

Ela não conseguia ver nada por causa do resplendor prateado, vibrando e rodopiando. Reluzindo com linhas roxas de fome e pretas de morte...

Fios, Iseult percebeu, o medo e o espanto se misturando. Os maiores fios que ela já tinha visto — pelo menos metade do comprimento do navio. E o mais estranho de tudo, eles pareciam vir de baixo do casco. Submersos.

— Algo está vindo — ela sussurrou. — Algo gigantesco e... faminto.

Evrane enrijeceu. Então agarrou o ombro de Iseult.

— Você consegue enxergar fios de animais?

— Não. — O prateado e o preto eram tão claros, tão rápidos. — Mas o que mais estaria embaixo do navio?

— Que Noden nos salve. — Evrane inspirou. — As raposas-do-mar estão aq...

A última palavra de Evrane se perdeu em uma explosão de água e som. O navio de guerra se inclinou para trás quando uma coisa imensa — *monstruosa* — se chocou contra ele vindo do mar.

Água começou a cair, e os marstoks presos gritaram de medo.

Mas Iseult mal notou os marinheiros — tudo o que viu foi a criatura diante dela. Uma serpente tão grande quanto o mastro do navio deslizava pelas ondas em direção à proa a estibordo. Em vez de escamas, o animal tinha um pelo grosso e prateado, e sua cabeça tinha o formato de uma raposa — apesar de ser dez vezes... *vinte vezes* maior do que qualquer raposa normal.

Quando o animal abriu a boca e girou em direção ao navio de guerra, Iseult viu mais dentes do que qualquer criatura natural deveria ter.

E presas. A coisa definitivamente tinha presas.

Mas o que mais assustou Iseult foi como a criatura brilhava com os fios de alguém sedento por sangue — e como a sua boca estava se abrindo largamente... A criatura gritou.

———

Quando Ryber tinha descrito a raposa-do-mar, aquilo *não* era o que Safi tinha imaginado.

E ela definitivamente não tinha imaginado que a criatura gritaria como as almas dos amaldiçoados. Mil camadas guincharam da boca do monstro — e então guincharam de um *segundo* monstro que ia em direção ao *Jana* ali perto.

Os tímpanos de Safi romperam, e ela estava vagamente ciente de seus batimentos acelerando. Lançou um olhar para o navio, procurando por Merik através do mar espumoso — mas sua busca durou pouco, somente até o grito da raposa mais próxima irromper.

A criatura tinha encontrado um alvo: um dos marstoks mais próximos da balaustrada do navio. As mãos do homem faiscaram, ruidosas, enquanto tentava reunir sua bruxaria, mas, com os punhos amarrados, ele estava atrapalhado demais para revidar.

Safi ficou de pé, empunhou a faca e gritou:

— *Deixe ele em paz!*

A raposa-do-mar moveu o pescoço comprido em direção à garota.

Merda. Ela só teve tempo de admirar o azul gélido dos olhos do monstro — se aproximando com rapidez — antes de arremessar a faca.

A lâmina acertou a pupila escura, e a raposa virou para baixo gritando, antes de chapinhar embaixo d'água. O navio se inclinou perigosamente, mas a raposa não ressurgiu.

Safi olhou desesperada para o *Jana* e percebeu que a segunda raposa também tinha ido embora.

— Bom trabalho — Iseult disse. Ela pisou com cuidado no convés principal, claramente ainda sem equilíbrio. Um cutelo brilhava em sua mão esquerda.

O coração de Safi disparou. Ver Iseult de pé — mesmo com a energia vindo da pedra da dor — a fazia querer rir de alívio. Ou chorar. Os dois, provavelmente.

Mas foram os olhos de Iseult que realmente mexeram com ela. Eles eram claros e estavam *abertos*.

— Arma nova? — Safi perguntou, a voz apertada e grossa de um jeito embaraçoso.

Os lábios de Iseult se ergueram.

— Preciso salvar a sua pele de alguma maneira.

A garganta de Safi ficou ainda mais apertada.

— Aço caraweno é o melhor, você sabe.

— É mesmo — Evrane rosnou, andando em direção às garotas, as pernas firmes contra o tremor do navio. — E você, domna — ela olhou para Safi —, apenas desperdiçou aquele aço deixando o monstro mais furioso.

— Eu me livrei dele. — Safi gesticulou para as ondas vazias.

— Não! É assim que eles caçam. — Evrane desembainhou uma segunda faca de arremesso. — Eles testam o navio, veem como nós lutamos. Então mergulham. Enquanto falamos, as duas raposas estão nadando para a superfície, tomando impulso. Elas vão tentar desequilibrar os navios e agarrar qualquer homem que cair.

A boca de Safi se abriu; ar salgado entrou.

— Quer dizer que elas vão voltar?

— Sim. — Ela estendeu a faca para Safi. — Por isso pegue essa faca e *se posicionem, tolinhas!*

Safi pegou a faca no instante em que Iseult gritou:

— Lá vem!

Madeira explodiu em um estrondo ensurdecedor. O navio se inclinou com brusquidão para a esquerda... esquerda... Safi inclinou o corpo junto ao convés, contrária à subida do navio.

Gritos foram proferidos logo atrás. Os marinheiros marstoks rolavam em direção à água e, com as mãos amarradas, eles cairiam diretamente nela.

Safi e Iseult trocaram um olhar — e Safi soube que sua irmã de ligação pensava a mesma coisa. Ao mesmo tempo, elas pararam de lutar contra a subida do navio e, em vez disso, caíram.

A madeira se agarrava às solas dos pés de Safi e a prendia ao chão, forçando-a a dar pequenos saltos atrás de Iseult, cujas botas escorregavam com maior facilidade nas tábuas molhadas.

Iseult chegou ao outro lado primeiro e, com um urro, agarrou uma túnica verde antes que seu dono caísse no mar. Era o curandeiro do fogo barbudo.

— Não é tão imunda agora, não é? — Safi gritou.

Mas então um grito irrompeu. Um segundo marstok — apenas um menino — caiu em direção à balaustrada. Safi mergulhou atrás dele. O garoto foi jogado na beirada. Safi se lançou atrás dele. Ela agarrou o tornozelo do marstok — e Iseult agarrou o dela.

— Eu... te peguei — Iseult rilhou, abraçando a balaustrada com o braço machucado. — Mas não por muito tempo... ah, *merda*.

O navio parou de subir. A gravidade assumiu o comando e o navio virou para o outro lado em um uivo de água e madeira resistente.

Safi e o menino balançaram para dentro do navio, Iseult gritando de dor por ter se segurado... até que Evrane estava lá, de algum modo ainda de pé, e puxando Safi para cima.

A raposa-do-mar irrompeu das ondas — próximo demais de onde Iseult escalava de volta.

Safi atirou a faca. Acertou o olho da raposa, a centímetros de distância da primeira.

O monstro gritou e mergulhou mais uma vez. Água salgada escorreu, o navio se inclinando com ainda mais ferocidade.

Safi ajudou a irmã a ficar de pé. O braço direito de Iseult pendia frouxo, o rosto dela enrugado de dor — embora ela ainda tenha conseguido gritar:

— Boa pontaria.

— Exceto que eu estava querendo acertar o outro olho.

— Pare de fazer isso! — Evrane gritou, a alguns passos de distância e com o jovem marstok ao lado. — Você está desperdiçando as minhas facas! — A espada dela se arqueou para cima. Ela cortou as amarras do menino. — E se mexam! Precisamos libertar esses homens enquanto podemos.

Iseult assentiu com cansaço e cambaleou até o grupo mais próximo de marinheiros. Mas Safi — mais uma vez — estava sem armas.

Evrane pegou sua última faca de arremesso.

— Não perca esta, domna.

— Sim, sim. — Safi pegou a faca e deu a volta até o marinheiro mais próximo. Com três cortes rápidos, ela já o tinha soltado. Foi até o próximo homem, e o seguinte. Um após o outro, ela os libertou das cordas. Os homens libertos foram ajudar os companheiros, enquanto um grupo de Bruxos do Fogo livres formava um quadrado defensivo no centro do convés. Safi olhou para a água — ainda vazia — e para o *Jana*.

A raposa que tinha aterrorizado o navio também não podia ser vista em lugar algum.

Por um momento, Safi pensou que talvez os monstros tivessem desistido da caçada... mas então Iseult gritou:

— Aqui vem ela! Do lado sul!

Lado sul. O mesmo lado onde Safi agora cortava as cordas de um marinheiro. *Merda, merda, merda...* Ela cortou as últimas fibras, e o homem se afastou.

A raposa-do-mar irrompeu das ondas, atingindo a balaustrada com a cabeça. Dentes se precipitaram para fora — dentes e olhos em espirais, e um grito capaz de esmagar o crânio de Safi.

Ela iria ser devorada. Seu corpo seria quebrado em dois e engolido...

Vento colidiu contra o peito de Safi. Em suas pernas. Ela girou para trás com ferocidade, para longe da boca do monstro. Quando mar, céu e navio viraram um borrão único com as chamas dos Bruxos de Fogo, ela avistou Merik voando em sua direção.

Gratidão — *alívio* — explodiu dentro dela.

Safi atingiu o convés — assim como ele. Em cima dela. Então, enquanto o navio engatava para o outro lado, ele se levantou e esbravejou:

— *O que diabos você está fazendo aqui?*

Safi piscou, atordoada por um momento. Em seguida, se levantou e gritou:

— Você está me entregando para os marstoks!

— Não estou mais! — Ele tirou o sabre de abordagem da bainha e, em um borrão de aço, cortou as amarras dos marstoks. Um após o outro. Enquanto ele se movia, gritava: — Noden me abençoou, domna, e apenas um tolo ignora tais bênçãos.

— Bênçãos? — ela grasnou, serrando as cordas de um homem velho e olhando para as águas. — Como uma maldita raposa-do-mar é uma *bênção*?

— Pare de falar! — Merik apontou para a escada do navio. — Desça e fique fora do caminho!

— Não faça isso! — Iseult gritou, vacilando em direção a Safi com Evrane logo atrás. Sua respiração estava irregular, o rosto pálido. — A raposa está indo para a traseira. Precisamos alcançar os homens da frente.

Sem mais palavras, todos eles correram para a frente. Safi e Iseult puxaram homem atrás de homem da balaustrada e os empurraram para Evrane e Merik, que cortavam corda após corda. Os Bruxos do Fogo permaneceram unidos em formação, prontos para lutar.

Mas a raposa era muito, *muito* rápida para os bruxos — ou qualquer outra pessoa. Ela acertou a popa do navio. Madeira se quebrou, e enquanto o navio se inclinava para cima com violência, Safi tentava evitar despencar na água.

Água explodiu da frente do navio. A segunda raposa se ergueu, guinchando e se aproximando, pronta para arrancar os homens do convés exposto — mesmo se a carne estivesse pegando fogo.

Safi olhou para Iseult. Sua irmã de ligação assentiu. Como antes, as garotas pararam de lutar contra a inclinação, e juntas se deslocaram com agilidade pelo convés. Direto para a boca da raposa.

Safi acertou a balaustrada — que estava quase paralela às ondas — e se ergueu por inteiro. Sua faca cortou a mandíbula peluda. Sangue escorreu.

Então Iseult apareceu, rodopiando baixo pelo baluarte. Enterrou fundo o cutelo no pescoço do monstro. A raposa se sacudiu, a cabeça pingando.

Mais sangue jorrou enquanto Iseult erguia o cutelo e Safi dava um giro baixo, usando toda a sua força para impulsionar perfeitamente a faca.

A boca da criatura se abriu. Safi soltou a faca. Ela voou direta e precisamente para a garganta da raposa.

O cutelo de Iseult foi impulsionado. Ele cortou a testa do monstro.

A raposa-do-mar gritou — um som bruto e derradeiro — antes de afundar nas ondas.

A primeira raposa soltou o navio. As garotas só tiveram tempo de agarrar a balaustrada para *não* serem catapultadas para o mar quando o navio caiu. Ondas espirraram, homens rolaram e caíram, mas Safi e Iseult seguraram firme.

Até que, por fim, o navio parou de balançar. Até que, por fim, Safi conseguiu andar até Iseult e puxar a irmã de ligação para cima.

— Como você está? Onde dói?

— Em todos os lugares. — Iseult deu um sorriso. — Não é uma pedra da dor muito forte.

Antes que Safi pudesse gritar pela ajuda de Evrane, Merik gritou:

— Não comemore ainda! — Os pés dele batiam no convés, e uma espiral de vento ficava cada vez mais forte ao seu redor. Evrane correu logo atrás dele. — Aquela coisa ainda não morreu. — Merik alcançou Safi. O vento dele se agarrou às roupas dela, ao seu cabelo. — Ela vai voltar.

— E — Evrane acrescentou, gesticulando para o horizonte — nós ainda temos uma frota de marstoks vindo em nossa direção.

— Sem falar da segunda raposa. — Iseult puxou Safi pela manga e a afastou da balaustrada. — Está vindo, rápido. E pela frente dessa vez.

— Se preparem — Merik gritou. — Usarei meu poder para nos carregar...

A raposa-do-mar acertou o navio. Ele disparou em direção ao céu, e quando os pés de Safi deixaram o convés — quando o mundo se tornou nuvens brilhantes e névoa roxa —, o vento de Merik os envolveu. Em um descontrole de ar, Merik fez os quatro voarem para o *Jana*. Caíram no castelo de proa sem nenhuma graciosidade, e com uma dor abundante. Mas Safi não tinha tempo de procurar machucados. Quando procurou Iseult — e a encontrou apertando o braço a alguns passos de distância —, Safi também avistou um ponto de fogo.

Não, *quatro* pontos de fogo. Os barris com pedaços de peixe estavam no ar e em chamas. Calor emanava deles — bem como o fedor de peixe torrado, e ali perto estava Kullen. Ele respirava com ofegos ritmados, e seus olhos esbugalhados saltavam da cabeça. Mas mantinha as mãos levantadas, os barris no ar, e sua magia firme.

— Kullen — Merik gritou, já de pé e correndo até o tambor. — Coloque o primeiro barril em posição! — Ele agarrou um dos martelos e esperou até que o barril flamejante mais próximo virasse e flutuasse diante do tambor.

Merik bateu com o martelo. Ar se impulsionou e se apossou do barril. Ele acelerou sobre a água, ainda queimando forte. Então caiu com uma pancada diante do galeão mais próximo.

— Próximo barril! — Merik ordenou, e momentos depois o segundo foi lançado. E o terceiro e o quarto. Cada um caindo em frente aos marstoks.

— Está partindo — Iseult disse. Seu olhar seguiu o navio e foi além dele, em direção ao barril afundado. — Está indo atrás do barris.

— Essas criaturas amam uma carnificina — Evrane disse, e Safi deu um pulo. Ela tinha se esquecido da monja, que se encurvava exausta ali perto. — Gostam do sabor de carne carbonizada.

Safi manteve os olhos na água, observando enquanto duas sombras pretas se afastavam do navio, irrompendo das ondas à distância. Elas atacaram os barris flamejantes; se emaranharam e brigaram pelos pedaços.

Enquanto isso, os galeões marstoks navegavam para mais perto — na direção das raposas. Por um breve segundo, Safi *quase* sentiu pena dos marstoks, de quem ela duvidava que teriam pedaços de peixe para catapultar como distração.

Mas o impulso passou quando ela avistou Iseult, suando e estremecendo. Enquanto Safi focava sua atenção em ajudar a amiga, um vento — um vento mágico — varreu o *Jana* e rebocou suas velas.

Com um gemido resistente, o navio de guerra zarpou para o leste.

26

Apesar da pedra da dor minúscula e do trabalho do curandeiro do fogo, o braço de Iseult pulsava com uma dor fraca e insistente, e ela tinha dificuldade em permanecer estoica enquanto o Jadansi cinzento e a costa distante desapareciam.

O vento mágico do almirante e do primeiro-imediato tinham praticamente levantado o *Jana* do mar, em uma corrida para afastá-lo dos marstoks.

Iseult e Safi estavam sentadas no castelo da proa, os pulmões se enchendo de ar, e Iseult continuava dando olhadinhas para Evrane, ao lado delas. Ela não conseguia evitar. Aquela mulher a tinha guiado — *salvado*, mesmo — seis anos e meio atrás. Ela era exatamente como Iseult se lembrava e, ao mesmo tempo, não era.

A Evrane das lembranças era angelical. E mais alta. Mas a Evrane da vida real tinha cicatrizes e era rígida e cheia de texturas — sem mencionar o fato de ser mais baixa que Iseult.

Mas o cabelo da monja — esse era acetinado e radiante como Iseult se lembrava. Uma auréola digna da Mãe Lua.

Iseult interrompeu seu olhar curioso — era difícil encarar por muito tempo. Evrane, Safi e todo mundo tinham fios de milhares de tons brilhantes. Eles se inclinavam sobre Iseult, não importava onde seus olhos estivessem. Em marinheiros apavorados ou triunfantes, tontos pela violência ou prontos para sucumbir à exaustão.

E alguns fios próximos tremiam com repulsa. Seus donos tinham percebido a pele e os olhos dela. Porém, nenhum parecia hostil, então Iseult os ignorou.

Após o que poderiam ser horas ou minutos, o *Jana* começou a diminuir a velocidade. O vento mágico parou por completo, deixando um buraco nos ouvidos de Iseult onde ele tinha ribombado. Uma sensibilidade em sua pele onde ele a tinha tocado. Apenas uma brisa natural levava o navio, e uma lua cheia brilhava logo acima.

— Bem-vindas a Nubrevna — Evrane murmurou.

Iseult se levantou, a pedra da dor flamejando com força por um instante, e andou até o baluarte. Safi e Evrane a seguiram.

A terra não era tão diferente da costa norte de Veñaza — rochosa, irregular, encurralada por ondas ferozes. Mas, no lugar das florestas, rochedos brancos pontilhavam o topo dos penhascos.

— Onde estão todas as árvores? — Iseult perguntou.

— As árvores estão lá — a monja respondeu, cansada. — Mas elas não se parecem mais com árvores. — Com um estalo, ela desafivelou a bainha do cutelo. Então, puxou um pano oleoso de sua capa.

Safi prendeu a respiração.

— Aquilo não são rochedos, são? — Ela se virou para Evrane. — São tocos de árvores.

— *Aye* — a monja respondeu. — Árvores mortas não ficam de pé por muito tempo quando uma tempestade acontece.

— Por que... por que elas morreram? — Iseult perguntou.

Evrane pareceu brevemente surpresa, e ela olhou de Safi para Iseult, como se verificasse se a pergunta era legítima.

Quando viu que era, franziu o rosto.

— Toda essa costa foi dizimada durante a Grande Guerra. Bruxos da Terra cartorranos envenenaram o solo da fronteira até a foz do rio Timetz.

Os pulmões de Iseult gelaram. Ela olhou para Safi, cujos fios horrorizados se encolhiam.

— Por que — Safi perguntou a Evrane — nós nunca ouvimos falar disso? Nós estudamos sobre Nubrevna, mas... os livros de história sempre descreveram essa terra como vibrante e cheia de vida.

— Porque — Evrane disse — aqueles que ganham batalhas são aqueles que escrevem a história.

— Ainda assim — Safi disse, aumentando a voz, os fios se espalhando —, se foi tudo uma mentira, eu deveria saber. — Ela segurou a mão de Iseult, apertando com tanta força que doeu mesmo com a pedra da dor. A pedra vibrou pelo machucado de Iseult.

Mas a dor era revigorante. Iseult a aceitou, grata por tê-la feito endireitar a postura e desobstruir a garganta. Seu olhar se fixou no rosto paciente e concentrado de Evrane enquanto a monja limpava o cutelo — aquele que Iseult tinha usado. Sangue de raposa-do-mar ainda encrostava o aço em espiral.

Enquanto Evrane esfregava o cutelo, com movimentos experientes e confiantes, Iseult se pegou pensando em quantas facas a monja devia ter limpado na vida. Ela era uma monja curandeira, mas também uma guerreira — e tinha vivido pelo menos metade da vida durante a Grande Guerra.

Quando Iseult e Safi lubrificavam suas lâminas, elas limpavam marcas de dedo e suor — protegiam o aço do manuseio do dia a dia.

Mas quando Evrane — e quando Habim e Mathew... e mesmo Gretchya — poliam suas espadas, eles eliminavam sangue e morte, e um passado que Iseult não conseguia imaginar.

— Nos conte — ela pediu, suavemente — o que aconteceu em Nubrevna.

— Tudo começou com os cartorranos — Evrane disse, as palavras dançando na brisa. — Os Bruxos da Terra deles envenenaram o solo. Uma semana depois, o Império Dalmotti mandou seus Bruxos da Água para envenenarem o litoral e os rios. Por último, mas não menos importante, os Bruxos de Fogo marstoks queimaram toda a nossa fronteira leste. Foi, com certeza, um esforço orquestrado, pois vocês precisam entender: Lovats nunca caiu. Em todos os séculos de guerra, os Sentinelas de Noden e o Aqueduto de Stefin-Ekart nos mantiveram a salvo. Então acho que os impérios pensaram que, caso se unissem brevemente, poderiam nos derrubar de uma vez por todas.

— Mas não funcionou — Iseult disse.

— Não imediatamente. — Evrane interrompeu a limpeza, e seu olhar se fixou na distância. — Os impérios concentraram seus ataques finais nos meses anteriores à trégua. Então, quando seus Exércitos e suas Marinhas foram forçados a se retirar, a magia deles foi deixada para trás para nos exterminar. O veneno se espalhou pelo solo, subiu rio acima, enquanto as chamas marstoks queimavam florestas inteiras. Camponeses e fazendeiros foram forçados a fugir para o interior. O mais próximo que pudessem estar de Lovats. Mas a cidade já estava lotada demais. Muitos morreram, e muitos mais morreram desde então. Nosso povo está passando fome, meninas, e os impérios estão muito perto de nos destruírem de uma vez por todas.

Iseult piscou. Havia um arremate na voz de Evrane, uma aceitação cor-de-rosa em seus fios.

Ao lado dela, a respiração de Safi falhou.

— O Merik precisa mesmo desse contrato — ela sussurrou, a voz sem emoção. Seus fios silenciaram e congelaram, como se estivessem espantados demais para sentir. — Mas meu tio o tornou impossível. É específico demais... nenhum sangue derramado.

Uma pausa pendeu no ar. O vento e os gritos dos marinheiros enfraqueceram. Então, de repente, tudo fez sentido — rápido demais. Claro demais.

Safi se afastou do baluarte, os fios em uma avalanche de cores, mais do que Iseult podia acompanhar. Culpa vermelha, pânico laranja, medo cinza e arrependimento azul. Aqueles não eram os fios desgastados que se rompem, mas os fios resistentes, influentes, que constroem. Cada emoção, não importa a cor, explodiu para fora dela, se estendendo pelo convés como se tentasse se conectar com alguém — qualquer um — que pudesse estar se sentindo tão turbulento quanto ela.

Então Safi se virou para Iseult e disse em uma voz fria como pedra e inverno:

— Sinto muito, Iseult. — Seu olhar se voltou para Merik, e ela repetiu: — Sinto muito por ter te metido nessa.

Antes que Iseult pudesse acalmá-la — pudesse argumentar que nada daquilo era culpa de Safi —, um fio branco brilhou no canto dos seus olhos. *Medo.* Ela se virou justo quando Kullen, parado no convés principal, começou a tossir. Ele se curvou para a frente. E caiu.

Iseult correu até ele, com Safi e Evrane logo atrás. Elas chegaram ao mesmo tempo que uma garota com tranças, a pele dela formando um contraste duro com a palidez mortal de Kullen. Mas Merik já estava lá. Já ajudava Kullen a se sentar e massageava as costas do homem.

Massageava suas *costelas*, Iseult percebeu enquanto parava a alguns passos de distância. Safi parou ao seu lado. Evrane, porém, abriu caminho até o primeiro-imediato e se agachou.

— Estou aqui, Kullen — Merik disse, a voz irregular. Seus fios queimavam com o mesmo medo branco de Kullen. — Estou aqui. Relaxe os pulmões e o ar vai vir.

A boca do primeiro-imediato se abria como a de um peixe, ofegando para o nada. Embora o ar parecesse guinchar para fora, ele não conseguia inspirar. E cada tosse que saía dele era mais fraca que a última.

Então, com olhos arregalados e bochechas pálidas, Kullen se virou para Merik e balançou a cabeça.

Safi se abaixou no convés ao lado deles.

— Como posso ajudar? — Ela olhou primeiro para Merik, então para a garota, e finalmente para Kullen, que a encarava de volta.

Mas o primeiro-imediato conseguiu apenas balançar a cabeça para Safi antes que seus olhos revirassem e ele desabasse nos braços de Merik.

No mesmo instante, o príncipe e a garota mais nova o deitaram de costas, e Merik abriu bem a boca de Kullen. Ele levou os lábios até os de Kullen e expirou rajadas cheias de ar mágico para a garganta de seu irmão de ligação.

Ele fez aquilo várias vezes. Uma eternidade de sopros e suspiros, de fios urgentes e apavorados. Marinheiros se reuniram ao redor, embora parecessem espertos o bastante para se manterem afastados. Safi deu uma olhada apavorada para Iseult, mas a amiga não tinha nenhuma solução a oferecer. Ela nunca tinha visto nada como aquilo.

Então um tremor passou pelo peito de Kullen. Ele estava respirando.

Merik permaneceu boquiaberto, observando as costelas de Kullen por longos segundos antes de se curvar aliviado. Seus fios brilhavam com a luz rosa dos irmãos de ligação — pura e ofuscante.

— Obrigado, Noden — ele murmurou no peito de Kullen. — Ah, Noden, *obrigado*.

O mesmo sentimento brilhou nos fios de cada marinheiro — e nos de Safi e Evrane também.

Mas nenhum era tão brilhante quanto os de Merik ou os da garota — e os da garota brilhavam com o vermelho puro de um fio afetivo.

— Deixe eu dar uma olhada nele — Evrane disse, colocando gentilmente a mão nas costas de Merik. — Para ter certeza de que nada foi danificado.

Merik se levantou, o rosto contorcido de raiva. E seus fios...

Iseult recuou por causa da intensidade.

— Você desobedeceu às minhas ordens! — ele gritou para a tia. — Você comprometeu o meu navio e os meus homens! *A domna era a minha única ficha de barganha!*

Evrane se levantou, os fios calmos.

— Nós precisávamos de um curandeiro do fogo para a Iseult. Sem um, ela teria morrido.

— Nós *todos* teríamos morrido! — Merik empurrou Evrane. Ela não resistiu. — Você abandonou o seu posto sem pensar nos outros!

Os fios de Safi queimaram com uma raiva defensiva. Ela se pôs de pé.

— Não foi culpa dela, ela estava apenas fazendo o que eu mandei.

Merik se virou na direção de Safi.

— É isso mesmo, domna? Então você não estava fugindo do seu noivo? Não estava evitando ser capturada, *Bruxa da Verdade*?

O estômago de Iseult gelou. Seus músculos. Como ele sabia?

Não importa, pensou, já flexionando os joelhos para atacar. Para proteger Safi.

Até que os fios de Safi brilharam com o bege da incerteza — como se ela fosse tentar esconder aquela verdade de Merik. Iseult moldou seu rosto com uma tranquilidade digna de uma Bruxa dos Fios. Ela não trairia o segredo da amiga.

— Onde você ouviu esse boato? — Safi perguntou, por fim, as palavras cuidadosas e equilibradas.

— Os marstoks sabem. — Merik se inclinou em direção a ela. — O Bruxo da Voz deles gentilmente contou ao meu. Você nega?

O mundo foi tragado, como se o debate interior de Safi se espalhasse ao seu redor. A brisa se tornou suave e distante. *Não admita. Por favor, não admita.* A possibilidade de o imperador Henrick saber sobre a bruxaria de Safi era uma coisa, mas não havia motivo para o mundo inteiro descobrir também. E se Merik decidisse usá-la — ou casar com ela, como Henrick? E se Merik decidisse *matar* Safi em vez disso, antes que um inimigo pudesse tomar posse dela?

Mas, enquanto os fios de Safi derretiam de um medo cinza para um verde determinado e exuberante, a respiração dela escapou com frustração.

— E daí? — Ela endireitou os ombros. — E daí se eu sou uma Bruxa da Verdade, almirante? Que diferença isso faz?

Em uma explosão de velocidade, Merik agarrou os punhos de Safi, a virou e prendeu os braços dela nas costas.

— Faz toda a diferença — ele rosnou. — Você me disse que ninguém estava te procurando. Você me disse que não era importante, e mesmo assim você é uma Bruxa da Verdade, noiva do imperador Henrick. — Ele forçou os braços dela ainda mais.

O rosto dela se tensionou, mas quando Iseult deu um passo à frente para defendê-la — para *lutar* por sua irmã de ligação —, Safi balançou a cabeça em advertência.

Quando voltou a falar, seu tom de voz e seus fios estavam surpreendentemente controlados.

— Pensei que, se você soubesse quem eu era, me entregaria para os cartorranos.

— Mentira. — Merik se inclinou para ainda mais perto, o rosto a centímetros do de Safi. — A sua magia sabe quando eu falo a verdade, domna, e eu te disse que nunca tive a intenção de machucá-la. Tudo o que eu quero é conseguir comida para o meu povo. Por que isso é tão difícil para os outros... ? — A voz dele falhou. Ele fez uma pausa, seus fios abandonando a raiva púrpura e passando para um azul profundo e triste. — Eu perdi meus Bruxos da Maré, domna, e os marstoks estão me caçando. Tudo o que me restou é o meu navio, meus marinheiros leais e meu primeiro-imediato. Mas você quase os tirou de mim também. — A boca de Safi se abriu como se ela fosse argumentar, mas Merik não tinha terminado. — Nós poderíamos ter escapado assim que as raposas-do-mar chegaram. Em vez disso, quase morremos, porque você não estava em sua cabine como deveria. Eu tive de te encontrar, e isso fez de nós uma *isca* para as raposas. A sua imprudência quase matou a minha tripulação.

— Mas a Iseult...

— Teria ficado bem. — Merik inclinou as costas dela, e a postura de Safi murchou. — Eu planejava conseguir um curandeiro do fogo para a sua amiga assim que chegássemos em solo nubrevno. Você sabe que isso é verdade, não sabe? A sua bruxaria deve dizer.

O olhar de Safi encontrou o de Merik. Então, com os fios queimando com o azul brilhante do arrependimento e o vermelho da culpa, ela assentiu.

— Eu sei.

O temperamento de Merik explodiu mais uma vez. Ele agarrou Safi e ordenou:

— Mexa-se.

Para o completo choque de Iseult, Safi se *moveu*, os fios dela se fundindo aos de Merik e brilhando com pitadas de um vermelho mais brilhante.

Os lábios de Iseult se separaram, e ela levantou o pé para ir atrás da amiga. Para impedir Merik de fazer o que quer que ele tivesse planejado.

Uma mão agarrou seu punho.

— Não.

Ela virou a cabeça e encontrou a garota de tranças balançando a cabeça.

— Não interfira — ela disse, em uma voz sem emoção. — Algumas horas nos ferros não vão matá-la.

— No quê? — Iseult deu meia-volta, e o enjoo cresceu em seu estômago diante da cena de Merik empurrando Safi, puxando suas pernas...

E prendendo seus tornozelos em tiras de ferro.

Os grilhões enormes se fechando com um gemido, as travas estalando, e Safi incapaz de fazer alguma coisa além de olhar para Iseult do outro lado do navio.

Mais uma vez Iseult avançou, mas dessa vez um marinheiro mais velho a impediu.

— Deixe ela, menina. Ou você será presa nos grilhões também.

Como se quisesse provar um argumento, Evrane avançou, gritando:

— Você não pode fazer isso com ela, Merik! Ela é uma domna de Cartorra! Não uma nubrevna!

Merik se endireitou e gesticulou vagamente para os marinheiros — embora seus olhos permanecessem na tia.

— Mas você *é* uma nubrevna, e a sua desobediência não ficará impune também.

Os fios de Evrane ficaram surpresos em um tom turquesa quando dois marinheiros a empurraram para um segundo par de grilhões para as pernas. Enquanto os homens a empurravam para baixo e apertavam as algemas, Merik se virou como se fosse ir embora.

— Você vai recorrer à tortura de uma domna? — Evrane gritou. — Vai machucá-la, Merik! Vai arruinar o seu próprio contrato!

Merik parou, voltando a olhar para a tia.

— Eu recorro à punição, não à tortura. Ela sabia as consequências da desobediência. E — ele acrescentou, letalmente calmo — que tipo de almirante, que tipo de *príncipe* eu seria se não defendesse as minhas próprias leis? A domna sobreviveu ilesa a um ataque de raposas-do-mar, então algumas horas nos grilhões não a machucarão. Mas *dará* tempo para ela pensar no inferno em que transformou isso aqui.

— Não foi minha intenção — Safi disse, olhando para Merik. — Eu nunca quis te machucar, nem o Kullen, nem... Nubrevna. Eu não sabia sobre os marstoks, eu *juro*, almirante. Meu tio disse que ninguém me seguiria!

O queixo de Iseult caiu enquanto ela observava. Os fios acima da cabeça de Safi — e de Merik — vibravam com uma ânsia extrema, urgente. Os fios de Safi se agarraram aos de Merik, e os dele envolveram e se torceram aos dela.

Diante dos olhos de Iseult, os fios de Safi estavam mudando daqueles que constroem para aqueles que unem.

Em dois passos largos, o príncipe estava de volta, abaixando-se ao lado de Safi. Ele olhou nos olhos dela com dureza; ela retribuiu o olhar.

— Se não fosse pela magia do Kullen, todos nós estaríamos mortos agora, e foi a sua desobediência impulsiva que quase nos matou. Isso não pode ficar sem punição. Ainda há um contrato com a sua família, e de um jeito ou de outro, vou te levar para Lejna. Depois, vou alimentar o meu país.

Por um segundo... ou dois, o espaço entre Merik e Safi — os fios queimando entre eles — se inflamou em um fio ardente escarlate.

Mas Iseult não teve tempo para conseguir distinguir o tom exato — se era um fio crescente de amor ou um de ódio implacável — antes que a cor sumisse de novo e ela fosse deixada pensando se não teria imaginado a coisa toda.

Era quase engraçado com que rapidez Safi tinha ido de estar de pé para estar presa nos grilhões como um cachorro agredido. Trancada. Encurralada. Imóvel.

E ela não tinha lutado de maneira nenhuma. Tinha apenas desistido, se perguntando por que aceitava aquelas algemas com tanta facilidade. Perguntando-se quando tinha perdido sua habilidade de atacar. De *correr*. Se ela não tinha mais condições de correr, então o que tinha sobrado de sua vida antiga? Sua vida feliz cheia de tarô, café e sonhos.

Todas as suas esperanças de liberdade foram destruídas. Não havia nenhum lugar só dela e de Iseult. Nenhuma escapatória da corte do imperador Henrick ou dos planos do tio Eron ou de uma vida como uma Bruxa da Verdade fugitiva.

Mas Iseult iria viver. Sua ferida estava curada e ela *viveria*. Aquilo fazia tudo valer a pena, não é?

Safi observou a irmã de ligação, que andava atrás de Merik pelo convés — implorando para ele, o rosto sem expressão apesar dos marinheiros que saíam do seu caminho. Merik a ignorou e subiu para o tombadilho. Ele ocupou seu lugar no leme e ordenou que o tambor de vento voltasse a tocar.

E Iseult desistiu. Ela parou sua perseguição na escotilha e se virou para encontrar os olhos de Safi, parecendo ainda mais desamparada do que quando estava morrendo.

Chuva começou a cair. Um sussurro gentil na pele de Safi que deveria tê-la acalmado, mas que, ao contrário, parecia ácido. Ela estava caindo em si. O mundo pulsava para ela. Ela não podia mexer as pernas. Estava presa ali, dentro de si. Para sempre ela seria *aquela* pessoa. Presa dentro *daquele* corpo e *daquela* mente. Amarrada em seus próprios erros e promessas quebradas.

É por isso que todos te abandonam. Seus pais. Seu tio. Habim e Mathew. Merik.

O nome do príncipe acertou os ouvidos de Safi. Gritou em seu sangue no ritmo da chuva. No ritmo do tambor.

Ele só queria salvar sua terra natal, mas Safi não tinha se importado — com Merik, com todas as vidas que dependiam dele.

Iseult cambaleou no convés em direção a ela, o rosto magro e pálido. A irmã era a única pessoa que Safi ainda tinha, o único fragmento de sua vida antiga. Mas quanto tempo até que Iseult desistisse também?

Iseult alcançou Safi e se ajoelhou.

— Ele não me escuta.

— Você precisa descansar — Evrane disse. — Vá para a cabine.

Safi recuou; suas correntes chacoalharam. Ela tinha esquecido que a monja estava algemada ao seu lado. Ela tinha estado tão aprisionada em sua própria pele que se esquecera de todo o resto.

Como sempre fazia.

Era sua ganância egoísta que tinha posto um preço na cabeça de Iseult. Que tinha forçado Iseult a sair de Veñaza — e de alguma forma ter sido atingida por uma flecha amaldiçoada no braço também. Então, quando Safi lutou pela amiga — fez tudo o que podia para compensar e salvar sua outra metade dos estragos que tinha causado —, acabara machucando outra pessoa. Muitas outras pessoas. Sua visão limitada a tinha guiado por um caminho de destruição. Agora Merik, Kullen e a tripulação inteira estavam pagando.

Com aquele pensamento, as palavras do tio Eron em Veñaza se fixaram no coração de Safi.

"Quando os sinos tocarem meia-noite, você poderá fazer o que quiser e viver a mesma existência sem ambição de que sempre gostou."

Ela tinha feito exatamente aquilo, não tinha? À meia-noite, tinha desistido do papel de domna. Tinha retomado sua antiga existência impulsiva e insensível.

Mas... Safi se recusava a aceitar. Ela se recusava a ser o que Eron — ou qualquer outra pessoa — esperava que ela fosse. Ela estava presa naquele corpo, com aquela mente, mas não significava que não podia alcançar o exterior. Não significava que não podia mudar.

Ela encontrou os olhos de Iseult, fracos e iluminados ao entardecer.

— Vá para a cabine — mandou. — Você precisa sair da chuva.

— Mas você... — Iseult se aproximou mais, com os braços molhados pela chuva e arrepiados. — Não posso te deixar desse jeito.

— Por favor, Iz. Se você não se curar, então tudo isso terá sido à toa. — Safi forçou uma risada. — Vou ficar bem. Isso não é nada comparado aos treinos de socos de Habim.

Iseult não deu o sorriso que Safi esperava, mas assentiu e se pôs de pé com instabilidade.

— Virei te ver no próximo sino. — Ela olhou para Evrane e levantou o punho. — Você quer a pedra da dor de volta?

Evrane balançou levemente a cabeça.

— Você vai precisar dela para dormir.

— Obrigada. — Iseult olhou mais uma vez para Safi; olhou fundo nos olhos da amiga. — Vai ficar tudo bem — disse, apenas. — Vamos fazer ficar tudo bem de novo. Eu prometo. — Então, enlaçou o peito com os braços e se afastou, deixando Safi com a maré crescente de sua bruxaria da verdade.

Porque, de alguma forma, elas *fariam* tudo ficar bem de novo.

27

Nas sete horas desde que a chalupa cartorrana zarpara da cidade de Veñaza, o sol tinha se posto, a lua tinha surgido e Aeduan não tinha parado de vomitar. Seu único consolo era que sua desgraça tinha despertado uma narrativa entre os marinheiros tementes ao vazio que estavam a bordo: "Bruxos de Sangue não podem atravessar águas".

Sim, que eles espalhassem *aquele* rumor em cada porto que visitassem.

Foi exatamente quando Aeduan fez a transição para vômitos secos bem-vindos que a chalupa encontrou quatro embarcações navais destruídas — três delas marstoks e uma nubrevna. Apesar das contestações ríspidas de Aeduan de que Safiya fon Hasstrel não estava naqueles navios, o príncipe Leopold insistiu em parar de qualquer forma.

Pois parecia que a imperatriz de Marstok *estava* a bordo — e Leopold queria que Aeduan se juntasse a ele naquele navio. Quando nenhum dos trovadores do inferno se opôs àquela loucura — nem mesmo o comandante, um jovem preguiçoso e irreverente chamado Fitz Grieg —, Aeduan logo se viu voando até o galeão da imperatriz por meio de um Bruxo do Vento. Lá, dez víboras fizeram uma inspeção rápida nele e em Leopold. Mas os víboras não exigiram nenhuma arma antes de guiarem os visitantes até a cabine da imperatriz. Certamente estavam confiantes de que nem Leopold nem Aeduan tinham qualquer chance contra seus dardos envenenados.

Aeduan reconheceu alguns dos víboras — apenas pelo cheiro do sangue, já que não podia ver nenhum rosto por trás dos lenços. Suas espadas em zigue-zague, como chamas de aço, tremulavam nas lâmpadas dos Bruxos de Fogo pelo convés.

Armas estúpidas. Eram pesadas e desnecessárias — especialmente quando a maior vantagem de um víbora era a bruxaria do veneno dele ou dela.

O poder deles sobre o veneno era uma subcategoria sombria da bruxaria da água — uma corrupção dos curandeiros da água, Aeduan ouvira certa vez —, no entanto, era o poder de Aeduan que era considerado magia do vazio. Ele era aquele chamado de demônio.

Sempre achara aquilo... injusto.

Mas, novamente, também funcionava a seu favor.

Uma vez dentro da cabine da imperatriz, os víboras se posicionaram igualmente ao redor da sala e contra as paredes. Uma mesa baixa, sem enfeites e com dois bancos estava no centro do cômodo, e ao lado de um deles estava a imperatriz de Marstok.

Ela era menor do que Aeduan percebera, tendo a visto apenas à distância, mas, apesar de seus ossos delicados, o cheiro do seu sangue era inabalável. *Sálvia do deserto e muros de arenito. Bigorna de ferreiro e tintas metálicas.* Era o cheiro de uma Bruxa do Ferro — uma poderosa —, bem como de uma mulher instruída. E apesar do fato de a frota de Vaness estar uma confusão, ela usava um vestido branco novo e sua expressão era calma e cortês.

Aeduan se posicionou com as pernas abertas atrás do segundo banco, avaliando as melhores saídas da cabine — e a imperatriz sorriu. O sorriso surgiu em seu lábios como uma brisa — como se ela e Leopold estivessem apenas se encontrando na pista de dança.

A imperatriz deveria saber quem — e o que — Aeduan era, mas não fez nenhum comentário sobre a sua presença. Não deu nenhuma indicação de que achava estranho o fato de Leopold não ter nenhum tipo de escolta dos trovadores do inferno.

Era óbvio que ela era uma especialista em aparências, cada expressão era uma máscara cuidadosa projetada para manter o poder da sala em suas mãos delgadas.

Mas por que ter esse trabalho?, Aeduan se perguntou. Se ela era uma Bruxa do Ferro tão poderosa quanto as histórias alegavam, então não precisava de truques para se dar bem. Os monges carawenos mais velhos ainda falavam do dia em que ela destruíra a Passagem de Kendura — o dia em que ela utilizara uma magia tão grande e destemida que derrubara uma montanha inteira.

E ela tinha apenas sete anos.

Aeduan encarou aquilo como um sinal de que aquele encontro era destinado a ser pacífico.

— Aceito algumas tâmaras marstoks, se me permite — o príncipe Leopold disse. Ele pairava ao lado da mesa, parecendo mais interessado em examinar os punhos de sua jaqueta do que em falar com Vaness.

Mas a máscara que Leopold usava era desajeitada e exagerada. Era como se o príncipe brincasse de ser realeza, enquanto a imperatriz apenas era.

Vaness gesticulou para o banco, o ferro em suas pulseiras fazendo barulho.

— Sente-se, príncipe Leopold. Vou pedir que os doces sejam trazidos.

— Obrigado, Santidade das Santidades. — Leopold deu a ela um sorriso iluminado e, com um suspiro de alguém que tivera um longo e difícil dia de trabalho, se afundou no banco. A madeira preta rangeu.

Vaness deslizou para o banco do lado oposto. Sua coluna se endireitou, e ela inclinou a cabeça para um lado, esperando. Sua pausa foi rapidamente recompensada por um criado, que se apressou com um prato de frutas cristalizadas. Leopold pegou uma, gemeu de prazer, e então pegou mais duas. Segundos viraram minutos, e embora Aeduan não tivesse dúvidas de que o príncipe fazia aquilo de propósito como algum tipo de insulto, a imperatriz mostrou apenas paciência — algo além do que Aeduan poderia exigir.

Se o propósito de Leopold ao aparecer era oferecer insultos mesquinhos, aquele desvio era uma perda de tempo ainda maior do que Aeduan temera inicialmente. Naquela velocidade, Safiya fon Hasstrel chegaria aos Sentinelas de Noden antes que Leopold tivesse terminado de comer seus doces.

Na quarta fruta, o rosto de Vaness mudou para uma careta com as sobrancelhas franzidas.

— Quando eu disse que a minha frota estava danificada — ela disse, com educação —, eu esperava que você me ajudasse. Talvez eu não tenha sido clara.

Leopold mostrou seu lampejo usual de um sorriso e passou devagar o polegar sobre os lábios.

— Mas com certeza Vossa Majestade Mais Majestosa percebe que o açúcar pode melhorar mesmo as situações mais terríveis. — Ele ofereceu um figo a ela.

— Não estou com fome.

— Não é preciso estar com fome para apreciar isto. — Leopold ofereceu o doce para ela mais uma vez. — Experimente um. São quase tão divinos quanto a sua beleza.

Ela fez uma reverência respeitosa com a cabeça e, para a surpresa de Aeduan, aceitou a fruta açucarada. Ela até mesmo mordeu a lateral.

Aeduan correu a língua pelos dentes, sem saber como interpretar aquele comportamento. Leopold claramente queria deixar Vaness brava, mas ela era habilidosa ao evitar morder a isca. O que significava que, o que quer que ela quisesse, era importante — e o que ela queria, conseguia. Então por que prolongar aquilo? Por que manter uma serenidade de fachada com um poder como o dela? Aeduan com certeza nunca se importara com aquilo.

Leopold parecia pensar o mesmo, pois, em sua sexta tâmara, abandonou o jogo. Com uma irritação mal disfarçada, ele relaxou a postura e cruzou as pernas.

— O que aconteceu com a sua frota, Venerada?

— Raposas-do-mar — ela disse simplesmente, o que arrancou uma risada do príncipe.

— *Raposas-do-mar* — ele repetiu, erguendo as sobrancelhas. — Você espera que eu acredite nisso? Por acaso dragões-da-sombra e falcões-de--fogo atacaram também? Ou deixe-me adivinhar: os Doze voltaram com suas espadas malignas e fizeram um buraco no casco.

Vaness não demonstrou nenhuma reação. Mesmo assim, o ar na sala pareceu se comprimir. Os víboras ficaram tensos, e a mão de Aeduan desceu até o punho da espada.

— Falcões-de-fogo ainda existem em Marstok — Vaness disse, o tom de voz tão suave quanto antes. Sua máscara permanecia. — E, ao que parece, as raposas-do-mar voltaram.

Os olhos de Aeduan voaram até Leopold, tentando avaliar a reação do príncipe. Aeduan tinha ouvido sobre raposas-do-mar, mas, até onde sabia, não eram vistas havia décadas.

Daquela vez, porém, Leopold continuou em silêncio e ilegível.

Então, Vaness continuou:

— Estou indo para Azmir, Alteza, mas temo que meus homens levarão tempo demais para consertar a nossa frota. Peço que você nos empreste Bruxos da Maré da sua tripulação. Não temos nenhum sobrando.

Então por que, Aeduan devaneou ironicamente, *sinto o cheiro de pelo menos três Bruxos da Maré nas cobertas inferiores?* Não havia como se enganar. Eles cheiravam a marcas d'água elevadas e corredeiras de rios.

Enquanto Aeduan pensava na melhor maneira de informar Leopold da mentira da imperatriz, o príncipe fez um aceno.

— Perfeição Imperial — ele murmurou —, não pude deixar de notar que há um navio intacto na sua frota. Um que não combinava com os outros navios. Na verdade, ele parecia... o que nós dissemos? — Leopold lançou um olhar afiado a Aeduan, um que deixava claro que ele não esperava uma resposta. Então o príncipe estalou os dedos. — Ele parecia nubrevno. É isso. Me pergunto, Perfeição Imperial, como ele acabou em sua posse?

— Nós encontramos o navio de guerra por acaso — Vaness respondeu, calmamente. — Deve ter sido atacado pelas raposas-do-mar também.

— Então, com certeza — Leopold apoiou os cotovelos nos joelhos —, a tripulação morta dele não vai se importar se você o levar para a costa.

Por meio segundo, Vaness congelou. Ela não falou, nem piscou, nem mesmo respirou. Em seguida se levantou, as pulseiras tinindo, e com uma nova máscara se ajustando: raiva. Ou talvez não fosse uma máscara, pois quando Aeduan respirou fundo, ele sentiu a pulsação dela mais acelerada. Mais quente.

— Você me negaria ajuda? — ela indagou com suavidade. — Eu, a Imperatriz dos Filhos da Chama, a Filha Escolhida do Poço do Fogo, a Mais Venerada dos Marstoks? — Ela esticou ambas as mãos na mesa com tamanha elegância que nenhum elo de ferro tilintou. — *Eu*, a Destruidora da Passagem de Kendura? Negar é colocar fogo na pira do seu próprio funeral, príncipe Leopold. Você não me quer como inimiga.

— Não sabia que éramos aliados.

O corpo de Vaness se esticou como uma cobra prestes a dar o bote, e Aeduan instintivamente convocou sua própria magia — uma mera ondulação que deixaria seus olhos vermelhos. Se a situação piorasse, Aeduan prenderia a imperatriz em um segundo.

Leopold apontou um único dedo para Vaness.

— Eis como vejo essa situação, Alteza Superior. Primeiro, acho que você está seguindo a noiva do meu tio, porque por qual outro motivo você abandonaria uma Conferência da Trégua onde deveria estar? Segundo — ele desenrolou outro dedo —, acho que você encontrou os sequestradores da Safiya aqui e se envolveu em uma batalha que, de alguma maneira, acabou passando despercebida pela trégua. — Leopold desdobrou um terceiro dedo, franzindo a testa. — Não consigo solucionar esse terceiro dedo, que é a *razão* de tudo isso. A Safiya não pode ter qualquer valor para você, ó Mais Amada.

O ar na sala ficou ainda mais pesado. O peito de Vaness se expandiu... mas então Aeduan sentiu o sangue dela esfriar, a raiva ser controlada de novo.

— Eu — ela murmurou — não quero a noiva do seu tio, príncipe Leopold.

— E eu — Leopold se levantou, erguendo-se sobre a imperatriz com uma cabeça e meia de vantagem — não acredito em você, imperatriz Vaness.

A magia avançou — mais rápido do que Aeduan poderia ter imaginado. A magia dela arrancou três facas de seu talabarte, as lançou por cima do banco e as mirou no pescoço, no coração e na barriga de Leopold.

Em um piscar de olhos, o poder de Aeduan se manifestou. Seu sangue alcançou Vaness. Seu corpo ficou tenso em busca de ação.

Mas em um sussurro enganoso, dez víboras desembainharam suas zarabatanas e miraram em Aeduan e Leopold.

O olhar do Bruxo de Sangue percorreu a sala, a mente à procura de uma rota de fuga. Ele poderia controlar Vaness, mas ainda acabaria com o peito cheio de veneno ou aço — e embora fosse sobreviver, Leopold não iria.

O príncipe levantou calmamente a mão, nenhum sinal de medo em sua voz — ou, para a surpresa de Aeduan, em seu sangue.

— Se você encontrar a Safiya fon Hasstrel antes de mim, imperatriz, você vai devolvê-la para mim imediatamente, ou lidará com as consequências.

— Você ama tanto assim o brinquedinho do seu tio? — Vaness virou uma palma para cima, e a faca no pescoço de Leopold se afastou alguns centímetros. — Você valoriza tanto assim a vida dela que arriscaria me desagradar?

Embora os lábios do príncipe tivessem se erguido, não havia divertimento em seu sorriso.

— Eu conheço Safiya fon Hasstrel a minha vida inteira, Perfeição Real. Ela será uma líder incrível quando o momento chegar. Do tipo que coloca o povo acima de si mesma. — Os olhos dele brilharam ao olhar para as pulseiras de Vaness. — Então marque as minhas palavras, Filha Escolhida do Poço do Fogo, se você não me der a futura imperatriz, eu irei para Marstok e a pegarei eu mesmo. Agora baixe suas lâminas antes que eu encoste em qualquer uma delas. *Isso* apagaria o seu nome dos vinte anos de trégua, posso garantir.

Uma pausa tensa se estendeu pela sala, e Aeduan manteve sua bruxaria a postos. Pronta... pronta...

As lâminas giraram para trás preguiçosamente. Então, deslizaram para longe e caíram.

Aeduan agarrou a faca mais próxima no ar, mas as outras duas acertaram a mesa. O banco. Enquanto ele as levantava, Leopold se inclinou para a frente e pegou outra fruta açucarada.

— Obrigado pelos agrados, Grande Destruidora. — Ele sorriu suavemente. — É sempre um prazer ver você.

Sem mais palavras, e com os ombros elevados de um homem no comando, Leopold, o Quarto, caminhou até a porta.

— Venha, monge — ele gritou. — Nós perdemos tempo, e agora devemos compensar.

Aeduan seguiu Leopold, seus olhos e seu poder nunca deixando de prestar atenção na imperatriz ou nos víboras. No entanto, ninguém tentou impedi-los de ir embora e, momentos depois, os homens dispararam para fora do galeão marstok estilhaçado.

Assim que estavam firmemente de volta à chalupa — e com Leopold gritando para que o comandante Fitz Grieg buscasse calças limpas para ele —, Aeduan observou o príncipe com olhos fendidos e desconfiados.

— A imperatriz — Aeduan disse, assim que o comandante dos trovadores do inferno desapareceu nas cobertas — mentiu sobre não ter Bruxos da Maré a bordo.

— Eu imaginei. — Leopold fez uma careta diante de uma marca em sua manga. — Ela também mentiu sobre não querer Safiya fon Hasstrel. Mas — Leopold olhou para cima — tenho uma vantagem sobre a imperatriz.

As sobrancelhas de Aeduan se ergueram.

— Eu tenho você, monge Aeduan, e confie em mim quando digo que *isso* faz com que a imperatriz de Marstok esteja navegando apavorada agora.

28

— Mantenham a luz firme! — Merik gritou do leme. Dois marinheiros miraram os holofotes nas ondas. A lua ajudou quando as nuvens se deram ao trabalho de se separar, mas não era o bastante, especialmente com a chuva persistente.

Sem Kullen para inflar as velas do *Jana* ou os bruxos de Merik para carregarem o casco, Merik tinha de pressionar ainda mais a tripulação diminuta — e se pressionar mais também.

Mas não havia outra opção, e o tempo era curto.

Ele precisava encontrar aquele pico irregular — o Desgraçado Solitário, como ele e Kullen sempre o chamavam — antes que fosse engolido pela maré. Atrás dele havia uma enseada escondida. Um segredo familiar que permitiria que a tripulação de Merik descansasse em segurança.

Se o *Jana* perdesse o curso, contudo, Merik seria forçado a esperar até a tarde do dia seguinte — permitindo que os marstoks ou as raposas-do-mar os alcançassem.

Seu olhar se voltou para a domna e Evrane, que ainda estavam acorrentadas. O cabelo dourado de Safiya estava úmido e solto, e a capa branca da tia, cinza de tão encharcada. Surpreendentemente, Iseult não podia ser vista em lugar algum. Ela tinha conferido Safiya e Evrane um milhão de vezes nas primeiras quatro horas do castigo. Nas últimas sinetas, porém, a garota tinha permanecido na parte inferior do navio. Dormindo, provavelmente.

Merik ficava satisfeito com aquilo. Cada vez que Iseult tinha surgido para implorar que soltasse Safi, os músculos em seu pescoço tinham endurecido. Seus ombros tinham se retesado em direção às orelhas, e ele tateava o bolso — conferindo se o acordo Hasstrel ainda estava ali dentro. Aquelas páginas tinham se tornado sua última esperança de salvação, portanto ele as mantinha próximas.

Conferiu o documento pela milésima vez, as páginas achatadas e respingadas de chuva...

As assinaturas estavam intactas, então Merik deixaria Safiya nas correntes um pouco mais. Ele podia não ser Vivia quando se tratava de disciplina, mas havia consequências para a desobediência. A tripulação de Merik sabia daquilo — esperava aquilo, até —, e Merik não podia, de repente, amolecer. Mesmo se, em longo prazo, houvesse consequências por prender uma mulher que, um dia, poderia ser a imperatriz de Cartorra... Mesmo se Safiya e seu noivo, Henrick, pudessem fazê-lo pagar por aquele tipo de tratamento... Merik não se importava. Ele preferia manter o respeito da tripulação do que se preocupar com o que algum imperador idiota poderia fazer com um país que já estava destruído.

Henrick. Merik nunca gostara daquele velho desagradável. Pensar que Safiya era sua noiva. Pensar que ela se casaria — se *deitaria* — com um homem que tinha o triplo de sua idade...

Ele não conseguia conciliar aquele pensamento. Acreditava que Safiya era diferente do resto da nobreza. Impulsiva, sim, mas leal também. E talvez tão sozinha quanto ele era em um mundo de jogos políticos ferozes.

Mas o que aconteceu é que Safiya era igual ao resto dos doms e das domnas cartorranos. Ela vivia com antolhos, atenta apenas àqueles que considerava dignos.

Ainda assim, mesmo enquanto Merik nutria sua fúria, mesmo enquanto dizia a si mesmo que odiava Safiya, ele não conseguia impedir os "mas" de se agitarem em seu estômago.

Mas você teria feito o mesmo por Kullen. Você teria arriscado vidas para salvá-lo.

Mas talvez ela não queira se casar com Henrick ou ser imperatriz. Talvez ela esteja fugindo para evitar tudo isso.

Merik deixou os argumentos de lado. O fato continuava sendo que, se Safiya tivesse contado a ele do seu noivado desde o início, ele poderia tê-la devolvido para Dalmotti e se livrado dela de uma vez por todas. Nunca teria estado naquele lado do Jadansi, onde fora forçado a lutar com raposas-do-mar, combater os marstoks e por fim pressionar Kullen além da conta.

— Almirante? — Hermin mancou até o tombadilho, a expressão desanimada. — Ainda não consigo me conectar com os Bruxos da Voz de Lovats.

— Ah. — Em um gesto mecânico, Merik limpou a chuva do seu casaco. Hermin estava conectado aos fios dos Bruxos da Voz havia horas, tentando contato com Lovats. Com o rei Serafin.

— Pode ser — Hermin ponderou, projetando a voz por cima das ondas e da chuva, do guincho das cordas e dos grunhidos dos marinheiros — que todos os Bruxos da Voz estejam ocupados.

— No meio da noite? — Merik franziu a testa.

— Ou talvez — Hermin prosseguiu — o problema esteja na minha magia. Talvez eu esteja velho demais.

O franzir de Merik se transformou em uma carranca. A idade não prejudicava a bruxaria. Hermin sabia daquilo tanto quanto Merik, por isso, se o homem estava tentando suavizar o que, obviamente, estava acontecendo — que os Bruxos da Voz de Lovats estavam ignorando as chamadas de Merik —, então era inútil.

Se as palavras de Vivia acabassem sendo verdade e o pai deles tivesse mesmo encomendado a miniatura enfeitiçada de éter, então ele lidaria com aquilo depois. Por ora, precisava apenas levar seus homens para a costa e para longe das chamas marstoks.

Ele olhou para os grilhões — para Safiya — e percebeu Ryber agachada ao lado dela.

— Pegue o leme — Merik rosnou, já indo para a escada. Ele ergueu a voz em um grito. — *Ryber! Se afaste daí!*

A garota do navio se sobressaltou, mas Safiya manteve a cabeça abaixada enquanto Merik pisava firme no convés principal e avançava em direção a Ryber.

— Você — ele grunhiu — devia estar puxando água. — Ele apontou para um novo recruta, que puxava água para fora do convés com dedicação.

— Esse é o seu dever, Ryber, então se eu te pegar fugindo de novo, você será chicoteada. Entendeu?

A domna levantou o queixo.

— Eu chamei a Ryber aqui — ela falou, a voz áspera.

— Alguém precisa ver como a Iseult está — Evrane acrescentou, rouca. — A menina ainda está se curando.

Merik ignorou Safiya e Evrane, os dedos procurando o colarinho.

— Puxe a água do convés — ele disse a Ryber. — Agora.

A menina fez uma continência e, assim que saiu de vista, Merik se virou em direção à domna, pronto para gritar que ela deixasse seus marinheiros em paz.

Mas a cabeça dela estava inclinada para trás, os olhos fechados e a boca aberta. Mesmo com apenas a luz dos holofotes brilhando em sua pele, não tinha como não notar a oscilação em sua garganta. O movimento de sua língua.

Ela estava bebendo a chuva.

A raiva de Merik desapareceu. O medo o engoliu por inteiro, e ele pegou o acordo do bolso. As assinaturas ainda estavam ali.

É claro que estão, ele pensou, irritado consigo mesmo por se importar. *Safiya não está sangrando.* Mesmo assim, os dedos dele tremiam — e ele se perguntava, vagamente, por quê. Talvez aquele medo não tivesse nada a ver com o contrato.

Aquele pensamento fez cócegas na base de seu crânio — e, apressadamente, ele o reprimiu, enterrou, e devolveu o contrato para o bolso. Então, pegou as chaves dos grilhões. Qualquer que fosse a razão para aquele medo irreal, Merik lidaria com ele depois — junto com sua inabalável preocupação com o rei Serafin, Vivia e Kullen.

Naquele momento, porém, o castigo tinha de terminar.

Agachando-se ao lado de Safiya, Merik abriu o primeiro grilhão. Ela parecia cansada e surpresa.

— Estou livre?

— Livre para continuar trancada na sua cabine. — Merik soltou os ferros restantes e ficou de pé. — Levante-se.

Ela recuou as pernas ensopadas e tentou se levantar. O navio balançou. Ela cambaleou para a frente.

Merik a segurou.

A pele dela estava escorregadia e fria, o corpo tremendo. Com um grunhido, ele a ergueu e a puxou para mais perto.

Os homens da tripulação apenas observavam, e Merik não perdeu o aceno de aprovação de Hermin quando passou em direção à escada das cobertas.

A domna havia cumprido sua punição; os homens respeitavam aquilo.

O rosto de Safiya estava próximo, os cílios dela grossos e úmidos. Suas roupas úmidas roçavam suavemente a pele de Merik, e a respiração dela estava fraca.

Merik ignorou tudo com firmeza, focado em colocar um pé na frente do outro até que, por fim, ele entrou no quarto de passageiros escuro. Iseult dormia, estremecendo em seu palete.

— Iz — Safiya murmurou, tentando se desvencilhar dos braços de Merik e se esticando até a irmã de ligação. Merik a carregou até o palete, inclinou-se levemente e a soltou. Ela caiu ao lado de Iseult, que acordou assustada.

Enquanto a garota nomatsi se mexia para ajudar Safiya, Merik deu meia-volta e saiu do quarto, dizendo a si mesmo que a domna estava bem-cuidada. Que não pensaria nela naquele momento. Que não pensaria nela nunca mais.

Mas quando finalmente alcançou o leme do navio de seu pai e avistou o Desgraçado Solitário no horizonte à frente, seus braços ainda estavam quentes — seu pescoço ainda sussurrando pelo toque de Safiya.

Antes de Safi voltar, Iseult tinha ficado presa em seus pesadelos de novo...

Interromper, interromper, girar e interromper.
Dedos puxavam Iseult. Puxavam seu cabelo, seu vestido, sua carne.
Fios que rompem, fios que morrem!
Uma flecha atravessou seu braço; a dor irrompeu por todo o seu ser. E magia, magia — magia negra, deteriorada...

— *Que sonho horrível você está tendo.* — A voz da sombra a tirou do pesadelo. — *Você está tremendo e estremecendo muito hoje* — a sombra continuou, uma calda em sua voz que era contente em excesso. — *O que está te incomodando? Não é só o sonho; você tem ele o tempo todo.*

Iseult tentou se afastar, mas a cada direção em que virava, a sombra a seguia. Cada chute ou empurrão mental, a sombra evitava. Cada refúgio desesperado, a sombra enterrava suas garras ainda mais fundo.

E, sem parar, a sombra falava — ou melhor, *ela* falava, pois a sombra era uma mulher. Uma colega Bruxa dos Fios, convencida de que ela e Iseult eram, de alguma maneira, semelhantes.

Era *aquela* conversa que deixava Iseult mais assustada. A possibilidade de que aquela voz estranha fosse como ela. Que talvez a sombra entendesse suas dores mais do que qualquer outra pessoa.

O que, é claro, fez com que ela se perguntasse se não estava apenas imaginando tudo. Enlouquecendo, enquanto todas as esperanças para o futuro escoavam entre os seus dedos.

Ou talvez Iseult estivesse finalmente se curvando sob os fios do mundo — seu coração comum esmagado até virar poeira.

— *Você está chateada com a sua tribo* — a sombra afirmou com praticidade, tropeçando nas memórias mais recentes de Iseult. — *Minha tribo também me expulsou, sabe, porque eu não era como as outras Bruxas dos Fios. Eu não conseguia fazer pedras dos fios ou controlar meus sentimentos, então a tribo não me quis. É por isso que você deixou a sua, não é?*

A curiosidade na voz da sombra era uma faca de dois gumes. Iseult sabia que não deveria responder... mesmo assim ela não pôde se conter quando a sombra perguntou de novo:

— *É por isso que você partiu, não é?*

A necessidade de contar a verdade — sobre seu embaraço com Gretchya, seus ciúmes de Alma — fez cócegas em sua garganta. Por que ela não conseguia lutar contra aquela sombra? *Use essa frustração*, ela disse a si mesma, quase desesperada. *Use isso para lutar.*

Iseult movimentou o corpo no sonho, e se agarrou à primeira memória estúpida que conseguiu encontrar: a tabuada. *Nove vezes um, nove. Nove vezes dois, dezoito.*

Mas a sombra apenas riu.

— *É engraçado que esperam que a gente não sinta nada* — a sombra continuou, o tom melódico mais uma vez. — *Eu não acredito nas histórias; aquelas que dizem que não temos fios afetivos ou famílias de fios. É claro que temos! Não conseguimos vê-los, só isso. Por que a Mãe Lua daria aos seus filhos laços tão poderosos, mas nos excluiria?*

— Eu não sei. — Iseult estava grata por aquela pergunta fácil. Se ela respondesse, se ela parecesse cooperar, talvez a sombra fosse embora.

Mas não, ela não foi. Em vez disso, a sombra deu sua risada contente e gritou:

— *Ora, veja! Falar sobre famílias de fios a chateia, Iseult. Por quê? Por quê? Nove vezes quatro, trinta e seis. Nove vezes cinco...*

— *Ah, é a sua mãe! E a aprendiz dela. Elas a deixaram magoada e derrotada. Minha nossa, Iseult, você é tão previsível. Todos os seus medos estão reunidos na superfície, e eu posso removê-los como gordura em uma panela de borgsha. Veja, eu entendo que você não conseguia fazer pedras de fios, então a sua mãe te mandou embora. E, ah... o que é isso?* — A sombra estava exultante e, não importava com quanta ferocidade lutasse, Iseult não conseguia manter os pensamentos trancados. — *Gretchya e Alma planejaram a fuga delas antes mesmo de você partir! E Iseult, veja só, ela tentou alegar que te amava. Bom, é óbvio que ela não te amava o bastante para levá-la com ela. Ela te manipulou muito bem, Iseult, assim como a função dela requere. Assim como a nossa função requere. Devemos tecer fios quando podemos, e rompê-los quando precisamos. É a única forma de desenredar o tear.*

A voz da sombra baixou para um sussurro. Um som como vento atravessando um cemitério.

— *Anote as minhas palavras, Iseult: a sua mãe nunca te amou. E aquela monja que você admira tanto? Ela nunca vai te entender. E a Safiya... ah, a Safiya! Ela vai te deixar um dia. Logo, eu acho. Mas você pode mudar isso.* — A sombra fez uma pausa, e Iseult imaginou que ela sorria enquanto isso. — *Você pode mudar a própria trama do mundo. Se apodere dos fios de Safiya, Iseult. Rompa-os antes que eles te machuquem...*

— *Não* — Iseult sibilou. — Não aguento mais você. Não aguento... mais. — Com cada pedacinho de força em seus músculos e em sua mente,

Iseult abriu a boca, no mundo real, e disse: — Nove vezes oito, setenta e dois.

O mundo recaiu sobre ela, trazendo dor para o seu braço e o som de passos — da voz de Safi.

Iseult abriu os olhos, e Safi caiu em cima dela.

〜〜

Safi tremia da chuva e, por mais preocupada que estivesse, não conseguia analisar seu terreno, avaliar seus oponentes — e havia algo sobre estratégia que ela deveria considerar também.

— Você está congelando — Iseult disse. — Entre embaixo do cobertor.

— Estou bem. — Safi forçou um sorriso. — Sério. Apenas um ego machucado e um pouco de chuva. Mas você está bem? Como está o seu braço?

— Melhor. — A expressão de Iseult não se alterou; um bom sinal. — Dói agora que a pedra da dor morreu. — Ela balançou o punho para mostrar a Safi o quartzo opaco. — Mas não está tão ruim quanto antes.

Assentindo, Safi se afundou no colchão. Palha farfalhou para fora das laterais.

— E como você está se sentindo aqui? — Ela bateu no peito. — Você estava falando enquanto dormia. Era... era a maldição?

— Nada tão horrível assim. — Iseult se ajeitou ao lado dela. — Foi só um pesadelo, Saf.

Safi tocou no curativo no braço direito da amiga com cautela.

— Me diga o que aconteceu.

As linhas do rosto de Iseult se suavizaram e, com o olhar fixo à distância, ela explicou como — para fugir do Bruxo de Sangue — tinha sido forçada a viajar para casa. Sua voz permaneceu estável e neutra enquanto ela descrevia o assentamento, o Bruxo da Maldição, o ataque.

O estômago de Safi congelou. E congelou ainda mais. Culpa se remexeu em sua garganta.

Pois aquilo era culpa *dela*. Como tudo que tinha dado errado nos últimos dois dias, a quase-morte de Iseult era culpa *dela*.

E, de alguma forma, a falta de inflexão — o fato de que ela sabia que Iseult não a culpava — apenas tornou tudo pior.

Antes que os lábios de Safi pudessem se abrir, e as desculpas, deslizar para fora, um sorriso cintilou no rosto de Iseult. Era tão contraditório à história que ela tinha acabado de contar — e tão surpreendente, também.

— Quase esqueci... eu tenho um presente para você. — Iseult puxou um cordão de couro para fora da blusa e o passou pela cabeça.

A testa de Safi se enrugou, os pensamentos e a culpa se afastando em um redemoinho.

— É uma pedra dos fios?

— É. — Iseult a cutucou com o cotovelo esquerdo. — É um rubi.

— Mas as pedras dos fios não servem para encontrar fios afetivos?

— Não necessariamente. Podem ser usadas para encontrar qualquer um na sua família dos fios. — Iseult puxou uma segunda pedra de dentro da blusa suja. — Tenho uma igual, viu? Agora, quando alguma de nós estiver em perigo, as pedras vão se acender. E enfraquecer à medida que nos aproximarmos uma da outra.

— Ah, nossa! — Safi inspirou. De repente, a pedra parecia pesar o dobro em sua palma. O dobro de brilho sob os fios rosa, e mil vezes mais valiosa. O poder de encontrar Iseult onde quer que ela estivesse, o poder de proteger Iseult do inferno que ela tinha experimentado na noite anterior; aquilo era, de fato, um presente. — Onde você as conseguiu?

Iseult ignorou a pergunta.

— Essa pedra — disse — salvou a sua vida. Foi assim que te encontrei ao norte de Veñaza.

Norte de Veñaza. Onde Iseult tinha tomado uma flechada no braço pelo seu próprio povo. Não era de estranhar que ela não quisesse falar sobre o assunto.

Safi pôs o cordão ao redor do pescoço.

— Sinto muito — ela disse, baixinho. — Você nunca mais vai precisar voltar para os Midenzis. Nunca mais.

Iseult coçou a clavícula.

— Eu sei, mas... para onde *nós vamos*, Safi? Acho que n-não podemos voltar para Veñaza agora.

— Nós vamos com o príncipe. Para Lejna, para que eu possa cumprir o contrato dele.

— Com o príncipe — Iseult repetiu. Embora seu rosto permanecesse suave, havia um leve tremor em seu nariz. — E depois de Lejna?

Safi tamborilou os dedos no joelho. O que ela podia dizer que fizesse Iseult sorrir? Como sua irmã de ligação poderia sentir-se segura de novo?

— Que tal Saldonica? — Ela ofereceu seu sorriso mais bobão. — Daríamos ótimas piratas.

Iseult nem mesmo sorriu de volta. Em vez disso, ficou mais evidente o tremor em seu nariz, e ela olhou para as mãos.

— Minha mãe está lá. E-e... eu não quero vê-la.

Pelos deuses *malditos*. É claro que Safi escolheria o lugar onde Gretchya estava. Antes que pudesse sugerir outras opções — outras que *com certeza* fariam Iseult sorrir —, a porta da cabine se abriu com um estrondo.

Evrane vacilou para dentro, com dois marinheiros cutucando-a nas costas. A monja bateu a porta na cara deles antes de cambalear até as garotas — e Safi não deixou de notar como a coluna de Iseult se endireitou. Como os ombros dela foram para trás.

— Deixe-me examiná-la — Evrane resmungou, afundando-se no chão ao lado de Safi. — Você está com hematomas, domna.

— Não é nada. — Safi dobrou as pernas.

— Os hematomas podem não doer, mas isso não é mais sobre você. — Evrane olhou para a janela; um litoral iluminado pela lua fluía. — Um hematoma é sangue respingado embaixo da pele. Não devemos zombar das exigências do contrato.

Safi deixou escapar um longo suspiro, a mente se voltando para Merik. O príncipe. O almirante. Ele nunca se afastava de seus pensamentos, e ela mal tinha pensado em outra coisa em todas aquelas horas nos ferros. Ela mal tinha *olhado* para outra coisa além do cabelo alisado pela chuva e do olhar severo de Merik enquanto ele conduzia o *Jana* para casa.

Depois de Evrane parecer satisfeita com a saúde de Safi, ela examinou o braço de Iseult; Safi foi até a janela observar o litoral que se aproximava. Seus músculos queimavam do movimento, da tensão por apenas ficar de pé. Porém, ela gostava daquilo. Afastava o frio, os pensamentos em

Merik, os horrores da tribo de Iseult e todas as outras coisas que seria melhor ignorar.

Contudo, havia pouco a ser visto do lado de fora. Muros de pedra e jatos de água enevoando o vidro. Se ela esticasse o pescoço, poderia avistar *apenas* o céu pálido do amanhecer.

— Onde nós estamos? — ela perguntou a Evrane.

— Em uma enseada que pertence à família Nihar — a monja respondeu. — Foi um segredo por séculos. Até hoje. — O tom de voz dela era frio, e quando Safi olhou para trás, viu a monja fazendo uma careta enquanto fazia outro curativo ao redor do braço de Iseult.

— A enseada é inacessível por terra — Evrane continuou —, já que é cercada por despenhadeiros, e só há espaço suficiente para um navio. Mas — ela amarrou o linho limpo com um aceno satisfeito — acho que vocês vão ver por si mesmas em breve. O almirante planeja nos levar para terra firme. De lá, continuamos a pé até Lejna.

29

Merik estava na cabine de Kullen, olhando para seu irmão de ligação. O rosto do amigo estava cinzento, os nós dos dedos massageando o osso do peito enquanto ele observava Merik de uma cama de armar.

Ryber tinha colocado um saco de farinha atrás das costas de Kullen para erguer sua cabeça e seu peito, então havia farinha grudada no cabelo e nas bochechas dele. Com apenas o amanhecer pálido iluminando seu rosto, ele parecia um cadáver.

A cabine, porém, parecia muito viva.

O único baú do primeiro-imediato, embaixo da janela, transbordava com seu caos organizado habitual, e não havia como não notar o rastro claro de camisas e calças que levavam até a cama.

— Ocupado demais lendo para dobrar seu uniforme? — Merik perguntou, ajeitando-se na beirada da cama.

— Ah, você me pegou no pulo. — Kullen fechou um livro de couro vermelho. *O verdadeiro conto dos Doze Paladinos.* — Não resisto a reler os épicos. Se sou forçado a continuar na cama, devo me distrair. — Ele deu uma olhadela para as roupas no chão. Depois, se encolheu. — Acho que fiz bagunça mesmo.

Merik assentiu despreocupadamente e se inclinou sobre os joelhos. Não se importava com o uniforme; Kullen sabia disso.

— Ficarei fora por menos de uma semana, eu acho — o almirante disse.

— Não se apresse por minha causa. — Kullen exibiu uma de suas tentativas assustadoras de um sorriso, que foi quase que instantaneamente destruído pela tosse.

Assim que a crise passou, Merik prosseguiu:

— Vou para o norte encontrar o Yoris. Não acho que ele vá se importar com a Safiya, mas talvez ele crie caso com a Iseult. Ele nunca gostou dos nomatsis.

— Ele também nunca gostou da sua tia. — Kullen soltou uma respiração cuidadosa e se inclinou contra o saco de farinha. — Imagino que ela vá se juntar ao seu grupinho?

— Duvido que eu consiga mantê-la afastada.

— Bom, se o Yoris criar qualquer problema, diga a ele — Kullen girou uma das mãos, e uma corrente de ar frio fez cócegas em Merik — que vou destruí-lo com um furacão.

Merik franziu a testa diante da exibição de poder do amigo, mas, de novo, manteve-se em silêncio. Havia anos que eles discutiam sobre a frequência e a intensidade com que Kullen utilizava sua bruxaria; Merik não queria terminar o assunto assim.

— Devo visitar a sua mãe enquanto estou em terra firme?

Kullen balançou a cabeça.

— Vou quando estiver melhor. Se você não se importar.

— É claro. Leve a Ryber com você. Só para garantir.

As sobrancelhas de Kullen se ergueram.

— Direi ao Hermin que foi ordem minha — Merik se apressou em acrescentar. — A Ryber sabe como te ajudar em uma crise... e a tripulação está ciente disso. Faz sentido que ela vá junto. Além disso... — Ele franziu a testa, olhando para as próprias unhas; havia farinha e sujeira embaixo delas. — Acho que não importa mais se a tripulação ficar sabendo sobre vocês. O almirantado acabou, Kullen. Os lovatsianos não respondem, e cada vez mais parece que a Vivia falou a verdade sobre o meu pai.

— Não me surpreendo — Kullen disse, baixinho.

Merik grunhiu e cutucou a unha do polegar. Aquele era outro tópico muito discutido: Kullen acreditava que o caráter de Vivia era incitado por Serafin. Que o rei *queria* os filhos em desacordo para sempre.

Mas Merik achava aquela teoria uma completa merda. Apesar de todos os defeitos do rei, ele não gastaria sua energia estimulando problemas — em especial, quando Vivia instigava a maioria deles sozinha.

— O que eu *sei*, Kullen, é que essa cova é funda, e eu ainda não consegui nos tirar dela.

— Mas você pode. — Kullen se inclinou para a frente, uma lufada de farinha saindo da parte superior do saco. Se a situação fosse diferente, isso teria feito Merik, e Kullen, rirem. — Se você chegar em Lejna e conseguir seu contrato comercial, tudo vai dar certo. Você está destinado a coisas grandiosas, Merik. Ainda acredito nisso.

— Não muito grandiosas. O contrato será apenas com um dentre centenas de territórios cartorranos. E a terra aqui... — Merik gesticulou para a janela, uma risada autodepreciativa presa em sua garganta. — Não está melhor do que um ano atrás. Não sei por que continuo esperançoso, mas continuo. A cada vez que voltamos eu espero que ela esteja viva de novo.

Kullen expirou, um chiado que fez Merik se endireitar.

— Você está cansado. Vou embora.

— Espera. — O primeiro-imediato agarrou a manga da jaqueta de Merik, e o calor do ar desapareceu de novo. — Me promete uma coisa.

— Qualquer coisa.

— Me promete que você vai considerar bagunçar um pouco os lençóis enquanto estiver fora. Você está tão tenso. — Ele respirou pela boca. — Não consigo nem olhar para você sem que os meus pulmões queiram parar de funcionar.

Merik deu uma risada.

— E aqui estava eu, esperando algo sério. Tenho muitas razões para estar tenso, sabe?

— Ainda assim. — Kullen deu um aceno cansado.

— E com quem exatamente eu deveria bagunçar os lençóis? Não vejo muitas mulheres se esforçando para esse papel.

— Com a domna.

Aquilo fez Merik rir *de verdade*.

— Eu *não* vou bagunçar os lençóis com uma domna. Especialmente uma que é noiva do imperador de Cartorra. Além do mais, ela faz o meu humor sair do controle. Toda vez que acho que ele está navegando calmamente, ela diz alguma coisa ofensiva e a ventania retorna.

Kullen engasgou, mas quando os olhos de Merik se fixaram nele com preocupação, viu que Kullen estava apenas rindo — embora ofegasse.

— Não é o seu humor, seu grande idiota. É a sua magia respondendo a uma mulher, como Noden pretendia. O que diabos você acha que acontece com a minha bruxaria quando a Ryber e eu...

— Não quero saber! — Merik levantou as mãos. — Eu realmente não quero saber.

— Ok, ok — A risada de Kullen diminuiu, embora um sorriso torto continuasse em seus lábios.

E Merik teve de acalmar a vontade de estrangular o irmão de ligação. Ele não tinha ido até ali para ter aquela conversa, e não queria deixar Kullen no tópico completamente inútil de lençóis bagunçados.

Então, ele se forçou a assentir e sorrir.

— Leve meus cumprimentos à sua mãe, e se você precisar de mim, toque o tambor de vento. Ficaremos ao lado do litoral pela maior parte do caminho até Lejna.

— *Aye.* — O punho de Kullen voltou para o esterno, e ele assentiu cansado. — Que você encontre um porto seguro, Merik.

— Você também — Merik respondeu antes de marchar para fora do quarto. Assim que subiu, gritou para que Ryber trouxesse as prisioneiras, e fez questão de chamá-las de "prisioneiras". Não "garantia", nem "passageiras". Apenas *prisioneiras*. Ficava mais fácil ignorar as sugestões de Kullen. Ele não olharia para Safiya, não falaria com ela e certamente não pensaria nela *daquele* jeito. Então, quando Merik chegasse em Lejna, ele a deixaria para trás e nunca, nunca mais a veria.

***

Iseult seguiu Safi — que seguiu Evrane, que seguiu Ryber — pelo porão escuro até a escada. Dois marinheiros olharam para Iseult enquanto ela subia o primeiro degrau. Eles murmuraram para si, os fios tremendo com desagrado.

Safi — em um comportamento típico — fixou o olhar nos marinheiros e deslizou lentamente o polegar pelo pescoço.

Os fios deles se exaltaram com um medo cinza.

Iseult rangeu os dentes, olhando para ver se Evrane tinha notado. A monja não notara, mas mesmo assim Iseult teria de lembrar a irmã (pela milésima vez) a não demonstrar aquele tipo de agressividade. A amiga tinha boas intenções, mas suas ameaças apenas chamavam mais atenção para a alteridade de Iseult — apenas a deixava mais consciente dos olhares, das pragas e dos fios cinza.

Em geral a irmã era esperta o bastante para não demonstrar sua raiva tão descaradamente, mas as coisas tinham mudado. Desde o momento nos grilhões, os fios de Safi não tinham parado de pulsar com culpa cor de ferrugem. Vergonha dourada. Arrependimento azul.

Iseult nunca tinha visto nada parecido com aquilo vindo de sua irmã de ligação. Não sabia que Safi se importava tanto por ter causado sofrimento a alguém — alguém além de Iseult, pelo menos.

Iseult e Safi alcançaram o tombadilho vazio do *Jana*. De súbito, os fios de Safi flamejaram com cores novas. Repulsa marrom-acinzentada. Tristeza azul. Tudo se enrolava com a culpa, a vergonha e o arrependimento.

Na base dos despenhadeiros que se estendiam sobre o navio estava uma praia silenciosa de pedras cinza. Apenas os passos dos marinheiros perturbavam o ritmo das ondas e do vento. Não havia gorjeio de andorinhas ou risos de gaivotas desagradáveis. Nenhum pelicano descansando com elegância nas pedras, ou pardela-de-cauda-curta para deslizarem por ali.

Os pássaros *estavam* lá, mas não estavam em condições de cantar ou voar. Cadáveres tortos e esqueletos ocos cobriam a praia ou flutuavam nas ondas gentis da maré baixa. Havia também centenas de peixes mortos — varridos para a costa e esturricados pelo sol.

Quantos milhares de cadáveres tinham se agrupado ali ao longo dos anos? Quantos mais eram varridos todos os dias?

Iseult baixou o olhar para Evrane, imaginando como a monja se sentia ao ver seu lar de novo. Mas os fios da mulher permaneceram calmos, e apenas uma centelha de tristeza passou por eles.

Iseult pigarreou e engoliu a necessidade de gaguejar.

— Pensei que a água fosse venenosa, monja Evrane. Não os peixes.

— Mas os peixes — Evrane respondeu, indo para o outro lado de Iseult — nadam pela água envenenada e morrem. Então são comidos pelos pássaros, e os pássaros também morrem.

Safi oscilou contra o baluarte, seu rosto e seus fios uma máscara de horror.

Iseult, contudo, permaneceu perfeitamente imóvel, desejando saber como fazer seu rosto assumir a expressão do de Safi. Desejando poder *fazer* Evrane entender que seus pulmões doíam ao avistar aquela terra arruinada, que suas costelas pareciam granito. Mas ela não tinha máscaras nem palavras, portanto permaneceu imóvel no lugar.

Fios flamejaram na margem de seu campo de visão, e ela não precisou se virar para saber quem subia pela escada. Quem se movia até o lado de Evrane e retirava sua luneta da jaqueta.

Os fios entre Merik e Safi estavam mais fortes; havia um confronto confuso de contradições. Os fios externos, como as pernas de uma estrela--do-mar, se esticavam e se agarravam com uma avidez roxa. Paixão bordô. Uma pitada de arrependimento azul.

E mais do que um pouco de raiva púrpura.

Esse vínculo pode se tornar explosivo, Iseult pensou, esfregando furiosamente a ponta do nariz.

— O que foi? — Safi perguntou.

Iseult se sobressaltou. Ela tinha estado tão imersa nos fios que não percebera Safi se virando em sua direção.

— Não é nada — Iseult murmurou, mesmo sabendo que a amiga podia reconhecer a mentira.

— Ela está descalça! — Evrane gritou, chamando a atenção de Safi.

As narinas de Merik se inflaram, e apesar dos lábios de Safi terem se separado — prestes a argumentar que ela estava bem sem sapatos —, Merik gritou:

— Ryber! Arranje um sapato para a domna!

A garota da tripulação surgiu na escada, mordiscando o lábio.

— Posso conseguir botas para ela, almirante, mas ela vai precisar descer comigo. É mais fácil levar ela até os sapatos do que o contrário.

— Faça isso. — Merik acenou com desdém, voltando a focar sua luneta no litoral.

Safi olhou para Iseult.

— Quer vir?

— Vou ficar aqui. — Se ela se juntasse a Safi, a amiga poderia enchê-la de perguntas. Perguntas que poderiam levar até os fios unidos...

Ou pior — para a voz da sombra nos pesadelos de Iseult.

— Quero ficar aqui fora — Iseult acrescentou —, no ar fresco.

Safi não estava acreditando. Ela deu uma olhada para os marinheiros próximos, que subiam os mastros. Em seguida, focou seu olhar cético em Iseult de novo.

— Tem *certeza*?

— Vou ficar bem, Safi. Você esquece que *eu* te ensinei a arte da evisceração.

A Bruxa da Verdade fez um barulho zombeteiro, mas seus fios brilharam com um rosa divertido.

— É mesmo, querida irmã de ligação? Você, por acaso, já se esqueceu de que fui *eu* que fui chamada de "A Grande Evisceradora" lá em Veñaza? — Safi acenou uma mão dramática no alto enquanto girava em direção a Ryber.

Dessa vez Iseult não precisou fingir um sorriso.

— É isso que você achou que eles falavam? — ela gritou. — Na verdade era "A Grande *Faladora*", Safi, porque a sua boca é enorme.

Safi parou na escada — apenas o suficiente para morder o polegar na direção de Iseult.

Iseult mordeu o polegar de volta.

Quando ela se virou para a balaustrada, encontrou Merik com as sobrancelhas erguidas e Evrane segurando uma risada. Iseult ficou exageradamente satisfeita ao ver a monja entretida, e um calor surgiu em seus ombros.

— É bom te ver se sentindo melhor — Evrane disse.

— É bom estar me sentindo melhor — Iseult respondeu, revistando o cérebro à procura de algo inteligente para acrescentar. De *qualquer* coisa, para dizer a verdade.

Mas nada surgiu, e um silêncio desconfortável foi trazido com a brisa. Naquele momento, ela começou a massagear o cotovelo direito, só para ter algo a fazer.

Aquilo fez com que os fios de Evrane brilhassem, verdes de preocupação.

— O seu braço está doendo, e que estúpida eu, deixei minhas pomadas lá embaixo. — Ela se apressou, deixando Iseult com Merik.

Sozinha com Merik.

Um príncipe que poderia se tornar parte da família dos fios de Safiya — ou, com a mesma facilidade, seu inimigo. Um príncipe que ditava para onde — e como — Iseult e Safi viajavam.

Sem perceber muito bem o que fazia, uma pergunta escapou da boca de Iseult.

— Você é casado? — Era a primeira pergunta que Bruxos dos Fios faziam quando criavam a pedra dos fios de alguém, e Iseult tinha ouvido Gretchya fazê-la centenas de vezes durante a infância.

Os dedos de Merik apertaram a luneta com mais força; seus fios brilharam com surpresa.

— Hã... não.

— Você tem alguma pretendente?

O príncipe baixou o binóculo, seus fios pulsando com nojo.

— Não tenho uma pretendente. Por que está perguntando?

Interiormente, Iseult suspirou.

— Não estou interessada em você, Alteza, então não há motivo para o desprezo. Estou apenas tentando decidir se devemos segui-lo até Lejna ou não.

— *Se* vocês devem me seguir? — Os fios e a postura de Merik relaxaram. — Vocês não têm muita escolha.

— E se você acha isso, você nos subestima muito.

As bochechas de Merik — e seus fios — reluziram com um vermelho furioso, por isso Iseult decidiu parar o interrogatório de Bruxa dos Fios. Mas quando ele se virou para sair, ela *deu* um passo para o lado.

— Você não gosta de mim — disse. — E nem precisa. Só se lembre que, se um dia você machucar Safiya fon Hasstrel, eu vou te cortar em pedacinhos e dar para os ratos comerem.

Merik não respondeu — embora parecesse completamente indignado quando contornou Iseult, pisando firme em direção à escada.

Mas o lampejo ciano da compreensão em seus fios disse a ela que não só ele tinha ouvido como tinha levado aquele aviso a sério.

O que era bom, porque ela tinha sido sincera em cada palavra.

Safi se acomodou no barco a remo, água respingando pelos lados enquanto Ryber remava, levando Safi, Iseult, Evrane e Merik até o litoral.

Quando Ryber a levara até o convés inferior, Safi tinha se desculpado por meter a garota em problemas, mas Ryber disse que não precisava.

— O almirante rosna muito e morde pouco. Além disso, não é *comigo* que ele está bravo.

Era tudo verdade. Merik mal tinha *olhado* para Safi desde que chegaram na enseada, e toda vez que ela tentava fazer uma pergunta — "Vamos viajar a pé? Temos mantimentos?" — , ele apenas dava as costas.

O que, é claro, deixou Safi ainda mais determinada a arrancar alguma resposta. Ela preferia sentir seu rosnado ou sua mordida do que vê-lo fingir que ela não existia.

Em poucos minutos, o barco estava no litoral, e Ryber saltava em ondas que batiam no joelho para puxar o barco.

Merik e Evrane pularam sem hesitar. Safi e Iseult, porém, não eram tão graciosas.

— Isso é algo que o Habim e o Mathew falharam em nos ensinar — Iseult disse, pegando as mãos de Safi e de Ryber para desembarcar. — Nós deveríamos informá-los que sair de um barco é uma habilidade de vida valiosa.

— Não é tão valiosa assim — Ryber comentou. — É só entrar e sair.

Safi tossiu de leve.

— Isso foi a Iseult tentando fazer uma piada.

— Ah. — Ryber deu uma risadinha. — Desculpa. Eu só conheci uma Bruxa dos Fios antes, e ela era anciã. Imagino que você consiga ver os meus fios nesse momento?

— *Aye* — Iseult respondeu. — Eles estão verdes de curiosidade.

Um sorriso satisfeito dividiu o rosto de Ryber.

— Então... você consegue ver o meu fio afetivo também?

O nariz de Iseult se mexeu, e ela deu uma olhada rápida, quase nervosa, para Safi antes de dizer:

— *Aye*. Eu consigo ver. Ele está no navio.

O sorriso de Ryber se alargou; embora não passasse despercebido o olhar atormentado e vazio que enchia seus olhos.

— Ryber — Merik gritou. A garota deu um pulo, e marchou com seriedade em direção ao almirante.

Safi se inclinou até Iseult.

— Por que você olhou para mim quando a Ryber perguntou do fio afetivo?

— Por que tem azul nele — ela respondeu, categoricamente. — Isso significa que parte do amor dela foi acometido pelo luto.

— Ah — Safi disse. A ideia de uma tristeza dividida entre Ryber e Kullen fez a garganta dela se apertar.

Enquanto Iseult se esgueirava pela praia para se juntar a Evrane — que inspecionava uma pardela morta a alguns passos de distância —, Safi esperou pelo príncipe.

— Como segundo-imediato — ele dizia a Ryber, cujas tranças balançavam ao vento —, o Hermin comanda o navio até que o Kullen esteja melhor. E lembre-se: não coma o peixe nem beba a água. Isso aqui não é como o rio Timetz; nossos Bruxos da Água não estão aqui. Você vai morrer antes mesmo de acabar de engolir. Além disso, se certifique de que o Hermin não force demais a bruxaria dele. Se os lovatsianos não respondem, não há nada que possamos fazer.

Ryber bateu continência, com o punho no coração, e Merik olhou para o navio. Por longos instantes, a água do mar acertou os pés de Safi — as botas de Ryber —, mas ela não se afastou. Apenas esperou que o príncipe terminasse seu adeus silencioso.

Assim que ele terminou — endireitando repentinamente a coluna e arrumando o colarinho —, se virou e ultrapassou Safi.

— Que vocês encontrem um porto seguro! — Ryber gritou para eles.

— Vocês também — Safi gritou de volta, já correndo atrás de Merik.

Iseult andava ao seu lado com os passos ritmados, e Evrane caminhava continuamente atrás — com muito mais elegância que Safi ou Iseult exibiam. As praias ao redor da cidade de Veñaza eram de areia, e os tornozelos de Safi não gostavam daquele cascalho minúsculo. Ela também aprendeu rapidamente que saltar por cima de pássaros mortos *não era* tão fácil.

Quando se virou na direção de Iseult para reclamar, porém, viu que a irmã de ligação já estava ofegando.

— Você está bem? Quer que a gente vá mais devagar?

Iseult insistiu que estava bem. Então, elevou a voz:

— Aonde estamos indo, Alteza? Porque parece que estamos caminhando em direção a um muro.

De fato, *parecia* que eles estavam mirando em dois penhascos altos que se encontravam em uma saliência baixa salpicada de estalactites.

— Há uma caverna escondida lá atrás — Evrane respondeu assim que ficou claro que Merik não tinha a intenção de falar; embora Safi tivesse ficado espantada com Iseult por tentar. — Mas é pra ser uma caverna *secreta*, assim como essa enseada.

— Ninguém vai nos ver — Merik murmurou, mirando a borda mais à direita da saliência. Ele se abaixou e passou por baixo de uma estalactite.

Safi mergulhou logo atrás dele. Pontinhos de amanhecer brilhavam através de aberturas no teto escarpado. O caminho diante de Safi — claramente escavado por mãos humanas — era tão estreito que ela precisou virar de lado.

Alguns passos depois, Merik se endireitou e Safi arriscou se levantar também. Nenhuma pedra afiada fincou sua cabeça — embora pingasse água.

— Essa água é envenenada? — ela perguntou, esfregando o cabelo.

— Não ao toque — Evrane respondeu, a voz abafada por Iseult à sua frente. — A maioria da água fresca nessa área *é* nociva para beber, mas há algumas que permanecem puras independentemente de tudo.

Merik deu um gemido sufocado.

— Ninguém quer ouvir sobre os poços originários.

— Eu quero — Safi falou.

— Eu também — Iseult disse, a fraqueza de sua respiração era audível.

— Li tanto sobre eles. É verdade que o Poço da Água pode curar?

— Costumava ser verdade. Todos os Poços podiam curar quando ainda estavam vivos... *Merik* — Evrane disse, irritada —, vá mais devagar. Nem todo mundo tem familiaridade com esse trajeto e nem todo mundo está em perfeita saúde.

Merik foi mais devagar — embora não muito. Então Safi tomou a responsabilidade de diminuir o passo. Assim que Merik percebesse que todos estavam debilitados, ele não teria escolha além de andar mais devagar também.

Logo as coxas de Safi ardiam, os tornozelos doendo conforme o caminho ascendia.

— Havia um Poço Originário nas terras da minha família — ela relembrou, depois de se certificar de que Iseult não estava tendo dificuldades com a subida. — Mas não estava vivo.

— Não — Evrane disse. — Não poderia estar; restaram apenas dois Poços intactos. Dos cinco, apenas o Poço do Éter no Monastério de Carawen e o Poço do Fogo em Azmir ainda vivem. Suas nascentes fluem, as árvores florescem o ano todo, e as águas podem curar. Apesar de dizerem...

— Escadas à frente — Merik gritou.

— ... que, se o Cahr Awen retornasse, os outros Poços recuperariam seus poderes e as nascentes fluiriam mais uma vez.

Enquanto Safi apertava os olhos para ver com mais precisão os degraus escorregadios que Merik subia, ela tentou lembrar as histórias de sua infância.

— Quantos Cahr Awen existiram antes de a última dupla morrer?

— A estimativa é de, pelo menos, noventa — Evrane respondeu —, mas temos Registros de Memórias de apenas quarenta duplas.

— Registros — Merik acrescentou com arrogância — não os tornam reais.

— Registros de *Memórias* — Evrane rebateu — os tornam indiscutivelmente reais. Uma irmã Bruxa da Visão transferiu as memórias diretamente dos cadáveres dos Cahr Awen.

— A não ser que aqueles Registros de Memórias tenham sido falsificados, tia Evrane. Agora, se você tiver terminado o seu sermão, precisamos ficar em silêncio daqui para a frente.

— Mas não há mais para onde ir — Safi observou. Trinta passos à frente, iluminada por um fraco feixe de luz do sol, não havia nada além de uma parede plana. — Bom trabalho, príncipe.

Ele não se opôs ao comentário dela, então Safi andou pé ante pé atrás dele até que os dois tivessem alcançado a parede — até que Merik finalmente estivesse falando com ela, o sol mostrando apenas as linhas mais sutis de seu rosto.

— Precisamos empurrar juntos — ele sussurrou, apoiando o ombro na parede, uma mão esticada. Safi imitou a pose dele com o ombro contrário. — Um — Merik falou, apenas mexendo os lábios. — Dois... *Três.*

Safi empurrou.

Merik empurrou.

Eles empurraram ainda mais forte. E mais forte, e Safi sibilou:

— Não está acontecendo nada! — É claro que, assim que as palavras nada silenciosas deixaram a boca de Safi, a parede avançou para a frente em uma precipitação de ar e som.

E Safi caiu em uma área de árvores mortas e solo pálido. Merik também caiu, mas o idiota tentou se segurar — tentou agarrar a porta de pedra que balançava, o que apenas fez com que ele girasse e caísse de costas.

Safi caiu em cima dele, os peitos se chocando. Merik deu um grunhido grave — assim como Safi — e um gemido de dor.

— O quê? — ela perguntou, tentando sair de cima dele. Sua mão estava presa embaixo do corpo de Merik, e cada puxão empurrava seu corpo contra o dele.

Ela se sentiu arder de calor. Tinha estado próxima a Merik no dia anterior — durante a briga deles —, mas aquilo parecia... diferente. Ela estava consciente demais da forma de Merik. O ângulo dos ossos do quadril dele e os músculos em suas costas — músculos que seus dedos insistiam em apertar. Por acidente. *Completamente* por acidente.

Safi também estava bem consciente de Evrane rindo e de Iseult boquiaberta de uma maneira nada digna a uma Bruxa dos Fios. Mas, antes que pudesse mandar que elas a ajudassem, Merik ergueu a cabeça e sua barriga se firmou contra a dela.

— Sai. De. Cima. De. Mim.

O rosnado dele ribombou pela caixa torácica de Safi, mas ela não teve a chance de rosnar de volta, pois as risadinhas de Evrane pararam — e o som de madeira rangendo reverberou pela clareira.

Vinte pontas de flechas espreitaram de trás de pinheiros manchados pelo sol enquanto Iseult murmurava:

— Ah, Safi. Ele *disse* para fazer silêncio.

30

Merik já esperava os soldados com arcos — ele realmente esperava. O que não esperava era que levaria tanto tempo para o líder deles, o mestre de caça Yoris, pedir para que recuassem.

Ou mesmo que Safiya fon Hasstrel estaria em cima dele enquanto ele esperava.

Iseult e Evrane — o capuz de sua tia levantado — estavam paradas com as costas contra a caverna e as mãos levantadas, e Merik fazia o possível para fingir não estar preso embaixo de Safiya. Que suas pernas não estavam entrelaçadas às dela; que seu peito não estava subindo e descendo contra o dela, muito mais macio; e que aquelas não eram as unhas dela arranhando suas costas, ou seus olhos azuis tempestuosos a apenas poucos centímetros de distância.

Eram os olhos dela que sempre faziam aquilo — que atraíam a fúria para a superfície. Mas ele não permitiria que sua magia se libertasse, não importava quanto ela desejasse ser solta. Não importava quanto ele quisesse virar Safiya e...

Que Noden o salvasse.

Um gemido se agitou no fundo da garganta de Merik, e ele rezou para que a terra o engolisse por inteiro.

Safiya entendeu a aflição dele como uma risada.

— Você acha isso engraçado? Porque eu não estou rindo, príncipe.

— Nem eu — ele respondeu. — E eu disse para você ficar quieta.

— *Não*, você me disse para empurrar. O que eu fiz... mas você *caiu*. Onde estava a sua maravilhosa bruxaria do vento?

— Eu devo ter deixado a bordo do *Jana*. — Contraindo o abdômen, ele levantou o rosto para mais perto dela. — Junto com a minha paciência para as suas constantes reclamações. — Contanto que continuasse bravo, ele não precisaria pensar no formato da boca de Safi. No peso dos quadris dela pressionando os dele.

Os olhos dela se estreitaram.

— Se você chama *isso* de reclamação, você vai se surpreender...

— Alteza? — uma voz ressoou. — É o filho da realeza de Nubrevna que eu estou vendo aconchegado a uma dama? Baixem as armas, rapazes. — As flechas baixaram todas ao mesmo tempo. Merik imediatamente empurrou Safiya para longe dele e ficou de pé.

Assim que a garota também se levantou, Iseult e Evrane se aproximaram, suas posturas defensivas enquanto os "rapazes" de Yoris saíam da floresta com seu líder à frente.

Yoris era um homem esguio com apenas três dedos na mão esquerda — havia supostamente perdido os outros para uma raposa-do-mar.

— Escória nomatsi. — Yoris comprimiu os lábios na direção de Iseult. Em seguida, cuspiu nos pés dela. — Volte para o vazio.

Iseult mal conseguiu agarrar Safiya antes que ela atacasse.

— Eu vou te mostrar o vazio — Safi rosnou —, seu desgraçado dos infernos...

Seis dos soldados de Yoris apontaram o arco para Safiya — e mais pontas de flechas se materializaram dos pinheiros mortos.

Merik ergueu as mãos.

— Mande eles pararem, Yoris. — Aquele não era o reencontro feliz que ele esperava ter com um dos ídolos de sua infância.

— Flechas não vão salvar a sua pele — Safiya murmurou. — Eu vou retalhar ela com a minha fa...

— Chega — Iseult retrucou, com mais emoção do que Merik já tinha ouvido. — Os fios dele são inofensivos.

Com aquilo, a amiga fechou a boca — embora ainda se movesse na frente de Iseult.

— Baixem seus arcos — Merik ordenou, mais alto. Mais bravo. — Eu sou o príncipe de Nubrevna, Yoris, não um invasor.

— Mas quem é essa, então? — Yoris inclinou a cabeça em direção a Evrane, que ainda vestia a capa e estava preparada para o confronto. Com o aceno de Yoris, um soldado estendeu o arco e puxou o capuz dela para trás.

— Olá, mestre de caça — ela falou, a voz arrastada.

— Você — o homem rosnou, ultrapassando Merik. — A traidora Nihar. Você não é bem-vinda aqui.

A espada de Evrane se libertou com um ruído no exato momento em que Merik puxou seu sabre de abordagem — e o impulsionou contra as costas do homem.

— Se você insultar mais alguém do meu grupo, mestre Yoris, vou te apunhalar. — Merik empurrou a lâmina mais para a frente, até que a camisa de Yoris se amassasse. Ele já estava farto, e o homem sabia bem com que rapidez a fúria Nihar poderia se intensificar. — A Evrane é vizir de Nubrevna e irmã do rei, portanto você dará a ela o respeito que ela merece.

— Ela abandonou o título quando se tornou uma mo...

Merik chutou o joelho de Yoris. O homem desmoronou no solo e, por todos os lados, flechas foram colocadas nos arcos.

Mas Yoris apenas irrompeu em risos — um som como pedras sendo trituradas. A cabeça dele se ergueu.

— *Aí* está o príncipe que eu conheço. Só precisava conferir se você não estava enfeitiçado pela garota nomatsi... só isso. Só isso. — Outra risadinha, e o mestre de caça se levantou com facilidade.

Arcos e flechas foram abaixados em um movimento ruidoso, e Yoris fez uma reverência elegante.

— Permita que o seu humilde servo lhe acompanhe até a sua nova casa.

— Nova? — Merik franziu a testa, embainhando o sabre.

Um sorriso dissimulado se espalhou pelo rosto de Yoris.

— Noden sorriu para nós esse ano, Alteza, e apenas um idiota ignora as bênçãos Dele.

O sol da manhã acertou Merik, fez com que sua sombra se estreitasse atrás dele, nos tocos de pinheiro branqueados pelo sol e no solo amarelo poeirento. Safi permanecia atrás, a dez passos de distância, mantendo-se perto de Iseult, enquanto Evrane cuidava da retaguarda.

Merik ficou aliviado ao perceber que podia ignorar a domna com facilidade, desde que ela continuasse longe de seus ouvidos e de seus olhos.

E desde que ela não estivesse em cima dele.

Mas de tempos em tempos ele olhava para trás, para ter certeza de que as mulheres o acompanhavam. Embora Iseult não reclamasse nem diminuísse o passo, ela não estava completamente curada. Mesmo com o rosto inexpressivo como a neve, não tinha como não perceber a tensão em sua mandíbula.

Por outro lado, ela parecera severa de uma maneira similar no *Jana*, quando tinha surpreendido Merik com aquelas perguntas estranhas. Era difícil dizer o que ela sentia — ou se sentia alguma coisa.

Felizmente para Iseult e Evrane, os guardas preconceituosos de Yoris tinham desaparecido na mata silenciosa durante o primeiro quilômetro da caminhada. E felizmente para Merik, aqueles mesmos soldados se arrastavam dentro daquela floresta-fantasma por centenas de acres.

Se Safiya decidisse correr, os homens de Yoris estariam com ela em minutos.

Contudo, Merik não esperava que ela fugisse. Não com Iseult ainda se curando.

O grupo avançou, e a paisagem silenciosa permaneceu a mesma. Era um cemitério infinito de árvores lascadas e troncos esbranquiçados pelo sol, corpos de pássaros e um solo extremamente seco. Sempre que Merik estava ali, ele mantinha a voz e a cabeça baixas.

Yoris não tinha tal ímpeto. Ele deleitou Merik — bem alto — com atualizações dos homens e mulheres com quem o príncipe tinha crescido. Homens e mulheres que, certa vez, viveram e trabalharam na propriedade Nihar. Parecia que todos tinham se mudado para aquela casa nova com Yoris e seus soldados.

Apesar de toda a evidência, Merik ainda se pegava esperando encontrar algo vivo. Um floco de líquen, uma moita de musgo — ele teria aceitado qualquer coisa, contanto que fosse verde. Mas era exatamente como ele dissera a Kullen: nada tinha mudado. Ir para o leste ou o oeste não fazia diferença em um mundo de morte e veneno.

Quando Yoris chegou a uma bifurcação — a estrada da direita continuava ao longo do Jadansi, enquanto a da esquerda virava para o interior —, um pensamento apreensivo ocorreu a Merik.

— Se todos se mudaram, a mãe do Kullen também foi? Ele planejava visitá-la.

— A Carill continuou na propriedade — Yoris disse —, então o Kull a encontrará exatamente onde a deixou. Ela foi a única que não se juntou a nós. Por outro lado, aqui nunca foi o lar dela. Ela ainda é arithuana de coração. — Ele desprendeu um frasco do cinto, a cabeça balançando enquanto andava pela estrada da esquerda.

Merik seguiu, diminuindo o passo o suficiente para garantir que Safiya, Iseult e Evrane também o seguissem. Elas seguiram.

— Água? — Yoris perguntou.

— Por favor. — Os lábios de Merik pareciam papel, e a língua, cola. Era como se a secura do mundo sugasse a umidade de seus poros.

Mas ele teve o cuidado de não beber demais. Quem poderia saber quanta água purificada Yoris ainda tinha?

— Essa sua casa nova — Merik começou, devolvendo o frasco — claramente não fica perto da propriedade Nihar. Vale a pena viajar para tão longe?

— *Aye* — Yoris respondeu com um sorriso de canto. — Mas não vou dizer mais nada. Quero que você mesmo veja a Bênção de Noden. Na primeira vez que meus olhos a contemplaram, eu chorei como um bebê.

— Chorou? — Merik repetiu, cético. Ele não podia imaginar lágrimas no rosto do caçador mais do que podia imaginar folhas naqueles carvalhos e pinheiros.

A mão com três dedos de Yoris levantou.

— Juro pelo Trono de Corais de Noden que eu chorei e chorei, Alteza. Só espere e veja se não fará o mesmo. — O sorriso de Yoris desapareceu com a mesma rapidez com que tinha aparecido. — Como está a saúde do rei? Não recebemos muitas notícias aqui por esses lados, mas ouvi dizer algumas semanas atrás que ele estava piorando.

— Ele está estável — foi tudo o que Merik disse em resposta. *Ele está estável e ignorando as chamadas de Hermin e possivelmente recompensando Vivia por pirataria.*

Em uma explosão de movimento, o príncipe tirou o casaco e limpou o suor dos olhos. Ele estava fervendo. Sufocando. Desejou ter deixado a maldita jaqueta no *Jana*. Era uma piada cruel. Cada feixe refletido em seus botões folhados a ouro — botões que ele mantinha tão meticulosamente polidos e que simbolizavam sua patente como líder da Marinha Real — era como um lampejo do sorriso de Vivia.

Yoris e Merik fizeram uma curva, e a floresta morta abriu espaço para uma encosta árida. As coxas de Merik queimaram com os primeiros dez passos, e suas botas escorregavam com muita facilidade no cascalho. Ele parou na metade do caminho para piscar, afastando o suor dos olhos, e conferir as mulheres atrás.

Safiya encontrou os olhos de Merik. Os lábios dela se separaram e ela levantou uma das mãos, os dedos vibrando com um aceno.

Merik fingiu não ver, e seu olhar se moveu para Iseult, que estava com a mandíbula endurecida e a atenção fixa no chão. Suor escorria pelo seu rosto e, com o vestido de Bruxa dos Fios, ela parecia perigosamente superaquecida.

Por fim, a atenção de Merik passou para Evrane. Como Merik, ela tinha tirado a capa e a segurava em um dos braços. Ele tinha quase certeza de que aquilo ia contra o protocolo do Monastério, mas ele não a culpava.

Justo quando a boca de Merik se abriu para pedir uma rápida pausa, os passos de Evrane diminuíram. Ela disse algo inaudível e apontou para o leste. Safiya e Iseult pararam também, seguindo o dedo de Evrane. Então sorrisos se abriram no rosto delas.

Merik moveu o olhar para a esquerda — apenas para ver os próprios lábios relaxando. Ele tinha estado tão focado em seguir adiante que não se preocupara em olhar para o leste, em ver o distante pico negro recortado contra a manhã alaranjada. Com dois cumes de cada lado, parecia a cabeça de uma raposa.

Era o Poço da Água das Terras das Bruxas — o poço originário de Nubrevna. Séculos antes, tinha sido o orgulho daquela nação, e os Bruxos da Água mais poderosos tinham nascido em Nubrevna. Mas as pessoas se mudaram e o poço morrera. Atualmente, se *algum* Bruxo da Água completo restasse no continente, ele certamente não estaria em Nubrevna.

— Se apresse, Alteza! — Yoris gritou, interrompendo os pensamentos de Merik e pressionando-o a ir adiante. Seus calcanhares escorregavam nas pedras, os joelhos estalavam... E então ele estava lá, no topo, com o queixo caído e as pernas virando lama. Teve de agarrar os ombros de Yoris para não cair.

Verde, verde, e mais verde.

A floresta estava viva — uma grande costa de floresta ainda respirava e florescia na base da colina, esticando-se por um mundo de branco e cinza. Abraçando um rio até...

Os olhos de Merik avistaram pastos com ovelhas pastando.

Ovelhas.

Uma risada borbulhou em sua garganta. Ele piscou, e piscou de novo. Aquela era a terra da sua infância. A selva e a vida e o movimento. *Aquela* era sua casa.

— O rio não está envenenado. — Yoris apontou para o córrego que serpenteava pela floresta, onde pássaros (pássaros *de verdade*) mergulhavam e desciam. — Ele vai além do nosso assentamento aqui. Consegue ver? É aquela brecha nas árvores.

Merik apertou os olhos até avistar a abertura na mata, logo ao sul do rebanho pastando. Na clareira havia telhados simples e... um barco.

Um barco virado ao contrário.

Merik pegou sua luneta e a levou até o olho. Como era de esperar, o casco largo de um navio de transporte manchado pelo sol estava virado no centro do assentamento.

— De onde veio o navio? — ele perguntou, incrédulo.

Antes que Yoris pudesse responder, passos rangeram atrás de Merik — respirações ofegantes também. Então Safiya estava ao lado dele, ofegando por ar e gritando para que Iseult a esperasse — que ela logo voltaria.

Os dedos de Merik se curvaram ao redor da luneta. A domna estava atrapalhando tudo, como sempre. Ele se inclinou na direção dela, pronto para exigir paz.

Mas Safiya estava sorrindo.

— É a sua *casa* — ela disse com suavidade. Com urgência. — O seu deus te ouviu.

A boca de Merik secou. A brisa, o farfalhar dos galhos, o ruído dos pés de Evrane e de Iseult — tudo se tornou um som monótono e distante.

A Bruxa da Verdade afastou o rosto, e sua voz baixou para um sussurro, quase como se falasse com ela mesma.

— Não consigo acreditar, mas aí está. O seu deus te ouviu *de verdade*.

— Isso Ele fez — Yoris concordou.

Merik se sobressaltou — havia esquecido que Yoris estava ali. Esquecido que Evrane e Iseult estavam subindo. Tudo dentro dele tinha se perdido no sorriso de Safiya. Na verdade de suas palavras. Noden *tinha* ouvido.

— Aquele navio — Yoris continuou — caiu do céu quase um ano atrás, carregado por uma tempestade, de alguma forma. Ele acertou o solo com um tremor que você não acreditaria. Virado, assim como você está vendo, e com comida transbordando das janelas.

Merik balançou a cabeça, forçando sua mente a voltar ao presente.

— E... quanto aos marinheiros do navio?

— Não havia ninguém a bordo — Yoris respondeu. — Porém, havia sinais de destrincho. Algumas manchas pretas que nós esfregamos, e alguns danos no casco que podem ter sido de raposas. Mas era só.

Um grito soou atrás de Merik — ele se virou. Evrane tinha alcançado o cume da encosta — tinha visto as florestas e a vida.

Ela caiu no chão, as mãos atingindo o solo antes que Merik pudesse alcançá-la. Ela apenas o afastou, uma prece rolando de sua língua e lágrimas formando piscinas em seus olhos. Escorrendo por suas bochechas sujas.

Então os olhos de Merik começaram a arder, porque aquele era o motivo de ele ter trabalhado — o motivo de ele, Evrane, Kullen, Yoris e todo mundo de sua infância terem *trabalhado* e *suado* e *lutado*.

— Como? — Evrane murmurou, abraçando a capa amarrotada e balançando a cabeça. — *Como?*

Apesar da desconfiança de longa data de Yoris por Evrane, a expressão dele derreteu. Mesmo ele não podia negar que Evrane Nihar amava aquela terra.

— O rio está limpo — Yoris disse, a voz áspera mas gentil. — Não sabemos por que, mas só descobrimos isso, e o início dessa floresta nova, quando encontramos o navio. Não demorou muito até começarmos um assentamento novo, e temos mais famílias chegando a cada semana.

Famílias. Por um momento, Merik não tinha certeza do que a palavra significava... Famílias. Mulheres e crianças. Algo assim era possível?

Ele foi atingido por uma nova percepção, que sugou o ar de seus pulmões. Se Yoris tinha criado aquilo em tão poucos meses, o que poderia acontecer com um fornecimento contínuo de comida? O que mais poderia ser construído e cultivado?

Os dedos de Merik se moveram para o casaco, para o acordo que estava lá. Ele olhou para Safiya. Ela encontrou o olhar dele e sorriu ainda mais.

E ele esqueceu por completo como respirar.

Então Safi se virou para ajudar Iseult a escalar o resto da colina, e os pulmões dele voltaram a funcionar. Sua mente recobrou a clareza e, após uma puxada significativa no colarinho, ele ofereceu a mão para Evrane.

— Venha, tia. Estamos quase lá.

Evrane deu uma pancadinha na bochecha, espalhando a sujeira e as lágrimas mais do que limpando-as. Ela exibiu um sorriso hesitante, como se tivesse se esquecido de como sorrir.

Na verdade, Merik não conseguia lembrar da última vez que tinha visto a tia sorrir.

— Não estamos apenas "quase lá", Merik. — Ela aceitou a mão dele e ficou de pé. — Meu querido, meu sobrinho, nós estamos quase *em casa.*

31

A Bênção de Noden era facilmente o vilarejo *mais feliz* que Safi já tinha visto. Ela e Iseult seguiram Yoris, Merik e Evrane por cima de uma ponte rústica, o rio abaixo parecendo uma faixa agitada na terra amarela. Levava ao aglomerado distante de cabanas de madeira com telhados arredondados de palha e paredes de tábuas, tão manchadas como as árvores de onde elas tinham sido cortadas. As casas pareciam terrivelmente precárias para Safi — como se a primeira tempestade grande fosse soprá-las para dentro do rio agitado.

No entanto, era óbvio que os nubrevnos eram um grupo resiliente. Se uma ventania levasse suas casas, eles apenas começariam de novo. E de novo e de novo.

Um pardal mergulhou sobre a ponte, um corvo grasnou de um telhado e largas folhas de samambaia estremeceram nas margens íngremes do rio.

E todos — *todos* por quem Safi passava — sorriam.

Não para ela — ela apenas recebia olhares curiosos. E *definitivamente* não para Iseult, agarrada ao braço de Safi e se escondendo com a capa de Evrane. Mas Merik... Quando as pessoas viam o príncipe, Safi nunca tinha visto sorrisos tão radiantes. Nunca tinha sentido sua bruxaria queimar daquele jeito diante da verdade por trás deles.

Aquelas pessoas o amavam.

— Você está impressionada — Iseult disse, o capuz da capa puxado para cima para que ninguém pudesse ver a palidez de sua pele ou o tom de seu cabelo. Ela caminhava devagar, respirando com dificuldade no braço de Safi, mas parecia determinada a chegar até a casa de Yoris antes de reconhecer qualquer dor ou cansaço. — Os seus fios estão brilhando tanto que poderiam fazer um cego enxergar — Iseult continuou. — Você pode se controlar? Eu posso acabar entendendo mal.

— Entendendo mal? — Safi deu uma risada pelo nariz. — Em que sentido? *Você* não está impressionada? — Safi apontou com o queixo para uma vovozinha enrugada na porta de um alpendre sem janelas. — Aquela mulher está *soluçando* de verdade por ver o príncipe.

— Aquele bebê também está chorando. — Iseult acenou para uma mulher de quadris largos que segurava uma criança. — Claramente a juventude de Nubrevna ama o príncipe.

— Ha-ha — Safi disse, secamente. — Estou falando sério, Iseult. Alguma vez você viu as pessoas reagirem assim aos mestres das guildas em Dalmotti? Porque eu nunca vi. E as pessoas em Praga certamente nunca bajularam seus doms e domnas cartorranos. — Ela sacudiu a cabeça, deixando de lado os pensamentos de seu próprio reino, onde ninguém nunca, *nunca*, olhara para o tio Eron daquele jeito.

Ou para Safi. A vida inteira ela dissera a si mesma que não se importava. Que não queria que os aldeões ou fazendeiros gostassem dela — ou mesmo a notassem.

E daí se eles a culpavam pelo tio bêbado, como se *ela* devesse parar com a devassidão dele de alguma forma.

Mas ver como as pessoas das terras Nihars se sentiam a respeito de Merik — ver uma devoção que ela nunca tinha tido... Talvez dedicar-se ao povo tivesse suas vantagens.

É claro que Safi não tinha mais um povo. Retornar para Cartorra seria suicídio — ou pelo menos uma escravidão garantida como Bruxa da Verdade pessoal de Henrick.

Já que Merik estava se prolongando no jardim, um grupo de admiradores ao redor, Safi deixou que seus passos diminuíssem até parar.

Iseult deu um suspiro cansado e agradecido ao lado dela, e se virou em direção ao rio.

— Eles estão construindo um moinho ali.

De fato, do outro lado das corredeiras, homens gritavam e se erguiam, martelavam e puxavam a armação de uma nova estrutura. Eles estavam vestidos como os soldados de antes, e atrás deles, pinheiros — pinheiros *vivos* — balançavam na brisa.

— Eles se parecem com os homens de Yoris — Safi disse, o calcanhar batendo no solo. — Parecem ser muitos, não é? Havia pelo menos vinte nos cercando de manhã, e eles eram apenas os que estavam próximos à caverna. Tem muito mais aqui. — Ela gesticulou para dois soldados que atravessavam a ponte. — Não podem ser todos homens de armas da propriedade Nihar. Mesmo quando os meus pais estavam vivos e as terras Hasstrels estavam em ótimas condições, o Habim disse que nunca havia mais de cinquenta homens.

— Nós estamos bem na fronteira com Dalmotti. — Iseult coçou o queixo, pensativa. — O que torna este um território de batalha por excelência.

Safi assentiu, devagar.

— E como já está devastado, é o campo de batalha perfeito para quando a guerra recomeçar.

— Recomeçar? — Iseult apertou os olhos para Safi. — Você tem certeza de que a trégua não vai ser estendida?

— Não... mas tenho *quase* certeza. — Distraída, Safi observou um cachorro trotar pelo local da construção. Tinha algo pequeno e peludo na boca, e parecia muito satisfeito com sua captura. — Quando eu estava em Veñaza — ela falou, escolhendo as palavras com cuidado —, o tio Eron disse que a guerra estava vindo, mas que ele esperava impedi-la. E o Mathew mencionou algo sobre a trégua ser desfeita mais cedo.

— Mas por que fazer a Conferência da Trégua se ninguém planeja negociar a paz?

— Não tenho certeza, apesar de saber que o Henrick queria usar a conferência como palco para anunciar o meu... *noivado*. — Safi mal conseguia dizer aquela palavra. — E aquele anúncio causou um problema nos planos do tio Eron.

— Hmmm. — A capa de Iseult farfalhou enquanto ela trocava o peso do corpo de um pé para o outro. — Bom, já que os marstoks sabem que você está com o príncipe Merik, o imperador Henrick deve saber também. Talvez signifique que os dois impérios possam aparecer aqui a qualquer momento.

Os pelos nos braços de Safi se eriçaram.

— Bem pensado — ela murmurou, e não havia como ignorar o grão de areia de medo em sua coluna, ou a certeza em sua intuição de que Cartorra e Marstok *apareceriam* ali.

E que eles não se importariam nem um pouco em quebrar a trégua se fosse para colocar as mãos em uma Bruxa da Verdade.

— Precisamos nos apressar — Safi disse a Merik enquanto ele se inclinava sobre um mapa das Cem Ilhas. Estavam a alguns passos de distância, em uma cabine com janelas semelhante à de Merik no *Jana*; exceto que tudo estava de cabeça para baixo. As paredes se curvavam para dentro em vez de para fora, e a porta estava a alguns centímetros de distância do chão, exigindo um passo largo para atravessá-la.

Depois de Safi ter pedido que Merik e Yoris fossem *mais rápidos* na Bênção de Noden — o príncipe poderia cumprimentar o povo mais tarde —, o mestre de caça tinha guiado todos até o galeão, e até Iseult tinha dado um sorriso ao avistar o navio.

O navio estava apoiado no tombadilho, e um apoio tinha sido acrescentado embaixo do castelo de proa para permitir que o galeão ficasse na horizontal. Uma passagem aberta percorria metade da estrutura, e o convés principal tinha virado o teto. Escadas se penduravam para permitir acesso ao porão, e uma série de degraus tinha sido construída até o que antes havia sido a cabine do capitão.

Enquanto Yoris tinha, de má vontade, levado Evrane e Iseult para buscarem comida, Safi seguira Merik para dentro da cabine do capitão até uma mesa de mapas — também parecida com aquela no *Jana* —, no centro do cômodo. Não havia mais vidro nas janelas, mas as ripas abertas das venezianas permitiam que o som do alvoroço cotidiano deslizasse para dentro — junto com uma brisa bem-vinda. O navio tinha paredes grossas, o calor do meio da manhã era opressivo, e Safi se pegou secando mais suor do lado de dentro do que quando estava fora. Até o temperamental Merik tinha tirado a jaqueta e arregaçado as mangas da camisa.

— É provável que os cartorranos tenham me seguido — Safi informou, quando o príncipe se recusou a erguer o olhar de sua análise cuidadosa do mapa. Ela espalmou as mãos na mesa. — Nós precisamos partir para Lejna o mais rápido possível, príncipe. A que distância estamos?

— Um dia inteiro se pararmos à noite.

— Então não vamos parar.

Merik cerrou a mandíbula, e ele finalmente fixou o olhar em Safi.

— Não temos escolha, domna. O Yoris só pode nos emprestar dois cavalos, o que significa que se a Iseult for junto...

— E ela vai.

— ... e a Evrane se juntar a nós também, o que tenho certeza de que ela fará, teremos que ir com duas pessoas por cavalo. E *isso* significa que precisaremos parar durante a noite para que os corcéis descansem. Além disso, ninguém é capaz de achar a enseada Nihar, então ninguém vai conseguir ir para o litoral em qualquer lugar próximo a nós. — Merik puxou a jaqueta de um assento ali perto e inspecionou o lado de dentro antes de puxar um documento familiar, já achatado e amassado.

Com uma lentidão revoltante, ele desdobrou o documento ao lado do mapa. Então, pegou um pedaço de pão seco de uma tigela no centro da mesa e deu uma mordida grande e zombeteira.

Safi se irritou.

— Imagino que ainda esteja bravo comigo.

A única resposta de Merik foi mastigar ainda mais rápido e encarar mais o mapa e o contrato.

— Eu mereço — ela acrescentou, dando um passo para mais perto e afastando a vontade de deixar que seu temperamento se inflamasse. Aquela era a sua chance de falar com Merik a sós, de finalmente pedir desculpas por... *tudo*. Ele não podia fugir e não havia ninguém para interromper. — Eu cometi um erro — ela continuou, esperando que sua expressão parecesse sincera como imaginava.

Merik bebeu um copo d'água e limpou a boca de uma maneira nada costumeira. Então ele finalmente arrastou o olhar até Safi.

— Um "erro" faz parecer que foi um acidente, domna. O que você fez com a minha tripulação e com o meu primeiro-imediato foi maldade calculada.

— Maldade *o quê?* — A indignação fez o queixo de Safi cair. — Isso não é verdade, príncipe. Eu nunca quis colocar o Kullen ou os seus homens em perigo... e meu poder me diz que nem *você* acredita no que está dizendo.

Aquilo o fez ficar calado — embora suas narinas continuassem infladas. Safi pensou que ele poderia se engasgar se bebesse a água com mais rapidez.

Ela se aproximou do banco em que estava a jaqueta dele.

Ele imediatamente deu dois passos para o lado. O mapa e o acordo sussurraram em cima da madeira.

Safi inclinou o queixo e avançou mais três passos — bem para o lado dele. Com um suspiro hostil, ele marchou para o lado oposto da mesa.

— Sério? — Safi gritou. — É *tão* horrível assim ficar perto de mim?

— É sim.

— Só quero dar uma olhada no acordo! — Ela jogou as mãos para o alto. — Eu não deveria saber o que o meu tio espera de você? O que ele espera de *mim*?

A postura de Merik enrijeceu, mas por fim ele deu um suspiro conformado — e quando Safi deu a volta na mesa, ele permaneceu firme no lugar. Embora seus ombros tenham se levantado até as orelhas, e Safi achasse que não estava imaginando a rapidez da respiração dele.

— Relaxa — ela murmurou, inclinando-se sobre o contrato. — Eu não vou morder.

— O leão selvagem foi domesticado, então?

— Olha só — Safi disse, suavemente, mostrando seu sorriso de canto mais felino. — Ele tem senso de humor.

— Olha só — ele retrucou —, ela está tentando mudar de assunto. — E fincou um dedo estendido no documento. — Leia o maldito contrato, domna, e vá embora.

O sorriso dela se afundou em um olhar fulminante, e ela se curvou, apoiando os cotovelos na mesa e fingindo que era a primeira vez que lia o acordo.

Exceto que, daquela vez, *estava* diferente. A linguagem do contrato continuava a mesma, mas o modo como Safi se sentiu a respeito dele, o modo como corroeu o seu estômago...

Todas as negociações na página dois deste contrato serão rescindidas se Merik Nihar falhar ao levar a passageira para Lejna, se a passageira derramar sangue ou se a passageira morrer.

O joelho dela começou a tremer. Ela chegara muito perto de derramar sangue — ou morrer — quando lutara com a raposa-do-mar. E, embora fosse capaz de fazer tudo de novo, se Iseult precisasse, Safi poderia ter feito as coisas de modo *diferente*. Ela poderia ter considerado os riscos primeiro e pensado além de si mesma.

Mas o que Safi *realmente* odiava — o que a fazia ansiar por atirar facas e eviscerar alguma coisa — era que o tio Eron tinha colocado aquela exigência no contrato, para começo de conversa.

Ela engoliu em seco, a raiva escaldando o fundo de sua garganta.

— Meu tio é um bundão. Derramar sangue é ridículo e poderia acontecer com um corte de papel. Ele sabe disso, e tenho certeza de que acrescentou isso de propósito. Sinto muito.

O ar abafado da cabine ficou ainda mais quente. Ele praticamente brilhava com a desculpa de Safi, e Merik a fitou por bastante tempo.

Então um sorriso percorreu seus lábios.

— Acho que não é pelo seu tio que você está se desculpando agora. Pelo menos, não completamente.

Safi mordeu o lábio e manteve o contato visual. Ela queria que ele visse o que ela sentia. Ela precisava que ele lesse o arrependimento em seus olhos.

O sorriso dele se alargou e, com um aceno que *quase* poderia ser interpretado como uma aceitação das desculpas dela, Merik voltou para o contrato.

— O seu tio não quer que você se machuque, só isso. Ele foi bastante enfático nesse ponto, e é normal que ele seja específico quanto à saúde da sobrinha.

— Meu tio — ela disse, rodopiando uma mão descuidada — me consideraria em perfeita saúde mesmo se eu tivesse sido esfaqueada quatro vezes e atingida por cem flechas. Você provavelmente poderia me mutilar, príncipe, e meu tio não ficaria preocupado.

Merik deu uma risada pelo nariz.

— É melhor não tentarmos, está bem? — Com um suspiro, ele se inclinou até que seu braço esquerdo *quase* se apoiasse no de Safi. Até que o cheiro dele se expandisse no nariz dela. *Água salgada, suor e sândalo.*

Não era horrivelmente desagradável.

Sem mencionar que ela descobriu que não conseguia parar de olhar os punhos expostos dele — com o dobro do tamanho dos dela — ou os pelos finos em seus antebraços.

— E quanto — Merik perguntou, suavemente, com cuidado — ao seu noivo? Como o imperador Henrick se sentiria se você fosse atingida por cem flechas?

Em menos de um segundo, o sangue de Safi ferveu em seus ouvidos. Por que Merik estava perguntando sobre Henrick? E por que ela sentia como se o destino do mundo repousasse naquela resposta?

Quando, por fim, ela tentou falar, sua voz estava tensa como a corda de um arco.

— O Henrick não é meu noivo. Não posso aceitar isso. *Não vou.* Em um instante estou dançando com você no baile, e no seguinte... — Ela deu uma risada hostil. — No momento seguinte o imperador Henrick está proclamando que sou sua futura esposa.

A respiração de Merik saiu irregular.

— Quer dizer que você não sabia antes?

Ela balançou a cabeça, evitando os olhos dele — embora os sentisse queimando em sua pele.

— Eu também não sabia que meu tio iria encenar aquela fuga maluca. Ele tinha mencionado planos importantes, mas nunca em um milhão de anos eu teria adivinhado que eu seria evacuada de Veñaza, caçada por um Bruxo de Sangue e forçada a entrar no seu navio. Tem sido uma imensa e infinita cascata de surpresas. Mas pelo menos estou longe das garras do Henrick. — Ela deu outra risada tensa e tentou se inclinar para a frente, para fingir examinar o mapa. Mas segundos se passaram sem que ela assimilasse um único rio ou estrada. Era como se o poder na cabine estivesse mudando, desabando de suas mãos para as de Merik.

Então o príncipe se esticou sobre o mapa para dar uma batidinha em uma linha serpenteante azul. O braço dele roçou o dela.

Era um toque aparentemente acidental, mas Safi sabia — *sabia* — pela maneira como Merik tinha se mexido, confiante e determinado, que não tinha sido acidental.

— Montaremos acampamento aqui — ele avisou. — O Yoris disse que esse córrego está limpo.

Safi assentiu — ou tentou. Seu coração ficou preso em algum ponto da garganta, e seus movimentos ficaram bruscos. Frenéticos até, e ela não parecia conseguir encará-lo. Na verdade, ela encarava todas as partes do seu rosto, *menos* os olhos.

Ele tinha uma barba rala no queixo, no maxilar e ao redor da curva dos lábios. O triângulo entre as sobrancelhas estava enrugado, mas não em desaprovação. Em concentração. Foi o côncavo em sua garganta, porém, que chamou a atenção de Safi — a vibração que ela pensou ter visto ali.

Por fim, ela arriscou direcionar o olhar para cima — e encontrou os olhos de Merik percorrendo seu rosto. Seus lábios. Seu pescoço.

A porta se abriu amplamente. Safi e Merik se separaram de súbito.

Evrane entrou... e retrocedeu no mesmo instante.

— Estou... interrompendo alguma coisa?

— *Não* — Safi e Merik entoaram, dando dois passos para longe. E um terceiro, só para garantir.

Iseult cambaleou para dentro do cômodo atrás de Evrane, o rosto pálido e o capuz caraweno abaixado. Ela parecia prestes a vomitar ou desmaiar — ou ambos.

Safi foi até Iseult e agarrou o braço dela, guiando-a até um banco. Safi desatou a capa carawena do pescoço da irmã e a estendeu para Evrane.

— Você está suando muito. Está doente?

— Só preciso descansar — Iseult respondeu. Em seguida, assentiu, grata, quando Merik lhe entregou um copo d'água. — Obrigada.

— Ela precisa de mais do que descanso — Evrane insistiu. — Precisa de cura.

Um medo gélido se apossou da respiração de Safi.

— Cura de um Bruxo de Fogo?

— Não a cura de um Bruxo de Fogo — Evrane se apressou em garantir —, mas mais do que eu posso oferecer agora. Estou esgotada por explorar meu poder há tantos dias... — Ela ficou em silêncio, o olhar se dirigindo a Merik. — Se fôssemos até o Poço, eu poderia ajudá-la.

Merik se enrijeceu, o triângulo em sua fronte se aprofundando.

— O Poço não cura ninguém há séculos.

— Mas pode aumentar a minha bruxaria — Evrane rebateu. — Na pior das hipóteses, podemos lavar a ferida de Iseult lá, onde a água é completamente pura.

— Não é longe — uma nova voz comentou. Yoris. Ele subiu no limiar da porta que batia na altura de seu joelho e esfregou a manga da roupa na testa. — Há um caminho ao longo do rio. Não deve levar mais do que dez minutos até lá.

— E os seus homens? — Merik perguntou, a testa ainda franzida. — Eles patrulham aquela área?

— É claro. Por todo o caminho até a fronteira das terras Nihars.

Uma pausa. Então Merik assentiu, e sua expressão amoleceu para algo quase calmo.

— Tia — ele chamou, virando-se em direção a Evrane —, você pode levar a Iseult até o Poço. Cure ela, se conseguir, e eu vou buscá-las no próximo toque de sino.

Evrane suspirou.

— Obrigada, Merik. — Ela deslizou uma das mãos nas costas de Iseult. — Venha. Nós vamos devagarinho.

Iseult se levantou, e Safi fez menção de segui-las... mas parou.

Ela se virou para o príncipe, que a encarava.

— Eu gostaria de ir junto — ela disse. — Mas não vou se você achar que é um risco para o contrato.

Ele endireitou o corpo de leve, como se surpreso por ela considerar o contrato.

Considerar *Merik*.

— Vai ficar tudo bem com o contrato. Embora... — Ele se aproximou, e com uma lentidão dolorosa, estendeu a mão e deslizou os dedos pelo punho esquerdo de Safi. Quando ela não resistiu, ele levantou a mão dela, com a palma para cima. — Se você fugir, domna — a voz dele era um som baixo que tremia no peito dela —, eu vou te caçar.

— É? — Ela arqueou uma sobrancelha, fingindo que Merik *não* a estava tocando. Que a voz dele *não* estava fazendo seu abdômen queimar e faiscar. — Isso é uma promessa, príncipe?

Ele deu uma risada suave, e seus dedos deslizaram atrás do punho dela. Seu polegar abriu um caminho de fogo na palma de Safi... Então ele soltou a mão dela, sem deixar nenhuma indicação de por que a tinha levantado em primeiro lugar.

— É uma promessa, domna Safiya.

— Safi — ela disse, satisfeita em notar que sua voz estava estável, e que Merik sorria. — Você pode me chamar de Safi.

Em seguida, ela fez uma reverência com a cabeça e deixou a cabine para seguir Iseult e Evrane até o Poço Originário de Nubrevna.

⌁

O trajeto até o Poço da Água não era uma caminhada fácil, e Iseult estava completamente exausta antes mesmo que a Bênção de Noden saísse de vista. Na verdade, ela nem estava convencida de que Evrane seguia uma trilha concreta. Era íngreme, coberta por urtiga (que Safi pisou em cima e começou a uivar), e os insetos e pássaros faziam barulhos tão altos que Iseult pensou que suas costelas fossem quebrar por causa da vibração.

Porém, a parte mais difícil era a subida íngreme até o cume duplo onde o Poço Originário ficava. Com a ajuda de Safi e de Evrane, contudo, Iseult por fim chegou ao topo da colina de rochas negras e arfou imediatamente.

Porque ela estava em um Poço Originário. *O Poço da Água das Terras Bruxas.* Havia uma ilustração dele em seu livro sobre Carawen, mas aquilo, a realidade...

Era muito *mais* incrível pessoalmente. Nenhuma pintura poderia capturar todos os ângulos, sombras e movimentos do lugar.

A bacia estreita, com seis ciprestes (embora esqueléticos e sem folhas) igualmente espaçados nas laterais, guardava água limpa o bastante para revelar um fundo nítido e pedregoso. O trajeto de laje que circulava o Poço sempre parecera cinza no livro, mas agora Iseult via que, na verdade, tinha um milhão de tons de branco antigo. Além do cume de pedra do poço estava o Jadansi, azul e infinito — ainda que estranhamente calmo. Apenas uma brisa salgada e leve rodopiava até fazer ondular com suavidade a superfície do poço.

— Não se parece em nada com o Poço da Terra — Safi falou, sua expressão e seus fios tão respeitosos quanto Iseult sabia que os seus deveriam estar.

Evrane murmurou uma confirmação.

— Cada Poço é diferente. O do Monastério de Carawen fica em um cume alto nas Sirmayans e está sempre coberto de neve. Nós temos pinheiros, não ciprestes mortos. — Ela ergueu a sobrancelha de forma inquisitiva para Safi. — Como o Poço da Terra era?

— Ficava embaixo de uma saliência. — O olhar de Safi se distanciou enquanto ela vasculhava o passado. — Havia seis faias, e uma cachoeira que alimentava o poço. Mas ela apenas fluía quando chovia.

Evrane assentiu, sabiamente.

— O mesmo acontece aqui. — Ela apontou para uma barragem de pedra que dividia o cume oriental ao meio. — Aquilo costumava alimentar o rio, mas agora só escoa durante uma tempestade.

— Podemos olhar? — Iseult perguntou, curiosa com a aparência do desfiladeiro. Não havia nenhuma menção a ele no livro.

— Não quer descansar primeiro? — Safi indagou, a testa franzida e os fios preocupados. — Ou tentar se curar?

— Sim — Evrane concordou. Ela passou um braço por trás de Iseult e a levou até uma rampa que descia embaixo d'água. — Vamos te despir e te colocar no poço.

— Despir? — Iseult sentiu o calor ser drenado do rosto. Ela apertou os calcanhares contra a laje.

— Você precisa limpar mais do que apenas a ferida — Evrane insistiu, puxando-a adiante. — Além disso, se há qualquer magia a ser conquistada nesse Poço, você precisa do máximo de pele exposta possível. — Então, quase como uma reflexão tardia, ela acrescentou: — Você pode ficar com suas roupas íntimas, se isso ajuda.

— Eu vou me despir com você — Safi ofereceu, agarrando as pontas da camisa. — Se alguém aparecer — a camisa deslizou pelo rosto dela, abafando suas palavras —, eu vou dançar e distraí-los.

Iseult forçou uma risadinha esganiçada.

— Tudo bem. Você venceu... como sempre.

Quando Safi já tinha atirado a camisa nas lajes, Iseult começou a desabotoar sua roupa. Logo, as duas estavam apenas de roupas íntimas, as pedras dos fios reluzindo no pescoço delas. Enquanto Safi ajudava Iseult a se sentar na rampa — ah, a água estava horrivelmente *gelada* —, Evrane também se despiu.

A monja deslizou para dentro do Poço, mal formando uma onda ao redor de sua pele arrepiada.

— Me dê o braço, Iseult. Vou aliviar a sua dor para que você possa nadar.

— Nadar? — Safi guinchou. — Por que a Iseult precisa nadar?

— As propriedades curativas são mais fortes no centro do poço. Se ela conseguir tocar a origem da nascente, talvez se cure por completo.

Safi segurou a mão esquerda de Iseult.

— Vou te ajudar a chegar até o fundo. Eu não lutei com raposas-do-mar para que um simples mergulho me impedisse.

Mesmo que Iseult não estivesse particularmente empolgada com a ideia de nadar, ela ofereceu o braço a Evrane. Logo, o calor familiar percorreu seus bíceps, seus ombros, seus dedos, e ela sentiu as linhas do rosto se suavizarem. Sentiu os pulmões inspirarem mais do que faziam havia horas.

Iseult pôs o ombro para trás. Endireitou o braço. Então deu um suspiro desesperado e exagerado.

— Se apenas existisse uma pedra que pudesse aliviar a dor com essa facilidade.

A testa de Evrane franziu.

— Existe. Você usou uma na... ah. *Ah*. Isso foi uma piada.

Os lábios de Iseult se levantaram — Evrane estava começando a entender o humor dela — e Safi riu. Em seguida, Safi mergulhou no Poço, arrastando Iseult com ela.

Juntas, elas nadaram desajeitadas no estilo sapo, em direção ao centro, espirrando água à beça.

— Apenas espere — Safi gritou — e eu vou te puxar para o fundo.

— Eu consigo sozinha.

— E eu não me importo. Só porque você não sente dor não significa que ela não exista. Agora prenda a respiração.

Iseult inspirou, o peito se expandindo.

Safi mergulhou, puxando Iseult em um bramido de bolhas exaladas. Os olhos de Iseult se abriram. Então ela deu um chute desajeitado e mirou para baixo.

Ela não entendia ao certo como ela ou Safi sabiam onde a origem da nascente estava. A área do poço era cheia de pedras, pedras e mais pedras. Mesmo assim, algo se mexeu dentro dela. Um fio que ficava cada vez mais restrito — mas somente enquanto nadava naquela direção única e verdadeira.

Pressão surgiu em seus ouvidos, comprimiu o fundo de seus olhos. Cada braçada empurrava água cada vez mais gelada contra a sua carne, tornando difícil manter-se agarrada a Safi. Antes da metade do caminho, os pulmões de Iseult começaram a queimar.

Então, chegaram ao fundo, e Safi se inclinou até as pedras. Iseult se inclinou também...

Seus dedos acertaram algo. Algo que ela não podia ver, mas que fazia eletricidade — *estática* — percorrer seu corpo.

Uma luz vermelha reluziu. Depois reluziu de novo — mais forte. As pedras dos fios das duas garotas estavam piscando.

Foi quando aconteceu. Um *boom!* que se chocou contra Iseult e a derrubou de lado, comprimindo o ar em seus pulmões. Mas ela não soltou Safi, e Safi não a soltou enquanto elas subiam até a superfície, empurradas pela água. Pelo estrondo elétrico que ainda estremecia ao redor delas.

Elas chegaram à superfície. Ondas batiam e quebravam contra a borda. Iseult crepitou e girou, completamente desorientada pela violência do poço. Pelo poder que estremecia por meio dela.

De repente, uma cabeça acinzentada surgiu ao seu lado.

— Vamos! — Evrane enganchou o braço no de Iseult e a puxou em direção à rampa.

— O que está acontecendo? — Safi gritou, logo atrás.

— Terremoto — Evrane respondeu, suas braçadas confiantes. Os pés de Iseult rasparam nas pedras, e ela se pôs de pé. Evrane e Safi fizeram o mesmo, e por toda a volta delas, as águas do poço continuavam subindo e respingando, girando e tremendo.

— Eu devia ter alertado vocês — Evrane disse, ofegando —, nós temos tremores de tempos em tempos. — A água já estava se acalmando, a terra parando mais uma vez. Mas Iseult mal notou, seu olhar fixo nos fios de Evrane. Eles estavam na cor errada para o medo de um terremoto ou mesmo por preocupação pela segurança delas.

Os fios de Evrane queimavam com o rosa-alaranjado cegante da admiração.

E agora que Iseult estava cambaleando para fora da água, ao lado da monja, ela pensou ter visto lágrimas rolando dos olhos escuros de Evrane.

— Você está bem? — Safi perguntou, agarrando o ombro de Iseult e a distraindo da monja.

— Ah. Hum... — Iseult esticou o braço e focou sua atenção na sensação do músculo, na rotação de suas articulações. — Sim. Me sinto melhor. — O corpo inteiro dela parecia melhor, na verdade. Como se ela pudesse correr quilômetros ou suportar a pior das simulações de Habim.

E agora que estava prestando atenção àquilo, ela descobriu uma alegria estranha, ilimitada, percorrendo seu corpo — quase ritmada com as ondas que batiam em suas panturrilhas. O vento soprando sobre o Poço. A felicidade que rodopiava nos fios de Evrane.

— Eu acho — ela disse, encontrando os olhos brilhantes de Safi e sorrindo — que está tudo bem agora.

32

—Ela foi para o litoral — Aeduan disse. Ele estava parado à porta da cabine de Leopold, que era, surpreendentemente, do mesmo tamanho da sua. Parecia menor, porém, com os baús do príncipe apoiados nas paredes e as dezenas de épicos coloridos espalhados por toda parte.

O sol iluminou uma cama de solteiro, onde Leopold se apoiou, grogue.

— Quem fez o quê, monge?

— A garota chamada Safiya foi para o litoral, e agora o seu navio está navegando rápido demais para o leste...

Leopold pulou da cama, as cobertas voando.

— Por que você está dizendo isso *para mim*? Diga ao capitão! Não... eu direi ao capitão. — Leopold parou, o olhar baixando para o seu roupão. — Na verdade, vou me vestir e *depois* direi ao capitão.

— Eu direi a ele — Aeduan resmungou com raiva. De qualquer jeito, ele não conseguia entender o motivo de o príncipe estar dormindo no meio da manhã. Muito menos por que ele tinha se dado ao trabalho de vestir uma roupa especial para aquilo.

Logo, Aeduan se viu no leme, falando em um cartorrano precário enquanto os marinheiros se afastavam, os dedos fazendo o sinal contra o mal. Ele ignorou todos. O cheiro da domna tinha se movido para o norte, e norte significava terra firme.

E terra firme significava que o tempo estava acabando.

— Você quer que eu vá para *qual* litoral? — o capitão barbudo perguntou, a voz aumentando de volume como se Aeduan fosse surdo. Ele segurava uma luneta contra o olho e examinava a costa escarpada. — Não há nenhum lugar para atracar aqui.

— Em frente. — Aeduan apontou para uma única pedra afiada se erguendo acima das ondas. — Os nubrevnos foram para trás daquilo, portanto devemos segui-los.

— Impossível. — O capitão franziu a testa. — Nós seremos esmagados e afundaremos em segundos.

Aeduan pegou a luneta do capitão e se focou na pedra solitária cercada por ondas furiosas. A chalupa cartorrana deles estava se movendo e logo deixaria aquele local por completo. Ainda assim, o capitão parecia certo ao dizer que atracar ali era impossível.

Exceto... que *não era.*

Com o balanço do navio, Aeduan podia enxergar por trás da pedra solitária. Havia uma fenda no precipício. Uma enseada.

Aeduan estendeu a luneta de volta para o capitão — que não a pegou. O latão caiu no convés. O capitão praguejou.

Aeduan ignorou aquele homem estúpido e ergueu o queixo. Inspirou até que seu peito inflasse e sua magia tivesse se agarrado à verdade do sangue de Safiya.

Ela tinha ido para aquela enseada e então seguido a pé — indo para o leste. Mas ela não estava longe. O cheiro dela estava forte logo à frente.

O entusiasmo percorreu Aeduan. Faiscou em seu sangue, em seus pulmões. Se ele se movesse rápido o bastante, poderia pegar a Bruxa da Verdade naquele mesmo dia.

E a garota nomatsi também.

— Preciso de um Bruxo do Vento — Aeduan disse, virando-se para o capitão e se certificando de manter sua bruxaria queimando. Ele queria que seus olhos estivessem vermelhos enquanto fazia as exigências. — Um Bruxo do Vento ou vários deles. O que for preciso para me fazer voar até os despenhadeiros junto com as minhas coisas. — *Junto com o meu dinheiro.*

O capitão se enrijeceu, os olhos caindo. Mas então uma voz se ergueu, vinda de trás.

— Faça o que o monge está mandando, capitão. Nós vamos para a costa imediatamente.

Lento como sempre, ele se virou para encarar o príncipe Leopold, que vestia um traje bronze nada prático.

— Nós? — Aeduan perguntou. — Não posso acomodar oito trovadores do inferno...

— Nada de trovadores do inferno, monge. — Leopold passou as mãos pelos cabelos e olhou para as montanhas nubrevnas. — A Safiya é a noiva do meu tio, então *eu* me juntarei a você. Sozinho.

O pescoço de Aeduan se enrijeceu de frustração.

— Você só vai me atrasar — ele disse, por fim, sem se importar mais com formalidades.

Mas Leopold apenas olhou para ele com um sorriso que não alcançava seus olhos.

— Ou talvez, monge Aeduan, eu te surpreenda.

***

Aeduan perdeu muitas horas de um tempo precioso por causa do príncipe. Para começar, Leopold levou uma vida para encher uma única mochila e prender sua rapieira inútil. Depois, Leopold e o comandante dos trovadores do inferno se isolaram para falar com vozes apressadas e enfáticas sobre sabem os Poços o quê.

Por todo o tempo, Aeduan ficou parado no tombadilho, alongando os punhos e os dedos, irritado com a lentidão do príncipe.

Assim que os Bruxos do Vento finalmente sopraram todos para fora da chalupa, Aeduan pensou que, com certeza, o ritmo melhoraria. Mas não melhorou. Logo que eles pousaram no despenhadeiro mais próximo, Leopold perdeu ainda mais tempo dando aos Bruxos do Vento as mesmas ordens que tinha acabado de passar ao capitão. Algo sobre um pergaminho enfeitiçado que alertaria os trovadores do inferno de quando e onde Leopold e a noiva de seu tio precisariam de resgate.

Assim, Aeduan abandonou o príncipe por alguns minutos e partiu para uma área de troncos de pinheiros manchados. O peso das moedas de prata e de sua caixa de ferro era demais para carregar em velocidade máxima, então ele poderia muito bem empregar aquele tempo perdido em esconder o cofre.

Não havia cheiros ou sons ali. Era como estar no mar, sozinho, com apenas sal preenchendo o nariz e uma brisa fazendo cócegas nas orelhas. Havia odores, como se humanos tivessem passado, mas não havia ninguém perto naquele momento.

O vazio deixou Aeduan... desconfortável. Exposto, como um homem em um tronco de corte. Mesmo no Monastério, bem no topo da montanha, ainda havia pássaros pontilhando o céu. Ainda havia sinais de vida.

Espontaneamente, Aeduan relembrou uma história de seu antigo mentor. Uma história de veneno, magia e guerra. Aquela não era a imagem que Aeduan tinha idealizado, porém. Ele imaginara um deserto tostado, como aqueles de sua infância. Aqueles deixados pelas chamas marstoks.

De alguma forma aquele deserto silencioso era pior do que casas em combustão. Ao menos no solo carbonizado e nas aldeias em ruínas, havia um indício de mãos humanas trabalhando. Contudo, parecia que os deuses tinham apenas desistido de Nubrevna. Decidido que a terra não valia o tempo deles e a abandonado.

Pelo menos, em um mundo sem deus, não havia ninguém para ver Aeduan esconder suas moedas.

Ele encontrou um tronco oco de árvore e pôs a caixa de ferro dentro. A não ser que alguém passasse perto o suficiente para enxergar dentro do tronco, o cofre estava invisível.

Tocando o punho com a faca, ele cortou a mão esquerda. Sangue jorrou, escorreu por sua palma, e finalmente respingou no ferro.

O dinheiro estava marcado. Aeduan poderia encontrá-lo, mesmo se esquecesse o esconderijo. Ou pior, mesmo se alguém tentasse roubá-lo.

Houve uma explosão de vento. Os Bruxos do Vento dispararam sobre as árvores.

— Monge Aeduan? — Leopold gritou por cima das rajadas de ar. — Onde você está?

Por meio segundo, a raiva percorreu os dedos de Aeduan. Queimou em suas veias. Era o império de Leopold que tinha aniquilado aquele local.

Que tinha acabado com a vida não só das pessoas, mas da própria terra. E agora o príncipe andava por tudo sem nenhum respeito, nenhum remorso.

Aeduan alcançou o príncipe em segundos, apertando os dentes.

— Silêncio — ele sibilou. — Nada de falar pelo resto da nossa viagem.

O príncipe fez uma reverência com a cabeça. Relaxou a postura. Havia uma camada de indiferença preguiçosa no sangue de Leopold.

Leopold *sabia* o que seu povo tinha feito ali, e estava envergonhado. Mais importante, ele não sentia a necessidade de esconder aquilo de Aeduan.

Mas o monge não tinha tempo para lidar com aquilo.

— Homens se aproximando — ele disse em um rosnado baixo, enquanto puxava a mochila de Leopold. — Cheiram a soldados, então mantenha-se perto e fique calado.

Por um tempo, eles avançaram um bom pedaço. Quanto mais andavam, mais a paisagem se tornava viva. Insetos zumbiam, pássaros cantavam e pequenos trechos de folhagem verde farfalhavam com a brisa do Jadansi. Os despenhadeiros da costa ficavam cada vez mais altos e, por fim, o cheiro de Safiya se moveu para a terra — em direção a um declive.

Soldados patrulhavam, mas Aeduan não encontrou dificuldade em evitá-los. Ele podia farejá-los muito antes de ele e Leopold os alcançarem. Entretanto, os desvios atrasavam o progresso, e o meio da tarde já estava chegando antes que os sinais de civilização ficassem mais frequentes.

Primeiro vieram a fumaça distante e as trilhas. Então, vieram vozes — mulheres e crianças, na maioria. Como Aeduan e Leopold se aproximavam de um rio e o trajeto parecia bem frequentado, era o momento de serem mais furtivos. Aeduan precisaria explorar mais adiante — *sozinho* — e deixar um pouco o príncipe para trás.

Em instantes, o Bruxo de Sangue encontrou um carvalho caído que ficava bem escondido do caminho e não continha rastros de patrulhas passantes. A árvore tinha caído recentemente, então decomposição e mato eram quase inexistentes — embora Aeduan tivesse certeza de que Leopold ainda reclamaria.

Contudo, quando solicitou que o rapaz se abaixasse, Leopold não reclamou nem resistiu. Na verdade, ele rastejou para baixo do tronco do carvalho com uma graciosidade inesperada.

Medo percorreu a espinha de Aeduan enquanto ele observava Leopold. O príncipe tinha estado submisso e cuidadoso demais naquela caminhada terrestre.

Mas assim que o príncipe ficou invisível, Aeduan deixou de lado os pensamentos sobre Leopold. Safiya era tudo o que importava naquele momento.

Enquanto rastejava em direção ao rio tempestuoso, a magia do bruxo se apossou de cheiros demais — muitos. Aquele lugar estava lotado, e não havia a menor chance de ele ou Leopold conseguirem passar despercebidos. O rio também era um problema. Aeduan conseguiria atravessar sozinho com facilidade, mas não poderia rebocar o príncipe também.

Eles teriam de encontrar outra rota e tentar recuperar o rastro de Safiya em algum outro momento.

Retornando com agilidade até Leopold, Aeduan analisou a melhor direção para seguirem — e também com que rapidez ele poderia movimentar o príncipe, considerando que desejava ser bem rápido.

Ele se ajoelhou ao lado da tora, pronto para oferecer a mão ao rapaz. Leopold não estava lá.

De imediato, Aeduan farejou o sangue do príncipe — se agarrou ao couro novo e às lareiras fumacentas.

Mas também não estava lá. Não havia nada além do cheiro tênue de Leopold. Aeduan ficou de quatro e tateou embaixo do carvalho caído, só para o caso de um Bruxo do Esplendor tê-lo enganado ou que houvesse alguma saída escondida ali embaixo.

Nenhuma das opções foi o caso; o príncipe Leopold tinha sumido.

Aeduan rastejou de volta e ficou de pé, os batimentos aumentando e uma espécie violenta de medo percorrendo-o. Ele deveria procurar pelo príncipe ou deixá-lo?

Uma lufada de vento açoitou as árvores, interrompendo seus pensamentos — e então destruindo-os por completo. Havia um segundo cheiro de sangue ali. Um que ele sentira antes.

Lagos de águas limpas e invernos congelantes.

A mão de Aeduan se deslocou instantaneamente para o punho de sua espada. Ele examinou a floresta, sua bruxaria lutando para definir aquele cheiro. Para identificar e lembrar.

Quando conseguiu, Aeduan quase caiu de costas. Ele tinha sentido aquele sangue no cais de Veñaza.

O que significava que alguém o seguira até Nubrevna — e agora aquele alguém havia sequestrado o príncipe Leopold fon Cartorra.

33

Merik não sabia que cavalgar pudesse ser uma experiência contraditória de sofrimento e de satisfação.

O sol da tarde trespassava os galhos mortos de carvalho e manchava o trajeto poeirento em uma renda de sombras. Cento e sessenta quilômetros ao leste da Bênção de Noden, a vida voltava a desaparecer. Um cemitério silencioso reinava, e os únicos sons eram o estalido dos cascos da égua castanha de Merik, o tinido dos equipamentos e o caminhar rápido do ruão de Evrane e Iseult a vinte passos de distância.

Yoris tinha dado a Merik os melhores corcéis que pôde, e tinha equipado o grupo de Merik com comida, água, sacos de dormir e uma pedra de alerta — um pedaço de cristal enfeitiçado com éter que brilharia caso algum perigo se aproximasse do acampamento. Permitiria que eles dormissem aquela noite sem a necessidade de vigias.

Merik recebeu bem o sono. Fazia muito tempo que não dormia.

O cheiro forte de sal preencheu seu nariz — e continuou avançando em uma nova rajada de vento. Embora o Jadansi estivesse escondido atrás da floresta desbotada pelo sol, o caminho nunca desviava demais da brisa.

Não que a brisa ajudasse a esfriar Merik. Não com Safiya fon Hasstrel dividindo a sela com ele.

Embora tivesse todos os pretextos para ruborizar diante das curvas do corpo dela, para jogar os braços ao redor dela e segurar as rédeas, aquilo também significava que seus joelhos friccionavam ainda mais e suas pernas continuavam formigando. Ele sentia que, quando parassem para montar o acampamento, estaria mancando que nem Hermin.

Ainda assim, seus músculos eram a última coisa em sua mente enquanto a égua passeava tranquila pelo trajeto deserto. Cada um dos passos do cavalo empurrava suas coxas, seu quadril e seu abdômen contra as costas de Safiya, e embora ele tentasse pensar na Bênção de Noden — para reprisar a recepção que tinha tido e se agarrar àquele orgulho inebriante —, o cérebro de Merik tinha outros tópicos em mente.

O formato das coxas de Safiya. O declive onde o ombro dela encontrava o pescoço. A maneira como ela o tinha desafiado na cabine do capitão — um *four-step* com olhos, palavras e toques casuais.

Desde então, a tensão na magia de Merik — de uma raiva que talvez não fosse raiva — se retorcia embaixo de sua pele. Quente demais. Intensa demais.

Pelo menos, porém, ele e Safi estavam se dando melhor, e estava mais fácil conversar com ela. Centenas de perguntas desenrolavam da língua da garota. "Quantas pessoas moram em Lovats? Noden é o deus de tudo ou apenas da água? Quantas línguas você fala?"

Merik respondia cada pergunta conforme elas surgiam. "Há por volta de cento e cinquenta mil pessoas em Lovats, embora esse número possa se quadruplicar durante a guerra; ele é o Deus de tudo; eu falo cartorrano muito mal, um marstok decente e um dalmotti excelente." No entanto, em algum momento, ele fez sua própria pergunta:

— Os cartorranos ou os marstoks estão próximos? O seu poder consegue me dizer isso?

Ela fez um breve aceno com a cabeça.

— Eu sei quando as pessoas dizem a verdade ou quando mentem. E se eu olhar para alguém, consigo ver seu verdadeiro coração, suas intenções. Mas não posso verificar fatos ou alegações.

— Hmmm. O verdadeiro coração de alguém? — Merik ofereceu água a Safi. Enquanto ela bebia com cuidado, ele acrescentou: — Então o que você vê quando olha para mim?

Ela se endureceu em seus braços, e um pequeno zumbido de estática percorreu o peito dele. Em seguida, ela relaxou, rindo.

— Você confunde a minha bruxaria. — Ela devolveu o recipiente de água para ele. — Nesse momento, ela diz que eu posso confiar em você.

Merik deu um grunhido e inclinou a água. Estava calor por causa do sol. Dois goles e ele parou.

— Eu *posso* confiar em você? — Ela o espiou por trás do ombro.

Ele sorriu.

— Contanto que você siga ordens.

Ele ficou satisfeito — até demais — quando aquilo lhe rendeu uma fungada arrogante.

— Você tem um poder perigoso — ele disse, logo depois de ela ter se voltado para a frente. — Consigo ver por que as pessoas poderiam matar por ele.

— É poderoso *mesmo* — ela reconheceu. — Mas não tanto quanto as pessoas pensam e, ultimamente, tenho aprendido que não tanto quanto *eu* penso. Fé intensa me confunde com facilidade. Se as pessoas acreditam no que dizem, minha magia não consegue perceber a diferença. Eu sei quando alguém mente descaradamente, mas quando as pessoas *acham* que estão falando a verdade, minha bruxaria aceita. — Ela parou; então, quase de má vontade, acrescentou: — É por isso que não acreditei quando você me contou que Nubrevna precisava de um acordo comercial. Minha bruxaria disse que era verdade. Mas ela também acreditou nas mentiras dos meus livros de história.

— Ah. — Merik expirou, incapaz de ignorar a tristeza na voz de Safi, ou em como aquilo fazia a bruxaria dele deslizar por baixo de seu esterno. Ele apertou as rédeas com mais força. Sua Marca Bruxa se enrugou sobre os tendões em sua mão.

Por meio segundo, Merik se pegou fingindo que Safi não era uma domna e que ele não era um príncipe. Que eles eram apenas dois viajantes em uma estrada deserta, em que os únicos sons eram o tinido gentil dos cascos dos cavalos, a brisa do galope e os murmúrios de Evrane e Iseult logo atrás.

Mas a desolação da terra rapidamente abriu espaço em seus pensamentos — junto com o mesmo rodízio de preocupações que ele não conseguia controlar. Kullen. Vivia. Rei Serafin.

Como se sentisse a direção dos pensamentos dele, Safi disse:

— Você carrega muitos fardos, príncipe. — Ela se aninhou para trás até repousar contra o peito dele. — Mais do que qualquer um que já conheci.

— Eu nasci para o meu título — ele disse, bruscamente, puxando-a para um pouco mais perto. Aceitando a estabilidade que ela oferecia à conversa. Ao toque. — Eu levo a sério... mesmo que ninguém queira que eu leve.

— Mas é justamente isso, não é? — Uma contestação arrepiou sua coluna. — Você ama se sentir necessário. Te dá um propósito.

— Talvez — ele murmurou, distraído com a proximidade dela. Com o modo como a respiração dele e o vento se entrelaçavam nos fios desordenados do cabelo dela. — Você fala nubrevno como uma nativa — disse, por fim, forçando seu cérebro a mudar de assunto. A se concentrar nas *palavras* de Safi em vez de na proximidade dela. — O seu sotaque é quase imperceptível.

— Anos de mentorias — ela admitiu. — Mas a maior parte eu aprendi com o meu tutor. Ele é um Bruxo da Palavra, então a magia suaviza seu sotaque. Ele costumava fazer Iz e eu praticarmos por horas.

— Toda essa educação. — Merik sacudiu a cabeça. — Todo esse treinamento, mais uma bruxaria que homens matariam para ter. Pense em tudo o que você poderia fazer, Safi. Pense em tudo o que você poderia *ser*.

Um tremor suave a percorreu, e sua perna deu um pulo.

— Eu acho — ela disse, por fim — que eu poderia ser poderosa ou mudar coisas ou fazer o que quer que seja que você faz tão bem, príncipe, mas estaria lutando uma batalha perdida. Não tenho o necessário para liderar pessoas. Para *guiá-las*. Sou muito... inquieta. *Odeio* ficar parada e, exceto a Iseult, nunca houve nada constante na minha vida.

— Então você nunca vai parar de fugir? Mesmo se alguém quisesse que você... — Ele não terminou. Não conseguia fazer aquela última palavra, *ficasse*, sair de seus lábios.

Mas ela faiscou no ar entre eles, e quando Safi se inclinou em direção a ele, as sobrancelhas dela estavam franzidas. Seu olhar então se fixou, dois centímetros abaixo do de Merik e muito azul.

De repente, o espaço entre eles era pequeno demais. Aquele rio estava fora do controle de Merik, transbordando pelas margens, e ele não conseguia pensar em nada além de parar a égua, erguer Safi e...

Não. Ele não podia deixar seu cérebro chegar lá. Ele *não* faria aquilo. Flertar era uma coisa, mas tocar... Aquilo poderia levar a algo, terminar em algo, que ele não podia arriscar. Não com a domna de Cartorra. Não com a noiva de um imperador.

Então Merik fez uma prece desesperada para Noden, para que aquele dia terminasse logo, antes que ele — ou sua magia — perdessem totalmente o controle.

34

Quando Iseult e o grupo chegaram ao local escolhido para acampar, o sol rosado estava baixando por trás do Jadansi — e Iseult estava convencida de que a parte interna de suas coxas ficaria deformada para sempre.

Como Yoris tinha prometido, o córrego estava limpo e, por isso, uma selva em miniatura tinha avançado. O córrego também tinha crescido e, se chovesse, ultrapassaria as margens estreitas. Portanto, após deixarem os cavalos beberem água, Merik ordenou que montassem acampamento em uma colina próxima sombreada por carvalhos e rochedos.

É claro que levou muito tempo até que Merik desse aquela ordem de fato. Ele e Evrane passaram pelo menos quinze minutos apenas observando as samambaias e ouvindo os sapos noturnos cantarem. Seus fios estavam tão eufóricos, tão triunfantes, que Iseult disse a Safi para deixá-los em paz.

Contudo, finalmente a égua castanha se cansou de esperar. Ela encostou os lábios no ombro de Merik, trazendo-o de volta para o presente. Enquanto Iseult e Evrane recolhiam madeira para acender fogo para cozinhar, Safi e Merik acariciavam os cavalos.

Andorinhões gorjeavam acima da cabeça deles, parecendo tão satisfeitos pela companhia quanto Iseult estava pelo barulho. Ela ficava feliz com qualquer coisa que a distraísse dos fios vibrando acima de Safi e Merik. Quando dividiram o cavalo, os fios deles ficaram tão brilhantes que deixaram Iseult com dor de cabeça.

Os fios de Evrane estavam cegantes também, e não tinham parado de pulsar com o rosa da alegria ou o verde da certeza desde que deixaram a Bênção de Noden.

Como três pessoas podiam sentir-se *tão* deslumbradas, e Iseult tão exausta?

Abaixando-se, ela retirou o esqueleto de uma cigarra de um galho caído e acrescentou o galho à sua pilha crescente de gravetos. Merik insistiu que o fogo fosse mantido pequeno e Iseult tinha mais madeira do que o necessário, mas ela não estava pronta para retornar ao grupo. Precisava de tempo para retomar o controle de sua mente. De sua tranquilidade de Bruxa dos Fios.

Por fim, ela retornou e ajudou Evrane a arrumar os sacos de dormir embaixo de uma pedra enorme e pendente. Uma pedra de alerta estava no topo, queimando em um tom magenta ao entardecer.

Quando tudo estava pronto e eles já tinham comido um mingau quente, Iseult se mexeu em seu saco de dormir e fechou os olhos, que ardiam, lutando por aquela sensação perfeita de pertencimento que ela sentira nas águas geladas e violentas do Poço Originário. Mas, de tudo que Iseult conseguia lembrar ter sentido, não conseguia convocar muito bem aquela sensação de novo.

Deitada ali, pensando, procurando e analisando, ela caiu no sono.

E a sombra estava esperando.

— *Você está aqui! E completamente curada.* — A sombra parecia contente de verdade com aquilo, e Iseult imaginou que, no mundo real, ela batia palmas; um mundo real que Iseult tinha certeza de que existia. Aquela voz não era apenas uma expansão louca dos seus medos mais profundos.

— *Você está certa* — a sombra cantarolou. — *Sou tão real quanto você. Mas veja; eu vou te deixar ver através dos meus olhos por um instante, apenas para te convencer.*

Foi como se levantar após um mergulho profundo. Luz flutuou pela visão de Iseult, seguida por cores — cinza e verde — e formas distorcidas... até que, enfim, um disparo preto, como se a sombra tivesse dado uma piscada comprida e lenta, e o mundo se materializou. Pedras cinza, gastas e desmoronadas, encontraram os olhos de Iseult. Não; os olhos da *sombra*, por onde Iseult agora enxergava.

Era como o farol em ruínas de Veñaza, mas, em vez da praia banhada pelo mar, aquela terra estava coberta por intensos tons de verde. Hera se enrolava nas paredes, violando-as. Grama acolchoava a base da construção.

— *Me siga, me siga* — a sombra cantou, embora não fosse como se Iseult realmente pudesse segui-la ou se mover, de qualquer jeito. Da mesma forma que via pelos olhos da sombra, ela estava no corpo da sombra.

— Onde estamos? — Iseult perguntou, desejando poder girar a cabeça da sombra e ver mais do que apenas uma entrada em arco que levava a uma sala redonda.

O sol do entardecer — mais brilhante que o de Nubrevna — raiava através de janelas com vidros quebrados, e a sombra seguiu até uma escada íngreme nos fundos. Ela andava de um jeito estranho, aos solavancos, como se andasse na ponta dos pés. Como se ela fosse começar a pular a qualquer momento.

Ela *começou* a pular quando alcançou a escada desgastada. Para cima, para cima, e para cima ela girou, com o olhar nos degraus e os pensamentos em silêncio. Quando chegou ao segundo andar, ela andou em direção a uma janela com cacos ainda pendurados na grade de ferro.

— *Estamos em Poznin* — a sombra finalmente respondeu. — *Você conhece? É a capital da República de Arithuania, que, antigamente, era grandiosa. Mas toda nação tem sua ascensão e sua queda, Iseult. E então, mais cedo ou mais tarde, todas elas ascendem de novo. Logo essas ruínas se transformarão em cidades, e será a vez das outras nações morrerem.* — Enquanto falava, a sombra se inclinou sobre o peitoril da janela, e uma larga avenida pôde ser vista; junto com centenas... não, centenas e mais *centenas* de pessoas.

Iseult arfou. Os homens e mulheres estavam em fileiras, e mesmo sob o pôr do sol âmbar, não havia como não perceber a cor de carvão de suas peles. O pretume puro de seus olhos.

Ou os três fios interrompidos flutuando acima de suas cabeças.

— Marionetista — Iseult ofegou.

A garota da sombra ficou imóvel. Como se prendesse a respiração. Então ela deu um aceno seco que fez a vista desaparecer.

— *Eles me chamam de Marionetista, sim, mas eu não gosto. Você gostaria, Iseult? Parece tão... ah, não sei. Tão leviano. Como se o que eu faço fosse um jogo para crianças. Mas não é.* — Ela sibilou aquelas palavras. — *É uma arte. Uma obra de arte do tear. Mesmo assim, ninguém me chama de Bruxa do Tear. Nem mesmo o rei! Para começo de conversa, foi ele que me disse que eu era uma Bruxa do Tear, mas agora ele se recusa a me chamar pelo meu título verdadeiro.*

— Hmmm — Iseult disse, mal escutando a divagação da garota. Ela precisava avaliar o máximo possível cada pincelada que os olhos da Marionetista davam em direção aos destrinchados. Além disso, parecia que a garota não conseguia ler os pensamentos de Iseult enquanto estivesse absorta demais em seus próprios pensamentos.

Cada fileira tinha dez pessoas. Homens, mulheres... até mesmo figuras pequenas de vez em quando, como uma criança mais velha. Mas o olhar da Marionetista nunca se fixou nos indivíduos, e Iseult estava ocupada demais calculando o tamanho do exército para focar nos detalhes menores.

Ela tinha contado mais de cinquenta fileiras — e não estava nem na metade da avenida — quando as palavras da Marionetista interromperam sua atenção:

— *Você também é uma Bruxa do Tear, Iseult, e assim que aprender a tecer, mudaremos nosso título juntas.*

— Jun... tas?

— *Você não é como as outras Bruxas dos Fios* — a Marionetista disse. — *Você tem uma necessidade de mudar as coisas, e o ódio para fazer isso. A fúria para destruir o mundo. Logo você verá. Você aceitará o que é de verdade, e quando fizer isso, você virá até mim. Em Poznin.*

Um enjoo ardente surgiu no peito de Iseult — abominável e quase impossível de esconder. Então ela contou a melhor mentira que conseguiu criar.

— Você p-parece cansada. Eu sinto muito. Tecer é cansativo?

A Marionetista pareceu sorrir.

— *Sabe* — ela disse, com suavidade —, *você é a primeira pessoa que me pergunta isso. Romper fios me cansa, mas é falar com você que me deixa mais esgotada. Mas...* — Ela parou de falar, os olhos se fechando. Seu cansaço era palpável quando ela mergulhou para a frente e apoiou a testa em uma barra de ferro à altura dos olhos. Ela suspirou, como se o metal a acalmasse. — *Falar com você vale o cansaço. O rei tem estado tão furioso comigo ultimamente, mesmo eu fazendo tudo o que ele manda. Falar com você é a única hora feliz do meu dia. Eu nunca tive uma amiga antes.*

Iseult não respondeu. Qualquer pensamento ou movimento trairia o que pulsava profundamente dentro dela: horror.

E pior, uma leve compreensão de pena.

Felizmente, a garota da sombra pareceu não notar a hesitação de Iseult, pois sua fala não se demorou.

— *Eu vou sumir pelos próximos dias, Iseult. Meu rei me deu uma tarefa que esgotará o meu poder. Acho que estarei cansada demais para te encontrar depois. Mas* — ela disse com uma ênfase meio esperançosa —, *quando eu estiver completamente recuperada, vou te procurar de novo.*

Ela fez uma pausa para um bocejo de estalar a mandíbula.

— *Preciso te agradecer antes de ir. Todos aqueles planos e lugares enfiados na sua mente deixaram o rei corsário muito feliz. É por isso que ele me deu essa grande missão para amanhã. Então obrigada, você tornou tudo isso possível. Agora, preciso descansar para poder destrinchar todas aquelas pessoas, como pedido.*

Que pessoas? E que planos e lugares? Iseult tentou perguntar. *O que você tirou da minha mente?*

Mas as palavras não saíam. Ela não sentia nada além de um fogo frenético, escorregadio — em sua mente, em sua língua, em seus pulmões, como veias de relâmpagos. E tão de repente quanto aparecera, a visão de Poznin se apagou como uma lanterna, devolvendo Iseult à sua própria pele. Aos próprios sonhos e presa ao seu próprio horror.

<hr>

Nunca na vida de Aeduan fora necessário tanto foco ou poder para rastrear alguém. Safiya tinha sido fácil — o sangue dela não necessitara de esforço para se fixar —, mas o sangue *daquela* pessoa, com suas águas de lago cristalinas e invernos cobertos de neve, era ardiloso. Em um momento Aeduan conseguia encontrá-lo, então vinte passos depois ele o perdia — apenas para esbarrar nele bem adiante na floresta.

Não fazia sentido, e quando ele perdeu o cheiro pela centésima vez, já tinha desistido do príncipe. De qualquer forma, ele devia trair o homem e manter a Bruxa da Verdade, para que o pai pudesse usá-la. Mesmo assim, toda vez que Aeduan considerava deixar o príncipe para algum inimigo invisível, uma estranha importunação se afundava em seus ombros. Arranhava seu pescoço. Era como se...

Como se ele tivesse uma dívida de vida com o príncipe e se sentisse na obrigação de retribuir.

Quando o rastro esfriou por completo, o sol já estava baixando no horizonte. O Bruxo de Sangue parou diante de um penhasco escuro e sombreado com degraus íngremes que levavam até o topo. O rio estava quase ensurdecedor ali, e morcegos gordos voavam acima.

A Bruxa da Verdade tinha estado ali mais cedo — Aeduan encontrou traços do cheiro dela —, mas ela não tinha permanecido. O que significava que ele não deveria permanecer ali também. Leopold não era sua responsabilidade; Safiya era. Era hora de desistir do príncipe.

Contudo, justo quando Aeduan se virou para retomar a única caçada que realmente importava, uma brisa soprou pelos despenhadeiros e carregou um cheiro até seu nariz — até seu sangue.

Leopold.

O Bruxo de Sangue subiu os degraus gastos. Dois, depois três por vez, ele avançou para cima até finalmente chegar ao topo. Um sol rosado brilhava sobre a água ondulante. Vento sussurrava pelos galhos verdejantes de seis ciprestes, e uma tempestade ribombava à distância.

Aeduan estava em um poço originário. *O Poço da Água das Terras Bruxas.* Ele devia saber que estava ali, devia ter adivinhado que era aquilo. Seu antigo mentor tinha falado sem parar sobre o poço quando Aeduan era criança.

Mas aquele lugar não se parecia com a descrição de seu mentor. Havia vida ali. Verde nas árvores, uma ondulação na água. Era quase como se o Poço estivesse vivo — exceto que aquilo era impossível.

Aeduan ignorou. Ele não tinha tempo para inspecionar a área, nem se importava.

Erguendo o nariz, ele seguiu até a direita do Poço. Deu doze passos antes de o cheiro de sangue voltar a ser o do inimigo — e um aplauso lento irrompeu.

Leopold saiu de trás do cipreste mais próximo, aplaudindo.

— Você me encontrou, monge. — O príncipe deu um sorriso sem humor. — Mais rápido do que eu esperava.

As narinas de Aeduan tremeram. Ele estendeu a mão até a faca de arremesso.

— Você planejou isso.

Leopold suspirou.

— Planejei. Antes que você me empale, porém, gostaria de salientar que eu devia te matar e decidi não fazer isso.

— Me matar — Aeduan repetiu. Em um piscar de olhos, ele estava com a faca desembainhada e o braço estendido para trás. — Com ordens de quem?

Leopold apenas sorriu de novo. Aquele sorriso vazio, insípido, que Aeduan odiava.

O Bruxo de Sangue ergueu a mão esquerda...

E assumiu o controle do sangue de Leopold.

Ele deteve o couro novo, as lareiras fumacentas.

— Posso forçar a resposta a sair da sua garganta — ele disse, terminantemente. — Então me diga de quem você recebe ordens.

Uma brisa salgada correu pelo cabelo de Leopold enquanto raios faiscavam no horizonte, parecendo — daquele ângulo — uma coroa acima da cabeça congelada do príncipe.

— Não recebo ordens — Leopold finalmente respondeu —, e não há ninguém comigo. — Aeduan forçou ainda mais seu controle sobre o sangue de Leopold. As pupilas do príncipe ficaram cada vez maiores... maiores... Mas não o suficiente. Leopold estava inquieto, mas não apavorado.

Foi então que Aeduan percebeu: *É isso que ele quer.* Leopold queria que Aeduan o torturasse para arrancar a verdade...

Porque vai demorar.

O príncipe tinha, intencionalmente, gasto o máximo possível do dia. Seu objetivo desde a cidade de Veñaza tinha sido atrasar Aeduan.

— Você entendeu — Leopold disse. — Consigo ver nos seus olhos, monge.

— Me chame de demônio, como todo mundo. — O monge apertou o sangue de Leopold ainda mais; o suficiente para doer.

Mas Leopold apenas o encarou com firmeza antes de dizer em uma voz rouca:

— Eu não posso... deixar você encontrar a Safiya antes de ela chegar em Lejna. Ela já está quase lá, e logo estará completamente fora do seu alcance.

— Como você sabe disso? Você segue ordens de quem? — Assim que a pergunta escapou da boca de Aeduan, ele soube a resposta; e, pelos Poços, tinha sido um *idiota* por não perceber aquilo antes.

Leopold fazia parte do esquema para raptar Safiya.

Raiva — escaldante e absoluta — surgiu no crânio do Bruxo de Sangue. Em seu peito e em seus ombros. Ele odiava Leopold por tê-lo enganado. Ele odiava a si mesmo por não ter notado a trapaça.

Embora parecesse não fazer sentido, ficou claro que o príncipe estava trabalhando com os nubrevnos, com o Bruxo de Fogo marstok, com o Bruxo do Esplendor... e quem mais? Aquela rede para roubar a Bruxa da Verdade era extensa, e Aeduan estava um pouco tentado a torturá-lo até obter as respostas de que precisava.

Mas se Safiya estava mesmo quase em Lejna, e se isso a deixaria mesmo — como Leopold dissera — fora do seu alcance por completo, então Aeduan não podia perder mais tempo.

Ele soltou os pulmões e a garganta de Leopold, mas nada além disso. Aeduan seguraria o príncipe até estar longe demais para ser alcançado.

Contudo, assim que deu meia-volta para lançar-se em uma corrida movida a magia, Leopold sussurrou:

— Você não é o demônio que o seu pai quer que você seja.

Aquilo o fez parar. Com uma lentidão metódica, ele se virou.

— O que você disse?

— Você não é o demônio...

— Depois disso! — Aeduan andou até Leopold e aproximou o rosto do dele. — Não tenho pai.

— Você tem — o príncipe disse, a voz rouca. — O que se autointitula...

Aeduan agarrou todo o sangue de Leopold. Interrompeu cada função corporal do príncipe: respiração, pulsação, visão.

Mas não a audição. Não os pensamentos.

— Eu — Aeduan sussurrou — *sou* o demônio que pensam que eu sou. E você, Alteza, devia ter me matado quando teve a chance.

Ele apertou com mais força. Mais... mais... até sentir que o sangue no cérebro de Leopold estava fraco demais para manter os pensamentos. Para manter a consciência.

Aeduan soltou o príncipe. Leopold caiu na laje, imóvel como uma pedra. Imóvel como se estivesse morto. Mesmo a brisa do temporal não alcançava o príncipe.

Respirando longamente o ar repleto de sal, Aeduan observou o corpo do príncipe. Ele tinha encontrado Leopold, mas não o segundo cheiro. Aquele sangue tinha desaparecido. Quem quer que fosse, porém, estava sem dúvidas envolvido com Leopold — e talvez também soubesse sobre o pai de Aeduan.

O príncipe deveria ser morto. Seu pai diria para matá-lo. Mas se fizesse aquilo, nunca descobriria de quem era o sangue que cheirava a lagos de águas limpas e invernos congelantes. Ele nunca descobriria quem tinha mandado Leopold matá-lo — ou por quê.

Aeduan presumiu que sempre havia a possibilidade de mentir para o pai e investigar por conta própria.

Ele assentiu, satisfeito. Deixaria Leopold vivo e o caçaria de novo mais tarde. Por respostas.

Então, sem voltar a olhá-los, Aeduan deixou o príncipe imperial de Cartorra e o Poço Originário para trás e, enquanto corria, o sol se pondo aqueceu suas costas e um vento tomou velocidade atrás dele.

35

Merik acordou sobressaltado com o som de um trovão distante — e com o toque de dedos em sua clavícula. Se ele não estivesse tão profundamente adormecido, poderia ter adivinhado as únicas três pessoas que aproximariam as mãos tanto assim dele.

Mas ele estava imerso demais no sono, e seu cérebro só acordou muito depois de seus instintos.

Ele agarrou os dedos em seu peito, girou uma perna e virou o agressor ao contrário... Suas pálpebras se abriram largamente, a respiração irregular — mesmo assim, cada pedaço de si estava alerta.

Seu olhar encontrou olhos azuis, quase pretos à luz nublada da lua.

— Domna. — Uma de suas mãos acertou o solo ao lado da cabeça dela. A outra apertou o punho de Safiya.

Os dedos dela se fecharam, fazendo com que seu punho ficasse mais flexionado ao toque de Merik, e ele pensou ter sentido os batimentos dela contra o peito. Tê-los ouvido bater sobre a brisa carregada pela tempestade e o canto interminável da floresta — embora pudessem ter sido os seus próprios batimentos.

Safi umedeceu os lábios.

— O que você está fazendo? — o sussurro dela fez cócegas no queixo de Merik. Fez o pescoço dele se arrepiar.

— O que *você* está fazendo? — ele sussurrou de volta. — Roubando a minha carteira?

— Você estava roncando.

— Você estava babando — ele retrucou, um pouco rápido demais. Ele *era* conhecido por roncar.

Merik escorregou a mão livre por trás da cabeça dela e abaixou a própria cabeça até bloquear a luz do luar do rosto de Safi. Até que tudo o que ele visse fossem seus olhos brilhantes.

— Me diga — ele disse devagar — a verdade, domna. O que você estava fazendo com a mão na minha camisa? Se aproveitando de mim durante o sono?

— Não — ela rosnou, inclinando o queixo para a frente. — Estava apenas tentando *te acordar*. Para você parar de roncar. — Ela se mexeu de novo, o corpo tenso sob o de Merik, um sinal de que estava perdendo o bom humor. Se Merik não se mexesse logo, as pernas dela se entrelaçariam nas dele, os dedos o arranhariam, e os olhos queimariam de um jeito que impossibilitaria sua fúria, ou sua magia, de resistirem.

Ele relaxou o aperto no punho de Safi, afrouxou a mão atrás da cabeça dela, e usou os joelhos — as palmas apoiadas no chão — para erguer o peito do dela.

As costas dela se arquearam.

Merik congelou.

A meio caminho dos cotovelos, uma emoção surgiu em sua caixa torácica. Acentuou-se nele — e nela também. Era como se seus torsos estivessem conectados por um fio, e qualquer movimento que ele fizesse coincidisse com o dela.

Os olhos de Merik percorreram Safiya. Ela era muito diferente das mulheres em sua terra natal. Tinha os cabelos cor de areia, os olhos da cor do mar. Merik soltou o ar com dificuldade. Não importava quanto seus dedos e lábios desejassem aquilo, ele não cederia àquele... apetite.

Ele saiu de cima dela e se deitou de costas, cobrindo os olhos com uma das mãos para bloquear o céu. Bloquear a noção ardente de Safi ao seu lado. Cada gota de sua magia e cada pedaço de sua carne respondiam a ela.

— Não posso fazer isso — ele finalmente admitiu... para ela. Para si mesmo. Ele se levantou, puxando o casaco do saco de dormir e saiu andando em direção à floresta. Em direção ao mar.

Vestiu a jaqueta enquanto andava. De certa forma, usá-la o fazia sentir-se mais calmo. No controle... exceto, é claro — é *claro* —, que Safi o seguiu.

— Por que você está aqui? — ele perguntou, assim que tinha dado a volta na saliência de pedra e adentrado a floresta fresca e ruidosa. Ela andava alguns passos atrás.

— Não consigo voltar a dormir.

— Você não tentou.

— Não preciso.

Merik suspirou. Por que discutir por aquilo? Ele tinha rugas o suficiente sem acrescentar Safi àquela combinação. Ele avançou, os dedos pairando em cima de folhas de samambaia ou dedilhando as agulhas dos pinheiros. Tão geladas ao toque. Tão vivas.

Quando ele chegou no oceano — quando seus olhos avistaram a tempestade distante e luminosa e as ondas cobertas de branco, algo dentro dele se desfez. Relaxou. Safi foi para a esquerda em direção a um imenso afloramento de calcário, e Merik a seguiu — embora tenha mantido dois passos grandes entre eles. Então, ambos se inclinaram contra a rocha, e por um instante, observaram o mar, a lua, os raios.

Era pacífico, e Merik se viu relaxando. Escapando para o ritmo das ondas e o zumbido dos insetos.

Até que deixou de ser pacífico. Em algum momento, o impulso da noite se reuniu dentro dele — uma pressão querendo ser liberta. Um calor violento como a tempestade no horizonte. Safi se mexeu, atraindo os olhos dele. A luz do calcário a deixava com um brilho suave como o da lua.

Os lábios dela se afundaram em uma carranca.

— Para de me olhar assim, príncipe.

— Assim... como?

— Como se você fosse me atacar.

Merik riu, um som caloroso e genuíno. Ainda assim, o olhar dele estava preso a Safi. À garganta dela, em particular. A sombra da curva estava projetada no calcário, e ele não conseguia se lembrar de já ter visto um pescoço com um formato tão elegante.

— Minhas desculpas — ele disse por fim. — Atacar você é a última coisa na minha mente.

Ela corou em um tom lunar rosado, mas então, como se irritada consigo mesma, projetou o queixo para cima.

— Se você está imaginando um tipo de ataque mais... *íntimo*, príncipe, então devo informá-lo que não sou esse tipo de garota. — Cada parte dela parecia, e soava, como uma domna.

— Nunca nem pensei nisso. — Foi a vez de Merik corar, mas não por vergonha. Por irritação. Uma pitada de fúria. — E você não devia presumir que eu te desejo, domna. Se eu estivesse procurando por algo casual, você seria, sem dúvida, a última pessoa que eu escolheria.

— Ótimo — ela retrucou —, porque você é a última pessoa que *eu* escolheria.

— Quem sai perdendo é você.

— Como se você fosse muito talentoso, príncipe.

— Você sabe que eu sou.

O olhar dela encontrou Merik. Seu peito subiu e desceu. Congelou.

E Merik deu um passo para mais perto. E mais um, até que estivesse bem ao seu lado.

— Se você *fosse* esse tipo de garota, então... — Merik levou uma das mãos até o maxilar dela; primeiro com hesitação, depois com mais confiança quando ela não se afastou. — Eu começaria aqui e desceria pela sua garganta. — Os dedos dele sussurraram pelo pescoço dela, pela clavícula, e Merik ficou satisfeito com como a respiração dela ficou entrecortada. Com como os lábios dela tremiam. — Depois — ele continuou, a voz vindo de algum lugar profundo em sua garganta —, eu daria a volta. Iria para trás de você. — Ele afastou a trança dela...

— Para — ela ofegou.

Merik parou — embora, por Noden, ele não quisesse.

Em seguida, o corpo de Safi se virou, e de repente os lábios dela estavam perto dos de Merik. Não, os lábios dela estavam *acima* dos dele. Esperando, como se ela tivesse ficado surpresa consigo mesma e não soubesse mais o que fazer.

O ar se agitou no peito de Merik — ficou preso ali junto com seus pensamentos. Ainda assim, os centímetros entre o corpo dele e o de Safi poderiam ser quilômetros, e o espaço entre os lábios deles parecia intransponível.

A respiração de Safi roçou acima do queixo dele. Ou talvez fosse a brisa. Ou a própria respiração dele. Ele não sabia mais dizer. Estava ficando difícil fazer qualquer coisa além de encarar os olhos dela, brilhantes e próximos.

Ela baixou os olhos, as sobrancelhas franzindo — como se quisesse fazer mais. Então as mãos dela se levantaram e repousaram nos quadris de Merik. Seus dedos se dobraram.

A bruxaria de Merik se inflamou.

Vento ascendeu, afastando o cabelo de Safi do rosto dela e quase a empurrando para longe — mas Merik se aproximou. Ele a pressionou contra a pedra e, em um estrondo de vento e calor, a beijou.

O apetite do dia o consumiu, e, para sua satisfação, Safi permitiu. Ela *agarrou* aquele apetite de Merik com dedos que o apertavam e um ritmo em seus quadris que ia muito além de qualquer *four-step*.

Ela estava selvagem — sem pudor algum —, e ele se viu mordendo, puxando e empurrando. Com garras e dentes e ventos brutais e elétricos.

Mas não conseguia puxá-la para perto o bastante. Não importava com que intensidade os lábios dele apertassem os dela ou as mãos dela o agarrassem por baixo do casaco... por baixo da camisa...

Inferno, os dedos dela estavam em sua pele nua.

Um novo calor o golpeou. Seus joelhos quase cederam, e seus ventos se impulsionaram para longe. Para cima. Ele levantou Safi até um afloramento baixo, os dedos puxando a bainha da camisa dela. Sua boca experimentando todos os lugares que ele tinha prometido. A orelha dela — onde ela gemeu. O pescoço — onde ela se contorceu. A clavícula...

As mãos dela se colocaram entre eles e o empurraram para longe.

Merik cambaleou para trás, boquiaberto. Perdido. O peito de Safi subia e descia, e seus olhos estavam imensos — mas Merik não conseguia entender por que ela tinha interrompido aquela tempestade entre eles. Será que ele tinha ultrapassado algum limite?

— Você — ela finalmente falou, com a voz rouca — está escutando isso?

Merik negou com a cabeça — ainda perdido — e ofegou por ar.

Então ele também ouviu. Um baque constante sobre o mar. *Um tambor de vento.*

Merik se agitou de um lado para o outro.

O tambor de vento do Jana.

Em um instante, ele já voltava pelo caminho que tinham feito, com Safi logo atrás. Mato e cascalho se entortavam sob seus pés, mas Merik mal notou. O tambor de vento estava ficando mais alto. O *Jana* ficaria visível a qualquer momento, e ele precisava saber por quê — tinha de ver a que distância seu navio estava do litoral. Ele podia voar até seus homens, mas apenas se os avistasse...

Safi agarrou o ombro de Merik, puxando-o para que parasse.

— Lá. — Ela apontou para o sul, onde Merik mal podia distinguir ondas cinza de nuvens cinza.

Ele puxou a luneta, examinou a água... até avistar as luzes — que pensou serem parte da tempestade, mas não. A imagem se ajustou para um navio de guerra nubrevno. O *Jana*, com seus holofotes e espelhos iluminando a água à frente. As velas brancas infladas — enfeitiçadas por Kullen.

O tambor de vento ribombava, alto demais para aquela distância, o que significava que Ryber usava o martelo mágico e tinha direcionado o tambor para a costa. Para Merik.

Kullen o estava chamando.

Merik inspirou profundamente e reuniu seu vento. O vento despertou sua pele, queimou em seu corpo.

— Se afaste — ele alertou Safi. Ele precisaria mirar o desabrochar daquele vento perfeitamente; precisaria acertar aquela mancha minúscula no horizonte para que sua tripulação soubesse onde ele estava.

Ele pôs os dois braços para trás... E soltou o ar. Um grande funil de vento irrompeu adiante pelas águas.

E Merik esperou. Esperou e observou com Safi ao seu lado. Estava agradecido por ela estar ali. Seus ombros retos e olhar destemido o ajudavam a não pensar muito. A não pular do despenhadeiro e voar diretamente até seu irmão de ligação...

O tambor de vento parou, e Merik se preparou para qualquer mensagem que Kullen pudesse enviar. Quando ela, por fim, chegou — quando a combinação de batidas e pausas finalmente vibrou nos ouvidos de Merik —, ele se viu rangendo os dentes, sua fúria aumentando.

— O que foi? — Safi perguntou, agarrando o braço dele.

— O Bruxo de Sangue está nos seguindo — ele resmungou.

O aperto de Safi em seu braço ficou mais forte.

— Vamos voltar para a Bênção de Noden...

— Só que ele está atrás de nós. E os marstoks estão zarpando para Lejna na nossa *frente*. — Com aquelas palavras, a fúria de Merik queimou; uma raiva real, que o fez retroceder dois passos.

Contudo, ele precisava manter a fúria contida, pois não era com Safi que estava bravo. Era com aquelas malditas circunstâncias, que estavam fora do seu maldito controle. Como os marstoks sabiam para onde ele estava indo?

— Vou voar até o *Jana* — ele disse, por fim, o peito fervendo. — Você, a Iseult e a Evrane podem cavalgar para o leste. Para Lejna. O mais rápido que os cavalos conseguirem.

— Por que não nos levar para o *Jana* e zarpar para Lejna?

— Porque os marstoks vão chegar primeiro em Lejna, e o Kullen não está forte o bastante para lutar contra eles. Ele nem devia estar navegando. — Merik lançou um olhar apavorado para o mar. Para o navio.

Maldito irmão de ligação insensato.

— Nossa maior chance é alcançar os marstoks — ele continuou. — Se o Kullen e eu pudermos pelo menos distraí-los, então talvez vocês ainda consigam chegar em Lejna por terra. Vá para o sétimo cais, e depois dê o *fora* de lá.

— Como você vai nos achar? Depois... depois disso?

— A pedra de alerta. A Evrane pode acendê-la, e eu verei do mar a luz dela. — Em dois passos longos, Merik se aproximou de Safi. — Cavalgue para o leste, e eu vou te encontrar. Logo.

Safi balançou a cabeça lentamente de um lado para o outro.

— Não gosto disso.

— Por favor — Merik disse. — Por favor, não discuta. Esse é o melhor plano...

— Não é isso — ela interrompeu. — Eu só... tenho a sensação de que nunca mais vou te ver.

O peito de Merik se dilacerou, e por meio segundo ele ficou sem palavras. Então, segurou o rosto dela com as duas mãos e a beijou. Um beijo suave. Rápido. Simples.

Ela interrompeu o beijo primeiro, mordendo o lábio enquanto procurava a parte de trás da camisa de Merik. Ela colocou a bainha para dentro, alisou a frente de algodão.

— Eu menti, sabia? Você não é a *última* pessoa que eu escolheria.

— Não?

— Não. — Ela sorriu, um lampejo travesso de dentes. — É o penúltimo. Talvez o antepenúltimo.

A risada cresceu na barriga de Merik. Subiu por sua garganta. Mas antes que ele pudesse dar uma réplica digna, Safi se afastou e disse:

— Que você encontre um porto seguro, Merik.

Portanto, ele apenas respondeu "Você também" antes de andar até o despenhadeiro. Então, Merik Nihar pisou fora da borda e *voou*.

<hr>

Safi não assistiu à partida de Merik. A necessidade de se apressar a estimulou a agir — assim como a lembrança ainda recente do Bruxo de Sangue. A maneira como ele a tinha prendido no lugar... Como os olhos deles tinham se tornado um redemoinho vermelho.

Fez os pelos dos braços dela se arrepiarem. Fez com que calafrios percorressem sua coluna.

Safi se embrenhou na floresta, acelerando... acelerando até dar uma corridinha leve, acelerando até correr *de verdade*. Gavinhas de samambaia chicoteavam seus braços, esporos caíam. E pensar que ela e Merik tinham acabado de avançar por aquela mesma floresta.

Ela encontrou o acampamento e descobriu que ele já estava desmontado e com os cavalos selados. Evrane amarrava os sacos de dormir nos alforjes e Iseult ajustava a cilha no ruão. Os cavalos jogavam a cabeça — prontos para serem montados, apesar da longa viagem do dia anterior.

Ao som das botas de Safi, a atenção de Iseult se voltou para ela.

— Indo embora... sem mim? — Safi ofegou.

— Ouvimos os tambores — Iseult explicou, os equipamentos tilintando enquanto ela apertava mais a cilha. — A Evrane me contou o que a mensagem dizia.

— Mas onde está o Merik? — Evrane perguntou, afastando-se do alforje da égua. A capa dela estava em mãos, o talabarte apertado ao peito.

— Ele voou até o *Jana* — Safi disse. — Vai tentar desviar os marstoks. Iseult fez uma careta sutil.

— Não vamos para o norte, então? Não vamos fugir?

Balançando a cabeça brevemente, Safi se arrastou até a fogueira.

— Ainda podemos chegar em Lejna antes deles. — Ela chutou poeira e cinzas por cima de qualquer brasa remanescente. — *Depois* podemos fugir para o norte.

— Suba aí, então — Evrane ordenou.

— Safi, você pode cavalgar comigo...

— Não. Cada uma fica com um cavalo. — Evrane vestiu a capa, afivelando-a com movimentos eficientes e mecânicos. — Vou esperar aqui e impedir o Aeduan.

Uma pausa tensa, antes de Iseult falar:

— Por favor, não faça isso, monja Evrane.

— Por favor — Safi concordou. — Nós vamos deixá-lo para trás...

— Não tem como — Evrane interrompeu, sua voz se sobrepondo à de Safi. — O Aeduan é tão rápido quanto qualquer cavalo, e ele vai alcançar vocês não importa onde estejam. Mas eu posso encontrar um local defensivo no trajeto e dar o meu melhor para atrasá-lo.

— Atrasá-lo? — Iseult repetiu. — Impedir, não?

— Ninguém consegue impedir o Aeduan, mas ele *pode* ser persuadido. Ou, se necessário, elas — deu um tapinha nas duas facas restantes; as fivelas tiniram — não são só para decoração.

— Você vai acabar morrendo — Safi argumentou. A urgência pela fuga pulsava em sua garganta, mas ela não podia deixar Evrane fazer algo tão estúpido. — Por favor, só faça como o Merik mandou e venha com nós.

O rosto de Evrane se enrijeceu e, quando ela falou, seu tom de voz era cortante de impaciência. De afronta.

— O Merik esquece que eu sou uma monja treinada para batalhas. Vou encarar o Aeduan sozinha, e vocês duas vão cavalgar para Lejna. Agora, montem. — Ela ofereceu uma mão rígida para Safi, e, embora Safi não precisasse, aceitou.

Depois de ajudar Iseult a montar também, Evrane caminhou com propósito até o alforje do capão e tirou a pedra de alerta de quartzo. Ela brilhou, cinza, como o céu acima que antecipava a aurora, e quando a monja murmurou "Alerta", uma luz azul brilhante chamejou.

— Agora o Merik vai te encontrar. — Ela ofereceu a pedra a Safi. — Mantenha ela exposta sempre que o seu trajeto for junto ao mar.

Safi olhou para Evrane, o cabelo prateado ondulando na brisa do amanhecer e cintilando na cor safira da pedra. Safi estendeu os dedos para aceitar o quartzo pesado.

Evrane deu um aceno apaziguador com a cabeça. Depois retirou o cinto onde sua espada ficava.

— Iseult, leve o sabre de abordagem do Merik. Está preso na sela do ruão. E Safi, você leva isso. — Ela pôs a espada embainhada no colo da garota. — Aço caraweno é o melhor, afinal.

Safi engoliu em seco. Aquela pequena tentativa de uma piada a tinha levado de volta para a realidade — de volta à pesada verdade de que muitas pessoas estavam arriscando suas vidas para garantir que Safi chegasse em Lejna e Merik conseguisse seu acordo comercial.

Safi *não* os desapontaria.

— Iseult — ela disse, puxando as palavras do seu âmago, do centro de sua bruxaria —, nós vamos para Lejna agora. Não vamos parar, e não vamos diminuir a velocidade.

Iseult encontrou o olhar de Safi, seus olhos cor de avelã eram de um verde vívido à luz da pedra de alerta. A ferocidade estava lá — aquela que sempre fazia Safi se sentir mais forte — quando ela ergueu o queixo e disse:

— Mostre o caminho, Safi. Você sabe que eu vou sempre te seguir.

Com aquelas palavras, os lábios de Evrane se torceram para cima.

— Vocês não têm ideia de quanto tempo eu esperei para ouvir essas palavras. Para ver vocês duas montando juntas. *Vivas.* — Um brilho estranho passou por seus olhos. — Eu sei que as minhas palavras não fazem sentido para vocês agora, mas logo elas farão. Depois que eu enfrentar o Aeduan, depois que eu mostrar a ele o que ele representa, eu encontrarei vocês em Lejna. Obriga... — Evrane se engasgou na palavra, e mais risada crepitou em seu peito. — Obrigada por me darem esperança, meninas. Depois de todos esses séculos, o Lamento de Eridysi está finalmente se tornando realidade; eu encontrei o Cahr Awen e vocês despertaram o Poço da Água. Então agora, como meus votos exigem, eu as protegerei com tudo o que tenho. — Ela fez uma reverência, um movimento sombrio que fez a magia de Safi cantar com a verdade contida nele.

Em seguida, Evrane Nihar deu a volta e caminhou para longe.

— Que a Mãe Lua nos proteja — Iseult sussurrou. — O q-que... *foi* isso?

Safi voltou o olhar para Iseult, que tinha retomado sua expressão de Bruxa dos Fios, mas não o controle completo da língua.

— Eu não sei, Iz. Por acaso ela acha que nós somos...

— O Cahr Awen — Iseult completou. — Eu... acho que sim.

— Pelos deuses, não posso lidar com mais nenhuma surpresa hoje. — Safi puxou as rédeas do cavalo em direção ao nascer do sol, empurrando sua confusão e suas dúvidas para muito, muito além do alcance.

E, enquanto guiava o cavalo pelo caminho, ficou satisfeita ao ver a égua puxando durante o trajeto. Os cavalos estavam prontos para correr, Iseult estava pronta para correr, e Safi estava pronta para dar um *fim* àquilo.

Afundando os calcanhares nas costelas da égua, Safi se pôs a galopar e partiu para Lejna, nas Cem Ilhas.

36

O *Jana* estava tumultuado quando Merik finalmente tocou o chão do convés principal. Eles navegavam para o oeste, o sol nascente uma figura furiosa atrás do navio.

Quando Merik olhou de soslaio para o leme — diretamente para o sol —, encontrou Kullen. Uma figura arqueada e ofegante que, de alguma maneira, mantinha o vento puxando as velas. *Kullen*. Merik avançou pelo convés, trovões se sobrepondo ao estrondo do tambor de vento.

Um grupo corria de um lado para o outro.

— Almirante — Ryber gritou.

Merik a enxotou com um gesto.

— Hermin — ele ofegou, tentando correr, falar e recuperar o fôlego. Se ele já estava cansado, podia apenas imaginar a exaustão de Kullen. — O que está acontecendo?

Hermin acompanhou Merik, mancando.

— O Yoris encontrou o príncipe Leopold inconsciente junto ao Poço Originário. Aparentemente o Bruxo de Sangue o atacou e o traiu.

Os passos do almirante vacilaram. Leopold também estava ali? O que diabos ele iria fazer com um príncipe arruinado?

Ele deixou aquele pensamento de lado para mais tarde.

— Almirante! — Ryber gritou de novo. — É importante, senhor!

— *Agora* não. — Merik saltou os degraus do tombadilho, onde o vento açoitava mais forte, mais alto. Enquanto se aproximava de Kullen, jogado sobre o leme, Merik se perguntou por que Ryber tinha permitido que seu fio afetivo fizesse tanto esforço.

— Pare esse navio! — Merik gritou. — Pare o seu vento! — Ele agarrou o casaco de Kullen e puxou o homem para cima.

O rosto do primeiro-imediato estava cinza, mas seus olhos estavam afiados por trás dos óculos de vento.

— Não posso... parar. — Ele ofegou. — Precisamos alcançar... os... marstoks.

— E vamos, mas não precisamos de tanta velocidade...

— Mas é exatamente isso! — Ryber gritou, abrindo caminho até Merik. — Nós precisamos, *sim*, de velocidade, porque o Bruxo de Sangue está aqui.

Por meio segundo, Merik só conseguiu olhar para Ryber. O ar enfeitiçado ardeu em seus olhos, gritou em seus ouvidos. Então ele correu até o baluarte e puxou a luneta.

— Onde? — ele perguntou, o coração preso na garganta.

— Mais ao leste. — Ryber mirou a luneta para a direita com gentileza, até que Merik viu: um borrão branco e solitário percorrendo a estrada costeira.

Ele deslizou a luneta mais para o leste até que... lá. Duas figuras, uma de branco e outra de preto, montadas em cavalos. Percorriam a mesma estrada, e o Bruxo de Sangue não estava mais do que quatro quilômetros atrás delas. Ele alcançaria Safi e Iseult antes que Merik pudesse ao menos voar para o litoral.

Ele baixou a luneta e se forçou a inspirar pelo nariz. *O cheiro forte da chuva chegando.* E então expirou por entre os dentes.

Não ajudou em nada.

— Como *diabos* — ele perguntou, mecanicamente — aquele monstro chegou aqui tão rápido?

— Por tudo que é mais sagrado — Hermin praguejou, espiando em sua própria luneta. — Aquele borrão branco é *ele*?

— Os poderes dele vem direto do vazio — Ryber disse, séria. Então gritou "Kullen!" e abandonou a balaustrada.

Merik correu atrás dela e, com a ajuda da garota, arrancou a mão com juntas brancas de Kullen do leme. Depois, escorregou o braço por baixo de seu irmão de ligação.

Kullen estava gelado ao toque, as roupas úmidas demais com suor.

— Você precisa parar com isso! — Merik gritou. — Pare os seus ventos, Kullen!

— Se eu parar — Kullen respondeu com uma firmeza surpreendente —, vamos perder o seu contrato.

— A sua vida vale mais que um contrato! — Merik disse, mas o amigo começou a rir; um som cortante, ofegante, e ele levantou o braço, fraco, para gesticular em direção ao sul.

— Tenho uma ideia.

Merik seguiu o dedo de Kullen, mas tudo o que viu foi um céu negro e as centelhas de relâmpagos distantes.

Ryber ofegou um "Não", e o estômago de Merik afundou.

— Não. — Ele puxou Kullen para encará-lo. O cabelo do primeiro-imediato estava tão emplastado de suor que nem se movia ao vento. — Isso *não* é uma opção, Kullen. Jamais.

— É a única opção. Nubrevna precisa desse... contrato.

— Você mal consegue ficar em pé.

— Não preciso ficar em pé — Kullen disse — se estiver montado em uma tormenta.

Merik sacudiu a cabeça, já frenético, em pânico, enquanto Ryber sussurrava sem parar:

— Por favor, não faça isso. Por favor, não faça isso. Por favor, não faça isso.

— Você se esqueceu do que houve da última vez que invocou uma tormenta? — Merik olhou para Ryber em busca de apoio, mas ela estava chorando, e ele se deu conta, com uma certeza nauseante, de que ela já tinha se conformado com aquele rumo.

Mas como? Como ela podia desistir com tanta facilidade e rapidez?

— Nós não precisamos do contrato — ele insistiu. — As terras Nihars estão voltando a crescer. *Crescer*, Kullen. Então, como seu almirante e seu príncipe, eu ordeno que você não faça isso.

A tosse de Kullen diminuiu. Ele inspirou devagar e dolorosamente, com um ruído que parecia facas e fogo.

Então sorriu. Um sorriso largo e assustador.

— E como seu irmão de ligação, eu escolho não ouvir. — Em um estrondo de calor e poder, a magia chiou até tomar vida, e os olhos de Kullen tremeram. Contraíram-se. Suas pupilas estavam diminuindo... desaparecendo...

Um vento atravessou com rapidez o convés — colidindo com Merik e Ryber, quase os derrubando no chão. Fez com que Merik não tivesse escolha.

Ele arrancou o casaco, e Ryber se mexeu para pegá-lo. O vento rebatia neles, mas ambos se inclinaram — ela mirando as cobertas inferiores com a jaqueta dele, e Merik cambaleando até o leme.

Enquanto assumia a posição no leme do navio de guerra do pai, Merik rezou mais uma vez para Noden — mas dessa vez para que Kullen e todo mundo em sua tripulação sobrevivessem àquela noite.

Porque a tempestade estava a caminho, e Merik.não podia fazer nada para impedi-la.

Safi nunca esporeou um cavalo com tanta intensidade. Suor riscava as laterais da égua, espumava no ruão de Iseult. A qualquer momento, os cavalos poderiam perder uma ferradura ou torcer uma pata, mas até que aquilo acontecesse — até que as criaturas desistissem, exaustas —, Safi não tinha muita escolha além de continuar galopando por aquela estrada ladeada de penhascos.

As sombras compridas das garotas galopavam ao lado delas, o sol do amanhecer era uma chama pálida sobre o Jadansi e iluminava uma enseada tão ampla que Safi não conseguia ver seu fim. Ilhas de pedras expostas de todos os formatos e tamanhos manchavam as ondas brilhantes da maré.

As Cem Ilhas.

A estrada seguiu uma curva descendente, finalmente chegando ao nível do mar — e em Lejna. Após oitocentos metros de verde, elas subitamente galoparam de volta para uma terra deserta. Era quieto demais. Morto demais. Safi não estava gostando de como a pedra de alerta penetrava o céu ali de onde estava, amarrada no alforje de seu cavalo. Elas estavam *literalmente* pedindo para serem vistas.

— Alguém aqui? — Safi gritou por cima das batidas compassadas dos cascos.

Os olhos de Iseult se apertaram e fecharam por um instante. Então, abriram de novo.

— Ninguém. Ainda não.

Safi apertou ainda mais firme as rédeas. Uma das mãos se moveu até o punho da espada. *Só chegar até o píer.* Aquilo era tudo que ela precisava fazer.

— Placa! — Iseult gritou.

Safi apertou os olhos e fitou adiante. O que costumava ser uma placa com gravações ornamentadas pendia em cima de uma coluna de ferro. Já era o quarto daquele tipo que elas viam.

LEJNA: 4 QUILÔMETROS

Quatro quilômetros equivaliam a minutos de distância. Apesar das lágrimas nos olhos de Safi por causa do vento, apesar do fato de que seu coração poderia sair pela boca de tanto medo, e de que ela e Iseult poderiam ser mortas por um Bruxo de Sangue a qualquer momento, Safi sorriu.

Ela tinha a irmã de ligação ao seu lado. Aquilo era tudo que importava — tudo que sempre importara.

O cavalo dela deu a volta em uma curva. A floresta fantasmagórica se abriu, revelando uma cidade à frente. O formato em meia-lua de Lejna abraçou o litoral, e as fileiras de prédios alinhados na ruas talvez tivessem sido coloridas e nítidas um dia. Mas naquele momento os prédios ruíam e seus telhados desmoronavam. Apenas três docas se mantinham, o resto reduzido a colunas abandonadas que se projetavam acima das ondas.

Safi esporeou a égua; precisava ir mais rápido. Com mais força. Ela conseguiria aquele maldito acordo para Merik.

— Aquele é o Merik? — Iseult perguntou, destruindo os pensamentos de Safi.

Ela procurou pelo mar, a esperança aumentando em seu crânio... até avistar o navio de guerra nubrevno costeando a baía crescente de Lejna. Ele navegava a uma velocidade extremamente rápida, as velas brilhando laranja ao sol.

E com marinheiros vestidos de verde rastejando pelos conveses.

A esperança de Safi desabou até os pés. Ela gritou para Iseult frear, e puxou as rédeas da própria égua para parar.

O ruão de Iseult se deteve rapidamente, a poeira um espectro, e ambas as garotas guiaram seus cavalos ao longo do despenhadeiro, apertando os olhos contra o sol. Os cavalos bufaram de exaustão, mas suas orelhas continuaram erguidas.

— Eu acho que esse é o navio que deixamos para os marstoks — Safi disse, por fim. — O navio da princesa Vivia.

— Parece mesmo com o uniforme deles. Isso quer dizer que talvez tenhamos de lidar com Bruxos de Fogo.

Safi praguejou e passou a mão quente sobre o rosto. Estava arenosa de poeira. Tudo estava arenoso — sua garganta, seus olhos, seu cérebro — e mais poeira continuava soprando.

— Por que tem tantos soldados em um único navio? Com certeza não estão todos atrás de *mim*.

O estrondo de um trovão veio do sul, breve e chamativo. Safi virou a cabeça em direção a ele... e uma nova leva de palavrões saíram de sua língua.

Nuvens tempestuosas avançavam com *rapidez*, e na entrada da baía havia mais navios. Galeões navais marstoks, esperando enfileirados como se protegessem as Cem Ilhas.

Ou mantivessem o *Jana* afastado.

— O Merik não vai conseguir atracar. — Safi forçou a égua para um trote lento. O caminho seguia para o interior; talvez a floresta de pinheiros mortos oferecesse alguma proteção da ventania acelerada e dos olhos dos marinheiros marstoks.

— Esse é o menor dos nossos problemas — Iseult disse, aumentando a passada de seu ruão. — Aquele primeiro navio está quase nos píeres de Lejna. É óbvio que isso é uma emboscada... — Ela parou de falar quando uma nova explosão de vento a acertou, e a Safi também.

As duas viraram o rosto, taparam os olhos e a boca. O ar se emaranhou em suas roupas e cabelos, tilintando os equipamentos presos aos cavalos até sacudir galhos secos adiante. A única coisa que não se curvava à vontade do vento era a luz da pedra de alerta — que, Safi percebeu, provavelmente deveria ser afastada. Não havia necessidade de *atrair* os marstoks.

Enquanto ela desamarrava a pedra do alforje, Iseult gritou:

— Em qual píer você precisa chegar?

Boa pergunta. Ela não fazia a menor ideia de qual doca era o sétimo píer. Havia colunas vazias demais para descobrir.

— Vou precisar tentar as três. — Ela acariciou a égua, ainda escura de suor, mas parecendo melhor para caminhar. Então, a guiou até os pinheiros mortos. — Tem alguma ideia de plano?

— Na verdade — Iseult respondeu, devagar —, talvez eu tenha. Você se lembra daquela vez que saímos de Veñaza? Quando usamos as roupas uma da outra?

— Você quer dizer quando quase fomos mortas por aqueles babacas na taverna, que odiavam nomatsis?

— Essa vez mesmo! — Iseult virou o ruão para mais perto de Safi, claramente esperando não precisar gritar seu plano. O cabelo dela sacudiu e chicoteou seu rosto. — Nós demos àqueles homens o que eles queriam ver, lembra? Mas aí a garota nomatsi que eles *pensaram* ter encurralado era, na verdade, você.

— Um dos nossos melhores truques. — Safi sorriu com firmeza, tirando o próprio cabelo traiçoeiro dos olhos.

— Por que esse mesmo plano não funcionaria agora? — Iseult perguntou. — Ainda podemos tentar chegar a Lejna antes daquele navio, mas se isso não funcionar...

— Não parece que vai.

— ... podemos nos livrar dos cavalos, esconder a pedra de alerta e nos separar. Serei a isca e os atrairei à cidade. Você vai para os píeres. Assim que percorrer os três, volte para a pedra de alerta e a acenda, e eu te encontrarei.

— Mas de jeito *nenhum*. — Safi fuzilou Iseult com os olhos. — Essa é a pior ideia que você já teve. Por que você se colocaria em perigo...

— É exatamente isso — Iseult interrompeu. — A trégua diz que eles não podem matar ninguém em terras estrangeiras, certo?

— Também diz que não podem atracar aqui, mas eles claramente não se importam com isso.

— Na verdade, a trégua diz que embarcações *estrangeiras* não podem atracar aqui — Iseult rebateu. — A embarcação deles não é estrangeira.

— E esse é exatamente o meu ponto, Iz! Eles estão ludibriando aquela cláusula, então por que não ludibriariam outras também? Até onde sabemos, eles nem vão se importar se quebrarem a trégua.

Aquilo fez Iseult parar — graças aos deuses —, mas quando Safi levantou as rédeas para partir de novo, a mão da amiga se ergueu.

— Pedras dos fios — ela disse com firmeza na voz. — Você vai saber se estou em perigo pela sua pedra dos fios. Se ela acender, você pode vir me resgatar.

— Não...

— Sim. — Um sorriso ergueu o canto dos lábios de Iseult enquanto ela levantava a própria pedra e a agarrava com afinco. — Você sabe que esse plano pode funcionar, e é a única estratégia boa em que eu consigo pensar. Vamos só ficar felizes por Lejna ser uma cidade-fantasma. Não tem ninguém para se machucar.

— A não ser *nós*, você quer dizer.

— Pare de discutir e comece a tirar a roupa. — Iseult deslizou para fora da sela e amarrou as rédeas em um galho baixo. Então, começou a desabotoar a blusa. — Uma tempestade está vindo, Saf, e você está bem no epicentro dela. Eu posso ser a mão direita e você pode ser a esquerda.

"A mão esquerda confia na direita", Mathew sempre dizia. "A mão esquerda nunca olha para trás até que a carteira seja agarrada."

Iseult sempre fora a mão esquerda — ela sempre confiara nas distrações de Safi, até o fim. O que significava que era a vez de Safi fazer o mesmo.

Um ar carregado irrompeu pela floresta. Ele açoitou Safi, o entorno dela... e então se agrupou logo *atrás* dela. A garota deu uma olhadela para trás, os olhos lacrimejando. Nuvens tempestuosas, pretas como piche, rodopiavam acima do topo das árvores.

— Não gosto disso — ela gritou, *realmente* precisando gritar dessa vez. — Na verdade, eu *odeio* isso, essa tempestade e esse plano. Por que tem que ser *nós*? Por que não só *eu*?

— Porque "só eu" não é quem nós somos — Iseult respondeu. — Eu sempre vou te seguir, Safi, e você sempre vai me seguir. Irmãs de ligação até o fim.

Uma necessidade feroz, ardente, surgiu nos pulmões de Safi diante daquelas palavras. Ela queria dizer a Iseult tudo o que sentia — sua gratidão, seu amor, seu medo, sua fé, mas não o fez. Em vez disso, deu um sorriso triste.

— Irmãs de ligação até o fim.

Depois, ela fez o que Iseult tinha mandado: saltou da égua e começou a se despir.

Aeduan farejou sua antiga mentora a um quilômetro e meio de distância. O cheiro dela — água cristalina da nascente e falésias revestidas de sal — era inconfundível. Tão familiar para Aeduan quanto seu próprio pulso.

E tão inevitável quanto a morte, a não ser que ele estivesse disposto a sair do caminho — o que ele não estava — ou a matá-la.

O que ele também não faria.

O quilômetro e meio que o levaria até ela passou em um borrão verde de florestas e pedras amarelas, luz anterior ao amanhecer e estrondos de uma tempestade marítima. Quando chegou até o ponto mais estreito do trajeto — um local delimitado por pedras pendentes de um lado e falésias esmagadas pelas ondas de outro —, Aeduan renunciou ao controle de seu sangue. Ele devolveu o poder de seus batimentos e músculos ao próprio corpo e diminuiu até parar.

A monja Evrane estava imóvel como uma estátua diante dele. O único movimento era o vento quente nos cabelos dela, através da capa de Carawen. O talabarte estava sem todas as facas, exceto duas. A espada não era visível em lugar algum.

A monja mais velha não tinha mudado nos dois anos desde que Aeduan deixara o Monastério. Seu rosto estava um pouco mais amarronzado, talvez. E cansado — ela parecia não dormir havia dias. Semanas, até. Ainda assim, seu cabelo era tão prateado como sempre fora.

E a expressão dela era gentil e preocupada, como Aeduan se lembrava.

Aquilo o irritou. Ela nunca tivera o direito de se preocupar com ele — e aquilo, com certeza, não tinha mudado.

— Faz muito tempo — ela disse, com aquela voz rouca. — Você cresceu.

Aeduan sentiu sua mandíbula cerrar. Sentiu os olhos tremerem.

— Se afaste.

— Você sabe que eu não posso fazer isso, Aeduan.

Ele tirou a espada da bainha. Um mero sussurro sobre as ondas quebrando abaixo.

— Eu vou te matar.

— Não com facilidade. — Evrane ergueu o punho. Uma lâmina perversa caiu em sua mão. Com um mergulho suave de seu pé traseiro, ela se firmou em uma posição defensiva. — Você esqueceu de quem te treinou.

— E você esqueceu da minha bruxaria, monja Evrane. — Ele ergueu a adaga de aparar do quadril e imitou a postura de Evrane, com os joelhos flexionados.

Ela se moveu — um giro que fez sua capa branca voar. Distrativo, com certeza, mas Aeduan tinha os olhos fixos na mão dela. Afinal, ele aprendera com ela que a chave para qualquer luta de facas era o controle da mão que segura a arma.

Evrane rodopiou para mais perto. Ele se abaixou para conseguir encontrá-la.

Mas não foi a lâmina dela que ele encontrou. Foi seu pé — uma sola de bota no pescoço. E *então* a adaga no peito.

Ele cambaleou para trás, não tão rápido quanto deveria, quanto teria, se estivesse lutando com qualquer outra pessoa.

Com uma explosão de magia, ele retrocedeu dez passos — rápido demais e longe demais para que ela o alcançasse com facilidade. Ele olhou para baixo.

A faca de Evrane o tinha cortado. Quatro cortes superficiais que seriam curados por sua bruxaria, quer ele quisesse ou não. Ele desperdiçaria poder em machucados pouco profundos e inofensivos.

— Você sabe quem elas são — Evrane gritou. Ela caminhou firmemente em direção a Aeduan. — Você jurou protegê-las.

Aeduan observou a monja com os olhos erguidos.

— Você ouviu os rumores, então? Eu posso te garantir, monja Evrane, que elas não são o Cahr Awen. Elas são duas Bruxas do Éter.

— Não importa. — Ela sorriu, um sorriso assustador, com uma combinação de êxtase e violência arrebatadora. — Devemos ter interpretado mal os registros, e não é necessário nenhum Bruxo do Vazio. Porque eu vi, Aeduan: aquelas meninas despertaram o poço originário nubrevno...

Aeduan atacou naquele momento, a espada erguida, mas por alguma razão ele não arremeteu com a força que deveria. Não deu uma guinada de direção no último segundo nem atirou facas em uma rápida sucessão. Ele apenas ergueu a espada, e, como esperado, Evrane girou para a esquerda e se defendeu com facilidade.

— As meninas nadaram no centro da nascente — a monja disse.

— Impossível. — Aeduan rodou para a esquerda.

— Eu vi elas fazerem isso. Eu vi a magia se acender e a terra tremer. — Ela golpeou Aeduan com as facas e, em seguida, deu um chute no joelho dele.

Com um pé que tinha uma faca entre os dedos.

A dor explodiu pela perna de Aeduan, assim como sangue. Ele segurou um grito e girou para o lado antes que mais lâminas pudessem acertá-lo.

Ela estava tentando enfraquecê-lo. Infligindo nele ferimentos pequenos para atrasá-lo.

Mas ela estava ofegante — algo que nunca teria acontecido dois anos atrás. Ela *estava* cansada, e nunca sobreviveria a Aeduan.

Mesmo com seus ataques ágeis e contínuos.

Mesmo ele indo com calma.

— O que você viu — ele disse, pulando para trás — foi o que você queria ver. O Poço nunca deixaria elas chegarem até o centro.

— Mesmo assim elas *chegaram*. — Evrane fez uma pausa, as mãos e lâminas preparadas, e um olhar exultante fixo em Aeduan. — Aquelas meninas tocaram a fonte da nascente e o Poço despertou. E então as águas curaram a Iseult.

Iseult. A garota nomatsi com o sangue inodoro.

Ela *não* fazia parte do sagrado Cahr Awen — Aeduan se recusava a acreditar naquilo. Ela era comum demais. Escura demais.

Quanto à Bruxa da Verdade, se ela fosse mesmo a outra metade do Cahr Awen, então entregá-la ao pai de Aeduan significaria quebrar seu voto caraweno. Esse mero pensamento acendeu a ira nas veias de Aeduan.

Ele *não* perderia todas as suas fortunas porque a monja Evrane era uma velha tola, ingênua e desesperada.

Assim, em uma explosão de velocidade, Aeduan atirou uma faca de arremesso.

Evrane a golpeou no ar e usou o impulso do giro para soltar uma de suas facas.

Aeduan arrancou para a esquerda. Pegou a faca e a atirou de volta.

Mas a monja já estava dançando acima do beiral, tirando vantagem do terreno. Ela escalou as pedras com facilidade, desembainhando a faca *stiletto* — sua última arma —, e avançou sobre Aeduan.

Ele mergulhou para a frente, rolando por baixo dela. Então ficou de pé, a espada atacando...

Ela colidiu contra a *stiletto* de Evrane, travando em um forcado defensivo. O braço de Evrane tremeu. A pequena lâmina jamais resistiria a uma espada; a força de Evrane jamais resistiria à de Aeduan.

— Lembre-se... de quem você é — ela rebateu. O aço da espada de Aeduan deslizou... para ainda mais perto dela. A qualquer momento, o cotovelo dela cederia. A lâmina cortaria seu pescoço. — O Cahr Awen veio para nos salvar, Aeduan. Lembre-se do seu dever com elas.

A *stiletto* dela escorregou.

A lâmina de Aeduan se arqueou para baixo. Cortou o pescoço dela...

Mas ele parou. Deteve a lâmina na última fração de segundo. Sangue empoçou no aço.

Evrane ofegou por ar, os olhos arregalados.

— Encerramos aqui — Aeduan disse. Ele puxou a espada para trás. Gotas de sangue borrifaram. Respingaram no rosto de Evrane e na farda de Aeduan.

O rosto inteiro da monja desabou. Ela se tornou uma mulher velha e cansada diante dos olhos dele.

Era mais do que ele podia lidar, então, sem mais palavras, embainhou a espada e se pôs a seguir o trajeto.

Mas, enquanto fazia uma curva na mata — e um trovão ribombava muito mais perto do que deveria —, aço se fincou nas costas de Aeduan. Raspou em suas costelas. Perfurou seu pulmão direito.

Ele reconheceu a sensação. Uma faca de arremesso carawena — a mesma que ele tinha atirado em Evrane apenas momentos antes.

Doía — sem mencionar que todo o sangue que borbulhava em sua garganta tornava difícil respirar. Ainda assim, ele não pôde deixar de sorrir, pois Evrane continuava implacável como sempre. Pelo menos *aquilo* não tinha mudado.

37

Aquele talvez fosse o plano mais idiota já posto em prática por Iseult e, pela Mãe Lua, *é melhor* que Merik e seu contrato valessem a pena. *Oitenta passos*, Iseult pensou, enquanto observava os dezessete marinheiros se aproximarem em velocidade máxima pela principal avenida costeira de Lejna. Mais doze investiam pelo primeiro píer, onde o navio deles estava ancorado.

Porque, é claro, os marstoks tinham chegado na cidade ao mesmo tempo que Iseult e Safi. E soldados — alguns deles, sem dúvidas, Bruxos de Fogo... ou pior — estavam correndo na direção dela com uma graciosidade assustadora.

Ela não se mexeu. Não recuou. Estava na orla da cidade. Quando os marinheiros estivessem a vinte passos de distância, ela se mexeria. Aquela seria uma distância suficiente para continuar na dianteira — ou pelo menos continuar na dianteira o bastante para que Safi conseguisse entrar na cidade.

Iseult tinha conseguido dar uma boa olhada na área durante o trajeto, mas a maioria dos seus planos era baseada em adivinhações. Muito do que ela *achava* saber sobre as ruas de pedras e atalhos de Lejna poderia estar errado, e se aquelas frestas em telhados não fossem ruas e aquele quadrado grande não fosse um átrio central, então ela estaria basicamente ferrada.

Havia outras lacunas em seu plano também — por exemplo, o lenço branco cortado da camisa de Safi (para esconder o cabelo de Iseult) poderia não ficar parado com todo aquele vento. E a escolha de um beco entre uma fileira de casas — com toda a sua escuridão sombreada e o íngreme declive — era péssima.

E também, por exemplo, ficar parada ali com os braços levantados e o sabre de abordagem ainda embainhado poderia ser um pouco vulnerável demais.

Sessenta passos. Os olhos dos marinheiros agora eram visíveis, era impossível ignorar o brilho dos seus sabres estendidos — assim como seus fios de avidez roxa.

Eles não vão te matar, ela lembrou a si mesma pela centésima vez. *Equilíbrio. Equilíbrio nos dedos das mãos e dos pés.*

Iseult sentiu os fios de Safi atrás dela — queimando com o verde--escuro da prontidão enquanto a irmã se arrastava pelas sombras da floresta. Se Safi estava pronta, Iseult também estaria. Iniciar, concluir — só que, daquela vez, ao contrário.

Trinta passos.

Iseult preparou os calcanhares, inspirou...

Vinte passos.

Ela correu.

Sombras a engoliram por inteiro, mas uma luz acinzentada brilhava logo à frente. Paralelepípedos e vitrines.

Passos a seguiam. Mesmo em suas botas macias e com os relâmpagos estalando cada vez mais perto, não tinha como não notar o rufar de pés marstoks.

Iseult derrapou para o fim do beco, virando com força e mirando à direita. *Rua, larga.* Era exatamente o que ela esperava, e seguia para o topo da colina diagonalmente, em direção a algum local distante que poderia ser um átrio.

Que precisava ser um átrio.

Portas e janelas estilhaçadas transcorriam nas laterais de sua visão. O vento ainda estava atrás dela, empurrando-a para a frente. A chuva caía também. Respingava na ruas — deixando os paralelepípedos escorregadios.

No fundo de sua mente, Iseult ponderou sobre a chuva quando alcançasse o átrio. Suas defesas seriam afetadas...

Ou não, já que havia, definitivamente, mais homens vertendo da rua em frente. Aqueles do píer deviam ter subido a colina para bloqueá-la.

Ela tinha corrido diretamente para uma armadilha, e seu plano estava arruinado antes mesmo de começar.

Não, não. Ela *não* podia deixar o pânico tomar conta. Só precisava de um momento — apenas um breve segundo sem os marstoks na sua cola.

Iseult virou abruptamente à esquerda; o pé dela escorregou; ela cambaleou para a frente... e se agarrou em uma placa de sinalização. Perdeu um tempo precioso com aquilo, mas não havia tempo para arrependimentos. Inspirando, retomou velocidade total nas pernas. Certamente aquele beco a levaria até outra estrada principal. Certamente ela encontraria um momento para pensar.

Iseult focou em paralelepípedos individuais. Em bater um calcanhar na frente do outro e respirar fundo... E de novo. *Equilíbrio. Equilíbrio.* Ela iria conseguir.

Virou para outra via larga.

Onde havia *mais* marstoks — que se moviam com rapidez, vindos de outro beco adiante. Um após o outro, eles corriam até ela. Ela estava encurralada. Ou...

Iseult deslizou para a esquerda — por uma porta quebrada.

O ombro dela fez um som agudo com o impacto. Ela mordeu a língua, enchendo a boca e a mente com o grito de dor e o gosto de sangue. Era exatamente a distração de que ela precisava. A tranquilidade se assentou brevemente e permitiu que ela examinasse o terreno: uma loja com um balcão e uma porta mais além.

Ela se jogou por cima do balcão. A janela explodiu, e a tempestade bramiu para dentro.

Soldados também, mas Iseult já estava se levantando e saindo pela porta dos fundos para um beco. Ela virou para a direita — incisiva e rápida. Raios piscaram e o vento soprou por cima de sua cabeça, mas os prédios a protegiam.

Ela chegou até uma esquina, se virou... e dardos envenenados deslizaram pelo muro atrás dela. Aquilo significava que havia Bruxos do Veneno envolvidos. Víboras marstoks.

De repente, os prédios se abriram. Um borrifo de luz e vento surgiu, e Iseult se viu em um átrio. *O* átrio que ela havia esperado. Uma fonte manchada, antiga, estava ao centro. Era o Deus nubrevno Noden — com músculos e um cabelo encaracolado entalhado — esperando em Seu trono de corais.

Iseult saltou para a borda da fonte, na altura dos joelhos e escorregadia com algas molhadas e cocô de passarinho. Fazia com que girar em direção aos marstoks fosse mais fácil, mas não oferecia muita estabilidade.

Enquanto isso, os marinheiros se aproximavam dela, um enxame de uniformes encharcados pela chuva e fios focados. Desde pequenos e ágeis até os com peitos enormemente largos; de figuras claramente femininas até "pode-ser-qualquer-coisa".

Com o vento e a chuva caindo e com as nuvens negras se agitando acima, os ouvidos de Iseult eram inúteis, sua pele reduzida a uma dormência molhada.

Então os primeiros soldados chegaram ao átrio... e desaceleraram. Diminuíram até pararem, cautelosos, e uma voz feminina gritou, se sobressaindo ao uivo da tempestade:

— Não é ela!

O estômago de Iseult cedeu. Sua mão esquerda subiu até a cabeça. Nenhum lenço. Seu cabelo preto estava encharcado e completamente visível.

— Encontrem a verdadeira domna! — a mulher ordenou. — De volta ao litoral!

O gelo no estômago de Iseult se espalhou para cima. Cortou o seu ar. Eles iriam partir daquele jeito?

— *Espere!* — ela gritou, descendo da fonte com um salto. Se ela conseguisse atrair alguns deles e mantê-los ali, talvez Safi ainda tivesse chance.

Iseult correu atrás dos soldados que se retiravam. Muitos tinham parado e estavam dando meia-volta. Devagar, muito devagar. Iseult estendeu a mão até o sabre de abordagem, pronta para atacar.

Até que um calor a percorreu. Seguido por uma espiral de fios, tão violenta que os joelhos de Iseult quase cederam.

No intervalo de uma única respiração, inúmeros fios tinham simplesmente partido. Rompido.

Destrinchado.

O soldado mais próximo se torceu por todo o caminho até Iseult, os olhos pretos. A pele fervendo.

Depois, começou a retalhar as mangas — a pele — enquanto, atrás dele, mais e mais soldados cambaleavam de volta para Iseult.

E todos eles estavam destrinchando.

38

De trás de um amieiro manchado, Safi observava a rua decrépita do cais. Seus dedos dos pés batiam no chão, as unhas das mãos afundavam na casca áspera, e a necessidade de ajudar Iseult estava praticamente retalhando sua espinha.

Mas ela seguiu o plano, e esperou até que cada um dos marstoks tivesse seguido a amiga pelo beco. Então, fugiu em direção a Lejna.

Ela manteve os olhos no navio, que balançava selvagemente no primeiro píer. Vários marinheiros andavam apressados, mas estavam ocupados demais com as trovoadas crescentes para olhar na direção de Safi. Mesmo assim, ela tirou sua espada carawena da bainha só por via das dúvidas.

Seus olhos pulavam entre a estrada adiante e o píer mais próximo. Vazio, vazio... todos estavam vazios de vida. Uma daquelas docas tinha de ser o sétimo píer que o tio Eron havia especificado em seu contrato.

Apesar de que, naquela altura, Safi não ficaria surpresa se descobrisse que não existia um sétimo píer — que o tio Eron nunca tivera qualquer intenção de cumprir sua parte do trato.

Bom, o problema era dele, então, porque mesmo com labaredas do inferno ou peixes-bruxa, Safi conseguiria aquele contrato para Merik.

Uma gorda gota de chuva estalou na cabeça de Safi assim que ela pisou no primeiro paralelepípedo. Ela fitou o céu — e se pôs a praguejar. A tempestade estava quase em Lejna e, definitivamente, *não* era uma tempestade natural — não com todas aquelas nuvens pretas.

O que você está fazendo, príncipe?

A chuva tomou velocidade. Uma onda súbita quebrou sobre a linha d'água, inundando a primeira doca e revestindo o paralelepípedo com limo.

Lá se vai a furtividade, então. Safi deu uma corridinha... e depois começou a correr para valer. Na velocidade da tempestade, os três píeres seriam engolidos por inteiro em minutos.

Safi alcançou a primeira extensão de madeira. Estava coberta de algas e rangia perigosamente sob seus calcanhares. Ela deu quatro passos para a frente, seus olhos nunca deixando o navio de guerra inclinado ao final, e então deu meia-volta, pronta para ir ao próximo píer.

Mas a doca estava escorregadia, as ondas agitadas demais e o vento muito forte. Ela estava tão concentrada em onde colocar os pés, em quando saltar por cima das próximas ondas, que não notou a figura escura se esgueirando ali por perto.

Foi só quando Safi estava de volta à rua que ela finalmente avistou a víbora marstok a trinta passos de distância, e *justo* entre ela e o próximo píer.

— Se você vier comigo — a víbora gritou, a voz, e sua forma, visivelmente feminina —, ninguém vai se machucar!

Não, obrigada, Safi pensou, sacando a espada. Aquela mulher estava desarmada, e Safi não. Ela ergueu a espada.

— Estou te dando uma chance, Bruxa da Verdade! Ou você se junta aos marstoks como aliada ou morrerá como nossa inimiga!

Safi quase riu daquilo. Uma risada sombria, raivosa, pois *ali* estava o momento pelo qual ela esperara a vida inteira: o momento em que sua bruxaria colocava um alvo em sua testa e soldados vinham reivindicá-la.

Para ser sincera, todos aqueles anos ela imaginara que seriam os trovadores do inferno, mas os víboras eram mais do que o suficiente.

Safi se posicionou, pronta para atacar. Trovoadas irromperam. Ela piscou — não pôde evitar — e, no momento em que abriu os olhos, o vento passava cortante por ela. A chuva a penetrava. E, *é claro*, a mulher não estava mais desarmada. Se segundos antes suas mãos estavam vazias, agora havia um mangual, com uma esfera de ferro do tamanho da cabeça de Safi.

— De onde diabos veio isso? — Safi murmurou. — E são *espinhos* naquela esfera?

Ela deu um pulo para trás — embora o vento mal permitisse que ela se mexesse — e considerou, brevemente, se aço caraweno era forte o bastante para atravessar o ferro.

Ela decidiu que não era — no momento em que aquela bola mortal voou sobre sua cabeça.

Safi escapou para as laterais. O mangual passou próximo de sua testa. Um único espinho cortou sua pele. Sangue jorrou nos olhos de Safi, e pela mínima fração de um instante as palavras do contrato queimaram atrás de seus olhos: *Todas as negociações serão rescindidas se a passageira derramar sangue.*

E então o rosto de Safi era chutado pela bota da víbora e ela não tinha mais tempo para pensar.

Safi bateu com o cotovelo no pé da mulher, conseguindo, com eficácia, desequilibrá-la — e também derrubar o mangual.

A espada de Safi encontrou a corrente de ferro. No entanto, onde ela pensou que o impulso da esfera carregaria a corrente em torno de sua espada — e permitiria que ela arrancasse o mangual das garras da víbora —, o ferro pareceu derreter... deslizar pelo aço... e se refazer no outro lado.

Safi piscou para afastar chuva e sangue dos olhos, pensando que *certamente* devia ter visto mal. Mas não. A mulher estava deslocando elo após elo pela esfera de ferro — fazendo com que o mangual ficasse ainda maior, os espinhos mais grossos.

Ah, merda. Safi estava enfrentando uma Bruxa do Ferro. *Ah, merda, merda, merda.* Ela tinha avaliado *muito* mal a oponente. Não poderia lutar sozinha contra aquela mulher. Aço caraweno ainda era ferro, portanto sua única chance seria soltar a espada, ultrapassar a víbora e correr como se o vazio estivesse no seu encalço.

E foi exatamente o que Safi fez. Ela lançou a espada para o lado, desculpando-se com Evrane em silêncio — e quando a víbora lançou o mangual, mirando nas coxas de Safi, ela pulou o mais alto que pôde.

Não alto o bastante, porém. O mangual se aproximou do seu tornozelo, espinhos e ferro querendo quebrar seu osso.

O instinto se apossou dela. No ar, Safi girou e deu um chute com o calcanhar direito. Ele acertou a garganta da víbora.

Ela não teve chance de ver o que aconteceu depois. Um vento elétrico explodiu atrás dela, e de repente ela estava se lançando por cima da víbora, *carregada* pela tempestade ciclônica. Então, paralelepípedos começaram a se aproximar do seu rosto — rápido demais — e Safi desabou. Dor sacudiu seu corpo.

A chuva caiu. Os raios estalaram e sibilaram, carregados por aquele vento feroz.

Safi se levantou, piscando para afastar a água e a dor de trincar os dentes. Então, partiu, com passos determinados, para o segundo píer. Como antes, ela deu quatro passos para dentro da madeira escorregadia antes de se apressar de volta ao cais.

Para onde a víbora a tinha alcançado.

Safi fez a única coisa em que conseguiu pensar. Ergueu as mãos e gritou:

— Você pode me levar!

Mas a víbora não baixou o mangual.

— Permita que eu te algeme, Bruxa da Verdade, e acreditarei em você!

— Bruxa da Verdade? — Safi gritou, contraindo os ombros inocentemente. — Acho que você pegou a garota errada! — *Mentira*, sua magia rejeitou. — Sou apenas uma domna, e nem mesmo de um estado bom!

— Você não pode me enganar — a mulher gritou. A farda dela ondulava ao vento. Sua echarpe estava se desenrolando, uma bandeira preta que virava e voava.

Por alguma razão, Safi não conseguia parar de encarar aquela ponta de tecido preto... e ela não conseguia lidar com a própria bruxaria. *Mentira, mentira, mentira!*, sua bruxaria gritava repetidamente. *Errado, errado, errado!* Era uma reação exagerada demais para uma simples mentira.

Então Safi entendeu. Então ela reconheceu.

Destrinchado.

Assim que aquela palavra atravessou sua consciência, o céu explodiu.

Um sopro de calor e luz irrompeu das nuvens. Cobriu toda a visão, engoliu todos os sons, mascarou todas as sensações.

Os joelhos de Safi cederam. Ela cambaleou para a frente, piscando, se estendendo e *se esforçando* por alguma noção de onde estava, de onde a víbora estava...

E acima de tudo, de quem estava destrinchando.

Uma imagem difusa tomou forma — a víbora. De joelhos. Encarando os próprios braços horrorizada — braços que, Safi notou, confusa, tinham mangas rasgadas.

Era *aquela* mulher que estava destrinchando?

Safi usou toda sua força para se sentar ereta, para lutar contra o vento e a estática e conseguir procurar na mulher sinais escuros ou de óleo...

Ela percebeu que a echarpe da víbora tinha sumido. Tinha se desenrolado completamente, e agora os cabelos pretos da mulher se espalhavam em todas as direções, emoldurando um rosto bronzeado, acentuado e *lindo*.

Safi estava olhando para a imperatriz de Marstok.

A tempestade criada por um Bruxo do Ar tinha interrompido a magia de Aeduan — bloqueado de seu sangue o cheiro de Safiya. Ou talvez ela estivesse vestindo fibras de salamandra. De qualquer forma, ele não tinha escolha além de deixar seu poder de lado e seguir os marstoks em Lejna utilizando apenas a visão, na esperança de que eles o levassem à garota. Quando percebeu que os marinheiros estavam convergindo em um átrio, ele subiu para os telhados para enxergar melhor — e, com sorte, para alcançar maior velocidade.

No entanto, no momento em que Aeduan alcançou o átrio, ele avistou os marinheiros voltando em direção ao mar... E a garota nomatsi com sangue inodoro parada ao lado da estátua do deus nubrevno. Ela tinha enganado a todos. Uma isca.

Aeduan xingou, instantaneamente abandonando sua magia para procurar a Bruxa da Verdade. Ele lidaria com a garota nomatsi mais tarde. No entanto, sentiu um cheiro familiar: *feridas negras e morte interrompida. Dor e sujeira e fome infinita.*

Destrinchado.

A bruxaria de Aeduan ficou em segundo plano, brevemente enfraquecida pela surpresa, pela repulsa, enquanto os marstoks rasgavam suas fardas. Enquanto óleo preto borbulhava em baixo de suas peles. Enquanto a garota nomatsi se posicionava para lutar.

Ele sabia que deveria ir embora — *naquele* momento. Mas não foi. Ele esperou. Assistiu... E se decidiu.

Um rosnado irrompeu dos lábios dele. Aquilo era coisa da Marionetista. Aeduan já reconhecia o trabalho dela. Ela devia ter descoberto onde a Bruxa da Verdade estava — e agora tentava ajudá-lo, de sua maneira deturpada e destrinchada.

Aquilo queria dizer que, se Iseult morresse ali, ele seria o culpado — o exato oposto de uma retribuição de dívida de vida.

Portanto, Aeduan correu até a beirada do telhado e pulou. Ele voou três andares em direção à fonte. Ar precipitava em seus ouvidos. Alto, rápido. Seu pé direito tocou o chão. Ele se impulsionou em uma rotação e ficou de pé — quase sem conseguir evitar cair por cima da Bruxa dos Fios.

Que balançava o sabre de abordagem sobre sua cabeça. Ele se abaixou e o aço assobiou pelo ar.

— *Não!* — foi tudo o que conseguiu gritar antes de tirar a espada da bainha e se virar para o destrinchado mais próximo. O homem era um víbora, o capuz preto desgastado e a pele oleosa e contorcida. Ele mastigou o ar, procurando alguém que fosse digno de ser devorado.

Aeduan enfiou sua espada no ombro do víbora... e então a puxou de volta. Ácido quente se projetou inofensivamente em sua capa. Mas uma gota caiu em seu rosto exposto, ardendo em sua bochecha.

Então o sangue deles realmente é venenoso.

Não havia tempo para refletir sobre aquela revelação. O homem destrinchado já estava se arrastando para a frente. Seu sangue ácido devorava a farda, revelando peito e braços prestes a irromperem em decorrência das pústulas turvas.

— A cabeça! — a garota gritou antes de girar amplamente sua lâmina.

Aço cortou a carne. Cortou nervos e ossos. A cabeça do víbora saiu voando, o corpo oscilando incerto enquanto ácido jorrava no átrio como uma fonte. Ele espirrou nas roupas da garota, consumindo o tecido. Ela cambaleou para trás... e então deu um chute para a frente, acertando o corpo sem cabeça. Ele caiu.

Ela olhava embasbacada para as mangas, como se surpresa com os buracos nela. *Tola.* Ela não tinha visto o ácido em funcionamento? Era culpa dela ter agido daquele jeito. Mas Aeduan ainda se pegou abrindo a boca e dizendo:

— Fique atrás de mim.

Ele se virou na direção de mais quatro marstoks e se pôs a trabalhar. Eles avançaram sobre Aeduan... e, é claro, a estúpida Bruxa dos Fios não ficou atrás dele como mandado. Em vez disso, ela arrebatou para fora, a lâmina arqueada à altura do pescoço.

Ela errou; o destrinchado mais próximo saltou para trás com uma velocidade anormal. *Bruxo do Vento*, Aeduan percebeu enquanto atacava com a própria espada. Mais uma vez, o homem saltou para trás, a pele fermentando, escura.

Ar golpeou Aeduan; ele cambaleou em direção à fonte. A Bruxa dos Fios também se virou, embora sua postura fosse melhor.

Um estalo ensurdecedor surgiu atrás dele. Ele só teve tempo de girar — para ver uma fissura dividindo a fonte — antes que a Bruxa dos Fios o agarrasse pela capa e o *puxasse*.

A fonte explodiu em um borrão de pedras milenares e água — mas Aeduan e a garota chamada Iseult já disparavam para o beco mais próximo. Claramente algum daqueles marstoks era um Bruxo da Maré, e agora que ele tinha de onde extrair seu poder, Aeduan não teria chances.

Um vento enfeitiçado atingiu as costas de Aeduan como uma faca, com a intenção de esfolar sua pele. Mas a capa o protegia, e ele protegia a garota.

Ele forçou as pernas a irem mais rápido, e incitou Iseult adiante.

— Direita! — gritou, e ela deslizou pelo trecho novo.

A chuva caía com força. Penetrante. Apenas aumentava o poder do Bruxo da Maré destrinchado. Um berro sedento por sangue se ergueu sobre as ruas. Inúmeros gritos — milhares deles, até.

— Esquerda! — Aeduan gritou na interseção obscura seguinte. Ele não tinha ideia de aonde estava indo, apenas que precisava de uma distância maior entre ele e o destrinchado. Ele poderia esconder a garota nomatsi até que aquilo acabasse.

Sim, Aeduan pagaria sua dívida de vida a Iseult, e nunca mais pensaria nela. Ela não era o Cahr Awen; não era problema dele.

Ele avistou uma entrada recuada no final da estrada. A porta estava solta das dobradiças.

— Em frente! — ele gritou. — Para dentro!

A Bruxa dos Fios vacilou durante a corrida. Ela lançou um olhar para trás, os olhos arregalados.

— *Faça isso.* — Ele agarrou o braço dela, um aperto feroz, e *bombeou* bruxaria em seu próprio sangue. Sua velocidade duplicou, o beco ficou borrado, e a garota gritou. Ela não estava correndo na mesma velocidade, e ele não podia impulsionar o sangue dela a ir mais rápido.

Mas então eles chegaram na porta e ele a empurrou para dentro, puxando-a em direção aos fundos da casa, levando-a por uma cozinha — seus ofegos quase tão altos quanto o uivo do vento e a água pulsando do lado de fora.

Despensa. Aeduan viu o guarda-louça alto no canto traseiro do cômodo, perigosamente perto de uma janela estilhaçada... o único esconderijo que ele conseguia avistar. Empurrou a garota na direção dele.

— Entra aí.

— Não. — Ela virou para encará-lo. — O que você está tentando fazer?

— Retribuir uma dívida de vida. Você me salvou; agora eu salvo você. — Com um movimento rápido do punho, ele desamarrou a capa de salamandra. — Se esconde embaixo disso. Eles não vão conseguir te farejar. — Ele ofereceu a capa a ela.

— Não.

— Você é surda ou só estúpida? Aqueles destrinchados estão a segundos daqui. Confie em mim.

— Não. — Os olhos cor de avelã dela estremeceram, mas não com medo. Com uma recusa teimosa.

— Confie. Em. Mim — Aeduan falou com mais suavidade, seus ouvidos e magia filtrando qualquer sinal dos destrinchados. Eles estariam ali a qualquer momento, e aquela garota nomatsi ainda não tinha se mexido um centímetro.

E se ela não se mexesse, a dívida de vida permaneceria não paga.

Então ele disse as únicas palavras que conseguiu encontrar que a fariam ir:

— *Mhe varujta* — ele disse. — *Mhe varujta.*

As sobrancelhas dela se ergueram.

— Como... você conhece essas palavras?

— Da mesma forma que você. Agora entre. — Aeduan a empurrou com força para dentro do guarda-louça. Sua paciência acabara, e ele sentia o cheiro do destrinchado que se aproximava. *Segredos manchados de sangue e mentiras incrustadas de sujeira.*

A garota obedeceu. Ela entrou na despensa, olhando para Aeduan com aquele rosto estranho dela. Ele jogou a capa para ela. Iseult a pegou com facilidade.

— Quanto tempo devo esperar? — ela perguntou. Então seu olhar percorreu o corpo dele. — Você está sangrando.

Aeduan baixou o olhar para as manchas de sangue das feridas antigas e dos novos entalhes de Evrane.

— Não é nada — ele murmurou, antes de começar a fechar a porta. Uma sombra caiu sobre o rosto da garota, mas Aeduan fez uma pausa antes de começar a ignorá-la por completo.

— Minha dívida de vida está paga, Bruxa dos Fios. Se nossos caminhos se cruzarem de novo, não se engane: eu *vou* te matar.

— Não, não vai — ela sussurrou enquanto a porta se fechava com um estalo.

Aeduan se forçou a continuar em silêncio. Ela não merecia resposta — estava enganada se pensava que ele a pouparia.

Assim, erguendo o queixo e forçando sua bruxaria de sangue, Aeduan deu a volta e saiu para um mundo de chuva, vento e morte.

<hr />

Merik voava, morto de medo. Kullen estava quase em Lejna, descendo com rapidez até o primeiro píer. Mas algo estava errado. Ele tinha se afastado mais rápido do que Merik conseguia voar — e com uma violência descontrolada que Merik nunca vira. Tinha feito com que ele girasse violentamente para trás, lutando para se controlar o mínimo que fosse.

Quando Merik finalmente chegou na cidade, se chocou contra o primeiro píer estilhaçado — onde tinha visto o irmão cair. No entanto, ele não viu nada na tempestade ciclônica. Ainda mais assustado, sua magia pulsava em suas entranhas. Arranhava violentamente embaixo de sua pele — como se pessoas estivessem se destrinchando ali perto. Como se, em breve, elas fossem colocá-lo em perigo.

Com alguns saltos, Merik atravessou o píer em direção à costa. Um relâmpago estalou ao lado da fachada de uma loja, e ele avistou Kullen. O amigo estava ajoelhado na entrada de um beco, e veias gordas e ofuscantes de eletricidade percorriam seu corpo. Então os relâmpagos se dissiparam, e Kullen foi escondido por ar e água do mar, algas e areia.

Merik chegou na rua. Voou de cabeça em direção ao muro giratório de relâmpagos e vento.

Não, havia mais agora. Vidro e madeira lascada. Kullen estava derrubando prédios inteiros.

Merik se chocou contra tudo aquilo em um estrondo de luz, som e estática. Até ser envolvido. O vento o curvou. A água bateu nele. Ele foi tragado pela magia.

E não conseguia lutar. Ele não era metade do bruxo que Kullen era, e com seus próprios poderes parecendo que iriam destrinchar a qualquer segundo, Merik não podia fazer nada além de se deixar levar.

O ciclone o canalizou para cima, tão rápido que seu estômago ficou em algum lugar lá embaixo. Para cima, para cima, para cima ele voou.

Seus olhos se fecharam. Destroços o atingiram. Vidro arrancou sua pele exposta.

Mas então, com a mesma rapidez com que foi sugado para dentro da tempestade, Merik foi solto. Os giros pararam; o vento sumiu. Mas a tempestade continuava violenta — ele a ouvia, sentia...

Logo abaixo.

Ele forçou os olhos a abrirem, forçou sua bruxaria a mantê-lo no alto apenas o suficiente para avaliar o que tinha acontecido.

Ele estava nas nuvens acima da tempestade de Kullen. Ainda assim, o ciclone estava aumentando, sugando as nuvens ao redor de Merik e, muito em breve, a ele também.

Mas lá embaixo, a muitos metros de distância, havia uma mancha escura em meio à tempestade. Kullen.

Sem pensar, Merik se jogou para a frente com um impulso dolorido de seu próprio vento. Então, interrompeu sua magia e caiu. Mais rápido do que havia ascendido com a tempestade, ele agora despencava de volta à rua. Enquanto voava por uma área de tormentas e tempestades bruxas, ele nunca deixou que seus olhos lacrimejantes perdessem o irmão de ligação de vista.

Kullen o viu. Agachado nos paralelepípedos ao lado de um prédio destruído... não, um prédio que *ainda* estava sendo destruído. Kullen apertava o peito com a cabeça inclinada para trás, e Merik sabia que ele o tinha visto.

As mãos do primeiro-imediato se ergueram. Uma lufada de vento foi arremessada contra Merik, capturando-o enquanto ele caía. Amenizando seu retorno à rua. Para dentro do olho da tempestade de Kullen.

Assim que as botas de Merik estavam no solo, ele correu até o irmão de ligação. Kullen estava ajoelhado, o rosto para baixo.

— Kullen! — ele gritou, a garganta se esforçando para produzir qualquer som sobre os trovões infinitos da tempestade, do estalo das estruturas dos prédios e do estilhaçar das janelas. Ele caiu na rua. Estilhaços de vidro cortaram seus joelhos. — Kullen! Pare a tempestade! Você precisa relaxar e *parar essa tempestade!*

A única resposta de Kullen foi um tremor nas costas — um tremor que Merik conhecia muito bem. Tinha visto muitas vezes na vida.

Merik puxou o irmão de ligação para cima.

— Respira! — gritou. — *Respira!*

Kullen inclinou o rosto em direção a Merik, os lábios se movendo inutilmente, o rosto cinza e borbulhando...

E os olhos tão pretos quanto o inferno aquoso de Noden.

Respirar não o salvaria — não daquele tipo de crise. O irmão de ligação de Merik estava destrinchando.

Por um único, doloroso instante, Merik olhou para o melhor amigo. Ele procurou no rosto de Kullen algum sinal do homem que conhecia.

A boca do amigo se abriu largamente, o ciclone *gritando* com sua fúria, e a magia corrompida eletrificou Merik, ameaçando destrinchá-lo também.

Mas ele não se acovardou nem afastou Kullen. A tempestade do lado de fora não era nada comparada à fúria interna.

Os dedos de Kullen, com sangue preto escorrendo de pústulas rompidas, seguraram a camisa de Merik.

— Me... mata — ele falou, com a voz rouca.

— Não. — Era a única coisa que Merik podia dizer. A única palavra que podia conter tudo o que ele sentia.

Kullen o soltou e, por um breve momento, o preto de seus olhos diminuiu. Ele deu um sorriso triste, doído, para Merik.

— Adeus, meu rei. Adeus, meu amigo.

Então, em um borrão de velocidade e poder, Kullen saltou para cima e disparou para fora do píer. Vento e destroços atingiram Merik, o derrubaram na rua, e ele perdeu os sentidos. Por uma eternidade, tudo o que ele sentiu e tudo o que ele *era* era o ciclone de Kullen.

Até que um imenso estalo partiu a desordem, e madeira e dor caíram com um estrondo.

Tudo ficou preto.

39

Iseult estava sentada no guarda-louça, os olhos cerrados e seus sentidos projetados para o lado de fora, sua bruxaria procurando algum sinal de vida. Algum sinal dos destrinchados.

Quanto ao Bruxo de Sangue chamado Aeduan, seus fios ainda eram tão ocultos quanto antes. Apenas ao olhar para o rosto dele ela tinha alguma ideia do que ele sentia — o que não adiantava de nada, até onde ela sabia. E embora Iseult tivesse confiado que Aeduan não a mataria — e que provavelmente não a daria de comer para os destrinchados —, não havia nenhum *verujta* ali.

Mhe verujta. Era a mais sagrada das frases nomatsis — uma frase que significava *confie em mim como se minha alma fosse a sua*.

Foi o que a Mãe Lua tinha dito ao povo nomatsi quando os guiou para fora do Extremo Oriente em guerra. Era o que pais diziam aos filhos quando lhes davam um beijo de boa-noite. Era o que fios afetivos diziam em seus votos matrimoniais.

Aeduan conhecer tal frase só podia significar que ele tinha vivido com uma tribo nomatsi...

Ou que ele *era* nomatsi.

Qualquer que fosse a fonte de seu conhecimento, porém, não importava. Ele tinha ajudado Iseult; e agora tinha desaparecido.

A magia de Iseult ficou alerta — ela sentia um marstok destrinchado andando perto da janela quebrada. Três fios inquietos de morte se moviam junto com ele, iguais aos que ela tinha visto no corpo em Veñaza. Iguais aos que ela tinha visto pelos olhos da Marionetista.

Mas aqueles fios eram maiores. Mais largos e estranhamente longos. Esticados em gavinhas finas que desapareciam no céu, como uma marionete em um palco...

A respiração de Iseult parou. *Marionetista*. Ela estava olhando para a obra da Marionetista naquele momento. Aqueles fios interrompidos se estendiam até Poznin — Iseult tinha certeza —, o que significava que a Marionetista tinha, de alguma forma, destrinchado todos aqueles homens à distância.

Não, não de alguma forma. Ela tinha feito aquilo com a ajuda de Iseult.

"Todos aqueles planos e lugares enfiados na sua mente", a Marionetista tinha dito, "deixaram o rei corsário muito feliz. É por isso que ele me deu essa grande missão para amanhã. Então obrigada, você tornou tudo isso possível."

A Marionetista percebera que Iseult e Safi estavam indo para Lejna, e tinha destrinchado todos que conseguira.

De repente, Iseult estava fervendo embaixo da capa. Sufocando dentro daquele guarda-louça. Queimando dentro de sua própria cabeça. Ela devia ter lutado. Devia ter evitado dormir e ficado *longe* do alcance sombrio daquela mulher.

Ela ia vomitar...

Não, ela *estava* vomitando. Estava com ânsia de vômito e tossindo porque aqueles destrinchados estavam em sua alma. Ela os tinha matado porque era fraca.

Um novo conjunto de fios tremulou, chamando sua atenção. Um conjunto luminoso, vivo, que a fez parar de sentir enjoo. Ela conhecia aqueles fios — aquele tom específico de verde determinado e bege preocupado.

Evrane. A monja estava bem do lado de fora da janela.

Em um piscar de olhos, Iseult saiu do guarda-louça. Não podia deixar Evrane morrer também. Ela saltou pela janela estilhaçada. Vidro se agarrou à sua capa, mas a fivela aguentou bem. Então, ela desceu a rua estreita — mirando à direita, na direção em que tinha sentido os fios da monja.

A chuva a interrompeu, queimando o machucado no rosto de Iseult. A tempestade estava ficando pior — o céu tinha ganhado vida. Estava agitado e se lançava em uma única direção: para o cais.

Pela chuva, Iseult vislumbrou algo branco. Ela acelerou o passo, gritando:

— Evrane!

A figura de branco parou. Se materializou no formato de Evrane com uma cabeça prateada. Ela olhou para trás, o rosto surpreso, mas os fios azuis de alívio.

Algo preto se moveu ao longo de um telhado. Correu da fachada sombria de uma loja.

O destrinchado.

— Atrás de você! — Iseult gritou, erguendo seu sabre de abordagem.

Era tarde demais. O destrinchado alcançou Evrane, e a monja desapareceu embaixo de uma horda de morte.

Iseult percorreu a rua o mais rápido que pôde, gritando e dando golpes com a lâmina o caminho inteiro. Suas lâminas removeram cabeças, cortaram pernas. Pústulas explodiram e ácido silvou nas paredes. Na capa de Iseult.

Mesmo assim ela girou, ergueu e talhou, gritando o nome de Evrane o tempo todo.

Logo, não havia mais ninguém para matar. Os destrinchados estavam correndo... e onde Evrane tinha caído, não havia nada além de uma ampla mancha vermelha.

Iseult girou, procurando freneticamente em portas e sombras.

Mas a monja tinha sumido com os destrinchados.

Então Iseult apertou os olhos contra a tempestade e procurou fios. *Lá.* Do outro lado do beco mais próximo estava um conjunto de fios brancos assustados, em um turbilhão de dor cinza. *Muita* dor cinza.

Ela andou contra o vento e apertou a capa de Aeduan com firmeza. Ele tinha dito a verdade: os destrinchados pareciam não sentir o cheiro dela.

Ela chegou até um cruzamento de casas estreitas enfileiradas. Sangue escorria pelo chão, já sendo levado pela chuva.

Iseult acelerou o passo, seguindo o rastro de Evrane pelo máximo de tempo que conseguiu, mas o aguaceiro rapidamente lavou o sangue. Mesmo se esforçando para sentir os fios da monja, ela logo os perdeu de vista também. Eles se moviam rápido demais. Muito mais rápido do que Iseult poderia se deslocar naquela tempestade.

Quando Iseult entrou em uma rua estreita familiar, avistou o porto castigado pelas ondas algumas quadras adiante. Ela estava na margem oeste da cidade, por onde tinha chegado inicialmente. Areia e maresia avançavam contra ela, e a tempestade aumentava. Madeira cedia; prédios desmoronavam.

Com um braço levantado para proteger o rosto, Iseult procurou, frenética, por sinais de Evrane. Um lampejo branco na tempestade ou uma tremulação dos fios da monja. Mas não viu nada. A tempestade devorava tudo. Ela mal podia sentir os destrinchados — na verdade, eles pareciam estar fugindo da cidade e correndo para o norte.

Um relâmpago explodiu. Os olhos de Iseult se fecharam diante da luz, do calor. Magia caiu em cima dela, tremeu em sua pele e em seus pulmões. Ela cambaleou até a parede mais próxima e se encolheu na capa.

Por um instante que parecia infinito, Iseult ficou paralisada pela culpa. Pelo quanto odiava a si mesma, sua magia e a Marionetista.

Mas então a tempestade recuou. O barulho, a pressão e a chuva severa retrocederam...

E fios cruzaram a consciência de Iseult. Fios *vivos* e próximos. Ela se levantou, jogando a capa para trás e percebendo que o ciclone estava indo embora. Ele espiralava sobre o mar como uma cobra negra se contorcendo.

Iseult mancou até um beco destruído, procurando pelos fios vivos. Seus pés trituraram vidro até que, por fim, ela encontrou o príncipe de Nubrevna, machucado, sangrando e preso embaixo de um prédio caído.

Mas ele ainda estava vivo, e Iseult ainda estava viva para salvá-lo.

Uma risada se retorceu na garganta de Safi enquanto ela fitava, cansada, Vaness. É *claro* que era a imperatriz de Marstok. Quem mais teria a coragem de lutar com um mangual? Ou seria insana o bastante para ir, ela própria, atrás de Safi?

A chuva caía. O vento estava carregado — forte como um touro e ficando mais forte — e as ondas ameaçavam cobrir a rua inteira. Um furacão urrava na outra extremidade da cidade, mas Safi não desviou os olhos da imperatriz Vaness. Se a mulher destrinchasse...

Mas, pelos deuses, será que ela podia matar uma imperatriz?

Os olhos de Safi se fixaram no mangual, a um braço de distância de Vaness e completamente esquecido. *Se a imperatriz estivesse destrinchando*, aquela arma era a única opção de Safi...

Vaness ficou imóvel. Ela parou de coçar os braços, parou de se mover. Seu olhar estava fixo atrás de Safi.

— Que os Doze me protejam — ela disse.

Se ela está falando, então não está destrinchando, Safi pensou. Qualquer magia corrompida que tivesse surgido, a imperatriz tinha conseguido não sucumbir a ela.

Mas então Safi cometeu o erro de seguir o olhar de Vaness. A tempestade estava indo embora, uma única figura ao centro. Relâmpagos chiaram na figura escura enquanto ela se curvava e retorcia e era carregada para o mar.

Kullen.

Ah, deuses. Safi balançou, mas forçou a cabeça a continuar elevada para que pudesse examinar a rua. Ela não viu nenhum sinal de Merik. Certamente ele não tinha morrido. No entanto, antes que Safi pudesse se animar com aquilo, Vaness gritou:

— Desista, Bruxa da Verdade.

Merda. Muito lentamente, Safi se voltou para a mulher, parada com o mangual pronto.

Safi umedeceu os lábios. Eles tinham gosto de sangue e sal. Talvez, se conseguisse distrair Vaness, ela pudesse fugir.

— Por que você? — perguntou. — Por que não mandar seus soldados me matarem? Por que se arriscar?

— Porque eu sou uma serva do meu povo. Se preciso sujar as mãos de alguém, então sempre sujarei as minhas.

Safi piscou. Em seguida, riu — uma risada entrecortada, chocada. Ao que parecia, Vaness era igual a Merik naquele aspecto. Ainda assim...

— Isso vai muito além de apenas... *sujar* as mãos, imperatriz. Você quase foi morta por um furacão, e quase destrinchou também.

— Se meus inimigos tivessem reivindicado você primeiro, você poderia me derrubar. Mas, nas minhas mãos, você salvará um reino. O meu reino. Para mim, vale a pena morrer por isso.

Ah. Safi suspirou com aquelas palavras, e algo profundo e milenar despertou na base de sua coluna. *Um pelo bem de todos.* Ela entendia aquilo.

— Renda-se. — Vaness movimentou a mão, e o mangual espinhento balançou como um pêndulo. — Não há nada que você possa fazer.

Mentira, a magia de Safi ofegou, e com aquele formigamento de poder, *tudo* dos últimos dias recaiu sobre ela. Um dilúvio de palavras e mentiras que as pessoas acreditavam sobre ela.

"Viver a mesma existência sem ambição de que sempre gostou... Isso não se trata mais de você... Só você seria tão imprudente... Não há nada que você possa fazer..."

Um único pensamento luminoso subiu até a superfície: *Se você quisesse, Safiya, poderia forçar e moldar o mundo.*

O tio Eron tinha dito aquilo, e Safi percebeu — quase rindo ao se lembrar — que ele estava certo. Ela não estava presa em sua pele ou em seus erros, e não precisava mudar quem era. Tudo o que precisava estava dentro de si: os métodos de Mathew e Habim — até mesmo do tio Eron — e o amor sólido e inabalável de sua irmã de ligação.

Safi *podia* forçar e moldar o mundo.

E era chegado o momento de fazer aquilo.

Em uma explosão única e fluida, Safi enganchou um calcanhar atrás do tornozelo de Vaness e socou o nariz da imperatriz. Vaness caiu de costas na rua.

E Safi *correu* — diretamente para o terceiro píer. Sem olhar para trás, sem pensar. *Aquela* era quem Safi era e quem ela queria ser. Pensava com as solas dos pés, sentia com as palmas das mãos. Um conjunto de músculos e poder aprimorados para lutar pelas pessoas que ela amava e pelas causas em que acreditava. Sua vida não a tinha levado até Veñaza ou à fuga do baile. Ela a tinha levado àquela corrida até o último píer.

Não era liberdade que ela queria. Era acreditar em algo — uma recompensa grande o bastante para que continuasse correndo, lutando e se *esforçando* apesar de tudo.

Ela tinha uma recompensa. Ela corria por Nubrevna. Corria por Merik. Por Iseult. Por Kullen e Ryber e Mathew e Habim e, acima de tudo, por *ela mesma.*

Soldados brotaram nas laterais de sua visão. Um borrão de fardas verdes surgindo das ruas laterais de Lejna. Mas eles eram lentos demais para alcançá-la — pelo menos até que Safi chegasse aonde precisava.

Ela sentia aquilo no âmago de sua bruxaria, e com cada grito explosivo de *verdade, verdade, verdade* em seu peito, Safi fez suas pernas andarem mais rápido.

Ela estava a dez passos do píer.

Cinco.

Algo pequeno e *forte* — como o cabo de um mangual — acertou o joelho dela. Ela caiu, mas o instinto tomou conta. Ela rolou sem graciosidade alguma... e ficou de pé para voltar a correr.

Então chegou à primeira tábua do píer, e a dor a despedaçou.

Tão furiosa, que mascarava todos os seus sentidos.

Tão explosiva, que engolia todos os sons.

Safi gritou e caiu para a frente. Seus braços desmoronaram embaixo dela.

Seu pé esquerdo. Ela tinha sido acertada pelo mangual. Seus ossos estavam destruídos. Sangue jorrava.

Mas ela estava no píer, e com sangue derramado ou não, aquele contrato precisava ser cumprido. *Precisava.*

Uma multidão de botas pretas surgiu no campo de visão de Safi, vinda de todas as direções. Em segundos, dois víboras a tinham erguido e prendido em grilhões.

Enquanto a imperatriz se aproximava, gritando ordens em marstok que Safi descobriu serem *muito* difíceis de entender, ela ficou satisfeita ao perceber um olho roxo brotando no rosto da imperatriz. E, ah, havia muito sangue saindo de seu nariz.

Os dois víboras apertaram os ombros de Safi, apesar do fato de que ela não poderia ter corrido — ou até mesmo *caminhado* —, não importa quanto tentasse. Na verdade, se não fosse por aquelas mãos em seus ombros, ela não tinha certeza se poderia continuar em pé enquanto Vaness se aproximava.

E embora Safi não quisesse mais nada além de piscar, chorar, *implorar* para alguém tratar de seu pé, ela encontrou o olhar de Vaness e não desviou.

Por fim, a imperatriz sorriu. Era um sorriso *assustador*, com todo aquele sangue pingando entre seus dentes.

— Você não pode escapar de mim agora.

— Eu... não estava tentando — Safi falou, embora só o que quisesse era gritar. Ela se forçou a dar uma risada irregular. — Se é a minha magia que você quer, imperatriz... se você acha que eu sou tão poderosa... você está enganada. Sei o que é verdade e o que é mentira, mas isso é tudo. E mesmo quando eu sei a verdade... não quer dizer que eu sempre *digo* a verdade.

Vaness cerrou a mandíbula. Ela se aproximou ainda mais, como se tentasse ler os segredos nos olhos de Safi.

— O que seria necessário para ganhar a sua lealdade, então? Para garantir que você me dissesse as verdades de que eu preciso e me ajudasse a salvar meu reino? Diga o seu preço.

Safi encarou o rosto inchado e roxo da imperatriz, e incentivou sua bruxaria da verdade a encontrar algum sinal de sinceridade na mulher. Parecia impossível que Vaness oferecesse algo tão amplo... Ainda assim, por baixo de toda a dor ardente, sua bruxaria brilhou em confirmação.

Um sorriso triunfante se curvou na extremidade de seus lábios — embora aquilo *pudesse* ter sido uma careta de dor. Era difícil dizer naquele momento.

— Quero negócios para Nubrevna — ela disse. — Quero que você mande um representante a Lovats, e quero que você negocie a exportação de comida em troca de... de qualquer coisa que os nubrevnos tenham a oferecer.

Vaness arqueou uma sobrancelha ensanguentada, e uma brisa fez com que seu cabelo molhado voasse em seu rosto.

— Por que você iria querer isso?

— Pelo mesmo motivo que você. — Safi inclinou a cabeça para trás em direção à cidade, e desejou não tê-lo feito. Estava perdendo sangue demais para ficar fazendo movimentos rápidos. Ou *qualquer* movimento, na verdade. — Vou sujar minhas mãos pelas pessoas que importam para mim. Vou correr o mais longe que precisar e lutar com o máximo de força que puder. Se é isso que preciso fazer para ajudá-los, então é isso que farei.

Para surpresa de Safi, Vaness ofereceu um sorriso pequeno — *sincero* — em retorno.

— Então você conseguiu um acordo, Bruxa da Verdade.

— E você conseguiu o uso da minha magia. — Safi estremeceu de alívio, ou talvez aquele fosse um sobressalto de alerta pela perda de sangue.

Safi levou seu olhar nebuloso até a rua onde pensava que Merik tinha desaparecido — era próximo de onde ela tinha visto Iseult pela última vez. Por um longo momento, tudo que Safi ouviu foi o marulho da água contra a doca. Tudo o que sentiu foi a chuva suave e purificante em suas bochechas. Tudo em que pensou foi em sua família.

Ela assentiu na direção dos amigos, dando um adeus silencioso a eles. Rezando para que estivessem bem... e sabendo que iriam atrás dela.

Então o baque seco de mais pés interrompeu os pensamentos dela e trouxe uma dor *excruciante*.

— Vamos voar agora — Vaness informou, acenando para o marinheiro mais baixo da multidão. Ele tinha a marca de um Bruxo do Vento. — Nossa frota não está longe. Você consegue fazer isso, Bruxa da Verdade?

— Consigo — Safi respondeu, balançando em direção a um dos homens que a segurava. Ela deu um sorriso para ele e disse: — Meu nome é Safiya fon Hasstrel, e eu consigo fazer *qualquer coisa*.

Quando essas palavras escaparam de sua língua, sua magia se animou... e então rugiu como um leão em um raio de sol.

Verdade, a magia disse. *Para todo o sempre, verdade.*

40

Quando Aeduan viu o destrinchado atacar sua mentora, ele agiu sem pensar — mergulhando para recuperar a figura ensanguentada dela. Rasgando, cortando, estripando *qualquer um* em seu caminho.

Assim que chegou até a monja — assim que teve sua figura mole nos braços — Aeduan se fixou no sangue de Evrane para impedir que o furo em seu pescoço sangrasse.

Depois, saiu correndo de Lejna o mais rápido que pôde, sua bruxaria servindo de combustível. Ele levaria Evrane até o Poço Originário, pois era o único lugar em que conseguia pensar. Se as águas tivessem mesmo voltado a fluir, então elas poderiam salvar Evrane daquele ferimento.

Quando ele não conseguia mais correr, Aeduan dava corridinhas mais leves.

Quando não conseguia mais dar corridinhas, ele caminhava, sua magia nunca soltando o sangue de Evrane. Vagamente, ele sabia que tinha perdido a chance de reivindicar a Bruxa da Verdade, mas não se importava. Não naquele momento.

Aeduan carregou Evrane quilômetro após quilômetro, falésia após falésia, passo após passo, cambaleando, e pela primeira vez em anos teve medo.

Ele demorou metade do dia para reconhecer o que sentia. O vazio em seu peito, o ciclo infinito de seus pensamentos — *Não morra. Não morra.*

Ele sabia que aquilo ia muito além de dívidas de vida. Contrariando tudo o que queria ser — tudo que *acreditava* ser —, ele estava com medo.

Antes de ver o rio, ele ouviu seu ribombo acima dos zumbidos dos insetos vespertinos e do gorjear dos pássaros. Sentiu o orvalho de suas corredeiras, misturando-se à umidade do dia. Ele também farejou os oito soldados que aguardavam nas escadas do Poço Originário. Alguém devia ter encontrado o príncipe Leopold e pensou que Aeduan pudesse voltar.

Assim, ele usou o poder mínimo que ainda tinha para trancar a respiração dos soldados. Demorou demais. Aeduan estava fraco; os oito homens, não. Aeduan balançava ao vento com a mesma ferocidade das árvores. Ele deixaria Evrane cair se tivesse que ficar mais tempo de pé.

Os soldados finalmente caíram no chão, e Aeduan os ultrapassou, cambaleando. Em seguida, ele subiu, devagar mas com propósito, os degraus gastos do Poço Originário. Subiu as lajes até a rampa. Entrou na água para que Evrane flutuasse de costas.

Ela começou a se curar.

Aeduan sentia mais do que via. Qualquer que fosse o poder que estivesse atuando ali, movia-se tão gradativamente que levaria dias até que o corpo de Evrane se recuperasse por inteiro. Mas sentiu o sangue dela começar a fluir por conta própria. Sentiu carne nova começar a crescer onde a garganta dela tinha sido cortada.

Ainda assim, continuou segurando o sangue dela com firmeza até que a garganta tivesse sido curada o suficiente para ela respirar. Para que o coração dela bombeasse sem impedimentos.

Depois, Aeduan flutuou Evrane cuidadosamente até a rampa do Poço e a colocou nas pedras. Ele manteve parte das pernas dela submersas — para que a cura continuasse — antes de saltar para fora do poço, respingando água nas lajes. Apesar do peso extra das roupas encharcadas, ele ficou surpreso ao ver que sua própria coluna estava ereta. Sua bruxaria estava completamente restaurada...

E sua mente foi incapaz de ignorar o que estava diante dele: o Poço Originário estava vivo de novo. Mesmo que não tivesse visto a magia em ação ao entrar na água, ele tinha sentido senciência.

Unicidade. Completude.

Aquele poço estava abrindo um olho sonolento, e não demoraria muito até que despertasse por inteiro.

O que significava — por mais impossível que fosse para Aeduan aceitar — que a Bruxa da Verdade era metade do Cahr Awen, e Iseult...

Aquela Bruxa dos Fios nomatsi com o sangue inodoro — e também outra Bruxa do Éter...

Ela era a outra metade. Elas eram a dupla que Aeduan tinha jurado proteger com a vida. O voto que tinha feito aos treze anos — antes de seu pai ter voltado a fazer parte de sua vida — agora estava sendo cobrado, e Aeduan não conseguia decidir se deveria responder.

Ele nunca pensou que aquele dia realmente fosse chegar — um dia em que todo o seu treinamento e o seu futuro seriam entregues ao místico e milenar Cahr Awen.

Era fácil para Evrane. Ela tinha passado a vida inteira acreditando. O retorno do Cahr Awen a *completava*.

Mas para Aeduan era um obstáculo. Ele tinha sido forçado ao Monastério por acaso, e tinha continuado lá porque não tinha lugar melhor para ir — nenhum outro lugar que não mataria um Bruxo de Sangue à primeira vista. Agora, porém, ele tinha planos. Planos para si. Planos para o pai.

Ele não sabia a quem devia lealdade — seus votos ou sua família —, mas tinha certeza de ao menos uma coisa: estava grato pelo Poço ter salvado a monja Evrane.

Talvez tenha sido por isso que Aeduan se viu andando até o cipreste mais próximo. O tronco brilhava vermelho no sol luminoso do amanhecer, seus galhos verdes vibrantes farfalhavam na brisa úmida.

Mais folhas tinham crescido desde o dia anterior.

Aeduan se ajoelhou na laje. Água pingava, pingava, pingava — de suas roupas, do seu cabelo, e mesmo do seu talabarte, que ele tinha esquecido de tirar. Ele mal notou e apenas se curvou, estendido sobre os joelhos e com as palmas repousando no tronco do cipreste. Então, recitou a prece do Cahr Awen.

Exatamente como Evrane o tinha ensinado.

Eu guardo o portador da luz,
E protejo o doador da escuridão.
Eu vivo pelo início do mundo,

E morro pelo fim das sombras.
Meu sangue, eu ofereço livremente.
Meus fios, eu ofereço completamente.
Minha alma eterna pertence a mais ninguém.
Tome meu éter,
Guie minha lâminas.
De agora, até o fim.

Quando ele terminou as palavras memorizadas, ficou satisfeito ao perceber que continuavam tão sem graça quanto sempre foram — e também ficou satisfeito ao descobrir uma lista mental já percorrendo o seu cérebro. *Minhas lâminas estão molhadas; preciso lubrificá-las. Preciso de uma nova capa de salamandra, e de um cavalo também. Um que seja rápido.*

Era libertador saber que podia ignorar seu voto caraweno com tanta facilidade, mesmo com o Poço Originário logo ao seu lado. Por ora, ele tinha um baú de moedas de prata para dar ao pai, e era tudo o que importava.

Aeduan deu uma última olhada para sua antiga mentora, a monja Evrane. Suas bochechas já coradas.

Ótimo. Ele tinha finalmente pago uma de suas dívidas de vida a ela.

Então, flexionando os dedos e girando os pulsos, Aeduan partiu para encontrar o pai, o rei corsário de Arithuania.

Com muito esforço e *toda* a força restante dentro dela, Iseult puxou e rolou e empurrou vigas de madeira de cima de Merik Nihar. Feixes de luz matinal irrompiam de nuvens cinza. O primeiro píer e um bloco inteiro de prédios tinham sido nivelados. Reduzidos a lascas de madeira pela tempestade de Kullen — uma tempestade que devia ter levado o primeiro-imediato junto. Nenhuma alma e nenhum fio se moviam junto às ondas agora gentis. Nenhum pássaro voava, nenhum inseto cantava, nenhuma vida existia...

Exceto por um enxame verde, voando pelo horizonte. Bem no centro, Iseult percebeu um indício tênue de fios ofuscantes.

Safi.

Ela tinha partido. Partido. Iseult a tinha perdido, e era apenas mais um erro para adicionar à sua alma.

Mas ela afastou aqueles pensamentos e continuou sua luta acrobática contra a estrutura do prédio. Todo aquele barulho e movimento despertaram Merik, seus fios voltando de súbito e furiosamente à vida. Dor cor de ferro e azul de luto.

Ele ficou deitado de costas, com nacos de pele faltando e estilhaços de vidro enterrados fundo.

— O que dói? — Iseult perguntou, abaixando-se ao lado dele. Nenhuma gagueira segurou sua língua. Nenhuma emoção a influenciou.

— Tudo — Merik falou, a voz rouca, os olhos se abrindo.

— Vou ver se você tem algum osso quebrado — Iseult disse. *Ou algo pior.* Quando Merik não reclamou, ela se pôs a tatear gentilmente o corpo dele, desde o topo da cabeça até a ponta dos dedos cobertos pelas botas. Ela tinha feito aquilo com Safi centenas de vezes ao longo dos anos, Habim a tinha ensinado, e mergulhou no perdão de um movimento frio e metódico.

Equilíbrio. A brisa passava pelas roupas molhadas de outra pessoa e beijava a pele de outra pessoa. As feridas de Merik — todas elas sangravam em outra pessoa —, e Iseult não pensaria na Marionetista. Nem nos destrinchados. Nem em Evrane ou Kullen ou Safi. *Equilíbrio.*

Durante a inspeção, os olhos de Iseult dispararam para os fios de Merik, conferindo se havia algum lampejo de dor mais intenso. Cada vidro arrancado os fazia piscar, mas apenas quando Iseult apertou suas costelas eles irromperam em sofrimento. Um gemido desenrolou da língua dele. As costelas estavam quebradas; mas podia ser pior.

Em seguida, Iseult focou sua atenção na pele de Merik, conferindo se nenhuma das madeiras ou dos vidros retirados tinha aberto algum corte perigoso. Sangue manchava a rua, e enquanto ela enrolava a manga rasgada da camisa dele ao redor de um corte no antebraço do príncipe, ele perguntou:

— Onde... está a Safi?

— Os marstoks a levaram.

— Você vai... resgatá-la?

Iseult soltou o fôlego, surpresa com quanto seus pulmões doíam com aquele movimento. Ela *iria* resgatar Safi?

Com uma adrenalina apavorada, ela terminou o curativo improvisado e puxou sua pedra dos fios. Nenhuma luz piscava, o que queria dizer que Safi estava segura. Ilesa.

Também significava que ela não tinha como seguir sua irmã de ligação. Mas o que Safi tinha dito a ela? Um dos homens de Eron estaria indo para lá — para um café. Ela podia esperar — *teria* de esperar — por aquela pessoa. Ele ajudaria Iseult a chegar até Safi, quem quer que ele fosse.

Ela soltou a pedra dos fios. A pedra bateu contra o esterno dela. Então, voltou sua atenção para Merik e disse:

— Você precisa de um curandeiro. — Assim que as palavras saíram, ela desejou poder engoli-las de volta. Pois, é claro que, em uma voz irregular, Merik perguntou:

— Minha... tia?

A vontade de mentir era esmagadora — e não apenas de contar uma mentira a Merik, mas de Iseult ter uma história em que pudesse se agarrar também.

Não foi minha culpa, ela quis dizer. *Os destrinchados a pegaram, e isso também não foi minha culpa.*

Mas era sua culpa, e ela sabia.

— A Evrane foi atacada pelos destrinchados. — O tom de voz de Iseult era monótono. Deliberado. Estava a milhares de quilômetros de distância e saía da boca de uma pessoa diferente. — Não sei se ela sobreviveu. Eu a segui, mas ela saiu da cidade.

Os fios de Merik cederam. O azul do luto ficou mais forte, ele piscou para reprimir as lágrimas, a respiração sufocada de um jeito que deve ter feito a dor estilhaçar suas costelas quebradas.

Foi então que a geleira finalmente rachou, e Iseult desistiu do seu controle. Ela se enrolou de joelhos ao lado de Merik, e pela segunda vez em sua vida, Iseult det Midenzi chorou.

Ela tinha matado tantas pessoas. Não de propósito, e não diretamente, mas o fardo não parecia menor.

Não parecia incompleto.

Ela quase... desejou que a maldição de Corlant a tivesse matado. Ao menos todas aquelas almas poderiam ainda estar vivas.

Em algum momento, Merik ficou enfermo demais para que ela não notasse. Ele estava pálido, tremendo, e seus fios estavam se dissipando com muita rapidez.

Iseult deixou de lado tudo o que sentia — cada fio que nunca tivera a intenção de dominar — e se aproximou mais do príncipe.

— Onde está o *Jana*? — ela perguntou, imaginando que a tripulação poderia conseguir um curandeiro para ele. Ela e Safi tinham abandonado os cavalos, e Iseult não fazia ideia de onde a cidade mais próxima ficava. — Alteza, eu preciso saber onde o *Jana* está. — Ela segurou o rosto dele com as mãos em formato de concha. — Como posso chegar até ele?

Merik tremia, os braços apertados junto ao peito, mas sua pele fervia ao toque. Seus fios estavam ficando cada vez mais pálidos...

Mas Iseult não deixaria ele morrer. Ela se aproximou mais. Fez com que ele encontrasse os olhos dela.

— Como posso entrar em contato com o *Jana*, Alteza?

— O tambor de vento... de Lejna — ele falou. — Toque ele.

Iseult soltou o rosto do príncipe, o olhar varrendo a rua... *Lá.* No canto leste da cidade, a apenas algumas quadras de distância, estava um tambor idêntico àquele no *Jana*.

Ela ficou de pé. A manhã salgada girou, e seus músculos pareciam vidro quebrado. Mas ela pôs um pé na frente do outro... até que, enfim, chegou ao tambor.

Ela levantou o martelo — havia apenas um, e rezou que fosse enfeitiçado, capaz de soprar um vento distante e real. Então, tocou o tambor. De novo e de novo e de novo.

Enquanto batia — enquanto *golpeava* sua alma e seus erros na superfície do tambor —, ela pensou em uma estratégia. Porque ainda conseguia fazer aquilo. Ainda tinha as habilidades para analisar o terreno e seus oponentes. Ainda tinha os instintos para escolher o melhor campo de batalha.

Safi tinha iniciado algo um pouco maior daquela vez — ser sequestrada por marstoks era, definitivamente, um novo recorde —, mas, não importava o que acontecesse, Iseult daria um jeito.

Ela levaria Merik até um curandeiro.

Encontraria um jeito de parar a Marionetista — de impedir aquela garota das sombras de voltar a destrinchar alguém.

Conseguiria respostas da maldição de Corlant — e talvez encontrasse Gretchya e Alma de novo também.

E, acima de tudo, Iseult iria atrás de Safi. Assim como ela batia naquele tambor de vento, assim como ela ignorava a dor em seus braços e o cansaço em suas pernas, ela seguiria Safi e a *traria de volta*.

Irmãs de ligação até o fim.

Mhe verujta.

<hr/>

Merik estava inconsciente quando o *Jana* surgiu. No momento em que chegou à Bênção de Noden e ao Poço Originário, ele estava quase morto. Havia água marinha em suas feridas, sua bruxaria tinha sido forçada ao extremo, e as três costelas quebradas não queriam se curar.

Quando finalmente acordou em uma cama baixa, em uma cabine de cabeça para baixo na Bênção de Noden, encontrou a tia ao lado dele, o cabelo prateado tão radiante como sempre. O sorriso carinhoso dela tremia de alívio.

— Tenho boas notícias — ela disse a ele, o sorriso rapidamente mudando para uma careta concentrada enquanto ela pincelava pomada nos braços, no rosto e nas mãos de Merik. — Os Bruxos da Voz de Lovats têm ligado para o Hermin o dia todo sem parar. Parece que, apesar do ataque deles em Lejna, os marstoks querem fazer negócios. Mas eles só vão negociar com *você*, Merik, e imagino que isso tenha feito Vivia espumar pela boca.

— Ah. — Merik suspirou, sabendo que deveria estar feliz. Negócios era tudo que ele sempre quisera, e enfim tinha provado que poderia devolver aquilo a Nubrevna.

Mas a vitória tinha gosto de cinzas, e ele não conseguia se convencer de que tinha valido a pena.

— Onde está... a Iseult? — ele perguntou, a voz esganiçada e fraca.

A expressão de Evrane azedou.

— A sua tripulação a deixou em Lejna. Ao que parece, ela convenceu o Hermin de que ficaria bem sozinha, de que tinha alguém indo encontrá-la em um café.

Enquanto Merik tentava resolver o enigma de quem Iseult poderia encontrar, Evrane prosseguiu descrevendo como o príncipe Leopold tinha desaparecido da Bênção de Noden.

— Num instante ele estava no brigue, sob forte vigilância, e no outro, sua cela estava completamente vazia. Tudo o que posso imaginar é que um Bruxo do Esplendor o ajudou a escapar.

Era demais para o cérebro de Merik, confuso pelo luto e tomado pela dor. Ele balançou a cabeça, resmungou algo sobre lidar com tudo depois e caiu em um sono magicamente induzido e curativo.

Dois dias depois — e três dias após perder Kullen —, Merik caminhou da Bênção de Noden até a enseada Nihar. Evrane se separou dele no caminho, alegando que precisava ir imediatamente até o Monastério de Carawen, e Merik não podia deixar seu orgulho de lado por tempo suficiente para pedir que ela ficasse.

Ela ia e vinha desde que ele era menino, por que aquilo deveria mudar?

Assim, com Hermin mancando ao seu lado, Merik caminhou por troncos e galhos — todos eles esguios com *novas* explosões de vida. Líquen, insetos, verde, verde, verde — Merik não conseguia explicar... e não podia deixar de desejar que Kullen estivesse ali para ver.

Na verdade, Merik parecia não conseguir superar Kullen. Memórias queimavam atrás de seus olhos, e a perda palpitava na base de seu crânio. Mesmo enquanto assistia a pássaros vivos sobrevoarem a enseada, mesmo enquanto Hermin remava até o navio de guerra e peixes pulavam, inexplicavelmente, nas ondas — tudo tinha gosto de cinzas.

A tripulação de Merik estava enfileirada no convés principal quando ele finalmente subiu no *Jana*. Cada homem usava faixas de linho de um azul-arroxeado ao redor do braço para lamentar seu camarada morto, e todos eles bateram continência quando Merik passou.

Ele mal notou, porém. Só havia uma pessoa que queria ver — a única pessoa que entenderia como Merik se sentia.

Ele olhou para Hermin.

— Traga a Ryber até aqui, por favor.

Hermin se encolheu.

— Ela... se foi, senhor.

— Se foi? — Merik fez uma careta, sem compreender aquelas palavras. — Para onde?

— Não sabemos, senhor. Ela estava no navio quando fomos até você em Lejna, e pensamos que ela estava a bordo quando chegamos na enseada Nihar de novo. Mas... não temos certeza. Tudo o que sabemos é que ela não está mais no navio.

Merik ainda mantinha a careta — pois para onde Ryber iria? *Por que Ryber faria aquilo?*

— Ela deixou um bilhete, embora não diga nada sobre sua localização. Está na sua cama, senhor.

Assim, Merik entrou em sua cabine, as costelas gritando em protesto por aquela explosão de movimento. Ele deu passos largos, quase correndo pelo cômodo, onde encontrou seu casaco amassado jogado sobre o colchão. Sobre ele, um pedaço de papel.

Merik o pegou, os olhos percorrendo o rabisco quase ilegível de Ryber.

Meu almirante, meu príncipe,

Sinto muito por partir, mas encontrarei você de novo um dia. Enquanto estou fora, você precisa se tornar o rei que Kullen sempre acreditou que você fosse.

Por favor. Nubrevna precisa de você.

Ryber
(Aliás, confira o bolso da sua jaqueta.)

A testa de Merik enrijeceu com aquelas palavras finais. O bolso da jaqueta? *O acordo comercial.*

Merik agarrou o casaco, as mãos tremendo, e gentilmente puxou o contrato. Na última página, havia digitais cheias de cinzas por toda parte — junto com um rabisco largo.

Tio:

Não seja um bundão a respeito deste acordo comercial. O príncipe Merik Nihar tem feito tudo o que pode para me levar a Lejna ilesa, então

Merik virou a página.

se eu me machucar no caminho ou nem mesmo chegar no píer que você arbitrariamente escolheu, não o culpe. O príncipe Merik e Nubrevna merecem um acordo com os Hasstrels. Eu juro, tio: se você não cumprir este contrato e estabelecer comércio com Nubrevna, então eu mesma vou escrever um acordo. Um terrível, que dará a Nubrevna toda a vantagem e todo o dinheiro.

Lembre-se: meu nome tem poder, e ao contrário do que pensa de mim, não me falta iniciativa.

Então, em uma escrita horrivelmente descoordenada, uma assinatura:

Safiya fon Hasstrel
Domna de Cartorra

Algo quente arranhou a garganta de Merik. Ele pegou o contrato novamente e viu que as assinaturas dele e de dom Eron ainda estavam ali — enquanto qualquer referência a "sangue derramado" foi totalmente removida.

Merik não acreditou. Sua mente estava dormente; seu coração tinha parado de bater. Naquela noite em que ele acordara com a mão de Safi em seu peito — aquele era o motivo. Ela tinha roubado o contrato e escrito nele com cinzas da fogueira.

E agora Merik tinha negócios com os Hasstrels. Com os marstoks também.

Uma risada silenciosa, histérica, surgiu em sua garganta. Ele tinha perdido mais do que jamais pensara, e mesmo assim havia uma segurança dolorosa surgindo em seus pulmões.

Devagar, quase tonto, Merik se sentou na beira da cama. Ele alisou o acordo, os dedos manchados de preto, e o deixou de lado.

Então, Merik Nihar, príncipe de Nubrevna, inclinou a cabeça para trás e rezou.

Por tudo que ele tinha amado, por tudo que ele tinha perdido, e por tudo que ele — e seu país — ainda poderiam recuperar.

<hr/>

Safiya fon Hasstrel estava apoiada no baluarte do galeão pessoal da imperatriz de Marstok, com uma muleta em mãos. O litoral verdejante de terras reivindicadas pelos dalmottis flutuava, e Safi tentava fingir que *não estava* fervendo no sol do meio-dia.

Aquela era uma terra de palmeiras e selvas, vilas de pescadores frequentes e tanta umidade que dava para nadar nela. Safi queria aproveitar a beleza de tudo, e não derreter naquele calor miserável.

Centenas de anos antes, aquela terra pertencera a uma nação chamada Biljana. Ou era isso que Safi se lembrava de suas aulas particulares. Ela tinha aprendido a não acreditar mais em livros de história.

Ao menos, apesar do calor, seu vestido de algodão branco era relativamente fresco — embora o cinto de aço desconfortável que apertava sua cintura não fosse. Ferro era moda em Azmir — sem dúvidas porque Vaness o tinha *tornado* moda. Ela podia, afinal, controlar qualquer um que o estivesse usando.

No entanto, mesmo com o cinto, Vaness ainda tinha insistido que Safi colocasse um colar de aço também. Era uma corrente, delicada e fina, mas sem fim e sem começo. A imperatriz tinha fundido a corrente ao redor do pescoço de Safi, e apesar de grunhir e fazer o máximo de força que podia, Safi não tinha conseguido arrancá-la.

Graças aos deuses, porém, Vaness tinha deixado a pedra dos fios ilesa.

Sorrindo torto para a paisagem, Safi se apoiou na muleta. Seu pé esquerdo estava enfaixado e curando, graças ao esforço conjunto de seis Bruxos Curandeiros da Marinha de Vaness. Ao que parecia — e como a imperatriz não parava de insistir —, ela não tinha tido a intenção de machucá-la tanto. Safi era valiosa demais (como Vaness disse) para qualquer "tratamento bruto", e sua vida nunca estivera em risco em Lejna.

A bruxaria da verdade de Safi lhe disse que *aquilo* não era verdade, mas ela deixou as mentiras de lado.

Passos ressoaram atrás dela, e a imperatriz de Marstok deslizou para o seu lado. Seu vestido de algodão preto voava ao vento — um tributo aos dezoito víboras e marinheiros que tinham destrinchado em Lejna. Vaness faria um memorial assim que chegassem ao palácio dela em Azmir.

— Tenho novidades para você — ela disse, falando em marstok. — Os vinte anos de trégua terminaram. — Vaness não mostrou nenhuma reação enquanto acrescentava: — Cartorra já está se preparando para seu primeiro ataque para tentar recuperar você. Então vamos torcer — ela levantou uma sobrancelha, tranquila — para que você valha a pena, Bruxa da Verdade.

Ela deu um sorriso sem emoção, impenetrável. Então, sem mais palavras, a imperatriz de Marstok voltou pelo caminho de onde tinha surgido.

E Safi se afundou em sua muleta, confusa. Perdida. Ela não sabia se deveria rir alto ou soluçar histericamente, pois aquilo era exatamente o que o tio Eron — e todo mundo — tinha tentado prevenir, não era? A trégua tinha terminado mais cedo, e não poderia haver mais paz.

E Safi certamente não estava ajudando os planos do tio Eron ao se aliar a Vaness — e, em consequência, com o Império Marstok inteiro. Ainda assim, ela se recusava a sentir culpa ou se arrepender de suas últimas escolhas. Pela primeira vez na vida, Safi tinha construído seu próprio caminho. Ela tinha jogado suas próprias cartas e ninguém, além dela mesma, guiara sua mão.

Uma mão que inclui a Imperatriz e a Bruxa, ela pensou caprichosamente — embora pensar em tarô a fizesse pensar no Traidor Atraente... e *aquilo* a deixava possessa. Ela pegaria seu dinheiro de volta um dia.

Com a testa franzida, ela puxou sua pedra dos fios. O rubi brilhava ao sol, e ver as fibras corais enroladas ao redor da pedra a fez sentir-se menos sozinha. Gostava de pensar que Iseult — onde quer que ela estivesse — segurava sua pedra dos fios também.

Safi podia não estar com sua irmã de ligação, podia não estar comprando uma casa em Veñaza e, *tecnicamente* ser uma prisioneira, mas não sentia medo do que viria.

"Todo esse treinamento", Merik tinha dito, "mais uma bruxaria que homens matariam para ter. Pense em tudo o que você poderia fazer. Pense em tudo o que você poderia *ser*."

Safi suspirou, uma expiração completa que soltou algo apertado de dentro do seu peito e fez com que seu coração se desenrolasse de uma maneira que ela nunca tinha sentido antes — de uma maneira que desacelerava suas pernas inquietas, as parava por completo.

Porque ela sabia o que podia fazer — o que podia *ser*. Tinha conseguido o contrato de Merik e negociado com os marstoks também. Tinha forçado o mundo e o moldado em algo melhor.

A magia de Safi murmurou, feliz e aquecida com aquela verdade, e após soltar sua pedra dos fios por dentro do vestido, ela abriu os braços. Deixou a cabeça pender para trás.

Então, Safiya fon Hasstrel se divertiu com o sol em suas bochechas. Com o turbilhão em seus braços. E com o futuro que a aguardava em Marstok.

AGRADECIMENTOS

Antes de qualquer coisa, quero agradecer à minha irmã de ligação, Sarah J. Maas. *Mhe Verujta, braj.* Você é a gêmea de alma sem a qual eu não posso viver; a melhor amiga que lê rascunho após rascunho; a animadora de torcida que sempre me tira das minhas maratonas de comer biscoitos, ou de jogar videogame; e, basicamente, a inspiração por trás dessa série inteira. Amizades podem ser tão épicas quanto romances — talvez até mais —, e eu queria que o mundo visse isso. Além do mais, se nós vivêssemos nas Terras das Bruxas, *com toda certeza* seríamos o Cahr Awen, certo? Ou no mínimo, seríamos as raposas-do-mar mordendo qualquer pessoa que ousasse nos enfrentar ("Sai do caminho!").

A Amity Thompson: você leu tantas versões deste livro — e fez isso tendo que lidar com bebês e seus próprios livros. Você sempre estava presente quando eu precisava trabalhar em alguma questão de enredo ruim, desabafar minhas frustrações infinitas ou matraquear sobre *Dragon Age*. Então, obrigada.

Um enorme obrigada a Erin Bowman, por ser uma irmã *Hero Squad* para a vida, por ouvir quando eu precisava ser ouvida, por criticar quando eu precisava ser criticada e por apenas estar presente. Sempre.

A Ashley Hubert: você é maravilhosa. Você leu *Bruxa da Verdade* e me deu sua opinião (além de um impulso no meu ego) *justo* quando eu mais precisava. Sou tão grata por termos virado amigas.

A Nicola Wilkinson, o cérebro por trás do time externo das *Witchlanders*: o Merik é seu. Ou o Bebê K. Ou qualquer um dos personagens, mesmo, já que você moveu céus e terra por este livro e essa série. Não há palavras para expressar quanto sou grata por tudo o que você faz e tudo o que fez.

A Maddie Meylor: você esteve comigo desde o início e, por alguma razão, ainda não se cansou de mim. Obrigada por todas as leituras, pelo entusiasmo e pelo simples fato de você ser você.

À minha companheira matadora de monstros, Rosanna Silverlight: você, sozinha, salvou minha musa com suas conversas estimulantes. Além disso, a sua opinião foi exatamente o que eu precisava *quando* eu precisava.

Para o restante da minha família dos fios, Dan Krokos, Derek Molata, Biljana Likic, Alexandra Bracken, Vanessa Campbell, Sarah Jae-Jones, Jodi Meadows e Amie Kaufman: obrigada. Por todo apoio, pelos ombros para chorar, pelas leituras beta muito necessárias e pelas muitas, muitas risadas.

Obrigada a Lori Tincher, por responder minhas perguntas sobre cavalos, e a Cindy Vallar, por toda a ajuda com os esquemas náuticos.

Um obrigada gigante a Jacqueline Carey, por aguentar a minha personalidade ingênua e facilmente impressionável. *Obrigada.*

Para as equipes de Tor e New Leaf, que trabalharam incansavelmente para vender meus livros e tornar minha tagarelice algo que valesse a pena ler, assim como embalar e projetar o mundo inteiro de *Bruxa da Verdade*: eu estaria perdida sem vocês. Obrigada do fundo do meu coração com três elos (essa é para você, Jo). E Whitney, você "tem toda uma relação com laticínios que eu não entendo".

Para os leitores da minha newsletter *Misfits & Daydreamers* (e qualquer outro leitor, blogueiro e aspirante a autor por aí): não tenho palavras para expressar minha gratidão. Vocês ouvem, apoiam, e me lembram todos os dias de *por que* eu faço isso.

Para minha família — mãe, pai, David e Jen: obrigada por aguentarem (e frequentemente darem trela) minhas viagens na maionese por todos esses anos... E também obrigada por se gabarem de mim no mercado. Isso me faz sentir especial de verdade.

E por último — mas não menos importante —, preciso agradecer ao meu marido, Sébastien. Eu não teria escrito este livro (ou qualquer outro) se não fosse por você e seu apoio infinito e incondicional. Eu te amo para sempre e muito mais.

Primeira edição (novembro/2023)
Papel de miolo Ivory slim 65g
Tipografias Cormorant, Ohrada
Gráfica LIS